Aus Freude am Lesen

Die zehnbändige VAN-VEETEREN-SERIE bei BTB:

Das grobmaschige Netz. Roman

Das vierte Opfer. Roman

Das falsche Urteil. Roman

Die Frau mit dem Muttermal. Roman

Der Kommissar und das Schweigen. Roman

Münsters Fall. Roman

Der unglückliche Mörder. Roman

Der Tote vom Strand. Roman

Die Schwalbe, die Katze, die Rose und der Tod. Roman

Sein letzter Fall. Roman

Håkan Nesser

Münsters Fall

Roman

*Aus dem Schwedischen
von Christel Hildebrandt*

btb

Die schwedische Originalausgabe erschien 1998 unter dem
Titel »Münsters fall« bei Albert Bonniers, Stockholm.

Verlagsgruppe Random House FSC-DEU-0100
Das für dieses Buch verwendete
FSC®-zertifizierte Papier *Lux Cream*
liefert Stora Enso, Finnland.

1. Auflage der Neuausgabe Oktober 2012
Deutsche Erstveröffentlichung 2000
Copyright © der Originalausgabe 1998 by Håkan Nesser
Copyright © der deutschsprachigen Ausgabe 2000 by btb Verlag
in der Verlagsgruppe Random House GmbH, München
Satz: IBV Satz- und Datentechnik, Berlin
Druck und Einband: CPI – Clausen & Bosse, Leck
SL · Herstellung: BB
Printed in Germany
ISBN 978-3-442-74277-6

www.btb-verlag.de

Für den gemeinen Mann ist es das Wichtigste,
zu begreifen, dass Handlungen Konsequenzen haben.
Für einen Detektiv, dass sie Ursachen haben.

Erwin Baasteuwel, Kriminalkommissar

I

1

Der letzte Tag in Waldemar Leverkuhns Leben hätte kaum besser anfangen können.

Nach dem nächtlichen Wind und dem Dauerregen fiel jetzt eine milde Herbstsonne durch das Küchenfenster herein. Auf dem Balkon, der zum Hinterhof ging, war das charakteristische weiche Gurren der liebeskranken Tauben zu hören und im Treppenhaus das ausklingende Echo der Schritte seiner Ehefrau, die sich auf dem Weg zum Markt befand. Das Neuwe Blatt lag ausgebreitet vor ihm auf dem Tisch, und er hatte gerade seinen Morgenkaffee mit zwei Tropfen Genever gewürzt, als Wauters anrief.

»Wir haben gewonnen«, sagte Wauters.

»Gewonnen?«, fragte Leverkuhn.

»Ja, Mensch!«, sagte Wauters. »Sie haben es im Radio gesagt.«

»Im Radio?«

»Stell dir vor, zwanzigtausend! Es war die Fünf, und zwar keinen Tag zu früh!«

»Das Los?«

»Ja, natürlich das Los. Was hast du denn gedacht? Hab ich nicht gesagt, dass was in der Luft lag, als ich es gekauft hab? Hol's der Teufel! Sie hat es geradezu rausgesucht vor mir ... als ob sie's gewusst hätte, Frau Milkerson im Kiosk. Zwei, fünf, fünf. Eins, sechs, fünf, fünf! Die Fünfer sind es, die haben's gebracht, glaub's mir. Ja, ich hatte die ganze Woche schon so ein Gefühl.«

»Wie viel, hast du gesagt?«

»Zwanzigtausend, zum Teufel! Fünf pro Mann, ich muss noch die anderen anrufen. Wir sehen uns heute Abend bei Freddy's, das wird ein saustarkes Fest in Kapernaum!«

»Fünftausend...?«, fragte Waldemar Leverkuhn, aber Wauters hatte schon aufgelegt.

Er blieb noch eine Weile mit dem Hörer in der Hand stehen und spürte ein leichtes Schwindelgefühl. Fünftausend Gulden? Vorsichtig blinzelte er ein paar Mal, und als er wieder klar sah, fixierten seine Augen unfreiwillig das Hochzeitsfoto auf der Kommode. Das goldgerahmte. Bedächtig betrachtete er Marie-Louises rundes, milchfrisches Gesicht. Die Lachgrübchen und die Korkenzieherlocken. Ein leichter Wind im Haar. Das Funkeln in den Augen.

Das war damals, dachte er. Damals war sie noch schön. Neunzehnhundertachtundvierzig.

Schön wie ein Sahnestückchen! Er holte sein Taschentuch heraus und schnäuzte sich. Kratzte sich etwas gedankenverloren im Schritt. Heute sah das etwas anders aus... aber so war das mit den Frauenzimmern... frühe Blüte, Kinderkriegen, Stillen und dann die Schwere im Körper... machte sie störrisch, das Ganze. Das lag sozusagen in der Natur der Sache. Ganz anders sah das bei den Kerlen aus, ganz, ganz anders.

Seufzend ging er aus dem Schlafzimmer. Ließ seine Gedanken weiter fließen, obwohl er gar keine richtige Lust dazu hatte. In letzter Zeit passierte ihm das häufig... Die Kerle dagegen, klar, die hielten sich viel länger in Form, das war ja gerade der Unterschied... dieser verfluchte Unterschied. Was sich natürlich am Ende wieder ausglich, das schon... so im Herbst des Lebens wurde es eigentlich doch ziemlich ruhig mit den Trieben, das musste er zugeben. Bei Mann und Frau.

Was sollte man auch anderes erwarten? Zweiundsiebzig und neunundsechzig. Er hatte zwar von Leuten gehört, die mit so was noch viel länger weitermachten, aber was ihn betraf, so war es ein für alle Mal vorbei, damit musste er sich halt abfinden.

Das heißt, abgesehen von der einen oder anderen Zuckung, auf die er liebend gerne verzichtet hätte. Eine blasse Erinnerung an längst vergangene Tage, ein trauriges Souvenir. So war es nun mal. Ein Zucken. Konnte er gern drauf verzichten, wie gesagt. Er ließ sich am Küchentisch nieder.

Fünftausend!

Hol's der Teufel!, versuchte er zu denken. Fünftausend Gulden! Aber es war schwer, dieses wirklich prickelnde Gefühl guter Laune zu kriegen. Was verflucht noch mal sollte er eigentlich mit dem Geld anfangen?

Ein Auto? Wohl kaum. Klar, es würde mit Sicherheit für ein annehmbares gebrauchtes reichen, und er hatte auch einen Führerschein, aber es war jetzt zehn Jahre her, seit er hinterm Steuer gesessen hatte, und eine unbändige Lust, sich in die weite Welt zu begeben, hatte er auch nicht.

Also auch keine Reise. Es stimmte schon, was Palinski immer sagte: Man hat das meiste gesehen und noch mehr.

Einen besseren Fernseher?

Dafür gab es keinen Grund. Sie hatten einen, der war erst ein paar Jahre alt, und außerdem benutzte er ihn eigentlich nur dazu, um davor einzuschlafen.

Er trank einen Schluck und starrte die Zeitung an, ohne sie zu lesen.

Einen neuen Anzug?

Zu seiner eigenen Beerdigung, oder wofür?

Nein, so auf die Schnelle gab es keine alten Wünsche, die ihm in den Sinn kamen und sich bemerkbar machten. Was wohl schon eine Menge darüber sagte, was für ein alter Knacker er geworden war. Konnte nicht mal sein Geld so mir nix, dir nix unter die Leute bringen. Schaffte es einfach nicht. Verdammte Scheiße!

Waldemar Leverkuhn schob die Zeitung zur Seite und goss sich eine neue Tasse Kaffee mit Genever ein.

Zumindest das konnte er sich genehmigen! Einen kleinen

Nachschlag. Er lauschte eine Weile den Tauben, während er das Getränk in sich schlürfte. Vielleicht sollte er die Sache so angehen? Sich einfach etwas gönnen. Ein bisschen großzügiger bei Freddy's sein. Etwas teurere Weine. Eine Leckerei bei Keefer's oder Kraus.

Warum eigentlich nicht? Ein paar Jahre etwas besser leben.
Jetzt klingelte das Telefon schon wieder.
Palinski, natürlich.
»Das wird ein saustarkes Fest in Kapernaum!«
Sogar die gleichen Worte wie Wauters. Schon merkwürdig, dass er nicht mal in der Lage war, sich ein paar eigene Kraftausdrücke zuzulegen. Nach der Begrüßungsfloskel lachte er eine halbe Minute lang laut in den Hörer und beendete seinen Anruf damit, dass er etwas dahingehend schrie, wonach der Wein bei Freddy's fließen würde.

»... halb sieben! Weißes Hemd und neuen Schlips, du alter Schweinehund!«

Dann legte er auf. Waldemar Leverkuhn schaute wieder eine Weile seine frischvermählte Ehefrau an und ging dann zurück in die Küche. Trank den letzten Rest Kaffee und rülpste. Dann lachte er.

Endlich lachte er. Fünftausend waren immerhin fünftausend.

Bonger, Wauters, Leverkuhn und Palinski.

Sie waren schon ein hübsches Quartett, Bonger und Palinski kannten sich bereits seit Kindesbeinen. Seit ihrer Schulzeit auf der Magdeburgischen und den Kriegswintern in den Kellern von Zuiderslaan und Merdwick – in der Mitte ihres Lebens waren sie einige Jahrzehnte auseinander gedriftet, aber dann wieder aufeinander gestoßen. Wauters hatte sich ihnen später angeschlossen, ziemlich viel später. Einer dieser einsamen Herren bei Freddy's, dieser Wauters. Zugereist von Hamburg oder Frigge oder woher auch immer. Er war nie verheiratet gewesen (der Einzige im Quartett, der es geschafft hatte, wie er selbst meinte, auch wenn er inzwischen den Junggesellenstatus mit Bonger und Palinski teilte) – und dennoch war er der einsamste arme Teufel, den man sich nur denken konnte. Das pflegte Bonger zumindest im Vertrauen zu erwähnen, denn Bonger war derjenige, der ihn am längsten und am besten kannte und der ihn in den Kreis eingeführt hatte. Ein alter Spieler war er auch, der Wauters, zumindest wenn man den Gerüchten Glauben schenken wollte, die er mit gewissem Bedacht um sich zu verbreiten pflegte... obwohl sich das inzwischen nur noch auf Fußballtipps und Lose bezog. Die Rennpferde waren heutzutage sowieso nur noch gedopte Kamele, wie er resigniert behauptete, und die Jockeys gekauft. Und die Karten?... Ja, wenn man fast zwölfhundert mit einem As-Vierer verloren hat, dann muss man es auf seine alten Tage verflucht noch mal ruhiger angehen lassen.

Laut Benjamin Wauters.

Bonger, Wauters, Leverkuhn und Palinski.

Letzten Abend hatte Palinski ausgerechnet, dass sie zusammen zweihundertzweiundneunzig Jahre alt waren und dass sie, wenn sie noch zwei Jahre durchhielten, ihrem 300-Jahr-Jubiläum gerade rechtzeitig zur Jahrhundertwende ins Auge sehen konnten. Das war nun wahrlich nicht schlecht, oder? Palinski hatte seine Hand auf Frau Gautiers' generös geformten Hintern gelegt, während er es ihr erzählte, aber Frau Gautiers hatte nur geschnaubt und gemeint, sie für ihren Teil hätte eher auf vierhundert getippt.

Doch in Wirklichkeit wurde es weder mit der einen noch mit der anderen runden Zahl etwas, da dieser Samstag der letzte in Waldemar Leverkuhns Leben war. Wie schon gesagt.

Marie-Louise kam mit den Einkaufstüten zurück, gerade als er gehen wollte.

»Wohin willst du?«
»Raus.«
»Warum denn?«
»Mir 'nen Schlips kaufen.«

Ihr Gebiss klapperte zweimal, wie immer, wenn sie sich über etwas ärgerte. Tick, tock.

»Einen Schlips?«
»Ja.«
»Warum willst du dir einen Schlips kaufen? Du hast doch schon fünfzig Stück.«
»Ich bin sie alle leid.«
Sie schüttelte den Kopf und schob sich mit ihren Tüten an ihm vorbei. Ein Geruch nach Nieren stach ihm in die Nase.
»Du brauchst kein Essen zu machen.«
»Was? Was meinst du damit?«
»Ich esse auswärts.«
Sie stellte ihre Tüten auf den Tisch.
»Ich habe Nieren eingekauft.«
»Das habe ich schon gerochen.«
»Und warum willst du plötzlich auswärts essen? Ich dachte, wir wollten heute zeitig essen, ich will doch heute Abend zu Emmeline, und du willst doch sicher ...«
»... zu Freddy's, ja. Aber ich esse außerhalb einen Bissen. Du kannst sie ja einfrieren, die Nieren.«
Sie betrachtete ihn argwöhnisch.
»Ist was passiert?«
Er knöpfte sich den Mantel zu.
»Nicht, dass ich wüsste. Was sollte denn passiert sein?«
»Hast du deine Medizin genommen?«
Er antwortete nicht.
»Bind deinen Schal um. Es geht ein Wind.«
Er zuckte die Achseln und ging.
Fünftausend, dachte er. Man könnte für ein paar Nächte im Hotel wohnen.

Wauters und Palinski hatten auch neue Schlipse, nur Bonger nicht.

Bonger trug nie einen Schlips, er hatte sein ganzes Leben lang keinen besessen, aber zumindest hatte er ein einigermaßen sauberes Hemd an. Seine Frau war vor acht Jahren gestorben, und seitdem ließ er den Dingen ihren Lauf. Sowohl was die Hemden betraf wie auch alles andere.

Wauters hatte einen Tisch im Restaurantbereich bestellt, und auf Palinskis Vorschlag hin begann man mit Champagner und Kaviarschnittchen, abgesehen von Bonger, der statt Kaviar Flusskrebsschwänze vorzog. Mit Sauternesoße.

»Was ist denn mit euch los, ihr alten Knacker?«, wunderte Frau Gautiers sich misstrauisch. »Habt ihr eure Prostata an die Forschung verkauft?«

Aber sie nahm eine Bestellung nach der anderen entgegen, ohne mit der Wimper zu zucken, und als Palinski ihr wie immer auf den Hintern klopfte, schaffte sie es kaum, seine rheumatische Hand wegzuscheuchen.

»Prost, Brüder!«, rief Wauters in regelmäßigen Abständen aus.

»Jetzt wird saustark gefeiert im Kapernaum!«, erklärte Palinski noch häufiger.

Verdammt, was habe ich diese Idioten satt, dachte Leverkuhn.

Gegen elf Uhr hatte Wauters acht oder neun Mal erzählt, wie er das Los gekauft hatte. Palinski hatte ungefähr genauso oft »Oh, meiner Jugend schönste Sünde« gesungen, und jedes Mal nach eineinhalb Zeilen abgebrochen, da er sich nicht mehr an den Text erinnerte, und Bongers Gedärme waren durcheinander geraten. Waldemar Leverkuhn dagegen hatte das Gefühl, dass er vermutlich betrunkener war als seinerzeit auf dem Oktoberfest in München vor fünfzehn Jahren. Oder war es schon sechzehn Jahre her?

Wie auch immer, es war an der Zeit, einen Schlussstrich zu ziehen.

Wenn er nur seine Schuhe finden könnte. Die letzte halbe Stunde hatte er in Strümpfen dagesessen, was er verwundert festgestellt hatte, als er zum Pinkeln auf der Toilette war, aber wie sehr er auch mit den Füßen unter dem Tisch herumtastete, er konnte nichts finden.

Das war aber auch zu blöd. Er wusste, Bongers Gedärme hatten wieder gesprochen, und als Palinski erneut mit seinem

Gesang einsetzte, wurde ihm klar, dass er die Sache unbedingt systematischer angehen musste.

Er hustete ablenkend und machte einen diskreten Tauchgang, bekam aber unglücklicherweise einen Zipfel der Tischdecke zu fassen, und daraufhin wurde alles so ein Durcheinander, dass er ganz einfach keine Lust mehr hatte, sein zufälliges Exil unter dem Tisch wieder zu verlassen. Irgendwelche Schuhe sah er nirgends.

»Haut ab!«, murmelte er drohend. »Verschwindet, fahrt zur Hölle und lasst mich in Ruhe!«

Er drehte sich auf den Rücken und zog die restliche Tischdecke und das Porzellan mit sich. Von den umgebenden Tischen war ein gemischter Chor aus Lachsalven und empörten Frauenstimmen zu vernehmen. Von Wauters und Palinski kamen gute Ratschläge und von Bonger ein weiterer Tritt.

Dann zeigten sich Frau Gautiers und Herr Van der Valk und Freddy himself, und zehn Minuten später stand Waldemar Leverkuhn draußen auf dem Fußsteig im Regen, in Mantel und Schuhen. Palinski und Wauters verschwanden in einem Taxi, und Bonger fragte im nächsten Atemzug, ob sie sich nicht auch eins teilen sollten.

Nur über meine Leiche, du verdammte Stinkbombe!, dachte Leverkuhn und anscheinend sagte er das auch, denn während einer bedrohlichen Sekunde schwebte Bongers Faust unter seiner Nase, aber dann verschwanden sowohl Faust als auch ihr Besitzer entlang der Langgraacht.

Leicht reizbar wie üblich, dachte Leverkuhn und begann langsam ungefähr in die gleiche Richtung zu gehen. Der Regen wurde stärker. Das war aber nichts, was ihn störte, ganz und gar nicht. Trotz seines Rausches ging es ihm ausgezeichnet, und er konnte fast hundertprozentig den Kurs halten. Erst als er auf die rutschige Auffahrt zur Wagnerbrücke abbog, kam er ins Stolpern und fiel hin. Zwei vorbeigehende Frauen, wahrscheinlich Huren unten aus Zwille, halfen ihm wieder auf die Beine und sorgten außerdem dafür, dass er in der Zuyderstraat etwas festeren Boden unter die Füße bekam.

Der Rest war ein Kinderspiel, und in dem Moment, als die Glocken der Keymerkirche Viertel vor zwölf schlugen, war er zu Hause.

Ganz im Gegensatz zu seiner Ehefrau. Waldemar Leverkuhn zog die Tür hinter sich zu, ohne sie abzuschließen, zog Schuhe, Mantel und Jacke im Flur aus und krabbelte ohne große Umstände ins Bett. Zwei Minuten später schlief er bereits. Auf dem Rücken und mit weit geöffnetem Mund, und als jemand etwas später in der Nacht sein rasselndes Schnarchen zum Verstummen brachte, indem er ihm achtundzwanzig Mal ein Fleischmesser in Rumpf und Hals stieß, war nicht auszumachen, ob er sich dieser Tatsache überhaupt bewusst geworden war.

2

Die Frau war grau wie das Licht der Morgendämmerung.

Mit hochgezogenen Schultern saß sie Kommissar Münster in ihrem abgetragenen Mantel gegenüber und blickte zu Boden. Sie machte keinerlei Anstalten, den Teebecher oder eines der Brote anzurühren, die Frau Katz hereingebracht hatte. Eine Aura müder Resignation umgab sie, und Münster überlegte, ob es nicht besser wäre, einen Arzt zu rufen und ihr eine Spritze geben zu lassen. Sie ins Bett zu bringen, damit sie sich ausruhte, statt hier zu sitzen und durch die Mangel gedreht zu werden. Krause hatte ja bereits ein vorläufiges Verhör zu Stande gebracht.

Aber wie Van Veeteren immer sagte: Die ersten Stunden sind die wichtigsten. Und die erste Viertelstunde ist genauso schwergewichtig wie die gesamte dritte Woche.

Falls sich die Geschichte so lange hinziehen würde. Man konnte ja nie wissen.

Er schaute auf die Uhr. Sechs Uhr fünfundvierzig. All right, dachte er. Eine Viertelstunde, höchstens.

»Ich muss Ihre Angaben noch einmal durchgehen«, sagte er. »Dann können Sie sich schlafen legen.«

Sie schüttelte leicht den Kopf.

»Ich brauche keinen Schlaf.«

Münster überflog hastig Krauses Aufzeichnungen.

»Sie sind also etwa gegen zwei Uhr nach Hause gekommen?«

»Ja, ungefähr fünf Minuten nach zwei. Es gab einen Stromausfall, und der Zug musste mehr als eine Stunde warten. Vor Voigtshuuis.«

»Wo sind Sie gewesen?«

»In Bossingen. Bei einer Freundin. Wir treffen uns immer samstags ... nicht an jedem, aber ab und zu. Ich habe das schon erzählt.«

»Ich weiß«, sagte Münster. »Wann sind Sie von Bossingen losgefahren?«

»Mit dem Zwölfuhrzug. Der fährt um 23.59 Uhr ab und soll eigentlich Viertel vor eins hier sein. Aber diesmal ist es fast zwei geworden.«

»Und dann?«

»Dann bin ich nach Hause gegangen und habe ihn gefunden.«

Sie zuckte mit den Achseln und schwieg. Bis jetzt hatte sie den Blick noch kein einziges Mal gehoben. Einen kurzen Moment lang musste Münster an das überfahrene Katzenjunge denken, das er gefunden hatte, als er zehn oder elf Jahre alt war. Es hatte auf dem Asphalt in seinem eigenen Blut gelegen, als er mit dem Fahrrad vorbeigekommen war, und auch das Katzenjunge hatte seinen Blick nicht gehoben. Es hatte einfach nur dagelegen, in das hohe Gras am Wegrand gestarrt und darauf gewartet, dass es sterben würde.

Er überlegte, warum ausgerechnet dieses alte Bild an diesem düsteren Morgen aus seinem Gedächtnis auftauchte. Schließlich war es nicht Frau Leverkuhn, die im Sterben lag, es war ihr Mann, der gestorben war.

Ermordet. Zweiundsiebzig Jahre alt hatte er werden müssen, um seinen Mörder zu treffen, einen Mörder, dem es am sichersten erschienen war, das Messer zwischen zwanzig und dreißig Mal in ihn zu stoßen, damit er niemals wieder aus seinem Bett steigen würde.

Irgendwann zwischen halb eins und halb drei, wenn man dem vorläufigen Obduktionsbericht glauben durfte, der schon eine Weile vorlag, als Münster ins Polizeipräsidium kam.

Ein wenig übertrieben, zweifellos. Ein oder zwei Stiche hätten vermutlich genügt. Der Blutverlust war so groß gewesen, dass man hier wirklich einmal davon reden konnte, dass das Opfer in seinem eigenen Blut gebadet hatte. Es gab beträchtlich mehr davon im Bett und auf dem Boden als im Körper.

Er betrachtete Marie-Louise Leverkuhn und ließ einige Sekunden verstreichen.

»Sie haben sofort die Polizei angerufen?«

»Ja ... nein, ich bin zuerst rausgegangen.«

»Rausgegangen? Aber warum um alles in der Welt?«

Wieder zuckte sie mit den Schultern.

»Ich weiß nicht. Ich muss eine Art Schock gehabt haben ... ich glaube, ich wollte zum Entwick Plejn gehen.«

»Und warum zum Entwick Plejn?«

»Zum Polizeirevier. Ich wollte es dort melden ... aber dann wurde mir klar, dass es wohl besser war, anzurufen. Schließlich war es schon spät und die haben dort sicher nur während der Geschäftszeiten offen. Oder?«

»Ich denke schon«, sagte Münster. »Um wie viel Uhr waren Sie zurück?«

Sie überlegte.

»Ich denke, es war so kurz nach halb drei.«

Münster blätterte in den Papieren. Das schien zu stimmen. Der Anruf war um 02.43 angenommen worden.

»Ich sehe hier, dass die Wohnungstür nicht verschlossen war, als Sie nach Hause kamen.«

»Ja.«

»Ist jemand eingebrochen?«

»Nein. Es kam öfter vor, dass er vergessen hat, abzuschließen ... oder sich einfach nicht drum gekümmert hat.«

»Er scheint auch einiges getrunken gehabt zu haben.«

Sie antwortete nicht. Münster zögerte eine Weile.

»Frau Leverkuhn«, sagte er schließlich, während er sich

19

über seinen Schreibtisch beugte und versuchte, ihren Blick vom Fußboden aufzufischen. »Es steht vollkommen außer Zweifel, dass Ihr Ehemann ermordet worden ist. Haben Sie irgendeinen Verdacht, wer das getan haben könnte?«

»Nein.«

»Nicht die leiseste Ahnung ... jemand, mit dem er sich zerstritten hatte oder so etwas?«

Sie machte eine kleine verneinende Gebärde mit dem Kopf.

»Fehlt etwas in der Wohnung? Ich meine, außer dem Messer?«

»Ich glaube nicht.«

»Gibt es irgendwelche Spuren, die auf einen Fremden hindeuten?«

»Nein.«

»Etwas anderes, was Ihnen aufgefallen ist, das Ihrer Meinung nach von Bedeutung sein könnte?«

Ihr Körper wurde von einem Zittern geschüttelt, und endlich hob sie ihren Blick.

»Nein, es war alles wie immer, alles ... Was sage ich da? Ich meine ...«

»Ich verstehe«, sagte Münster. »Es stimmt, was Sie sagten, Sie haben einen Schock erlitten. Wir machen jetzt eine Pause. Ich denke, es wird das Beste sein, wenn Sie sich eine Weile hinlegen. Ich werde die zuständige Krankenschwester rufen, die wird sich um Sie kümmern.«

Er klappte den Notizblock zu und stand auf. Gab Frau Leverkuhn ein Zeichen, ihm zu folgen, und hielt ihr die Tür auf. Als sie dicht an ihm vorbeiging, bemerkte er zum ersten Mal ihren Geruch.

Naphthalin, wenn er sich nicht täuschte.

Rooth sah ungefähr so aus, wie er sich fühlte.

»Schon lange auf den Beinen?«

Rooth rührte seinen Kaffee mit einem Bleistift um.

»Ziemlich«, nickte er. »Als ich ein Kind war, gab es so was, das hieß Sonntagmorgen. Wo ist das nur geblieben?«

»Keine Ahnung«, sagte Münster. »Du bist also da gewesen?«
»Drei Stunden lang«, sagte Rooth. »Bin gleich nach Krause angekommen. Hab mir eine Stunde lang das Blutbad angeguckt, zwei Stunden die Nachbarn befragt. Krause hat sich um die Frau gekümmert.«
»Hab ich gehört«, sagte Münster. »Was sagen die Nachbarn?«
»Alle machen die gleichen Aussagen«, erklärte Rooth und holte ein Butterbrot aus einer Plastikdose auf dem Tisch hervor. »Willst du auch eins?«
Münster schüttelte den Kopf.
»Gleiche Aussagen? Was, zum Teufel, soll das heißen?«
Rooth putzte sich die Nase.
»Es gibt nur sechs Wohnungen in dem Block. Eine steht leer. In drei – inklusive der der Leverkuhns – wohnen alte Leute.
Ab fünfundsechzig aufwärts. In der vierten wohnt eine dicke Frau mittleren Alters. In der letzten ein junges Paar. Alle waren in der Nacht zu Hause, und alle haben das Gleiche gehört.«
»Aha. Und was?«
»Ein junges Paar, das sich im Bett amüsiert hat. Zwischen elf und zwei ungefähr. Es scheint dort reichlich hellhörig zu sein, und sie haben offensichtlich nicht das allerbeste Bett.«
»Drei Stunden lang?«, fragte Münster.
Rooth biss in sein Butterbrot und runzelte die Stirn.
»Ja, und sie geben das auch noch zu. Und der Typ ist nicht mal ein Athlet. Obwohl, er ist farbig. Manchmal fragt man sich wirklich ...«
»Willst du damit sagen, dass die Alten die ganze Zeit zwischen elf und zwei wach gelegen und dem Liebesspiel zugehört haben?«
»Nicht die ganze Zeit. Aber ab und zu, zwischendurch sind sie auch eingeschlafen. Übrigens gibt es nur ein Paar. Die Van Ecks im Erdgeschoss. Die anderen sind allein stehend ... Herr Engel und Frau Mathisen.«
»So?«, sagte Münster und überlegte. »Aber aus Leverkuhns Wohnung haben sie nichts gehört?«

»Nicht einen Mucks«, bestätigte Rooth und biss erneut ab. »Niemand hat irgendwelche Besucher in der Wohnung bemerkt, und niemand hat verdächtige Geräusche gehört – abgesehen von dem Beischlaf. Übrigens, es ist kein Problem, ins Haus zu kommen ... die Haustür kann man laut Van Eck aufdrücken.«

Münster schwieg, während Rooth sein Butterbrot aufaß.

»Was denkst du?«, fragte er schließlich.

Rooth gähnte.

»Überhaupt nichts«, antwortete dieser. »Ich bin dazu ein bisschen zu müde. Aber ich nehme an, jemand ist reingekommen und hat ihn erstochen. Und ist dann wieder abgehauen. Oder er hat schon drinnen gesessen und auf ihn gewartet ... eins von beidem.«

»Zwanzig, dreißig Stiche?«, fragte Münster.

»Zwei hätten schon gereicht«, sagte Rooth. »Wahrscheinlich wieder so ein verfluchter Wahnsinniger.«

Münster stand auf und trat ans Fenster. Schob zwei Jalousienrippen auseinander und blinzelte auf die diesige Stadt. Es war bereits fast halb neun, und schon jetzt war klar, dass es wieder einer jener grauen, verregneten Sonntage werden würde, an denen das Licht nie richtig durchkommt. Ein einziger diesiger Warteraum. Er ließ die Jalousie los und drehte sich um.

»Warum?«, fragte er. »Wer um alles in der Welt bringt einen siebzigjährigen alten Knacker auf diese Art und Weise um?«

Rooth antwortete nicht.

»Wie sieht es mit der Waffe aus?«

Rooth schaute von seiner Kaffeetasse auf.

»Das Einzige, was in der Wohnung fehlt – laut der Ehefrau jedenfalls – ist ein Fleischmesser. Meusse sagt, dass es sehr wohl die Tatwaffe gewesen sein kann ... die Länge scheint zu stimmen.«

»Hm«, sagte Münster. »Und was gedenkst du jetzt zu tun?«

Rooth kratzte sich am Kinn.

»Nach Hause zu fahren und mich eine Weile aufs Ohr zu

hauen. Soweit ich verstanden habe, übernimmst du ja wohl, und wenn ich wieder munter bin, komme ich morgen zum Dienst. Es gibt da übrigens einige Angehörige, die informiert werden müssen. Ich habe das dir überlassen. Ich hoffe, du entschuldigst, aber du kannst so was besser als ich ... außerdem konnte ich ja nicht so frühmorgens anrufen, nicht wahr?«

»Danke«, sagte Münster. »Um wen geht es?«

Rooth zog ein Stück Papier aus der Innentasche.

»Um einen Sohn und eine Tochter«, erklärte er. »Beide wohnen außerhalb. Es gibt noch eine weitere Tochter, aber die ist irgendwo in der Psychiatrie – das eilt wahrscheinlich nicht so.«

»All right«, sagte Münster und schrieb die Daten auf. »Dann geh nach Hause und leg dich hin, den Fall hier werde ich inzwischen lösen.«

»Prima«, sagte Rooth. »Du kriegst eine Schokoladentorte, wenn du es bis morgen früh schaffst.«

»Verdammter Quatschkopf«, sagte Münster und griff zum Telefonhörer.

Er bekam bei keiner der beiden Nummern eine Verbindung und überlegte eine Weile, ob er diese Arbeit Krause oder jemand anderem übertragen sollte. Jedenfalls war klar gewesen, dass die alte Frau Leverkuhn selbst nicht sehr geneigt war, ihre Kinder anzurufen.

Anzurufen und zu erzählen, dass jemand gerade ihren Papa ermordet hat, und zwar indem er das fünfzehn Jahre alte Fleischmesser zwanzig bis dreißig Mal in ihn hineingejagt hat. Wobei er ihre Einstellung eigentlich gut verstehen konnte. Er schob die Papiere zusammen und beschloss, dass das eine dieser Aufgaben war, derer man sich nicht so einfach entledigen konnte. Pflichten nannte man das früher.

Stattdessen rief er Synn an. Erklärte ihr, dass er gezwungen war, wohl den ganzen Tag zu arbeiten, und in ihrem Schweigen und den nicht ausgesprochenen Worten konnte er ihre Enttäuschung hören. Seine eigene Enttäuschung war nicht kleiner, und sie beendeten ihr Gespräch nach weniger als einer Minute.

Es gab wenige Dinge, die Münster lieber tat, als einen ganzen Tag in so einem diesigen Wartezimmer mit Synn zu verbringen. Und den Kindern. Ein regnerischer Sonntag ohne Pläne.

Er schloss die Augen und lehnte sich auf seinem Schreibtischstuhl zurück.

Warum?, dachte er lustlos.

Warum muss jemand daherkommen und einen alten Knacker auf diese bestialische Weise ins Jenseits befördern?

Und warum musste er selbst einen Job haben, der viel zu oft von ihm verlangte, dass er regnerische Sonntage dazu benützte, Antworten auf Fragen wie diese auszugraben, statt mit seiner geliebten Familie zusammen zu sein?

Warum?

Er seufzte und schaute auf die Uhr. Es war noch nicht einmal Vormittag.

3

Er ging zu Fuß zu Freddy's. Ein gleichgültiger Dunst hing über den Kanälen und über den sonntagsleeren Straßen, aber der Regen hatte sich langsam zurückgezogen. Das kleine Restaurant lag in der Weiskerstraat, ganz in der Ecke zur Langgraacht, und es war noch geschlossen. *Sonntags 12 – 24 Uhr*, stand auf einem verblassten Zettel an der Tür, aber er klopfte dennoch an das geriffelte Glas und wurde nach einer Weile eingelassen. Es war eine kräftige Frau in den Vierzigern, die ihm öffnete. Sie war fast genauso groß wie er, trug Jeans, ein Flanellhemd und ein rotes, leicht angeschmutztes Tuch um den Kopf. Ganz offensichtlich war sie dabei, die Räume in salonfähigen Zustand zu versetzen.

Zu putzen, wenn man so will.

»Elizabeth Gautiers?«

Sie nickte und legte einen Stapel in Plastik eingeschweißte Speisekarten auf den Bartresen. Münster schaute sich um, die Beleuchtung war äußerst sparsam. Er nahm an, dass das etwas mit den Ausmaßen ihrer Putzambitionen zu tun hatte. Ansonsten sah es aus wie üblich. Dunkle Täfelung, dunkle Einrichtung in Braun, Grün und Rot. Der Bartresen in einem Winkel, ungefähr zehn Tische mit einfachen, geradlehnigen Stühlen. Ein Zigarettenautomat und ein Fernsehapparat. In einem Hinterzimmer konnte er weiße Tischdecken und etwas großzügigeren Lichteinfall entdecken – offenbar ein etwas vornehmerer Essensbereich. Aus der Küche waren Stimmen und das Klappern von Töpfen und Pfannen zu hören, es war halb elf, und der Mittagsstress hatte eingesetzt.

»Sie haben angerufen?«

Münster zeigte seinen Ausweis und sah sich nach einem passenden Sitzplatz um.

»Wir können uns da drinnen hinsetzen. Möchten Sie etwas?«

Sie zeigte auf die weißen Tischdecken und ging durch die Schwingtüren voraus.

»Kaffee«, sagte Münster, die Tatsache ignorierend, dass er Synn versprochen hatte, seinen Konsum auf vier Tassen am Tag zu reduzieren. Das hier war seine dritte. »Ich meine, nur wenn es Ihnen keine Umstände macht!«

Das machte es nicht. Sie ließen sich im Schutz eines Ficus benjaminus aus Plastik nieder, und er zog seinen Block heraus.

»Wie ich schon sagte, es dreht sich um diese Gesellschaft gestern Abend...« Er ging noch einmal die Namen durch. »... Palinski, Bonger, Wauters und Leverkuhn. Alles Stammgäste, wenn ich mich nicht irre? Es sieht so aus, als ob Leverkuhn ermordet worden ist.«

Offensichtlich war diese Neuigkeit noch nicht bis zu ihr durchgedrungen, denn ihr Unterkiefer fiel herunter, sodass ein leises Klicken zu hören war. Münster überlegte, ob sie wohl ein Gebiss hatte. Aber sie konnte doch nicht viel älter als fünfundvierzig sein? Also ungefähr in seinem Alter.

»Ermordet?«

»Daran besteht kaum ein Zweifel«, nickte Münster.

»Äh... und warum?«

»Das wissen wir noch nicht.«

Sie saß ein paar Sekunden absolut still. Dann nahm sie ihr Kopftuch ab und ließ eine Haarmähne in fast der gleichen Farbe frei. Nur nicht ganz so schmutzig. Trotzdem eine ziemlich schöne Frau, stellte Münster ein wenig verwundert fest. Groß, aber schön, die forderte schon den ganzen Mann. Sie zündete sich eine Zigarette an.

»Raubüberfall, oder was?«

Münster antwortete nicht.

»Ich meine, wurde er niedergeschlagen ... auf dem Heimweg?«

»Nicht direkt. Können Sie mir sagen, um wie viel Uhr er von hier weggegangen ist?«

Elizabeth Gautiers dachte nach.

»Um elf«, sagte sie. »Vielleicht ein paar Minuten danach.«

»Es war gestern schon etwas außergewöhnlich«, fügte sie nach einer Weile hinzu.

»Außergewöhnlich?«

»Na, die waren ziemlich betrunken. Leverkuhn ist unter den Tisch gefallen.«

»Unter den Tisch?«

Sie lachte laut auf.

»Ja, tatsächlich. Er hat die Tischdecke mit sich gezogen, da war reichlich was los. Wir haben ihn wieder auf die Beine gestellt und auf den Weg gebracht ... Sie meinen also, er ist auf dem Weg nach Hause umgebracht worden?«

»Nein«, antwortete Münster. »In seinem Bett. Gab es irgendwie Streit zwischen den Herren?«

»Nicht mehr als üblich.«

»Haben Sie gesehen, wie sie von hier weg sind? Vielleicht haben Sie ihnen ein Taxi gerufen oder so?«

»Das ist nicht nötig«, erklärte Elizabeth Gautiers. »Hier ist immer ein Auto zu finden. Hinten am Megsje Plejn, nur eben um die Ecke ... Ja, ich glaube, zwei von ihnen haben ein Taxi genommen. Ich bin noch am Fenster stehen geblieben und habe ihnen nachgeschaut. Aber Leverkuhn und Bonger sind wohl zu Fuß gegangen.«

Münster nickte und machte sich Notizen.

»Sie kennen die Herren gut?«

»Das kann man wohl sagen. Die sitzen doch mindestens zwei Abende in der Woche hier. Bonger und Wauters sogar noch häufiger ... vier oder fünf Abende. Aber meistens natürlich in der Bar.«

»Seit wann verkehren sie hier?«

»Jedenfalls seit ich hier arbeite. Acht Jahre.«

»Aber gestern haben sie im Restaurant gesessen?«

Sie drückte die Zigarette aus und überlegte.

»Ja, gestern Abend, da war etwas Besonderes, wie schon gesagt. Aus irgendeinem Grund hatten sie etwas zu feiern. Ich glaube, sie haben Geld gewonnen.«

Münster schrieb auf.

»Wieso glauben Sie das? Und wo sollen sie denn gewonnen haben?«

»Ich weiß nicht. Fußball oder Lotto wahrscheinlich, die füllen doch immer mittwochs ihre Kupons aus. Aus irgendeinem Grund haben sie lächerlicherweise versucht, das geheim zu halten, haben nur darüber geflüstert, aber man bekam natürlich doch so einiges mit.«

»Sind Sie sich dessen ganz sicher?«

Sie überlegte wieder.

»Nein«, sagte sie dann. »Aber es kann sich kaum um etwas anderes gehandelt haben. Herausgeputzt waren die vier auch. Und haben teure Weine und Cognac bestellt. Alles à la carte ... aber mein Gott, warum haben sie Leverkuhn umgebracht? Diesen armen alten Kerl. Ist er auch ausgeraubt worden?«

Münster schüttelte den Kopf.

»Anscheinend nicht. Nur ermordet. Jemand hat ihn mit einem Messer erstochen.«

Sie starrte ihn ungläubig an.

»Aber wer nur? Ich meine ... warum?«

Die allerschlimmsten Verhöre, dachte Münster, als er wieder auf der Straße stand, das sind die, bei denen der Befragte nichts anderes dazu beitragen kann, als die eigenen Fragen zu wiederholen und zu unterstreichen. Wie in diesem Fall hier.

Wer nur?

Warum?

Nun ja, das Thema Geld war zur Sprache gekommen, und auch wenn es ein paar Jahre her war, seit Kommissar Münster mit dem Marxismus geflirtet hatte, konnte er immer noch sehen, dass fast alle Dinge eine ausgeprägte ökonomische Seite hatten.

Besonders wenn es um seinen eigenen Arbeitsbereich ging natürlich. Die Schattenseite.

Cui bono also? Als er mit der Ehefrau gesprochen hatte, war von plötzlichen Spielgewinnen nicht die Rede gewesen. Vielleicht gab es hier einen roten Faden, aber wenn er näher darüber nachdachte, fand er es nicht mehr gar so überraschend, dass die Herren, und hier in erster Linie Leverkuhn, diese Sache lieber für sich behielten. Dafür sorgten, dass das Geld nicht in der Haushaltskasse oder anderen bodenlosen Löchern verschwand.

Falls es ihnen wirklich gelungen war, etwas einzuheimsen. Warum auch nicht? Die Leute gewannen ab und zu Geld, ihm selbst war das zwar noch nie passiert, aber das hatte sicher seinen wahren Grund darin, dass er äußerst selten spielte.

Er sah auf die Uhr und beschloss, zurück zum Präsidium ebenfalls zu Fuß zu gehen. Die dahinziehenden Nebelschleier hatten sich zwar inzwischen in einen dünnen Regen aufgelöst, aber die Luft war mild und weich, und schließlich hatte er Mantel und Handschuhe dabei.

Was er im Polizeipräsidium eigentlich machen wollte, darüber war er sich nicht im Klaren – außer natürlich zu versuchen, Sohn und Tochter zu erreichen. Wenn er Glück hatte, waren inzwischen auch die Berichte des Gerichtsmediziners Meusse und der Spurensicherung eingetroffen, und dann würde es sicher noch ein paar andere Dinge geben, um die er sich kümmern musste.

Außerdem hatten Jung und Moreno vielleicht etwas bei ihrer

Befragung der anderen Saufkumpane herausgefunden, obwohl er lieber nicht allzu viel davon erwarten sollte. Beide Kollegen hatten müder ausgesehen, als die Polizei erlaubt, als er sie losschickte.

Aber im besten Fall ... im allerbesten Fall, dachte er, würde ein Zettel auf seinem Schreibtisch liegen, auf dem stand, dass einer der alten Kerle zusammengebrochen war und gestanden hatte. Oder jemand anders, wer auch immer. Und dann ... dann würde ihn nichts mehr daran hindern, nach Hause zu Synn und den Kindern zu fahren und sich für den Rest des Tages seinem Familienleben zu widmen.

Es war ein schöner grauer Sonntag zum Daheimbleiben. Und es gab immer Gründe, warum es besser wäre, ein entscheidendes Verhör auf den Montagmorgen zu verschieben. Ein demütigender Tag im Polizeiarrest bringt die meisten Täter dazu, schließlich im Großen und Ganzen alles zu gestehen, was von ihnen gewünscht wird.

Das hatte er schon öfters erlebt.

Aber wie groß die Chancen waren, dass so ein Täter wirklich auftauchte ... ja, dieser Frage wollte Kommissar Münster lieber nicht näher nachgehen. Sondern sich lieber erlauben, noch eine Weile zu hoffen. Man konnte ja nie wissen. Wenn es etwas gab, was in diesem verfluchten Job sicher war, dann ja wohl das.

Dass man nie wissen konnte.

Er schlug seinen Kragen gegen den Regen hoch und schob die Hände mit einem vorsichtigen Optimismus in die Manteltaschen.

4

Jung hatte Kopfschmerzen.

Das hatte seinen Grund, und ohne die Lage seinen Kollegen zu offenbaren, nahm er die Straßenbahn zum Armastenplejn, wo Palinski wohnte. Es war einer dieser Tage, an denen es sich nicht lohnte, sich zu beeilen, redete er sich mit pädagogischem Nachdruck ein.

Die Bahn war zu dieser unchristlichen Sonntagszeit fast menschenleer, und während er auf dem zerkratzten Sitz hin und her gerüttelt wurde, versuchte er zwei Brausetabletten in die Coca-Cola-Dose hineinzudrücken, die er in der Kantine gekauft hatte. Das Ergebnis war erschreckend. Durch die Schaumentwicklung wurde er gezwungen, das perlende Getränk so schnell wie möglich in sich hineinzuschlürfen. Dennoch bekam er einige Flecken auf Jacke und Hose ab, was ihm schräge Blicke von vier sittsamen Frauenaugen einbrachte, die ein paar Reihen hinter ihm hervorstachen. Die Damen waren höchstwahrscheinlich auf dem Weg zur Kirche, um ihre äußerst wohlverdiente Gnade zu empfangen. Diese frisch gebügelten Damen.

Auch egal, dachte Jung. Starrte zurück und wischte sich so gut es ging mit dem Schal ab.

Die Kopfschmerzen schwebten noch über ihm, als er ausstieg. Er fand das richtige Haus und direkt daneben ein geöffnetes Café. Nach einigen Sekunden des Zögerns ging er in das Café und bestellte sich eine Tasse Kaffee.

Man sollte eben keinen Alkohol trinken, wenn man Dienstbereitschaft hat! Das war natürlich eine alte, kluge Regel, aber schließlich war es Maureens Geburtstag gewesen, und ab und zu muss man Prioritäten setzen. Außerdem hatten sie endlich einmal die Wohnung für sich gehabt – genau genommen zum ersten Mal, seit sie Ende August zusammengezogen waren. Sophie hatte bei einer Freundin übernachtet. Oder vielleicht auch bei einem Freund, sie war ja schon bald siebzehn.

Sie hatten stundenlang gegessen und getrunken. Hatten sich vor dem Fernseher einen teuren Rioja geteilt. Sich dann anderthalb Stunden geliebt. Mindestens. Er erinnerte sich noch daran, dass er auf die Uhr gesehen hatte, als sie fünf nach halb vier zeigte.

Der Diensthabende hatte um Viertel vor sechs angerufen.

Ich bin heute ein Wrack, dachte Jung. Aber ein ziemlich junges und glückliches Wrack.

Er trank seinen Kaffee und bestellte noch eine Tasse.

Palinski sah auch wie ein Wrack aus, nur vierzig Jahre älter. Sein weißes Hemd war gestern Abend möglicherweise sauber gewesen, aber nach den gestrigen Alkoholeskapaden war es nicht mehr besonders imponierend. Unten ragten zwei dünne, armselige Beine heraus, mit Krampfadern und grauen, heruntergerutschten Strümpfen. Der Kopf balancierte auf einem zerbrechlichen Stiel von einem Hals und sah aus, als könnte er jeden Moment herunterfallen. Die Hände zitterten wie Lerchenflügel, die Aufhängung des Unterkiefers funktionierte nicht.

Verdammte Scheiße, dachte Jung und hielt Palinski seinen Polizeiausweis unter die Nase. Hier stehe ich Auge in Auge mit meiner eigenen Zukunft.

»Polizei«, sagte er. »Darf ich reinkommen?«
Palinski hustete. Dann schloss er die Augen.
Kopfschmerzen, diagnostizierte Jung wissend und schob sich durch die Tür.
»Was wollen Sie? Mir geht es nicht gut.«
»Sie haben einen Kater«, sagte Jung. »Stellen Sie sich nicht so an.«
»Nein ... ja«, sagte Palinski. »Wie meinen Sie das?«
»Wissen Sie nicht, was ein Kater ist?«

Palinski antwortete nicht, sondern hustete noch mehr Schleim hoch, den er hinunterschluckte. Jung sah sich nach einem Spucknapf um und atmete ganz flach. Die Luft in der Wohnung war voll mit verrauchtem Altmännergeruch. Tabak. Ungewaschene Kleidung. Schmutziger Fußboden. Er fand die Küche, und es gelang ihm, dort ein Fenster zu öffnen. Er ließ sich an dem wackligen Tisch nieder und gab seinem Gastgeber ein Zeichen, es ihm nachzutun.

»Vielleicht sollte ich vorher ein Pulver nehmen«, krächzte Palinski und schlurfte in einen Raum, der wohl das Badezimmer war.

»Bitte«, rief Jung ihm hinterher. »Ich warte hier auf Sie.«
Es dauerte fünf Minuten. Dann kam Palinski in einem

ausgefransten Bademantel und mit frisch gewaschenem Gesicht zurück. Offensichtlich auch ein wenig selbstbewusster.

»Was, zum Teufel, wollen Sie?«, fragte er, während er sich Jung gegenüber setzte.

»Leverkuhn ist tot«, sagte Jung. »Was wissen Sie über die Sache?«

Palinski ließ den Unterkiefer fallen. Sein Selbstbewusstsein war dahin.

»Was?«

»Ermordet«, erklärte Jung. »Nun?«

Palinski starrte ihn mit halb offenem Mund an und begann wieder zu zittern.

»Was ... was, zum Teufel, sagen Sie da?«

»Ich sage, dass jemand Waldemar Leverkuhn letzte Nacht in seiner Wohnung ermordet hat. Sie sind einer der letzten, die ihn lebend gesehen haben, und jetzt will ich wissen, was Sie dazu zu sagen haben.«

Plötzlich schien es, als würde Palinski in Ohnmacht fallen.

Verdammter Mist, dachte Jung. Ich bin wohl etwas zu forsch vorgegangen.

»Sie waren also gestern zusammen aus«, versuchte er es vorsichtiger. »Stimmt das?«

»Ja ... ja, natürlich.«

»Bei Freddy's in der Weiskerstraat?«

»Ja.«

»Zusammen mit zwei anderen Herren?«

»Ja.«

Palinski schloss seinen Mund und hielt sich an der Tischkante fest.

»Wie geht es Ihnen?«, fragte Jung vorsichtig.

»Schlecht«, sagte Palinski. »Ich bin krank. Dann ist er also tot?«

»Mausetot«, nickte Jung. »Jemand hat mindestens zwanzig Mal mit einem Messer in ihn reingestoßen.«

»Messer ...?«, piepste Palinski. »Ich verstehe das nicht.«

»Wir auch nicht«, bestätigte Jung. »Wollen Sie nicht ein bisschen Tee oder Kaffee aufsetzen, damit wir die Sache in aller Ruhe besprechen können?«

»Ja, natürlich«, sagte Palinski. »Verdammte Scheiße! Wer hat das getan?«

»Das wissen wir nicht«, sagte Jung.

Palinski erhob sich mühsam.

»Wir müssen alle diesen Weg gehen«, stellte er überraschend fest. »Ich glaube, ich brauche erst mal ein paar Tropfen zur Stärkung. So ein verdammter Mist!«

»Geben Sie mir auch welche«, sagte Jung.

Er verließ Palinski eine Stunde später mit einigermaßen klarem Kopf und einigermaßen deutlichen Aussagen. Ja, man hatte sich bei Freddy's getroffen – genau wie immer an den Samstagabenden. Ungefähr zwischen halb sieben und elf. Hatte gegessen und getrunken und sich unterhalten. Über Politik und Frauen und alles Mögliche zwischen Himmel und Erde.

Wie immer. Hatte auch einiges hinter die Binde gekippt. Leverkuhn war unter den Tisch gerutscht, aber das war nichts Schlimmes. Dann hatte Palinski sich mit Wauters ein Taxi geteilt. Er war so gegen zwanzig nach elf zu Hause gewesen und sofort ins Bett gefallen. Bonger und Leverkuhn waren wohl zu Fuß gegangen, aber er war sich da nicht sicher. Noch als er und Wauters abgefahren waren, hatten sie vorm Freddy's gestanden und über irgendetwas diskutiert, wie er sich zu erinnern meinte.

Ob es zwischen den Herren irgendwelche Differenzen gab?

Nein, ganz und gar nicht! Sie waren die besten Freunde auf der Welt. Deshalb trafen sie sich ja mittwochs und samstags bei Freddy's. Manchmal sogar noch häufiger.

Irgendwelche Feinde? Die Leverkuhn hatte, natürlich.

Nein ... Palinski hatte vorsichtig seinen empfindlichen Kopf geschüttelt. Wer hätte das denn sein sollen? Zum Teufel, in dem Alter hatte man doch keine Feinde mehr. Die Leute, die sich Feinde zulegten, wurden doch nur halb so alt.

Und keine besonderen Auffälligkeiten bei Leverkuhn an dem Abend?

Palinski runzelte die Stirn und dachte nach.
Nein, keinen Furz.

Es regnete, als Jung wieder auf die Straße trat, aber er hatte beschlossen, dennoch zu Fuß zum Kanalviertel zu gehen, wo er seinen nächsten Termin hatte.
Bonger.
Laut Angaben wohnte er auf einem Hausboot in der Bertrandgraacht, und während Jung langsam die Palitzerlaan und Keymerstraat entlangwanderte, dachte er daran, wie oft er selbst überlegt hatte, ob das nicht ein alternativer Wohnplatz sein könnte. Zumindest früher hatte er daran gedacht. Vor Maureen. Der Gedanke, auf einem Boot zu leben, war sonderbar anziehend. Das ruhige Wiegen des dunklen Kanalwassers. Die Unabhängigkeit. Die Freiheit ... zumindest die Illusion einer Freiheit ... ja, das hatte schon was.

Als er die angegebene Adresse erreichte, begriff er, dass die Sache auch so ihre Kehrseiten hatte.

Bongers Zuhause war ein flacher alter Holzkasten von knapp zehn Metern, er lag verdächtig tief in dem schwarzen Wasser und schrie geradezu nach Farbe und Pflege. Das Deck stand voll mit Kanistern, Trossen und altem Gerümpel, und die eigentliche Wohnstätte hinten im Heck schien sich größtenteils unterhalb der Wasserlinie zu befinden.

O Mann, dachte Jung und fröstelte unwillkürlich im Regen. Was für ein verdammtes, feuchtes Loch!

Es gab eine schmale, wacklige Gangway, befestigt zwischen Kai und Reling, aber Jung betrat sie lieber nicht. Stattdessen zog er an einem Tauende, das von dem Kanalgeländer weiter über einen Baumast zu einer Glocke am Schornstein lief. Diese gab zwei dumpfe Schläge von sich, aber es folgte keine Reaktion. Der Eindruck, dass die Schute leer war, war überwältigend. Er zog noch einmal an der Leine.

»Er ist nicht da!«

Jung drehte sich um. Die heisere Stimme kam von einer dick eingemummelten Frau, die gerade dabei war, ihr Fahrrad an einem zehn Meter entfernten Baum weiter unten am Kai anzuschließen.

»Kein Rauch und keine Lampen«, erklärte sie. »Dann ist er nicht zu Hause. Er nimmt es immer sehr genau mit den Lampen.«

»Aha«, sagte Jung. »Ich nehme an, dass Sie Nachbarn sind.«

Die Frau ergriff ihre beiden Tüten und hievte sie über die Reling eines anderen Schiffes, das etwas sauberer war als das von Bonger – mit rotkarierten Gardinen im Fenster und grünen Pflanzen in einem kleinen Gewächshaus auf dem Kajütendeck. Wahrscheinlich Tomaten.

»Ja, natürlich«, sagte sie und begab sich überraschend behände aufs Deck. »Das heißt, wenn Sie Felix Bonger suchen.«

»Genau«, bestätigte Jung. »Sie wissen nicht zufällig, wann er wohl wieder zu Hause sein wird?«

Sie schüttelte den Kopf.

»Eigentlich sollte er jetzt da sein. Aber ich habe geklingelt, bevor ich einkaufen gefahren bin. Ich kaufe immer sonntags ein bisschen auf dem Kleinmarkt ein ... aber wie gesagt, er war nicht da.«

»Und das ist ganz sicher?«, fragte Jung.

»Sehen Sie doch selbst nach!«, schnaubte die Frau. »Hier schließt keiner ab.«

Jung ging an Bord, kletterte ein paar Stufen hinunter und schaute durch die Tür. In dem lang gezogenen Raum gab es ein kombiniertes Schlafsofa, einen Tisch mit zwei Stühlen, einen Elektroherd, einen Kühlschrank und einen Fernsehapparat. Die Kleider hingen auf Bügeln an der Wand, und Bücher und Zeitungen lagen überall verstreut herum. Von der Decke schaukelten eine nackte Glühbirne an einem Kabel und ein ausgestopfter Papagei auf einer Stange. Auf einem niedrigen Schrank lag ein abgenutztes Akkordeon.

Aber den stärksten Eindruck machte der Geruch nach Schmutz und alter Kleidung. Und nach altem Mann.

Nein, dachte Jung. Das macht doch vom Land aus einen viel besseren Eindruck.

Als er wieder an Deck kam, war die Frau auf ihrem Boot verschwunden. Jung zögerte eine Weile, sicher gab es noch die eine oder andere Frage, die er ihr stellen konnte, aber als er vorsichtig über die Gangway wieder an Land ging, knurrte sein Magen so heftig, dass damit nicht mehr zu spaßen war. Außerdem fror er inzwischen. Wenn er einen kleinen Umweg auf seiner Strecke zum Polizeipräsidium machen würde, könnte er bei Kurmann's reinschauen und dort ein Jägerfilet mit Bratkartoffeln und Soße bekommen. Nichts einfacher als das.

Und ein Bier dazu.

Es war jetzt fast zwölf Uhr, und was ein richtiger Mann ist, der setzt seine Beschlüsse auch sogleich in die Tat um.

5

Marie-Louise Leverkuhn verließ mit Münsters Segen die Polizeiwache kurz nach ein Uhr am Sonntag. In ihrer Gesellschaft befand sich Emmeline von Post, die Freundin, bei der sie den Samstagabend verbracht hatte und die ein paar Stunden zuvor von den schrecklichen Ereignissen der Nacht unterrichtet worden war.

Und die sich sofort und ohne zu zögern bereit erklärt hatte, der frisch gebackenen Witwe in ihrem Reihenhaus draußen in Bossingen eine Bleibe zu geben.

Bis auf weiteres. Bis die Lage sich etwas beruhigt hatte. Kurz gesagt, so lange es eben notwendig war.

Sie kannten einander seit fünfzig Jahren. Waren fünfundzwanzig Jahre lang Arbeitskolleginnen gewesen.

Münster brachte die beiden Damen auf den Parkplatz, und bevor sie sich in Frau von Posts roten Renault zwängten, betonte er noch einmal, wie wichtig es sei, dass Frau Leverkuhn von sich hören ließe, wenn ihr auch nur das Geringste einfiele, was für die Arbeit der Polizei vielleicht von Bedeutung sein könnte. Die Arbeit, die darin bestand, den Mörder ihres Ehemannes zu finden.

»Wir treten mit Ihnen aber in ein paar Tagen auf jeden Fall in Kontakt«, fügte er noch hinzu. »Und vielen Dank, dass Sie sich zur Verfügung stellen, Frau von Post.«

»Wir Menschen müssen uns doch in der Stunde der Not gegenseitig helfen«, erklärte die vollschlanke Freundin und zwängte sich hinters Steuer. »Wie soll es denn sonst laufen?«

Ja, wie soll es laufen?, dachte Münster und kehrte in sein Zimmer im vierten Stock zurück.

Wahrscheinlich ginge dann alles zum Teufel. Aber war man dorthin nicht sowieso schon unterwegs?

Der Bericht von der Spurensicherung lag eine halbe Stunde später vor. Während er dasaß und zwei einfache Butterbrote unten aus dem Automaten in der Kantine mümmelte, ging Münster die Ergebnisse durch.

Es war keine besonders aufmunternde Lektüre.

Waldemar Leverkuhn war durch mehrere tiefe Messerstiche in Bauch und Hals gestorben. Die genaue Anzahl an Stichen war auf achtundzwanzig festgelegt worden, aber als die letzten zehn, zwölf ausgeführt wurden, war er mit größter Wahrscheinlichkeit bereits tot gewesen.

Irgendwelchen Widerstand hatte er nicht geleistet, und die wahrscheinliche Tatzeit war nunmehr auf den Zeitraum 01.15 – 02.15 Uhr eingegrenzt worden. Wenn man die Aussagen der Ehefrau mit berücksichtigte, also auf 01.15 – 02.00 Uhr, da sie kurz nach zwei Uhr zurückgekommen war.

Zum Zeitpunkt seines Todes trug Waldemar Leverkuhn Hemd, Schlips, Unterhose, Hose sowie Strümpfe, und der Alkoholgehalt im Blut war mit 1,76 Promille angegeben.

Die Mordwaffe war nicht gefunden worden, aber es gab keinen Zweifel, dass es sich dabei um ein kräftiges Messer mit einer ungefähr zwanzig Zentimeter langen Schneide handelte – möglicherweise identisch mit dem Vorlegemesser, das laut Frau Leverkuhn verschwunden war.

Keine Fingerabdrücke oder andere Spuren waren am Tatort gefunden worden, wobei noch bestimmte chemische Analysen von Textilfasern und anderer Partikel durchgeführt werden mussten.

Das alles war genauestens auf acht dicht beschriebenen Seiten niedergelegt, die Münster zweimal durchlas.

Danach rief er Synn an und sprach mit ihr zehn Minuten lang.

Danach legte er seine Füße auf den Schreibtisch.

Danach schloss er die Augen und versuchte sich auszumalen, welche Maßnahmen Van Veeteren wohl in einer Situation wie dieser getroffen hätte.

Es dauerte nicht lange, die Liste aufzustellen. Er rief den Diensthabenden an und teilte ihm mit, dass er Inspektor Jung und Inspektor Moreno um vier Uhr in seinem Zimmer zu sprechen wünschte.

Danach fuhr er mit dem Fahrstuhl in den Keller und blieb zwei Stunden in der Sauna.

»Schönes Wetter«, sagte Jung.

»Gestern schien die Sonne«, bemerkte Münster.

»Ich meine es ernst«, sagte Jung. »Ich mag diese Regenvorhänge. Dieses äußere Grau bringt einen irgendwie dazu, sich nach innen zu wenden. Auf das Wesentliche zu besinnen, wenn ihr versteht, was ich meine, auf die innere Landschaft.«

Moreno runzelte die Stirn.

»Manchmal«, sagte sie, »manchmal kann sogar ein einfacher Kollege Dinge sagen, die richtig vernünftig klingen. Warst du auf einem Kurs?«

»Auf der Schule des Lebens«, sagte Jung. »Wer fängt an?«

»Ladys first«, sagte Münster. »Ja, übrigens, ich bin ganz deiner Meinung. Das hat was, diese nassen, schwarzen Baumstämme ... aber jetzt zur Sache.«

Ewa Moreno schlug ihren Notizblock auf und begann.

»Benjamin Wauters«, sagte sie. »Geboren 1925 in Frigge. Wohnhaft seit 1980 in Maardam. Vorher mal hier, mal dort. Hat sein ganzes Leben lang bei der Eisenbahn gearbeitet, bis zur Pensionierung natürlich. Ein eingefleischter Junggeselle ...

keine Verwandten, zumindest keine, von denen er etwas wissen will. Ein ziemlicher Laberkopf, wenn ich ehrlich bin. Geschwätzig und einsam. Die anderen Alten bei Freddy's sind sein einziger Umgang, abgesehen von der Katze. Eine Halbangora, wie ich annehme. Ich glaube, ich habe nie eine besser gekämmte Katze gesehen, und ich hatte den Eindruck, die beiden nehmen sogar ihre Mahlzeiten zusammen ein. Die ganze Wohnung ist sehr sauber ... Blumen vor den Fenstern und so.«

»Gestern Abend?«, warf Münster ein.

»Darüber konnte er eigentlich nicht viel sagen«, erklärte Moreno. »Man hat sich offensichtlich was zu essen genehmigt, ausnahmsweise, sonst sitzen sie meistens nur in der Bar. Sie waren auch etwas angetrunken, das gab er zu. Leverkuhn ist unter den Tisch gefallen, und da sahen sie die Zeit zum Aufbruch gekommen. Sie sind sportbegeistert und Spieler, damit hielt er auch nicht hinterm Berg ... ja, das war wohl im Großen und Ganzen alles, aber es hat mich zwei Stunden mit Kaffee und unanständigen Geschichten gekostet.«

»Keine Annahmen hinsichtlich des Mordes?«

»Zumindest keine durchdachten«, sagte Moreno. »Er war überzeugt davon, dass es sich um einen Wahnsinnigen oder einfach einen Zufall handeln muss. Es gab niemanden, der einen Grund hatte, Leverkuhn zu töten, behauptet er ... einen guten Kameraden und Prachtkerl, auch wenn er ab und zu etwas verquer sein konnte. Ehrlich gesagt bin ich sogar seiner Meinung. Zumindest scheint es ausgeschlossen zu sein, dass einer der alten Kerle etwas mit dem Mord zu tun hat.«

»Dem stimme ich zu«, sagte Jung und berichtete von seiner Begegnung mit Palinski wie auch seiner Visite auf Bongers Hausboot.

Münster seufzte.

»Null und nichts«, stellte er fest. Na ja, es war ja nichts anderes zu erwarten gewesen.

»Waren die Türen offen?«, fragte Jung. »Ich meine, bei Leverkuhn?«

»Offenbar.«

»Dann reicht doch schon ein zugedröhnter Junkie, der zufällig vorbeikommt. Schleicht sich ein und findet einen armen schlafenden Alten, an dem er sich abreagieren kann. Um danach auf dem gleichen Weg, auf dem er gekommen ist, wieder zu verschwinden. Ganz einfach, oder?«

»Elegante Lösung«, sagte Moreno. »Und wie sollen wir ihn finden?«

Münster überlegte eine Weile.

»Wenn es wirklich so gelaufen ist, dann finden wir ihn nie.«

»Es sei denn, er fängt an, selbst herumzuplappern«, sagte Jung. »Und jemand hat die Güte, uns einen Tipp zu geben.«

Münster saß wieder einige Sekunden schweigend da und ließ seinen Blick zwischen den Kollegen hin und her wandern.

»Glaubt ihr, dass es sich so abgespielt hat?«, fragte er.

Jung zuckte mit den Schultern und gähnte. Moreno schaute zweifelnd drein.

»Sehr gut möglich«, sagte sie. »Solange wir nicht den Zipfel eines Motivs haben, deutet alles in diese Richtung. Es ist ja auch nichts aus der Wohnung verschwunden ... nichts, außer dem Messer.«

»Heutzutage braucht man kein Motiv, um jemanden umzubringen«, sagte Jung. »Es reicht, wenn du wütend bist oder dich aus irgendeinem Grund gekränkt fühlst, dann geht es nur noch darum, zuzuschlagen ... wollt ihr ein paar Beispiele?«

»Nein, danke«, wehrte Münster ab. »Wir wissen es. Motive werden langsam altmodisch.«

Er lehnte sich zurück und verschränkte seine Hände hinter dem Nacken. Morenos digitale Armbanduhr gab ein trauriges Piepsen von sich.

»Fünf Uhr«, stellte sie fest. »Gibt's sonst noch was?«

Münster wühlte zwischen den Papieren auf dem Schreibtisch herum.

»Ich glaube nicht ... doch, übrigens, hat keiner von den Alten etwas von einem Spielgewinn erwähnt?«

Moreno sah Jung an und schüttelte den Kopf.

»Nein, wieso?«, fragte Jung.

»Nun ja, da bei Freddy's hatten sie den Eindruck, dass die vier gestern Abend irgendwas gefeiert haben, aber es ist eher eine Vermutung. Dieser vierte... Bonger, ja, wir müssen wohl zusehen, dass wir ihn auf jeden Fall zu fassen kriegen.«

Jung nickte.

»Ich schaue auf dem Heimweg noch mal bei ihm vorbei. Und sonst dann eben morgen... er hat kein Telefon, man muss bei der Nachbarin anrufen. Stellt euch vor, so was gibt es noch.«

»Was meinst du?«, fragte Moreno.

»Na, dass jemand kein Telefon hat. Heutzutage.«

Münster stand auf.

»All right«, sagte er. »Das war's für heute. Wir müssen wohl alle die Daumen drücken, dass wir morgen früh einen Täter haben, der freiwillig ein Geständnis ablegt.«

»Hätte ich nichts dagegen«, sagte Jung. »Obwohl ich kaum glaube, dass jemand, der einen alten Greis auf diese Weise hinrichtet, von größeren Gewissensbissen befallen wird. Ich bin ganz deiner Meinung, dass das hier keine besonders lustige Sache ist.«

»Eklig«, sagte Moreno. »Genau wie immer.«

Auf dem Heimweg schaute Münster sich zum ersten Mal den Tatort im Kolderweg an. Da es nun einmal er war, der die Untersuchung leitete, zumindest bis auf weiteres, war das natürlich höchste Zeit. Er ging hinein und blieb zehn Minuten in der kleinen Dreizimmerwohnung. Es sah dort ungefähr so aus, wie er es sich gedacht hatte. Ziemlich verwohnt, aber dennoch verhältnismäßig ordentlich und sauber. Ein Sammelsurium an schlechtem Geschmack an den Wänden, Möbel im billigen Fünfziger- und Sechzigerjahrestil. Getrennte Schlafräume, Bücherregale ohne Bücher und eine schreckliche Menge eingetrockneten Bluts in und um Leverkuhns ausgebeultem Bett. Die Leiche war natürlich abtransportiert worden, wie auch das Bettzeug, wofür Münster nur dankbar war. Der Blick auf die Fotos am Vormittag hatte ihm voll und ganz genügt.

Denn es stimmte, was Moreno gesagt hatte:

Es war eklig.

Als er endlich nach Hause kam, sah er, dass Synn geweint hatte.

»Was ist mit dir?«, fragte er und umarmte sie so vorsichtig, als wäre sie nur aus Träumen geschaffen.

»Ich weiß nicht«, sagte sie. »Ich will nicht, dass das Leben so verläuft, nur so. Morgens stehen wir auf, um zu arbeiten und die Kinder in die Schule zu schicken. Wir sehen uns erst wieder, wenn es dunkel ist, wir essen, und dann schlafen wir. Das Gleiche tagaus, tagein ... Ich weiß, dass wir so leben müssen, aber überleg doch mal, wenn alles in einem Monat zu Ende wäre. Oder in einem halben Jahr. Das ist doch nicht menschenwürdig, es muss doch auch Zeit geben, ein wenig zu leben.«

»Nur zu leben?«, fragte Münster.

»Nur das, ja«, sagte Synn. »Ja, ich weiß, dass es Menschen gibt, denen es schlechter geht ... fünfundneunzig Prozent der Menschheit, wenn man genau sein will.«

»Achtundneunzig«, sagte Münster.

Er strich ihr behutsam über Nacken und Rücken.

»Wollen wir die Kinder angucken, wie sie schlafen?«

»Die schlafen noch nicht«, sagte Synn.

»Dann müssen wir uns also noch in Geduld fassen«, sagte Münster.

6

Erst als Münster am Montagmorgen seinen Fuß ins Polizeipräsidium setzte, fiel ihm ein, dass er immer noch keinen Kontakt zu Leverkuhns Kindern bekommen hatte. Eineinhalb Tage waren seit dem Mord vergangen, es wurde allerhöchste Zeit. Glücklicherweise hatten die Medien in ihren ziemlich zurückhaltenden Berichten über den Fall keine Namen genannt, sodass zu hoffen war, dass es immer noch Neuigkeiten waren, die er da zu überbringen hatte.

Es war schon schlimm genug, der Überbringer einer Trauerbotschaft zu sein. Aber noch schlimmer war es, wenn die Trauernden bereits informiert waren. Münster hatte das schon mehrfach miterlebt.

Um weitere Verzögerungen zu vermeiden, gab er Krause den Auftrag, die Sache in die Wege zu leiten. Nicht die Nachricht selbst zu übermitteln, aber eine Verbindung herzustellen – sodass er persönlich all die düsteren Fakten mitteilen konnte.

Das war ja seine Pflicht, wie er wusste.

Nach einer halben Stunde hatte er das erste Kind in der Leitung.

Die jüngere Tochter, Ruth Leverkuhn. Vierundvierzig Jahre alt, wohnhaft in Wernice, gut hundert Kilometer von Maardam entfernt. Trotz der Entfernung einigte man sich sofort – sobald Münster berichtet hatte, dass dem Vater ein Unglück zugestoßen war –, sich unter vier Augen zu treffen. Ruth Leverkuhn wollte über ernsthafte Dinge nicht am Telefon reden.

Aber dass Waldemar Leverkuhn tot war, das erfuhr sie natürlich bei dem Gespräch.

Und dass Münster von der Kriminalpolizei aus anrief.

Also im Café Rote Moor am Salutorget. Da sie nun einmal – aus welchem Grund auch immer – ein derartiges Lokal dem Polizeipräsidium vorzog.

Und zwar bereits um zwölf Uhr. Da sie – aus welchem anderen Grund auch immer – es vorzog, die Polizei zu treffen, bevor sie zu ihrer Mutter nach Bossingen fuhr.

Der Sohn, Mauritz Leverkuhn, geboren 1958, meldete sich kaum zehn Minuten später. Er wohnte noch weiter im Norden – in Frigge –, und Münster gab auch hier sofort deutlich seine Nachricht von sich.

Der Vater war gestorben.

In der Nacht von Samstag auf Sonntag. In seinem Bett. Ermordet, wie es aussah. Mit einem Messer.

Wie es aussah?, dachte Münster, während er dem Schweigen im Hörer lauschte. Das ist aber äußerst vorsichtig ausgedrückt.

Dann konnte er in Mauritz Leverkuhns verwirrten Fragen die üblichen stumpfen Anzeichen eines Schocks heraushören, oder zumindest glaubte er, sie heraushören zu können.

»Wann war das, haben Sie gesagt?«

»Wo ist meine Mutter?«

»Wo ist er jetzt?«

»Was hatte er an?«

Münster gab Antwort auf all diese Fragen und einige mehr. Er achtete auch darauf, dass der Sohn die Telefonnummer von Emmeline von Post bekam, damit er mit seiner Mutter in Kontakt treten konnte. Schließlich sprach er sein Beileid aus und verabredete ein Treffen am Dienstagvormittag.

Da der Sohn die Absicht hatte, so schnell wie möglich – spätestens in der kommenden Nacht – an die Seite seiner Mutter zu eilen.

Was Irene Leverkuhn, die älteste Tochter, betraf, so hatte Münster bereits mit dem Feffnerheim gesprochen, in dem sie seit vier Jahren lebte. Eine äußerst vertrauenerweckende Fürsorgerin hatte ihm zugehört und die Lage verstanden, und hatte ihm erklärt, dass sie persönlich dafür sorgen werde, dass ihr die Nachricht von dem jähen Tod des Vaters übermittelt werde.

Auf die behutsamste Weise und so schonend wie möglich. Irene Leverkuhn war kein starker Mensch.

Was ein Gespräch mit dieser Tochter betraf, so beschloss Münster, das erst einmal aufzuschieben. Die Vertrauenerweckende deutete an, dass es mit größter Wahrscheinlichkeit nichts bringen würde und es vermutlich wichtigere Dinge gab, um die man sich kümmern musste.

Eine Weile blieb er sitzen und überlegte, welche das wohl waren. Welche wichtigeren Dinge? Es war noch eine halbe Stunde hin bis zur Besprechung, und in Ermangelung anderer Möglichkeiten nahm er sich von Neuem den Bericht der Spurensicherung vor, der im Laufe der Nacht mit einigen zusätzlichen Seiten komplettiert worden war. Er rief außerdem beide Gerichtsmediziner, Meusse und Mulder, im Labor an, aber keiner von beiden konnte sehr viel Licht ins Dunkel bringen. Eigentlich überhaupt keins, wenn man es genau betrachtete.

Aber es gab noch einige Analysen zu machen, also gab es noch ein wenig Hoffnung.

»Es wäre dumm, die Flinte zu früh ins Korn zu werfen«, bemerkte Mulder routiniert. »Alles braucht seine Zeit.«

Jung hatte an diesem Montagmorgen keine Kopfschmerzen.

Aber er war müde. Sophie war am Sonntagabend reichlich spät nach Hause gekommen, nachdem sie zwei Tage weggewesen war. Bei Tee und Butterbroten und ein wenig Familienplausch in der Küche kam dann heraus, dass sie die Gelegenheit ergriffen hatte, in der Nacht zum Sonntag ihr sexuelles Debüt zu begehen. Was laut ihren Aussagen auch höchste Zeit gewesen war, sie war sechzehn und ging schon bald auf die siebzehn zu, und die meisten ihrer Freundinnen hatten bereits einen weiten Vorsprung. Das Dumme dabei war nur, dass sie an dem betreffenden jungen Mann nicht besonders interessiert war – einem gewissen Fritz Kümmerle, übrigens ein viel versprechender Mittelfeldspieler mit einem Beckenbauerschen Einschlag und einer bereits abgesteckten Karriere auf den Fußballfeldern in ganz Europa und der Welt – und dass man alle Fragen hinsichtlich Verhütung so ziemlich ausgelassen hatte.

Wobei noch hinzukam, dass sie ein wenig benommen gewesen war. Sowohl vom Rotwein wie von anderen Dingen.

Natürlich war es in erster Linie Maureen, die sich um die schluchzende Tochter kümmerte, aber Jung begriff dennoch – mit einem dubiosen Gefühl von Fremdheit und Zufriedenheit zugleich –, welches Vertrauen es bedeutete, dass ihm überhaupt erlaubt wurde, der Diskussion beizuwohnen.

Zwar kannte er Sophie mittlerweile vier, fünf Jahre, aber immer noch war er nicht mehr als ein Pappmaché-Vater.

Wobei es vielleicht eine gewisse Rolle spielte, dass der richtige Vater ein Scheißvater war.

45

Wie dem auch sei, weder Jung noch Maureen noch die unglückliche Debütantin waren vor halb zwei ins Bett gekommen. Weshalb er etwas müde war.

Bongers alter Kasten sah auch nicht viel frischer aus. Genauso verwahrlost wie gestern, stellte Jung fest. Er zog vergebens ein paar Mal an dem Klingelseil und schaute sich an dem dunklen Kanal um. Die Frau vom Nachbarboot schien daheim zu sein, aus ihrem Schornstein stieg ein dünner grauer Rauchfaden, und das Fahrrad war unter der Linde angeschlossen, an der gleichen Stelle, wo sie es gestern abgestellt hatte. Jung machte sich also auf den Weg, hustete warnend und klopfte dann mit dem Schlüsselbund an das schwarz gestrichene Geländer, das entlang der Reling verlief. Ein paar Sekunden später tauchte sie in dem schmalen Türeingang auf. Sie trug einen dicken Wollpullover, der ihr bis an die Knie reichte, hohe Gummistiefel und eine Baskenmütze. In der einen Hand hielt sie einen ausgenommenen Tierkörper, soweit Jung beurteilen konnte, wohl einen Hasen. In der anderen ein Fleischmesser.

»Entschuldigung«, sagte Jung.

»Ja?«, sagte die Frau. »Ach, Sie wieder.«

»Ja«, sagte Jung. »Also, ich sollte mich vielleicht vorstellen ... ich komme von der Polizei. Inspektor Jung. Es geht um Herrn Bonger, wie schon gesagt ...«

Sie nickte mürrisch und schien gleichzeitig zu bemerken, was sie da in der Hand hielt.

»Für den Topf«, erklärte sie. »Andres hat es gestern geschossen ... mein Sohn, meine ich.«

Sie hielt den dünnen Tierkörper hoch, und Jung versuchte ihn mit Kennermiene zu betrachten.

»Sehr schön«, sagte er. »Wir müssen diesen Weg ja alle mal gehen ... eh, ich meine, dieser Bonger, Sie haben ihn nicht möglicherweise inzwischen gesehen?«

Sie schüttelte den Kopf.

»Seit Samstag nicht mehr.«

»Er ist gestern also nicht nach Hause gekommen?«

»Ich glaube nicht.«

Sie kletterte aufs Deck hinauf und spähte zum Bongerschen Boot hinüber.

»Keine Lampen, kein Rauch«, stellte sie fest. »Dann ist er nicht da, genau wie ich gestern erklärt habe. Sonst noch was?«

»Ist er häufiger mal eine Zeit lang weg?«

Sie zuckte mit den Schultern.

»Nein«, sagte sie dann. »Nein, eigentlich bleibt er nie mehr als ein paar Stunden weg. Was wollen Sie denn von ihm?«

»Reine Routinesache«, sagte Jung.

»Und was, zum Teufel, heißt das?«, fragte die Frau. »Ich bin schließlich nicht bekloppt.«

»Wir wollen ihm nur ein paar Fragen stellen.«

»Und worüber?«

»Sie sind nicht so begeistert von der Polizei?«, fragte Jung.

»Da haben Sie ins Schwarze getroffen«, erwiderte die Frau.

Jung überlegte eine Weile.

»Es geht um einen Todesfall«, erklärte er dann. »Einer von Bongers Freunden ist ermordet worden. Wir nehmen an, dass Bonger uns ein paar Informationen geben kann, die für uns nützlich sein könnten.«

»Mord?«, fragte die Frau.

»Ja«, sagte Jung. »Ziemlich brutal. Mit so einem da ungefähr.«

Er zeigte auf das Fleischmesser. Die Frau ließ eine Falte zwischen den Augenbrauen sehen, das war aber auch alles.

»Wie heißen Sie eigentlich?«, fuhr Jung fort und zog einen Block aus der Tasche.

»Jümpers«, erklärte die Frau widerstrebend. »Elizabeth Jümpers... und wann soll dieser Mord stattgefunden haben?«

»Samstagnacht«, erklärte Jung. »In der Tat war Herr Bonger wohl einer der letzten, die das Opfer lebendig gesehen haben. Waldemar Leverkuhn... vielleicht kannten Sie ihn auch?«

»Leverkuhn? Nein... den Namen habe ich noch nie gehört.«

»Wissen Sie, ob es irgendwelche Verwandten oder Freunde gibt, bei denen er sich aufhalten könnte? Ich meine, Bonger.«

Sie überlegte und schüttelte dann langsam den Kopf.

»Nein, ich glaube nicht. Er ist eine ziemlich einsame Person ...«

»Hatte er oft Besuch auf seinem Boot?«

»Nie. Jedenfalls habe ich nie jemanden gesehen.«

Jung seufzte.

»Nun ja«, sagte er. »Er wird wohl wieder auftauchen. Wenn Sie ihn sehen, können Sie ihm ja sagen, dass wir ihn suchen. Es wäre gut, wenn er so schnell wie möglich mit uns Kontakt aufnimmt ... Er kann uns jederzeit anrufen.«

Er streckte ihr eine Karte hin. Die Frau legte das Messer ab, nahm die Karte entgegen und stopfte sie sich in die Gesäßtasche.

»Jedenfalls vielen Dank für Ihre Hilfe«, sagte Jung.

»Das ist doch selbstverständlich«, sagte die Frau. »Ich werde ihm Bescheid geben.«

Jung zögerte noch wegzugehen.

»Ist es schön, auf so einem Boot zu wohnen?«, fragte er.

Die Frau schnaubte leicht.

»Ist es schön, so ein Inspektor zu sein?«, fragte sie.

Jung schenkte ihr den Ansatz eines Lachens und verließ sie.

»Viel Glück mit dem Braten!«, rief er, als er sich auf der Höhe von Bongers Boot befand, aber da war sie schon wieder hineingegangen.

Ein Typ mit Haaren auf den Zähnen, dachte er und kletterte in sein Auto.

Aber wahrscheinlich mit einem guten Herzen unter der rauen Schale.

Wie ist es als Inspektor?

Eine gute Frage, kein Zweifel. Aber er beschloss, ihr lieber nicht auf den Grund zu gehen. Schaute stattdessen auf die Uhr und musste feststellen, dass er es gerade noch bis zur Besprechung schaffen würde.

7

Eigentlich stimmte es schon, dass Emmeline von Post fünfundzwanzig Jahre lang eine Arbeitskollegin von Marie-Louise Leverkuhn gewesen war.

Und es stimmte auch, dass die beiden sich seit fast fünfzig Jahren kannten. Dass sie sich eigentlich nie ganz aus den Augen verloren hatten, seit sie die letzte Klasse in Borings Handels- und Büroschule Ende der Vierziger verließen. Trotz Familiengründung, Kindern, Umzügen und dem einen oder anderen sonst.

Aber man konnte kaum behaupten, dass die Witwe von Post Frau Leverkuhn als ihre allerbeste Freundin bezeichnen würde – etwas, was Letztere vielleicht behaupten würde, wenn man sie danach gefragt hätte. Seit Edward von Post vor vier Jahren an Krebs verschieden war, hatte der Kontakt zwischen den beiden Frauen zwar deutlich an Intensität zugenommen – man traf sich an zwei Samstagen im Monat, einmal im Kolderweg in der Stadt, einmal im Reihenhaus draußen in Bossingen (zumindest im Prinzip) –, aber trotzdem gab es da etwas ... ja, da gab es etwas, das fehlte. Emmeline von Post wusste auch genau, was es war. Nämlich dieses kleine wichtige Detail – diese Dimension von Vertraulichkeit, Offenherzigkeit und kichernder Geschwätzigkeit, dieses gleichzeitig so Einfache und doch so Schwere, das sich so problemlos und schmerzfrei mit drei oder vier anderen Bekannten entwickelt hatte, allesamt Damen in der Blüte ihrer Jahre, o ja, diese ... Dimension, die sich ganz einfach nicht einstellen wollte im Umgang mit Marie-Louise Leverkuhn.

So war es nun einmal. Bedauerlicherweise. Schwer zu sagen, woran das lag, aber zweifellos gab es hier eine Grenze in ihrer Freundschaft – sie hatte darüber schon oft nachgedacht –, eine unsichtbare Linie, über die zu treten man sich hütete. Die paar Mal, als sie es dennoch versucht hatte, konnte sie das Resultat unmittelbar in der Reaktion der Freundin ablesen. Genau abgewogenes Kopfschütteln. Zusammengekniffene Lippen, hochgezogene Schultern ... abweisendes Schweigen. Als sie darüber nachdachte, musste sie außerdem einsehen, dass es so schon von Anfang an gelaufen war. Es war nichts, was sich im Laufe der Jahre entwickelt hatte, und vielleicht war es ja sogar so (pflegte Emmeline von Post in Momenten philosophischer Klarsicht zu denken), dass die Form der Beziehung zu unseren Mitmenschen eigentlich bereits bei den allerersten Kontakten festgelegt und definiert wird, den ersten Begegnungen, und dass danach nicht mehr viel an der Sache zu machen ist.

Genau wie es in dieser amerikanischen Untersuchung stand, die sie vor ein paar Jahren durch den Buchclub bekommen hatte. Was nicht hieß, dass sie unbedingt darauf erpicht war, intime Details über Mann und Kind und ihr Zusammenleben von sich zu geben, ganz und gar nicht, aber dennoch waren die meisten anderen bereitwilliger als Marie-Louise Leverkuhn, wenn es darum ging, den Spalt zu ihrem Intimleben ein wenig zu öffnen. Und wenn auch nur ein kleines bisschen.

Aber es war nun einmal, wie es war. Marie-Louise war nicht der Typ, der sich anvertraute, aber es gab natürlich noch andere Werte im Leben, sie konnten über ihre Gebrechen reden, über Medikamente und Rezepte für Rhabarbergrütze. Über Arbeitskollegen, Fernsehberühmtheiten und Gemüsepreise, aber das wirklich Private blieb – genau das: privat.

Dass Emmeline von Post dennoch in einer Katastrophensituation wie jetzt anrückte, lag sicher daran, dass es sonst niemanden gab. Das wusste sie. Für Marie-Louise Leverkuhn war sie, genau wie sie es der Polizei erklärt hatte, die treue Freundin, die sich zur Verfügung stellte.

Die treue und einzige.

Also gab es gar keine Alternative.

Während der Autofahrt hinaus in den sonntagsverschlafenen Vorort wurde nicht viel gesagt. Marie-Louise Leverkuhn saß zusammengekrümmt da, die Handtasche auf den Knien, starrte durchs Seitenfenster auf den Regenschleier und schien in hohem Grade unter Schock zu stehen. Die Schultern waren hochgezogen – wie zum Schutz gegen eine allzu harte und aufdringliche Außenwelt –, und Emmelines Fragen beantwortete sie höchstens mit einem Kopfschütteln oder einem kurzen Ja oder Nein.

»Hast du überhaupt geschlafen?«
»Nein.«
»Schaffst du es?«
»Ja.«
»Sollen wir deine Kinder anrufen?«
Keine Antwort.

O je, dachte Emmeline. Ihr geht es wirklich nicht gut.

Was auch kein Wunder war. Ermordet? Waldemar Leverkuhn war ermordet worden! Emmeline von Post durchfuhr ein kalter Schauer. Wer um alles in der Welt konnte so etwas glauben? Der alte Knacker.

Ein paar Minuten lang saß sie still da, während sie sich auf das Fahren konzentrierte, und versuchte, sich vorzustellen, wie es wohl ist, wenn man nach Hause kommt und seinen Alten in dieser Art zugerichtet vorfindet. Tot. Ermordet und im eigenen Blute badend, wie sie im Radio gesagt hatten. Mit einem Fleischmesser!

Nach einer Weile gab sie es auf, sich das vorzustellen. Es war ganz einfach zu starker Tobak.

Viel zu starker. Emmeline von Post schaute vorsichtig zu der erstarrten Freundin neben ihr hinüber. Die arme Marie-Louise, dachte sie, ich verspreche dir, ich kümmere mich um dich! Du bist bestimmt verwirrt und stehst unter Schock, die Hauptsache wird sein, ein paar Tabletten in dich reinzukriegen und dann ab ins Bett ... Ich hoffe nur, dass ich selbst stark genug bin.

Als die Polizei sie am Morgen angerufen hatte, war ihr erster, unmittelbarer Impuls gewesen, der Freundin zu Hilfe zu eilen, aber erst jetzt, während sie neben der stummen Witwe im Auto saß, begann sie zu begreifen, welche Verantwortung diese Hilfe beinhaltete.

Am besten, wenn das Schweigen nicht das Regiment übernimmt, dachte sie. Am besten, ich sage was.

Das war kein schwerer Beschluss. Wenn es etwas gab, womit Emmeline von Post nur schwer zurecht kam, dann war es das Schweigen.

»Du kannst in Marts Zimmer unterkommen«, sagte sie. »Dann hörst du den Verkehr auch nicht. Das ist doch sicher in Ordnung?«

»Ja.«

»Ich habe noch was von dem Lammbraten im Gefrierschrank. Den können wir essen, den mochtest du doch, nicht wahr? Dann brauchen wir nichts mehr einzukaufen.«

»Ja.«

»Meine Güte, ich sitze hier und rede vom Essen, und du musst doch vollkommen fertig sein.«

Keine Antwort.

»Waldemar, der doch so ein guter Mensch war.«

Wenn man die Dinge einfach eins nach dem anderen anpackt, dann wird es schon werden, dachte Emmeline von Post und legte ihre Hand auf den Arm der Freundin. Kommt Zeit, kommt Rat.

»Was für trübes Wetter«, sagte sie. »Dabei war es gestern doch noch richtig schön.«

Marie-Louise Leverkuhn ging am Sonntagnachmittag um halb drei Uhr in dem alten Kinderzimmer in der Geldenerstraat 24 ins Bett, und sie stand erst wieder um acht Uhr am Montagmorgen auf. Den ganzen Nachmittag und Abend hatte Emmeline immer wieder zu ihr hineingeschaut, und bevor sie selbst ins Bett ging, hatte sie vorsichtig ein Tablett mit Saft und Butterbroten auf den Nachttisch gestellt. Für die Nahrungsaufnahme und die Vitamine. Und wegen der Fürsorge. Obwohl, was ihre arme Freundin im Augenblick in allererster Linie brauchte, das war ja wohl sonnenklar: Ruhe und Frieden. Und das bekam sie. Wenn es auch nicht viel war, genau betrachtet.

Was Emmeline selbst betraf, so erlebte sie einen reichlich frustrierenden Nachmittag und Abend. Der Lammbraten fuhr mehrere Male in den Gefrierschrank hinein und hinaus – bis sie ihn schließlich in den Kühlschrank stellte und beschloss, dass er das montägliche Mittagessen sein würde. Sie trank mindestens fünf Tassen Tee und goss zweimal die Blumen. Es war wirklich ein komisches Gefühl, zu wissen, dass die alte Freundin in Marts Zimmer lag. Mart, der vor acht Jahren endlich von zu Hause ausgezogen war, der aber immer noch in regelmäßigen Abständen kam und in seinem alten, unveränderten Jungenzimmer schlief – vor allem, wenn seine viel zu junge Frau sich wieder mal zickig benahm. Es war übrigens höchste Zeit gewesen, dass er überhaupt eine fand – fünfunddreißig war schließlich kein Alter, in dem man noch bei Mama zu Hause wohnte. Alles hat seine Zeit, wie es so schön heißt.

Aber jetzt war es also Marie-Louise Leverkuhn, die in seinem Bett lag, nachdem ihr Ehemann ermordet worden war. Während Emmeline vorsichtig im Haus herumschlich, um ihre Freundin nicht zu stören oder aufzuwecken, kam ihr der Gedanke, dass es doch nur gut war, dass Edward – ihr eigener Edward – jedenfalls so geschmackvoll gewesen war, an Krebs zu sterben, statt sich mit einem Fleischmesser abstechen zu lassen.

Ermordet! Das war ja schrecklich. Sie bekam an den Unterarmen jedes Mal Gänsehaut, wenn sie das Wort nur dachte – und ehrlich gesagt, schaffte sie es nur jeweils ein paar Minuten, an etwas anderes zu denken.

Nach und nach, als vor den Fenstern und in den Ecken schon deutlich die Dämmerung einsetzte, begann sie außerdem darüber nachzudenken, wer wohl als Täter in Frage kommen könnte, und das machte die ganze Sache nicht gerade besser. Es lief ein Mörder frei herum!

Dann glitten ihre Gedanken wieder zu Marie-Louise, zu ihrem gemeinsamen Samstagabend mit Whist und Portwein (vielleicht genau zu der Zeit, als Waldemar ermordet worden war!) – und zu der sonderbaren Zugeknöpftheit während der Autofahrt und der halben Stunde, bevor sie ins Bett gegangen war, und dann ... ja, dann hatte sie fast das Gefühl, als würde eine Art Erschöpfung sie überfallen. Wie ein Schwindel.

Es war doch wirklich sonderbar!

Man konnte natürlich nicht erwarten, dass ein Mensch sich in so einer Lage normal verhält, aber trotzdem! Da ist noch etwas anderes, dachte Emmeline von Post. Etwas vollkommen anderes, das ganz tief in der stummen Verschlossenheit der Freundin lag und rumorte. Gott weiß was.

Dann schüttelte sie den Kopf über sich selbst und musste sich eingestehen, dass es sicher nur die Stille im Haus war und die Dunkelheit, die aus den Ecken des Hauses hervorwuchs, und dazu die Gedanken an den blutigen Körper im Bett, die ihrer Fantasie reichlich Nahrung gegeben hatten ... aber trotzdem, trotzdem war nicht zu leugnen, dass sie genau genommen nicht besonders viel über Marie-Louise Leverkuhn und ihr Leben in all diesen Jahren wusste. Kaum etwas.

Und von ihrem Mann? So gut wie gar nichts.

Aber vielleicht war das einfach so, vielleicht wusste man einfach nicht mehr über die anderen? »Der Mensch ist ein Rätsel«, hatte Edward – ihr Edward – immer mal wieder gesagt. Ein verfluchtes, unlösbares Rätsel (denn er scheute sich nicht, ab und zu einen Kraftausdruck zu verwenden)!

Als sie so weit in ihren Überlegungen gediehen war, ging Emmeline von Post in die Küche und goss sich großzügig einen Whisky ein. Trank ihn stehenden Fußes, stellte fest, dass sie immer noch eine Gänsehaut auf den Unterarmen hatte und genehmigte sich noch einen. Es war halt einer dieser Abende, da konnte man nichts machen.

Am Montagmorgen riefen dann die Kinder an.

Ruth und Mauritz – einer nach dem anderen, mit nicht einmal fünfzehn Minuten Abstand. Marie-Louise ging ins Schlafzimmer, während sie mit ihnen sprach, sodass Emmeline kein Wort hätte hören können, selbst wenn sie es gewollt hätte.

Aber so viel wurde gar nicht gesagt. Insgesamt dauerten die Gespräche nicht länger als fünf Minuten – als ob Marie-Louise Angst hätte wegen der Telefonrechnung, obwohl sie es doch gar nicht gewesen war, die angerufen hatte.

»Du musst darüber reden«, erklärte Emmeline der Freundin, als diese zum Frühstückstisch zurückkam, nachdem sie mit ihrem Sohn gesprochen hatte. »Es ist nicht gut, alles in sich hineinzufressen.«

Marie-Louise Leverkuhn sah sie mit müden, leeren Augen an.

»Was um alles in der Welt soll ich denn sagen?«, fragte sie.

Dann vergingen drei Sekunden, bis sie plötzlich in heftiges Weinen ausbrach.

Endlich, dachte Emmeline von Post und legte schützend einen Arm um die hochgezogenen Schultern der Freundin. Endlich.

8

»Kommentare?«, fragte Münster und breitete die Fotos auf dem Tisch aus, sodass sie jeder nach Lust und Laune betrachten konnte.

Die Variationen waren nur gering: Waldemar Leverkuhns zerstochener Körper aus einem Dutzend verschiedener Winkel und aus verschiedenem Abstand. Blut. Zerwühltes Bettzeug. Wundflächen in Großaufnahme. Bleiche Haut mit Leberflecken. Ein absurd bunter Schlips, der unter einem Kissen hervorstach. Blut. Noch mehr Blut ...

Moreno schüttelte den Kopf. Inspektor Heinemann nahm die Brille ab und begann sie mit Hilfe seines eigenen bedeutend diskreter gemusterten Schlipses zu putzen. Rooth unterbrach den Verzehr eines Schokoladenkekses und drehte dem Tisch demonstrativ den Rücken zu. Nur der junge Krause fuhr pflichtbewusst und mit gerunzelter Stirn fort, die makabren Details zu betrachten.

»Nimm sie weg!«, sagte Rooth. »Meine Verdauung erhebt Anspruch auf ein kleines bisschen Respekt. Außerdem war ich vor Ort und habe alles schon live gesehen.«

Live?, dachte Münster. Nennt er das live? Es ist lange her,

seit ich etwas so absolut Mausetotes gesehen habe. Er seufzte und sammelte die Fotos ein, ließ jedoch zwei liegen, als Erinnerung daran, worum es bei dieser Besprechung eigentlich ging.

»Zuerst die Fakten«, sagte er. »Übrigens, wo ist Jung?«

»Wollte mit diesem Bonger reden«, erklärte Moreno. »Wird bestimmt gleich auftauchen.«

»Die Fakten«, wiederholte Münster. »Leider nichts Neues, nur die Bestätigung des Bekannten. Waldemar Leverkuhn ist durch achtundzwanzig mehr oder weniger tiefe Stiche in Bauch, Brust und Hals getötet worden. Vor allem in den Bauch. Was übrigens ein ziemlich sicheres Ziel ist ... aber wenn man so oft zusticht, dann kommt es natürlich nicht mehr so genau darauf an. Also, worauf deutet das hin?«

»Ein total unbesonnener Typ«, sagte Krause mit unterdrücktem Enthusiasmus. »Muss vollkommen wahnsinnig gewesen sein ... zumindest, als er die Tat ausgeführt hat.«

»High«, sagte Rooth und schluckte den letzten Bissen Schokolade hinunter. »Ein Junkie, der high war. Die kommen doch auf alles Mögliche. Was sagt Meusse zu den Stichen?«

Münster nickte.

»Doch, könnte schon sein. Sie haben überall getroffen. Ein paar ziemlich tief – zehn oder fünfzehn Zentimeter –, andere nur oberflächlich. Einige haben nur Schrammen verursacht. Rechtshänder übrigens, daran scheint es keinen Zweifel zu geben.«

»Gut«, sagte Moreno. »Also ein rechtshändiger Drogenabhängiger, davon haben wir nur dreitausend hier in der Stadt. Könnten wir nicht eine ein wenig witzigere Theorie finden? Wenn es etwas an diesem fantastischen Job gibt, das ich absolut nicht ausstehen kann, dann ist es die Aussicht, unter Junkies herumschnüffeln zu müssen.«

Münster faltete die Hände und stützte sein Kinn auf die Knöchel.

»Man kann sich nicht immer das Spielbrett selbst aussuchen«, stellte er fest. »Leider. Aber wenn wir mit den Spekulationen bis zum Schluss warten, können wir vielleicht erst einmal sehen, was wir haben ... das Wissen ist die Mutter aller Vermutungen, wie Reinhart immer zu sagen pflegt. Wir wissen nicht besonders viel, aber trotzdem einiges.«

»Lass hören«, sagte Rooth, »aber lass die Poesie bitte solange außen vor.«

»Die Waffe ...«, fuhr Münster unbeeindruckt fort, »die Waffe scheint also ein ziemlich stabiles Messer gewesen zu sein. Die Schneide mindestens zwanzig Zentimeter lang. Flach geschliffen und scharf. Sagen wir ein Fleischmesser ungefähr von dem Aussehen, wie Frau Leverkuhn es beschrieben hat, und das laut der gleichen Quelle irgendwann während des Mordabends von seinem Platz in der Küche verschwunden ist ...«

»Und das sich jetzt«, vervollständigte Rooth, »mit an Sicherheit grenzender Wahrscheinlichkeit irgendwo auf dem Grund eines Kanals befindet. Wenn ich mich nicht irre, dann haben wir ungefähr fünftausend Meter vor uns, um zu suchen ...«

»Hm«, sagte Heinemann. »Interessant ... ich meine, rein von der Wahrscheinlichkeit her. Dreitausend Fixer mal fünftausend Meter Kanäle. Wenn wir sowohl Täter als auch Mordwaffe finden wollen, dann ist die Wahrscheinlichkeit ... eins zu fünfzehn Millionen.«

Er lehnte sich zurück und schob sich den Schlips auf dem Bauch gerade.

»Das brodelt ja nur so von Optimismus«, sagte Moreno in dem Moment, als Jung in der Tür auftauchte.

»Entschuldigt«, sagte er. »Aber ich war im Dienst ...«

»Ausgezeichnet«, sagte Rooth. »Setz dich!«

Münster räusperte sich. Ich wünschte, ich bräuchte solche Veranstaltungen nicht abzuhalten, dachte er. Mir fehlt die nötige Arroganz dazu ... aber das kommt wohl noch.

»Was den Zeitpunkt betrifft«, sagte er, »so können wir davon ausgehen, dass Leverkuhn irgendwann zwischen Viertel nach eins und Viertel nach zwei ermordet wurde. Als ich Meusse etwas näher auf den Pelz gerückt bin, hat er sich eher für die spätere halbe Stunde ausgesprochen ... das heißt ab Viertel vor zwei.«

»Hm«, sagte Heinemann. »Wann kam die Ehefrau nach Hause?«

»Drei, vier Minuten danach«, sagte Moreno.

»Das engt die Sache ziemlich ein«, stellte Krause fest. »Ich meine, wenn wir davon ausgehen, dass Meusse Recht hat, nicht wahr?«

»Meusse hat sich in fünfzehn Jahren noch nie geirrt«, sagte Rooth. »Also zwischen Viertel vor zwei und zwei. Dann muss sie ihn fast noch gesehen haben ... Haben wir überprüft, ob sie jemanden gesehen hat?«

»Ja«, sagte Krause. »Negativ.«

»Sie kann es auch selbst gewesen sein«, bemerkte Heinemann. »Wir können das nicht ausschließen. Sechzig Prozent aller ermordeten Männer werden von ihren Ehefrauen getötet.«

»Was sagst du da, verdammt noch mal?«, warf Rooth ein. »Was für ein Glück, dass ich nicht verheiratet bin.«

»Ich meine ...«, sagte Heinemann.

»Wir verstehen, was du meinst«, seufzte Münster. »Wir können Frau Leverkuhns Glaubwürdigkeit gern später diskutieren, aber lasst uns doch bitte zuerst den Laborbericht besprechen, ja?«

Er suchte nach den Unterlagen in der Mappe.

»Es war ja überall alles voll Blut, sowohl im Bett als auch auf dem Boden. Aber irgendwelche direkten Hinweise sind nicht gefunden worden. Keine Fingerabdrücke, außer die des Opfers selbst und vereinzelte alte von seiner Frau – und die einzigen Spuren, die auf dem Boden zu finden waren, stammten auch von ihr ... Abdrücke, die sie hinterließ, als sie hineinging und ihn entdeckte. Die beiden hatten getrennte Schlafzimmer, wie gesagt.«

»Und im Rest der Wohnung?«, fragte Moreno.

»Auch nur ihre.«

»Entschuldigung«, sagte Heinemann. »Aber ist sie wirklich bis ans Bett herangegangen? Das wäre doch nicht notwendig gewesen ... Sie muss doch gesehen haben, dass er tot war, als sie ins Zimmer getreten ist. Man sollte wirklich der Frage nachgehen, ob sie tatsächlich in dieser Art und Weise am Tatort herumtappen musste...«

Krause unterbrach ihn.

»Sie ist im Dunkeln reingegangen, wie sie behauptet. Erst als sie begriff, dass irgendwas nicht stimmte, ist sie zurückgegangen und hat das Licht angemacht.«

»Aha«, sagte Heinemann.

»Stimmt haargenau mit den blutigen Fußabdrücken überein«, erklärte Münster. »Es mag sonderbar erscheinen, dass der Mörder sich von dort entfernen konnte, ohne irgendwelche Spuren zu hinterlassen, aber Meusse sagt, dass das überhaupt nicht merkwürdig ist. Zwar war der Blutstrom enorm, aber das Blut ist nicht herausgespritzt, das meiste ist erst herausgesickert, als alles schon vorbei war... sozusagen. Das hängt offensichtlich damit zusammen, welche Ader man zuerst trifft.«

»Altmännerblut«, sagte Rooth, »zähflüssig.«

»Ja, wirklich«, sagte Münster. »Es ist nicht einmal sicher, ob der Mörder überhaupt Blut an den Händen hatte. Jedenfalls nicht besonders viel.«

»Reizend«, sagte Jung. »Wir haben also technisch gesehen nicht eine einzige verfluchte Spur... wolltest du darauf hinaus?«

»Hrrm«, sagte Münster. »Ja, so sieht's leider aus.«

»Prima«, sagte Rooth. »Dann machen wir jetzt eine kleine Kaffeepause. Sonst versinken wir noch in Depressionen.«

Er sah sich Beifall heischend am Tisch um.

Ein Hauptkommissar wäre gar nicht schlecht, dachte Münster und stand auf.

Aber die Situation war nun einmal so, wie sie war... Münster lehnte sich zurück und reckte die Arme zur Decke, während Rooth und Frau Katz Becher und die Kuchenplatte herumreichten.

Der Punkt war: Seit gut einem Jahr war der berühmte Hauptkommissar vom Dienst beurlaubt und widmete sich antiquarischen Büchern statt der Polizeiarbeit – und es sprach so einiges dafür, dass er gar nicht daran dachte, jemals wieder zum Korps zurückzukehren.

Eigentlich alles, wenn man ehrlich war. Es war Polizeipräsident Hiller, der auf dem Arrangement »Beurlaubung« bestanden hatte. Van Veeteren selbst war – zumindest soweit Münster es verstanden hatte – vollkommen damit einverstanden gewesen, ein für alle Mal Schluss zu machen. Alle Taue zu kappen.

Und man konnte sagen, dass Münster ihn durchaus ein wenig beneidete. Als er das letzte Mal bei Krantze's war – an einem trüben Nachmittag Mitte September –, hatte er Van Veeteren tief versunken in einem verschlissenen Ledersessel gefunden, ganz hinten zwischen zusammenbrechenden Bücherregalen, mit einem alten Foliant auf den Knien und einem Glas Rotwein auf der Armlehne. Sein friedfertiger Gesichtsausdruck war dem eines tibetanischen Lamas nicht unähnlich gewesen.

Es gab also allen Grund zur Vermutung, dass Van Veeteren einen Schlussstrich gezogen hatte. Wie schon gesagt.

Und Reinhart!, dachte Münster. Kriminalkommissar Reinhart lag seit drei Wochen zu Hause auf dem Teppich und spielte mit seiner acht Monate alten Tochter. Laut eigener Erklärung beabsichtigte er, das bis Weihnachten so zu halten. Ein Entschluss, der – wie es hieß – bei Polizeipräsident Hiller den Speichel aus den Mundwinkeln tropfen und ihn vor Ohnmacht schielen ließ. Zumindest zeitweise.

Von irgendeinem Ersatz war bisher noch nicht die Rede gewesen, für keinen der beiden schwergewichtigen Namen. Wenn sich die Gelegenheit bot, Kosten zu sparen, dann tat man das natürlich. Koste es, was es wolle.

The times they are a-changin', stellte Münster fest und nahm sich einen Kopenhagener.

»Aber die Ehefrau ist jedenfalls irgendwie merkwürdig, oder?«, nahm Krause den Faden wieder auf. »Oder zumindest ihr Verhalten.«

»Zugegeben«, sagte Münster. »Wir müssen mit ihr noch einmal reden ... heute oder morgen. Obwohl, verwunderlich ist es ja nicht, dass sie sich etwas verwirrt verhalten hat.«

»In welcher Hinsicht war sie verwirrt?«, fragte Heinemann.

»Nun ja«, sagte Münster. »Die Zeitangaben stimmen offenbar. Sie ist mit dem angegebenen Zug gefahren, und Samstagnacht war da wirklich eine Panne mit der Stromzufuhr. Der Zug kam erst kurz vor Viertel vor zwei am Zentralbahnhof an, eine Stunde verspätet, also muss sie ungefähr zu dem Zeitpunkt zu Hause gewesen sein, den sie angibt ... Außerdem glaubt einer der Nachbarn sie auch gehört zu haben. Sie findet also ihren Ehemann ein paar Minuten nach zwei ermordet vor, aber sie ruft nicht vor 2.43 Uhr hier an. In der Zwischenzeit war sie unterwegs – um im Revier am Entwick Plejn Meldung zu machen, wie sie behauptet. Sie kehrt jedoch um, als sie sieht, dass dort geschlossen ist ... Ja, darüber kann man sich natürlich so seine Gedanken machen. Ich bitte um Wortmeldungen.«

Es vergingen einige Sekunden.

»Verwirrt«, sagte Rooth dann. »Über alle Maßen verwirrt.«

»An und für sich, ja«, sagte Moreno. »Aber wäre es nicht eher anormal, sich in so einer Situation normal zu verhalten? Obwohl, so hat sie jedenfalls genug Zeit gehabt, das Messer beiseite zu schaffen ... mindestens eine halbe Stunde.«

»Gibt es niemanden, der sie auf ihrem Weg gesehen hat?«, wollte Heinemann wissen.

Münster schüttelte den Kopf.

»Jedenfalls hat sich bisher noch niemand gemeldet. Wie weit sind wir mit dem Klinkenputzen?«

Krause streckte sich.

»Wir werden heute Abend fertig«, erklärte er. »Aber ihre Angaben sind bisher unbestätigt. Und das werden sie wohl auch bleiben, denn es war auf den Straßen ziemlich menschenleer, und es gab auch für niemanden einen Grund, durchs Fenster hinauszustarren. Sie muss aber am Dusarts Café vorbeigekommen sein, und da saßen auf jeden Fall welche drin. Das werden wir heute Abend noch überprüfen. Obwohl, wie gesagt: Es hat geregnet ...«

Münster wechselte das Thema.

»Die Familie«, sagte er. »Drei Kinder. Zwischen vierzig und fünfzig ungefähr. Zwei von ihnen kommen heute beziehungsweise morgen in die Stadt, ich habe mich mit ihnen verabredet. Die älteste Tochter sitzt irgendwo in der Psychiatrie, ich glaube, das hat Zeit ... Nein, es gibt wohl niemanden, der glaubt, dass es sich hier um eine Familienangelegenheit handelt, oder?«

»Gibt es jemanden, der überhaupt irgendetwas glaubt?«, knurrte Moreno und blickte in ihren leeren Kaffeebecher.

»Ja«, sagte Rooth. »Meine Theorie ist, dass Leverkuhn ermordet wurde. Womit wir bei seinen Kumpels wären.«

Moreno und Jung berichteten von ihren Hausbesuchen bei Wauters beziehungsweise Palinski, sowie von dem missglückten Versuch, Bonger ausfindig zu machen. Währenddessen betrachtete Münster Morenos Kniegelenke und dachte an Synn.

Rooth aß noch zwei Kopenhagener, und Heinemann polierte seine Daumennägel mit dem Schlips. Münster überlegte, ob diese Stimmung aus schlechter Laune und halbherzigem Engagement eigentlich über der ganzen Gruppe schwebte oder nur ihn allein anging. Das war schwer zu entscheiden, und er gab sich auch keine große Mühe, zu einem endgültigen Schluss zu kommen.

»Dann ist er also verschwunden?«, fragte Rooth, nachdem Moreno und Jung fertig waren. »Ich meine, Bonger.«

Jung zuckte mit den Achseln.

»Jedenfalls war er seit Samstagabend nicht mehr bei sich zu Hause.«

Krause räusperte sich mit einem gewissen Enthusiasmus.

»Aber verdammt noch mal«, sagte er. »Vier alte Knacker, und zwei von ihnen sind weg. Ist doch logisch, dass das irgendwie zusammenhängt. Wenn es ihnen bisher gelungen ist, älter als siebzig zu werden, ist es ja wohl ziemlich unwahrscheinlich, dass einer von ihnen aus natürlichen Gründen genau in der gleichen Nacht verschwindet, in der ein anderer ermordet wird!«

»Aus natürlichen Gründen verschwinden?«, fragte Jung. »Was soll das bedeuten?«

»Und was hat das mit dem Alter zu tun?«, wunderte Heinemann sich und runzelte die Stirn. »Ich habe mir immer eingebildet, dass man eine größere Chance hat zu sterben, je älter man wird. Stimmt das etwa nicht? Ich meine, rein statistisch gesehen ...«

Er schaute sich am Tisch um. Niemand schien darauf erpicht zu sein, ihm eine Antwort zu geben. Münster wich seinem Blick aus und schaute stattdessen aus dem Fenster. Stellte fest, dass es wieder angefangen hatte zu regnen. Wie alt ist Heinemann eigentlich?, überlegte er.

»Hrrm«, räusperte Rooth sich. »Es ist natürlich möglich, dass hier ein Zusammenhang besteht. Wissen die anderen Alten, dass Bonger am Samstag nicht nach Hause gekommen ist?«

Jung und Moreno sahen einander an.

»Nein«, sagte Jung. »Zumindest nicht von uns. Sollen wir sie uns mal ein bisschen vornehmen?«

»Wir warten noch«, entschied Münster. »Bis morgen Vormittag ... wenn Bonger dann immer noch nicht aufgetaucht ist, geht es wirklich nicht mit rechten Dingen zu. Denn normalerweise ist er doch nie mehr als ein paar Stunden vom Boot weg, oder?«

»Genau«, bestätigte Jung.

Wieder herrschte Schweigen. Rooth kratzte ein paar Krümel von dem geplünderten Teller, und Heinemann ging wieder zu seiner Brille über. Krause schaute auf die Uhr.

»Noch was?«, wollte er wissen. »Was machen wir jetzt? Spekulieren?«

Auch dazu schien keiner rechte Lust zu haben, und schließlich sagte Rooth: »Ein Verrückter, ich wette zwei Knackwürste darauf. Ein Zufallsmord, und das einzige Motiv, das wir jemals dafür finden werden, ist ein zugedröhntes Fixerhirn ... oder das von einem Anaboler natürlich. Muss er eigentlich kräftig sein, was sagt Meusse dazu?«

»Nein«, sagte Münster. »Er hat gesagt ... er hat behauptet, bei abgehangenem Fleisch und einem scharfen Messer sind keine besonderen Kräfte vonnöten.«

»O Scheiße, igitt«, sagte Rooth.

Münster sah sich nach weiteren Kommentaren um, aber es kamen keine, und er begriff, dass es an der Zeit war, die Besprechung zu beenden.

»Vermutlich hast du Recht«, sagte er und wandte sich Rooth zu. »Solange wir kein Motiv finden, ist es die wahrscheinlichste Lösung. Sollen wir mal unsere Fühler Richtung Drogendezernat ausstrecken?«

»Tu das«, nickte Moreno. »Einen Fühler, aber keinen von uns.«

»Will mal sehen, was sich machen lässt«, versprach Münster.

Moreno blieb noch eine Weile sitzen, als die anderen schon gegangen waren, und erst da fiel Münster auf, dass er ein Detail vergessen hatte.

»O Scheiße, da ist doch noch was«, sagte er. »Diese Geschichte mit dem Gewinn ... kann da was dran sein?«

Moreno schaute von dem Foto auf, das sie angewidert betrachtet hatte.

»Was meinst du damit?«, fragte sie.

Münster zögerte.

»Vier alte Knacker gewinnen zusammen Geld«, sagte er. »Zwei von ihnen bringen die anderen beiden um, und schwups hat man doppelt so viel.«

Moreno saß eine Weile schweigend da.

»Ach so«, sagte sie dann. »Und du glaubst, dass es auf diese Art abgelaufen ist?«

Münster schüttelte den Kopf. »Nein. Nur diese Frau Gautiers bei Freddy's hat etwas von einem Gewinn gesagt. Sie gibt selbst zu, dass es reine Spekulation ist ... aber trotzdem sollten wir der Sache nachgehen.«

»Lieber das als die Fixer«, sagte Moreno. »Ich werde mich mal darum kümmern.«

Münster lag schon die Frage auf der Zunge, woher ihr heftiger Widerwille gegen das Drogenmilieu eigentlich stammte, als ihm eine Erinnerung kam.

Inspektor Moreno hatte eine jüngere Schwester.

Oder hatte eine gehabt, besser gesagt. Er dachte eine Weile darüber nach. Vielleicht war es ja das, was sie bedrückte. Aber als er ihren gebeugten Rücken und ihre ungekämmten Haare betrachtete, wurde ihm klar, dass da noch mehr dahinter steckte. Etwas ganz anderes. Abgesehen von Synn war Inspektorin Moreno die schönste Frau, mit der er einen so engen Kontakt pflegen durfte. Aber jetzt sah sie plötzlich richtig menschlich aus.

»Was ist denn los mit dir?«, fragte er.

Sie seufzte zweimal tief, bevor sie antwortete.

»Mir geht es ziemlich beschissen.«

»Das sehe ich«, nickte Münster. »Persönliche Probleme?«

Was für ein idiotisches Gespräch, dachte er. Ich klinge ja wie ein geschlechtsloser Beichtvater.

Aber sie zuckte nur mit den Achseln und verzog ihren Mund zu einem ironischen Lächeln.

»Was sonst?«

»Pass auf, wir machen es folgendermaßen«, schlug Münster, der Durchtriebene, vor und schaute auf die Uhr. »Du kümmerst dich um die Alten, während ich mit Ruth Leverkuhn rede ... und danach essen wir gemeinsam Mittag bei Adenaar's. Um ein Uhr. Okay?«

Moreno sah ihn nachdenklich an.

»Okay«, sagte sie. »Aber ich bin im Augenblick keine besonders unterhaltsame Gesellschaft.«

»Das ist doch egal«, erwiderte Münster. »Wir können uns immer noch übers Essen unterhalten.«

9

»Und was soll daran so merkwürdig sein?«

Die große, kräftige Frau betrachtete Rooth drohend unter ihrem Pony, und ihm kam plötzlich der Gedanke, dass er bei einem Kampf Mann gegen Mann vermutlich keine Chance haben würde. Jedenfalls nicht ohne Waffen.

»Meine liebe Frau Van Eck«, sagte er dennoch und nahm einen Schluck des dünnen Kaffees, den der Ehemann auf ihren ausdrücklichen Befehl hin zubereitet hatte. »Das müssen Sie doch verstehen? Eine unbekannte Person dringt ins Haus ein, die Treppe hinauf, bei Leverkuhns in die Wohnung. Er – oder auch sie – sticht auf Herrn Leverkuhn achtundzwanzig Mal ein. Und zwar da oben ...«

Er zeigte zur Decke hin.

»... weniger als sieben Meter von Ihrem Küchentisch entfernt. Der Mörder rennt durch die Tür hinaus, die Treppe wieder hinunter und verschwindet. Und Sie bemerken nicht das Geringste. Das ist es, was ich merkwürdig nenne!«

Jetzt langt sie mir eine, dachte er und stemmte sich schon mal gegen die Tischkante, um gegebenenfalls schnell auf die Beine zu kommen, aber offenbar hatte sie sein vorwurfsvoller Tonfall aus dem Gleichgewicht gebracht.

»Ja, aber ... Herr Wachtmeister ...«

»Inspektor«, unterbrach sie Rooth. »Inspektor Rooth.«

»Ach, wirklich? Ja, wie dem auch sei, wir haben aber wirklich nichts bemerkt, weder ich noch Arnold. Das Einzige, was wir in der Nacht gehört haben, waren diese Bumsmaschinen, der Neger und seine Hure ... nicht wahr, Arnold?«

»Ja, ja«, bestätigte Arnold Van Eck und rieb sich nervös die Handinnenflächen.

»Und das haben wir doch auch schon gesagt, Ihnen und diesem anderen Polizeimenschen da, wie er auch heißen mag. Warum kümmern Sie sich nicht um den, der es getan hat, statt hier dauernd angerannt zu kommen? Wir sind ehrliche Menschen.«

Daran zweifle ich auch keine Sekunde, dachte Rooth. Nicht eine einzige. Er beschloss, die Taktik zu ändern.

»Und die Tür?«, fragte er. »Was ist mit der Tür? Die ist also immer offen, oder?«

»Nein«, sagte Frau Van Eck. »Die kann auch geschlossen gewesen sein, aber das ist so ein Mistschloss ...«

»Das kann man doch aufpissen«, piepste Arnold Van Eck überraschend und kicherte dazu.

»Halt die Klappe!«, erklärte seine Frau. »Gieß lieber noch mal Kaffee nach! Ja, das ist wirklich ein Mistschloss, aber ich nehme an, dass die Tür sowieso einen Spalt offen war, damit Mussolini reinkommen konnte.«

»Mussolini?«, wiederholte Rooth.

»Ja, der hat bestimmt wie immer draußen rumgebumst. Ich begreife nicht, dass sie diesen Teufel nicht schon lange kastriert hat.«

»Das ist ein Kater«, erklärte Arnold Van Eck.

»So schlau ist er ja wohl selber!«, fauchte Frau Van Eck. »Ja, also, sie hat bestimmt diesen Klotz in der Tür gehabt, das macht sie meistens.«

»Jaha«, sagte Rooth und zeichnete eine Katze auf seinen Block, während er sich gleichzeitig daran zu erinnern versuchte, wann er das letzte Mal auf eine derart vulgäre Frau gestoßen war. Er konnte sich nicht erinnern. Bei der vorangegangenen Befragung war außerdem herausgekommen, dass sie einen großen Teil ihres Lebens als Lehrerin auf einer Mädchenschule verbracht hatte, es gab also allen Grund sich zu wundern.

»Was halten Sie davon?«, fragte er.

»Wovon?«, fragte Frau Van Eck zurück.

»Von dem Mord«, erklärte Rooth. »Was glauben Sie, wer es getan haben könnte?«

Sie sperrte ihren Mund auf und warf zwei, drei Kekse hinein. Ihr Mann räusperte sich, kam aber nicht zum Zuge.

»Ausländer«, sagte sie kurz und spülte die Kekse mit einem Schluck Kaffee hinunter. Stellte die Tasse mit einem Klirren hin. »Ja, wenn Sie einen guten Rat haben wollen, dann gucken Sie sich mal bei den Ausländern um.«

»Wieso das?«, fragte Rooth.

»Begreifen Sie denn nicht? Das ist doch die Tat eines Wahnsinnigen! Oder von irgendwelchen Jugendsekten, ja, ja, da finden Sie den Mörder. Man braucht sich doch nur mal umzugucken.«

Rooth dachte nach.

»Haben Sie Kinder?«

»Ne, stellen Sie sich vor, die haben wir nicht«, fauchte Frau Van Eck und sah ihn wieder drohend an.

Das ist gut, dachte Rooth. Genetische Selbstsanierung.

»Danke«, sagte er. »Ich will Sie nicht weiter belästigen.«

Mussolini lag auf dem Rücken auf der Elektroheizung und schnarchte.

Rooth hatte noch nie eine so große Katze gesehen und setzte sich bewusst so weit weg von ihr aufs Sofa wie möglich.

»Ich habe mit dem Ehepaar Van Eck geredet«, erklärte er.

Leonore Mathisen lachte.

»Sie meinen wohl, Sie haben mit Frau Van Eck geredet?«

»Hmm«, nickte Rooth. »Schon möglich. Ja, also, wir brauchen noch ein paar Zusatzinformationen ... wollen wissen, ob Ihnen hinsichtlich der Mordnacht noch etwas eingefallen ist, jetzt, nachdem einige Zeit vergangen ist.«

»Ich verstehe.«

»Eine Sache, die uns verblüfft, ist die Tatsache, dass niemand etwas gehört hat. Sie zum Beispiel, Frau Mathisen, haben doch Ihr Schlafzimmer fast direkt über dem der Leverkuhns, aber Sie sind eingeschlafen, um ...«

Er blätterte seinen Block um und schien in seinen Notizen zu suchen.

»Um halb eins, ungefähr.«

Stimmt, stellte Rooth fest. Im Grunde genommen war Leonore Mathisen nicht sehr viel kleiner als Frau Van Eck, stellte er außerdem fest, aber das Rohmaterial war irgendwie ein anderes. Wie ein ... wie ein Johannisbeerstrauch gegen einen Granitblock, jedenfalls so ungefähr. Obendrein trug der Johannisbeerstrauch glatte, eigenhändig gefärbte Kleider in Rot, Gelb und Lila sowie geflochtene Haarbänder in den gleichen Farben. Während der Granitblock graubraun und mindestens ein Vierteljahrhundert älter gewesen war.

»Ich habe ihn kommen hören, wie schon gesagt. Kurz vor zwölf, glaube ich. Dann habe ich den Radiowecker angestellt und Musik gehört bis ... ja, bis ich wohl so nach einer halben Stunde eingenickt bin, das nehme ich jedenfalls an.«

»Ist er allein zurückgekommen?«, fragte Rooth.

Sie zuckte mit den Schultern.

»Keine Ahnung. Ich weiß nicht einmal, ob er es wirklich war. Ich habe nur jemanden auf der Treppe gehört, und eine Tür, die geöffnet und wieder zugemacht wurde .... Ja, natürlich, es war ihre Tür, da bin ich mir ganz sicher.«

»Keine Stimmen?«

»Nein.«

Rooth schlug eine Seite auf seinem Block um.

»Wie war er so?«, fragte er. »Leverkuhn, meine ich.«

Sie begann an einer der dünnen Holzperlen zu zupfen, die sie in Unmengen um den Hals trug, während sie ihre Worte abwog.

»Ja, ich weiß nicht so recht«, sagte sie. »Eigentlich ganz höflich, denke ich. Hat immer freundlich gegrüßt ... war immer ziemlich fesch und ordentlich, hat sich zwar ab und zu mit seinen Freunden ein Glas zuviel genehmigt, aber nie so viel, dass es unangenehm wurde. Aber ich habe ihn natürlich nur beim Weggehen und Wiederkommen gesehen. Sozusagen.«

»Seit wann wohnen Sie schon hier im Haus?«

Sie rechnete nach.

»Seit elf Jahren«, sagte sie. »Die Leverkuhns wohnen bestimmt schon doppelt so lange hier.«

»Und sein Verhältnis zu seiner Frau?«

Wieder zuckte sie mit den Achseln.

»Wie das so üblicherweise ist, nehme ich an. Alte Menschen,

die ihr ganzes Leben lang zusammen gelebt haben ... Sicher war sie manchmal etwas herrisch, aber mein Vater hatte es da schlimmer.«

Sie musste lachen.

»Sind Sie verheiratet, Herr Inspektor?«

»Nein«, musste Rooth zugeben, »ich bin ledig.«

Plötzlich lachte sie laut auf. Der schwere Busen wippte, und Mussolini wachte mit einem Ruck auf. Rooth war klar, dass er noch nie mit einer Frau dieses Umfangs geschlafen hatte, und ein paar Augenblicke lang – während ihre Lachsalve abebbte und Mussolini sich zum Flur hin schleppte – versuchte er sich vorzustellen, was für ein Gefühl das wohl wäre.

Dann ging er lieber wieder zur Tagesordnung über.

»Hatten sie viel Besuch?«, fragte er.

Sie schüttelte den Kopf.

»Oft Gäste?«

»Nein, fast nie. Jedenfalls nicht, soweit ich es bemerkt habe ... und schließlich wohnen sie ja direkt unter meinen Füßen, und ich muss sagen, meistens ist es da unten still wie im Grab, auch wenn beide zu Hause sind. Das Einzige, was man in diesem Haus hört, das sind die jungen Leute, die wohnen ...«

»Ich weiß«, unterbrach Rooth sie. »Und so war es an dem bewussten Abend wohl auch?«

»Ja, ganz genauso war es an dem Abend auch«, wiederholte sie und strich sich gedankenverloren mit dem Zeigefinger über ihren nackten Unterarm.

Dann lächelte sie und entblößte dabei vierundzwanzig tadellose Zähne. Mindestens.

Mein Gott! Rooth spürte, wie ihm die Hitze in die Wangen stieg. Die will mich vernaschen, dachte er. Jetzt sofort.

Am besten, ich haue hier ab, bevor ich die Bestie wecke!

Er kam auf die Beine, bedankte sich für das Gespräch und nahm den gleichen Weg wie Mussolini.

Die Bumsmaschinen – gemäß einem handgeschriebenen Zettel am Briefschlitz Tobose Menakdise und Filippa de Booning –

reagierten nicht auf das Klingeln, und als er sein Ohr an die Tür legte, konnte er nicht das geringste Geräusch aus der Wohnung vernehmen. Woraus er den Schluss zog, dass niemand zu Hause war, und ein Fragezeichen auf seinem Block verzeichnete. Dann ging er stattdessen zurück in den dritten Stock, zu Herrn Engel.

Ruben Engel war mindestens fünfundsechzig Jahre alt und wurde von einer fleischigen roten Nase geprägt, die so hervorstechend war, dass er Rooth an einen Papagei erinnerte, den dieser auf einem Stoffbild über seinem Bett irgendwann in frühen Kindheitstagen gehabt hatte. Er konnte nicht sagen, ob das Aussehen – das von Herrn Engel, nicht das des Papageis natürlich – mit übermäßigem Alkoholgenuss zusammenhing oder andere medizinische Ursachen haben könnte, aber auf jeden Fall wurde er sogleich an den Küchentisch eingeladen, zu einem kleinen Glühwein.

Es sei so verflucht feucht in der Wohnung, erklärte Engel, und dass er den Tag deshalb immer mit einem warmen Getränk beginne.

Um gesund zu bleiben, nur deshalb.

Ansonsten sah es ziemlich sauber aus, stellte Rooth wohlwollend fest. Ungefähr so wie bei ihm zu Hause. Abwasch von ein paar Tagen. Zeitungen von ein paar Wochen und eine zirka monatsdicke Staubschicht auf Fensterbrett und Fernsehapparat.

»Also, es geht natürlich um Herrn Leverkuhn«, begann Rooth und nahm einen Schluck von dem dampfenden Getränk. »Sie sagten Samstagnacht, dass Sie ihn ein wenig kannten. Dass Sie ein bisschen miteinander bekannt waren?«

Engel nickte.

»Nur eben wie gute Nachbarn«, erklärte er. »Wir haben ja seit mehr als zwanzig Jahren hier im gleichen Haus gewohnt. Manchmal sind wir zusammen zum Fußball gegangen. Manchmal haben wir zusammen mal was getrunken.«

»Ah ja«, sagte Rooth. »Wie oft?«

»Na, Fußball wohl einmal im Jahr«, sagte Engel. »Man wird

ja älter. Da sind immer so viele Hooligans. Ein Gläschen ab und zu. Meistens bin ich dann da hinten bei Gambrinus, aber da nehme ich immer Faludi mit.«

»Wer ist Faludi?«

»Ein alter Arbeitskollege. Araber, aber ein verdammt netter. Wohnt ein Stück weiter hier im Viertel. Prost.«

»Prost«, sagte Rooth.

»Sind Sie denn nicht im Dienst?«

»Wenn ich trinke, nie«, sagte Rooth. »Haben Sie noch mal über den Samstagabend nachgedacht, wie ich Sie gebeten habe?«

»Äh ...? Ja ...«, sagte Engel und leckte sich die Lippen.

»Aber mir ist nichts eingefallen, was ich nicht schon gesagt hätte.«

»Sie haben also nichts gehört, und Ihnen ist nichts Merkwürdiges aufgefallen?«

»Nein, gar nichts. Ich bin so gut und gern gegen halb zwölf nach Hause gekommen und dann sofort ins Bett gekrochen. Habe unserem Liebespaar noch eine Weile zugehört und bin dann wohl so gegen Mitternacht eingeschlafen ... das ist gar keine so schlechte Gute-Nacht-Musik für so einen alten Wichser, wie mich, das kann ich dem Inspektor sagen. Hehe.«

Er verdrehte die Augen und zündete sich eine Zigarette an.

Rooth seufzte.

»Und sonst nichts?«

»Keinen Pups, wie gesagt.«

»Was glauben Sie, wer könnte es getan haben?«, fragte Rooth.

Das war eine alte Van-Veeteren-Regel. Frage immer die Leute, was sie glauben! Einerseits reißen sie sich zusammen, wenn ihnen erlaubt wird, ihre eigene Meinung zu sagen. Und andererseits besteht eine verflucht hohe Chance, dass, wenn drei von fünf das Gleiche glauben, sie auch Recht damit haben.

Manchmal gilt das sogar schon bei zwei von fünf.

Engel rauchte und überlegte. Rieb sich die Nase und trank noch ein bisschen Glühwein.

»Das war keiner hier aus dem Haus«, sagte er schließlich. »Und auch keiner von seinen Kumpels. Das muss irgendein dahergelaufener Irrer gewesen sein.«

Rooth kratzte sich im Nacken.

»Wissen Sie, ob er irgendwelche Feinde hatte oder Leute, die ihm nicht wohlgesinnt waren?«

»Absolut nicht«, sagte Engel. »Leverkuhn, der war in Ordnung.«

»Und seine Frau?«

»Eine gute Frau«, sagte Engel lakonisch. »'n bisschen nörgelig, aber so sind sie ja alle. Sind Sie verheiratet?«

»Nein«, antwortete Rooth und leerte sein Glas. »Dazu ist es nie gekommen.«

»Bei mir auch nicht«, sagte Engel. »Mir ist es nie gelungen, eine Frau länger als drei Stunden zu halten.«

Rooth spürte, dass er es hier mit einem Seelenverwandten zu tun hatte, hütete sich aber davor, die Gemeinsamkeiten zu vertiefen.

»All right«, sagte er stattdessen. »Erst mal vielen Dank. Wir lassen wahrscheinlich noch mal von uns hören.«

»Ich hoffe, Sie lösen den Fall«, sagte Engel. »Es laufen heutzutage einfach zu viele Mörder frei herum.«

»Wir werden sehen«, sagte Rooth.

Jedenfalls hat es niemanden besonders hart getroffen, dachte er, als er wieder im Treppenhaus stand. Und wenn es wirklich ein Irrer war, mit dem man es hier zu tun hatte – ein dahergelaufener Irrer – ja, dann müsste man doch eigentlich zumindest Zeichen einer gewissen Vorsicht und Angst vorfinden. Aber dem war ganz offensichtlich nicht so – jedenfalls, wenn man die Abschiedsworte von Herrn Engel nicht allzu wörtlich nahm. Aber vielleicht hatten sich die Leute ja auch einfach mit der Zeit schon genauso an Gewalttaten und Perversitäten gewöhnt wie er selbst. Wundern müsse man sich nicht, dachte Rooth finster.

Er war gerade aus der Haustür getreten, als er von einem

bärtigen Mann um die fünfunddreißig mit Block und Stift in der Hand angesprochen wurde.

»Bejman, vom Neuwe Blatt«, erklärte dieser. »Haben Sie ein paar Minuten Zeit?«

»Nein«, sagte Rooth.

»Nur für ein paar kurze Fragen?«

»Nein.«

»Warum nicht?«

»Weil Sie schon alles erfahren haben.«

»Aber irgendwas Neues müssen Sie inzwischen doch herausgekriegt haben?«

»Hm«, sagte Rooth und schaute sich um. »Nicht offiziell.«

Bejman beugte sich vor, um besser hören zu können.

»Wir suchen nach einem rothaarigen Zwerg.«

»Einem rothaarigen…?«

»Ja, aber verdammt, schreiben Sie nichts darüber. Wir sind uns noch nicht hundertprozentig sicher.«

Er beobachtete zwei Sekunden lang das Stirnrunzeln auf der waschbrettgewellten Stirn des Reporters. Dann eilte er quer über die Straße und sprang in sein Auto.

Das hätte ich nicht sagen sollen, dachte er.

10

Im Roten Moor dominierten Stuckverzierungen, trübe Kronleuchter und geflissentliche Frauen. Münster ließ sich im Schatten eines eichenvertäfelten Flügels nieder und hoffte, dass der Pianist keine Mittagsschicht machte. Während er dort saß und wartete und durch die nassen Fensterscheiben auf den Salutorget und das einsetzende Menschentreiben draußen schaute, begann er auch zum ersten Mal in diesem Fall ein Gefühl der Konzentration zu entwickeln.

So lief es immer. Es dauerte jedes Mal seine Zeit, bis die erste Abneigung verschwand, einen Tag oder ein paar Tage, bis er in der Lage war, die unmittelbare Abwehr gegen die Tat abzuschütteln, die immer anfangs vorhanden war, der Startschuss und der Eröffnungszug bei jedem neuen Fall. Bei jedem neuen Arbeitsauftrag.

Und der Ekel. Immer dieser Ekel. Am Anfang seiner Karriere, als er fast seine gesamte Dienstzeit in nachtklammen Überwachungswagen oder bei trostlosen Beschattungsunternehmungen und Türklinkenputzaktionen verbracht hatte, hatte er geglaubt, das würde vorübergehen, wenn er nur erst einmal gelernt hatte, den Widrigkeiten ins Auge zu sehen, aber mit den Jahren hatte er einsehen müssen, dass das nicht der Fall war. Eher im Gegenteil: Je älter er geworden war, umso wichtiger erschien es ihm, sich selbst zu schützen und die Dinge auf Distanz zu halten. Und erst wenn die anfänglichen Wogen der Abscheu sich langsam legten, abebbten, hatte es Sinn, sich dem Ganzen intensiver zuzuwenden, genau zu prüfen und zu versuchen, sich in die Natur der Straftat hineinzuvertiefen. In ihren wahrscheinlichen Hintergrund. Die Ursachen und Motive.

Den Kern des Ganzen, wie Van Veeteren es nannte.

Das Muster.

Einen Teil dieser Strategien hatte sicher der Hauptkommissar ihm vermittelt, aber bei weitem nicht alle. Während der letzten Jahre – der letzten Fälle – war Van Veeterens Abscheu größer gewesen als sein eigener, das konnte er mit Sicherheit sagen. Obwohl das vielleicht auch nur das gute Recht des Alters war, dachte Münster. Des Alters und der Weisheit.

Schwer zu sagen. Es war sicher auch im letzten Jahr des Hauptkommissars eine Art Muster zu finden. Und in seinem jetzigen Dasein zwischen all diesen Büchern. Dieses Unergründliche, das die *Determinanten* genannt wird und mit dem Münster nie so richtig zurecht gekommen war. Er hatte nie begriffen, was es eigentlich beinhaltete. Aber vielleicht würde er das auch noch entdecken. Zeit und Trägheit waren nicht allein das Spielbrett des Vergessens, manchmal auch das der langsamen Erkenntnis. Wirklich.

Aber nun zu Waldemar Leverkuhn.

Münster stützte seinen Kopf auf die Hände.

Ein zweiundsiebzigjähriger Rentner wird im Schlaf getötet. Brutal ermordet mit einer haarsträubenden Anzahl an Messerstichen – sinnlose Gewaltanwendung, wie man so sagt, ein zweifelhafter Terminus natürlich, aber hier hatte er vielleicht seine Berechtigung.

Warum?

Warum, zum Teufel, alle diese Messerstiche?

Eine Kellnerin mit weißem Häubchen hustete diskret, aber Münster bat sie, noch mit der Bestellung warten zu dürfen, bis seine Begleitung kam, und daraufhin zog sie sich zurück. Er drehte dem Lokal den Rücken zu und betrachtete stattdessen zwei Tauben, die draußen auf dem nassen Fensterbrett hin und her trippelten, während er versuchte, sich Leverkuhns zerhackten Körper vor seinem inneren Auge vorzustellen.

Achtundzwanzig Stiche. Worauf deutete das hin?

Das lag auf der Hand. Auf Wut natürlich. Besinnungslose Raserei. Die Person, die dem armen Alten ein Ende bereitet hatte, hatte das in einem Zustand vollkommener Kontrolllosigkeit getan. Es hatte keinen Grund gegeben, nach den ersten vier, fünf Hieben mit der Stecherei weiterzumachen, wenn man nur darauf aus war, das Opfer zu töten. Meusse hatte sich in diesem Punkt eindeutig ausgedrückt: die letzte halbe Minute – die letzten fünfzehn, zwanzig Messerstiche – waren ein Ausdruck für etwas anderes als den Willen zu töten.

Raserei? Wahnsinn? Rache und Vergeltung möglicherweise? Ein lange gehegter alter Hass, der jetzt endlich seine eruptive Erlösung fand?

Letzteres war natürlich reine Spekulation, aber sie war logisch, und es gab nichts, was ihr widersprach.

Die Spekulation, dass es ein tief verborgenes Motiv gab nämlich.

Münster klopfte an die Scheibe, und die Tauben erhoben sich mit trägen Flügeln.

Es gab natürlich auch nichts, was Rooths Theorie von einem verrückten Fixer widersprach. Keinen Hauch.

Gehupft wie gesprungen, dachte Münster.

Ruth Leverkuhn tauchte zehn nach zwölf auf, zehn Minuten verspätet, eine Tatsache, die sie lang und breit bedauerte und für die sie sich ausführlich entschuldigte. Sie war ein bisschen spät losgekommen. Viel Verkehr, und dann hatte sie einfach keinen Parkplatz finden können, weder auf dem Markt noch unten in Zwille, jetzt stand sie auf Anckers Steeg und hatte nur für eine halbe Stunde Geld eingeworfen. Sie hoffte, das würde reichen.

In Anbetracht dessen, was sie zu besprechen hatten, nahm Münster diese trivialen Informationen mit unverhohlener Verwunderung auf. Er beobachtete verstohlen, wie sie ihren braunen Mantel über den freien Stuhl am Tisch legte, wie sie umständlich Zigaretten und ein Feuerzeug aus der Handtasche hervorkramte, wie sie ihre Brille auf der Nase und die Plastikblumen auf dem Tisch zurechtrückte.

Sie war ungefähr in seinem Alter, aber ziemlich übergewichtig und erschöpft. Das braun gefärbte, schulterlange Haar hing wie eine traurige, ungewaschene Gardine um ihr bleiches Gesicht. Unruhe und Unsicherheit umgaben sie fast wie ein schlechter Körpergeruch, und erst als sie sich eine Zigarette anzündete, unterbrach sie ihr nervöses Geplapper.

»Haben Sie mit Ihrer Mutter gesprochen?«, fragte Münster.

»Ja.« Sie nickte, zog an der Zigarette ohne zu inhalieren und betrachtete ihre Fingernägel. »Ja, ich habe sie gleich angerufen, nachdem ich mit Ihnen gesprochen habe. Das Ganze ist schrecklich, ich begreife es nicht. Als ich mit dem Auto hierher fuhr, hatte ich das Gefühl, als wäre das Ganze nur ein Traum, ein Albtraum, meine ich. Aber es stimmt also wirklich? Dass jemand ihn getötet hat ... ermordet? Stimmt das?«

»Nach allem zu urteilen, ja«, sagte Münster.

»Aber das ist ja einfach ... zu schrecklich«, wiederholte sie und zog wieder hastig an ihrer Zigarette. »Warum nur?«

»Das wissen wir nicht«, sagte Münster. »Ich würde Ihnen gern ein paar Fragen stellen, wenn Sie nichts dagegen haben?«

Sie nickte und rauchte. Die Kellnerin kam zu ihnen und nahm die Bestellung auf: Café au lait für Frau Leverkuhn, einen Schwarzen für den Kommissar. Er zog seinen Block heraus und legte ihn vor sich auf den Tisch.

»Hatten Sie eine gute Beziehung zu Ihrem Vater?«, fragte er.

Sie zuckte zusammen.

»Was meinen Sie damit?«

»Genau was ich frage«, sagte Münster. »Ob Sie eine gute Beziehung zu ihm hatten.«

»Ja ... schließlich war er mein Vater.«

»Es kommt schon vor, dass Kinder zu ihren Eltern ein schlechtes Verhältnis haben«, beharrte Münster.

Sie zögerte. Kratzte sich hastig am Rand der linken Brust und rauchte.

»Wir hatten in letzter Zeit nicht viel Kontakt miteinander.«

»In letzter Zeit?«

»Seit ich erwachsen bin, kann man wohl sagen ...«

»So seit zwanzig, fünfundzwanzig Jahren?«, fragte Münster.

Sie antwortete nicht.

»Warum?«, fragte Münster.

»Es ergab sich einfach so.«

»War das bei Ihren Geschwistern genauso?«

»Im Großen und Ganzen.«

»Wie oft haben Sie denn Ihre Eltern gesehen?«

»Na, wohl ein paar Mal.«

»Einmal im Monat?«

»Wohl eher einmal im Jahr.«

»Einmal im Jahr?«

»Ja ... zu Weihnachten, aber nicht immer. Vielleicht finden Sie ja, dass das komisch klingt, aber die Alten haben auch keine Initiative ergriffen. Wir haben uns ganz einfach nicht verstanden. Warum soll man Konventionen aufrechterhalten, wenn keine der Seiten daran interessiert ist?«

»... ich bin lesbisch«, fügte sie überraschend hinzu.

»Ach so«, sagte Münster. »Und was hat das mit der Sache zu tun?«

»Das weiß ich auch nicht«, sagte Ruth Leverkuhn. »Aber die Leute reden doch so viel.«

Münster betrachtete eine Weile die Tauben, die zurückgekommen waren. Ruth Leverkuhn nahm zwei Löffel Zucker in den Kaffee und rührte ihn um.

»Wann haben Sie Ihren Vater das letzte Mal gesehen?«

Sie drückte ihre Zigarette aus und suchte gleich nach einer neuen, während sie überlegte.

»Das ist jetzt wohl fast zwei Jahre her«, stellte sie fest.

»Und Ihre Mutter?«

»Genauso. Wir waren zu Weihnachten da... vor zwei Jahren.«

Münster machte sich Notizen.

»Haben Sie irgendeine Idee, was passiert sein könnte?«, fragte er. »Hatte Ihr Vater irgendwelche Feinde... Leute, die ihn vielleicht schon seit langer Zeit kannten und etwas gegen ihn hatten?«

»Nein...« Sie fuhr sich mit der Zunge über die Oberlippe und versuchte nachdenklich auszusehen. »Nein, ich habe wirklich keine Ahnung.«

»Andere Verwandte?«

»Nur Onkel Franz... aber der ist vor ein paar Jahren gestorben.«

Münster nickte.

»Und wie war das Verhältnis zwischen Ihrer Mutter und Ihrem Vater?«

Sie zuckte mit den Schultern.

»Die haben zusammengehalten.«

»Ja, offenbar«, sagte Münster. »Hatten sie einen großen Bekanntenkreis?«

»Nein... nein, fast gar keinen, glaube ich.«

Münster dachte eine Weile nach.

»Wollen Sie jetzt anschließend zu Ihrer Mutter fahren?«

»Ja«, antwortete Ruth Leverkuhn. »Natürlich will ich das. Was haben Sie denn gedacht?«

Die letzte Konvention, dachte Münster.

»Was arbeiten Sie?«
»Ich arbeite als Verkäuferin in einem Geschäft.«
»In Wernice?«
»Ja.«
»Was haben Sie am Samstagabend gemacht?«
»Warum fragen Sie das?«
»Was haben Sie gemacht?«

Sie zog ein Papiertaschentuch heraus und wischte sich den Mund ab.

»Ich war zu Hause.«
»Wohnen Sie allein?«
»Nein.«
»Mit einer Freundin zusammen?«
»Ja.«
»Und sie war auch zu Hause am Samstagabend?«
»Nein, das war sie nicht, warum stellen Sie diese Fragen?«
»Wissen Sie noch, was Sie Ihrer Mutter vor fünfzehn Jahren zu Weihnachten geschenkt haben?«
»Wie bitte?«
»Ihr Weihnachtsgeschenk«, wiederholte Münster, »neunzehnhundertzweiundachtzig?«
»Wie sollte ich ...?«
»Ein Fleischmesser«, sagte Münster. »Stimmt's?«

Er sah, dass ihre Gesichtsmuskeln zu zucken begannen, und er konnte sich denken, dass es bis zum Weinen nicht mehr weit war. Was mache ich hier eigentlich, verdammt noch mal?, dachte er. In diesem Job wird man zum Sadisten.

»Warum ...?«, stammelte sie. »Ich verstehe nicht, was Sie damit sagen wollen. Was soll diese Frage nach ...?«

»Reine Routine«, sagte Münster. »Nehmen Sie es nicht persönlich. Bleiben Sie die Nacht über hier?«

Sie schüttelte den Kopf.

»Ich glaube nicht. Ich werde wohl heute Abend zurückfahren ... es sei denn, dass Mama mich bei sich haben will.«

Warum sollte sie das wollen?, dachte Münster. Dann schlug er seinen Block zu und streckte eine Hand über den Tisch.

»Vielen Dank, Frau Leverkuhn«, sagte er. »Es tut mir Leid, dass ich Sie in dieser schwierigen Zeit quälen musste, aber wir wollen doch alle, dass der Mörder Ihres Vaters gefasst wird, nicht wahr?«

»Ja ... ja, natürlich.«

Sie gab ihm für eine halbe Sekunde lang vier kalte Finger.

Münster schob seinen Stuhl zurück und stand auf.

»Ich glaube, Sie schaffen es noch rechtzeitig zur Parkuhr.«

Sie warf einen Blick auf ihre Uhr, stopfte hastig Zigaretten und Feuerzeug in die Handtasche und sprang auf.

»Danke«, sagte sie. »Ich hoffe ...«

Er würde nie erfahren, was sie hoffte. Stattdessen versuchte sie, ein Lächeln hervorzubringen, aber als ihr das nicht gelingen wollte, drehte sie sich auf den Hacken um und verließ ihn.

Ja ja, dachte Münster und winkte die Kellnerin zu sich. Wieder so eins von diesen Gesprächen.

Der Extrakt eines Lebens in zwanzig Minuten. Wie kommt es nur, dass das Leben anderer sich so glasklar darstellt, während das eigene sich hartnäckig jeder Bewertung und Reflexion entzieht?

Er wusste es nicht. Eine von diesen Fragen.

11

Nachdem Marie-Louise Leverkuhn sich ausgeweint hatte – ein verhältnismäßig kurz anhaltender Gefühlsausbruch nur weniger Minuten – nahm Emmeline von Post den Arm von der Schulter der Freundin und schlug vor, doch am Fluss entlang einen Spaziergang zu machen. Das Wetter war gar nicht so schlecht, sicher, der eine oder andere Schauer war im Laufe des Tages zu erwarten, aber es gab Regenzeug und Gummistiefel. Für beide.

Frau Leverkuhn putzte sich die Nase und lehnte dankend ab. Sie blieb noch einen Moment am Küchentisch sitzen – wie ein verletzter, verlebter Vogel, kam ihrer Gastgeberin in den Sinn –

und erklärte schließlich, dass sie sich trotz allem noch ein wenig ausruhen müsste, bevor sie ihre Kinder treffen würde. Die Tochter Ruth wurde ja bereits zur Mittagszeit erwartet, und es war nicht ganz klar, wer eigentlich wen stützen musste.

Emmeline verstand die letzten Worte nicht so recht, machte aber weiterhin gute Miene zum bösen Spiel und gab dem Willen der frisch gebackenen Witwe nach. Sie beschloss stattdessen, allein einen kürzeren Spaziergang zu unternehmen – zur Post und ins Einkaufszentrum, um das eine und andere einzukaufen, das jetzt gebraucht wurde, wo mehrere Mäuler zu stopfen waren.

Und so konnte Marie-Louise ganz ungestört tun und lassen, was sie wollte. Während sie auf die Kinder wartete.

Emmeline von Post machte sich auf den Weg, sobald das Frühstücksgeschirr abgewaschen war, kurz vor elf Uhr, und als sie mit ihren Tüten eine Dreiviertelstunde später zurückkam, war Marie-Louise Leverkuhn verschwunden. Die Tür zu Marts Zimmer stand einen Spalt weit offen, allem Anschein nach hatte sie also nicht versucht, ihr Verschwinden zu verbergen. Aber es lag nirgends eine Nachricht, weder im Zimmer noch sonst irgendwo. Nun ja, dachte Emmeline, während sie die Einkäufe – je nach Art und Beschaffenheit – in der Speisekammer oder dem Kühlschrank verstaute. Sie ist sicher nur rausgegangen, um ein paar Briefmarken zu kaufen oder so.

Sie kommt bestimmt gleich zurück.

Deshalb holte sie einen Kuchen aus dem Gefrierschrank, stellte die Kaffeemaschine an und ließ sich mit einer Zeitung am Küchentisch nieder.

Und wartete.

Auf den Fluss stieß sie in Höhe des zusammengezimmerten Clubhauses des Ruderclubs MECC, wo ein paar Jugendliche dabei waren, die Farbe von den Fensterrahmen zu kratzen.
Sie zögerte eine Weile, bis sie dann nach Westen ging, den weichen Reit- und Fußweg entlang durch den Laubwald. Fast so-

fort kam ihr ein feuchtkalter Wind von dem dunklen Wasser entgegengefegt, und sie wickelte sich ihr Tuch fester um den Kopf. Gern hätte sie stattdessen eine Mütze gehabt, schob die Hände in die Manteltaschen und drückte sich das Päckchen fester unter den Arm.

Sie war diesen Weg schon früher entlanggegangen – zwei-, dreimal im Sommer in Gesellschaft von Emmeline –, und in Gedanken überlegte sie, wie es wohl ein Stück weiter vorne aussah. Sie versuchte sich daran zu erinnern, ob es eine Stelle gab, die besser geeignet und unzugänglicher war als alle anderen, ohne jedoch auf eine eindeutige Antwort zu kommen. Es war, wie es war, das Gelände entlang des Flusses, sumpfig, voller Gestrüpp und ohne direkte Bebauung, aber wirklich ideal konnte es natürlich nicht sein. Das hatte sie schon vorher gewusst und eingesehen – wo es nun mal keine Gelegenheit zum Verbrennen gab, was natürlich das Beste gewesen wäre.

Sie war erst ein paar hundert Meter weit gekommen, als ihr kaputtes Knie sich bemerkbar machte – die charakteristischen Stiche und ziehenden Schmerzen spürte sie bald jedes Mal, wenn sie den rechten Fuß auf den losen Sand setzte, und ihr war klar, dass es zu riskant war, noch sehr viel weiter zu gehen.

Außerdem gab es wahrscheinlich gar keine bessere Möglichkeit. Das Flussufer war von Erlen und anderem Wildwuchs bedeckt, und der Schilfgürtel streckte sich weit hin, teilweise bis zu über fünfzig Meter. Sie konnte sich kaum mehr wünschen.

Bei der ersten Abzweigung blieb sie stehen und schaute sich um. Kein Mensch zu sehen. Sie bog auf den lehmigen Pfad hinunter zu einem Anleger ab, der in einem Winkel um ein verfallenes Bootshaus verlief. Kletterte vorsichtig auf die ausgetretenen, glatten Bretter und bog um die Ecke. Dort blieb sie ein paar Sekunden stehen und lehnte sich an die Wand, während sie die Luft aus der Tüte drückte und sie ordentlich zuknotete. Sie horchte, ob jemand sich näherte, aber das Einzige, was sie hören konnte, waren weit entfernte traurige Vogelstimmen und das leise Brummen von Autos weit hinten auf der Ringstraße. Kein Mensch in der Nähe. Kein Boot auf dem Wasser. Sie holte tief Luft und warf das Paket ins Wasser. Sie hörte ein Rascheln, als die spröden Halme geknickt wurden, und ein dumpfes Geräusch, als die Wasseroberfläche durchschnitten wurde.

So, das war's, dachte sie. Schaute sich dann noch einmal um. Nichts. Sie war allein, und es war vorbei.

Sie schob ihre Hände wieder in die Manteltaschen und machte sich auf den Rückweg.

Der dauerte länger, als sie gedacht hatte. Trotz allem war sie ein gutes Stück gegangen, und jetzt tat ihr Knie ernsthaft weh. Sie drosselte ihr Tempo, versuchte gar nicht mehr auf die Ferse abzurollen, denn das fühlte sich nur ungewohnt und sonderbar an und nützte kaum etwas in dem losen Sand. Als sie wieder in den Ort kam, hatte es auch noch angefangen, heftig zu regnen, und sie beschloss, sich ein paar Minuten Pause zu gönnen. Sie suchte Schutz in einem verwitterten und bekritzelten Busunterstand – saß dort auf der Bank und versuchte, die Körperwärme so gut es ging zu halten, während sie die wenigen Menschen betrachtete, die sich an diesem Regenwettermorgen hinausgewagt hatten. Drei oder vier verbissene Hundebesitzer. Ein Jogger mit rotem Trainingsanzug und Kopfhörern auf den Ohren, und ein armer alter Mann, der mit einem Einkaufswagen unterwegs war und in den Papierkörben nach leeren Flaschen suchte ... Auch ein paar beschlagene Kleinwagen fuhren vorbei, aber kein Bus. Egal. Sie war sich sowieso nicht ganz sicher, welcher denn der richtige wäre. Nach einer Weile begann sie ernsthaft zu frieren, und auch wenn ihr klar war, dass ihr Eindruck, der Regen hätte etwas nachgelassen, eher aus ihrer Einbildung stammte, stand sie doch auf und machte sich wieder auf den Weg. Sie stellte fest, dass ihre Gedanken keinen Regeln mehr folgten, sie flatterten in ihrem Kopf hin und her, wie unruhige, nervöse Träume, aber bald wurden sie doch von dem Wunsch nach einem warmen Getränk überlagert. Oder einem starken.

Oder beidem.

Als sie endlich wieder in das ordentliche Reihenhaus in der Geldenerstraat zurückkam, war es zehn Minuten nach eins, und am Küchentisch hatte Emmeline von Post von Ruth Leverkuhn Gesellschaft bekommen.

Sobald sie ihre Mutter in der Türöffnung erblickte, stand Ruth auf. Räusperte sich, strich ihr Kleid zurecht und machte eine Art halbherziger Gebärde mit den Händen.

Marie-Louise Leverkuhn blieb stehen und sah sie mit herabhängenden Armen an.

Keine von beiden sagte etwas. Es vergingen fünf Sekunden. Emmeline von Post klapperte mit der Kaffeetasse auf der Untertasse und schaute auf die Regentropfen, die die Freundin mit hereingebracht hatte und die jetzt auf die Türschwelle und auf ein Stück des Linoleums fielen.

Macht doch was, dachte sie. Warum sagt ihr nichts?

12

»Und?«, fragte Münster. »Ich hoffe, du hast sie bloßgestellt?«

Sie hatten eine Fensternische bei Adenaar's erwischt und waren im Tagessalat schon ein Stück weit gekommen.

»Natürlich«, sagte Ewa Moreno. »Nackt, in einem Netz von Lügen ... nein, ich weiß nicht. Ich habe fast nur mit Wauters geredet. Palinski war auf dem Weg ins Krankenhaus für irgendeine Kontrolluntersuchung. Aber trotzdem habe ich den Eindruck gekriegt ...«

Sie zögerte und schaute aus dem Fenster.

»Was für einen Eindruck?«, fragte Münster. »Was denn?«

»Dass sie was verbergen. Ich habe Wauters direkt gefragt, ob sie Geld gewonnen haben, und um ehrlich zu sein, er wirkte etwas zu gut vorbereitet. Zog die Augenbrauen hoch, machte große Gesten, zog die ganze Show ab. Würde mich nicht wundern, wenn sie tatsächlich eine hübsche Summe einkassiert haben.«

»Aber du hast ihn nicht unter Druck gesetzt?«

»Ich bin nicht recht in Form«, entschuldigte Moreno sich. »Das hab ich dir ja schon gesagt. Ich wollte nichts vermurksen, denke, es ist besser, wenn wir sie uns einzeln im Präsidium vornehmen ... eine Lampe ins Gesicht und so. Aber was Bonger betrifft, so scheinen sie doch ehrlich verwundert zu sein, alle beide. Wauters behauptet, er wäre schon auf dem Boot gewesen und hätte ihn gesucht, und Palinski wollte angeblich auf dem Rückweg vom Krankenhaus dort vorbeifahren.«

Münster dachte nach.

»Dann nimmst du also an, dass sie Geld gewonnen haben, dass das aber nichts mit Bongers Verschwinden zu tun hat?«

Moreno nickte.

»Und folglicherweise auch nichts mit Leverkuhn«, stellte sie fest. »Nein, das scheint mir einfach eine Nummer zu heftig. Ich glaube, die beiden haben schlicht und ergreifend nur Angst, unter Verdacht zu geraten. Zumindest Wauters ist ziemlich helle, und er kann sehr schnell kapiert haben, wo das Risiko liegt, als er erfuhr, was mit Leverkuhn passiert ist ... Es stehen nicht gerade wenige Krimis in seinem Bücherregal.«

»Außerdem können sie was dagegen haben, der Witwe das ihr zustehende Viertel zu geben«, merkte Münster an. »Nun ja, dann werden wir ihnen eben morgen einen heißen Empfang bereiten. Aber trotzdem, es ist doch verdammt merkwürdig, dass Bonger sich am gleichen Abend in Luft aufgelöst hat, als Leverkuhn ermordet wurde, das musst du doch zugeben.«

»Ja, natürlich«, nickte Moreno. »Wird er gesucht?«

Münster schaute auf die Uhr.

»Ist vor spätestens einer Stunde rausgegangen.«

»Hat er Verwandte?«

»Einen Sohn in Afrika. Von dem hat er seit 1985 nichts mehr gehört. Eine senile ältere Schwester im Gemejnte. Die Ehefrau ist vor acht Jahren gestorben, da hat er sich auf dem Kanal niedergelassen.«

Moreno saß eine Weile schweigend da.

»Alles reichlich einsame Typen in diesem Fall«, sagte sie dann.

»Sie hatten einander«, sagte Münster. »Wollen wir noch einen Kaffee trinken?«

»Das wollen wir«, sagte Moreno.

Zum Schluss konnte er nicht länger an sich halten.

»Und dein Privatleben?«, fragte er. »Wie steht's damit?«

Moreno betrachtete wieder die trübe Aussicht, und Münster war klar, dass sie ihn abschätzte. Offenbar hielt er dem Maßstab stand, denn sie holte tief Luft und streckte den Rücken.

»Ich bin ausgezogen«, sagte sie.

»Von Claus weg?«

Er erinnerte sich zumindest noch an den Namen.

»Ja.«

»Oioioi«, sagte Münster und wartete ab.

»Das ist jetzt einen Monat her«, fuhr sie nach einer Weile fort. »Ich habe eine Freundin, die für ein halbes Jahr nach Spanien gegangen ist, und ihre Wohnung konnte ich solange übernehmen. – Es hat zwei Tage gedauert, bis ich begriffen habe, dass ich genau richtig gehandelt habe und dass ich fünf Jahre meines Lebens verschenkt habe.«

Münster versuchte, aufmunternd auszusehen.

»Es gibt Menschen, die verschenken ihr ganzes Leben«, sagte er.

»Darum geht es nicht«, sagte Moreno und seufzte wieder. »Ganz und gar nicht ... ich bin absolut bereit, einen Strich zu ziehen und mit etwas Neuem anzufangen. Erfahrungen sind nun mal Erfahrungen.«

»Zweifellos«, sagte Münster. »Was einen nicht umbringt, macht hart. Und was ist nun nicht in Ordnung daran?«

»Claus«, sagte sie und bekam einen Zug um den Mund, wie er ihn noch nie gesehen hatte. »Es geht um Claus. Ich glaube ... ich glaube, er kommt nicht damit zurecht.«

Münster sagte nichts.

»Fünf verfluchte Jahre lang bin ich herumgelaufen und habe mir eingebildet, dass er der Stärkere wäre und dass ich es wäre, die sich nicht traut, loszulassen, und jetzt ...«

Sie ballte die Fäuste, dass die Knöchel weiß hervortraten.

»... jetzt ist er es, der so scheißjämmerlich drauf ist. Ich weiß, das klingt kalt und hart, aber warum kann er nicht aufhören, sich vor mir zu erniedrigen?«

»Er bettelt und fleht?«, wollte Münster wissen.

»So in der Richtung.«

»Wie oft seht ihr euch?«

Moreno stöhnte.

»Mehrmals in der Woche. Und er ruft mich jeden Tag an. Außerdem ist er krankgeschrieben. Ich habe ihn ja geliebt, aber mit jedem Gespräch geht mehr kaputt ... Er sagt, er wird sich das Leben nehmen, und langsam habe ich schon angefangen, ihm zu glauben. Und das ist das Schlimmste: dass ich ihm glaube.«

Münster stützte den Kopf auf die Hände und kam ihr dadurch etwas näher. Ihm wurde plötzlich klar, dass er sie am liebsten berührt hätte, nur ein leichtes Streicheln über die Wange oder den Arm, aber er traute sich nicht. Er hatte sie höchstens drei oder vier Mal mit Claus Badher gesehen. Er hatte nie ein Wort mit ihm gewechselt, aber wenn er ehrlich war, dann hatte er auch keinen besonders positiven Eindruck von dem jungen Bankjuristen gehabt. So ein schmieriger Finanzheini, der dreimal am Tag sein Hemd wechselte und sich das Rasierwasser in die Unterhosen kippte. Das war sein Eindruck gewesen, um ehrlich zu sein.

Aber vielleicht lag ja auch nur eine Art primitiver, atavistischer Eifersucht hinter seiner Einschätzung. Er erinnerte sich daran, dass Reinhart einmal gesagt hatte, dass es stinknormal sei, auf jeden dahergelaufenen Kerl eifersüchtig zu sein, der mit irgendeiner schönen Frau zusammen war. Gesund und ganz natürlich. Und dass diejenigen, die das nicht waren, mit an Sicherheit grenzender Wahrscheinlichkeit an irgendeiner Art bösartiger Verdrängung litten. Zum Beispiel an Verstopfung. Wie dem auch sei, es war nicht immer einfach, sein eigenes so genanntes Seelenleben zu durchschauen. Schon gar nicht, wenn es um Frauen ging.

So dachte der Kommissar mit finsterer Aufrichtigkeit.

»Ich verstehe«, sagte er aber nur. »Kann ich irgendwas tun? Du wirkst etwas grau, wenn du den Ausdruck entschuldigst.«

Sie verzog schnell den Mund.

»Ich weiß«, sagte sie. »Es ist ja nicht so, dass ich ihn nicht ausstehen kann, und ich will nicht, dass er jegliche Kontrolle über sich verliert ... ich will nur meine Ruhe haben. Es ist so verflucht schwer, wenn das ganze Dasein sich in dieser Art und Weise auf den Kopf stellt. Ich habe in den letzten Wochen keine Nacht mehr als drei Stunden geschlafen.«

Münster lehnte sich zurück.

»Das Einzige, was hilft, sind Zeit und Kaffee«, sagte er, »noch einen Nachschlag?«

Moreno brachte eine Grimasse zu Stande, die wohl ein Lächeln darstellen sollte.

»Weißt du«, sagte sie. »Manchmal habe ich das Gefühl, dass die Männer alle nur eine Art aufgeschossener und verkleideter Pfadfinder sind ... wobei ein Teil übrigens nicht mal verkleidet ist.«

»Davon habe ich auch schon gehört«, entgegnete Münster. »Aber es gibt da auch einen weiblichen Defekt.«

Moreno hatte ihre Tasse gehoben, trank aber nicht.

»Ach, wirklich? Und welchen?«

»Diese unfassbare Zuneigung für aufgeschossene Pfadfinder«, erklärte Münster. »Und für aufgeschossene Jungs und Raufbolde und Schweine ganz allgemein ... wenn du mir erklären kannst, was euch dazu bringt, es zu ertragen, von diesen verfluchten Gorillamännchen jahrein, jahraus geschlagen, erniedrigt, vergewaltigt und gequält zu werden, dann können wir anschließend die Pfadfindermoral und die entsprechende Verkleidung diskutieren!«

Wut stieg in ihm hoch, ohne dass er damit gerechnet hatte. Gleichzeitig erkannte er, dass Ewa Moreno nicht auf einen Angriff vorbereitet war.

»Oha«, sagte sie. »Obwohl, da ist natürlich was dran. Gibt es denn eigentlich nirgends reife Menschen?«

Münster seufzte.

»Doch, hier und da wohl schon«, sagte er. »Es ist schwer, ein Mensch zu sein. Vor allem, wenn man die ganze Zeit müde und überarbeitet ist ... dann wird man ganz einfach unmenschlich.«

»Ja, so wird's wohl sein«, bestätigte Ewa Moreno.

Jung starrte ins Wasser.

Er stand auf der Doggers Brücke, fünfzig Meter von Bongers Hausboot entfernt, dem er gerade seinen dritten – erfolglosen – Besuch abgestattet hatte. Er hatte auch ein drittes Gespräch mit Frau Jümpers geführt, oder besser gesagt einen Meinungsaustausch, bei dem aber nichts herausgekommen war, was die Frage nach dem Verschwinden des alten Bootsbesitzers einer Lösung näher gebracht hätte. Ganz und gar nichts. Dafür war der Regen wieder stärker geworden. Das Wasser lief ihm das Haar hinunter, ins Gesicht und in den Nacken, aber das störte ihn nicht länger. Es gab einen Punkt, an dem man nicht noch nasser werden konnte, und den hatte er schon eine ganze Weile hinter sich gelassen, und außerdem begann etwas in seinem Kopf zu arbeiten.

Etwas ziemlich Kompliziertes.

Eine Theorie.

Gesetzt den Fall, dachte er und betrachtete eine Ente, die gegen die Strömung kämpfte, ohne vom Fleck zu kommen – gesetzt den Fall, dass Leverkuhn und Bonger auf dem Heimweg von Freddy's in Streit geraten waren ... schließlich gab es Zeugenaussagen, die besagten, dass sie draußen auf dem Fußweg lautstark miteinander diskutiert hatten, bevor sie losgegangen waren.

Gesetzt den Fall also, dass dieser Zwist heftiger wurde und dass Bonger Leverkuhn nach Hause begleitet hat. Und dann geht Leverkuhn irgendwann ins Bett, aber Bonger ist immer noch wütend, und unter dem Einfluss des Alkohols packt er das Fleischmesser und ersticht ihn.

Danach packt Felix Bonger die Panik. Er nimmt die Waffe

mit, rennt aus der Wohnung, weg vom Kolderweg (soweit man in dem hohen Alter noch rennen kann) ... hastet durch dunkle Straßen und Gassen nach Hause zur Bertrandgraacht, aber als er zur Doggers Brücke kommt, bleibt er stehen und kommt zur Besinnung. Reue und Gewissensbisse plagen ihn. Ihm wird klar, was er getan hat, er bleibt auf der Brücke stehen und starrt auf die blutige Waffe und das dunkle Wasser.

Gesetzt den Fall schließlich, setzte Jung seinen leicht dahinfließenden Gedankengang fort, dass er genau hier stehen geblieben ist ...

Er machte eine Pause und starrte in den Kanal hinab. Die Ente gab endlich auf und ließ sich mittreiben. Nach nur wenigen Sekunden war sie im Schatten hinter Bongers Kahn verschwunden.

... also an diesem kalten, nassen Brückengeländer stehend!

Mitten in der Nacht. Wäre es da so verwunderlich, wenn er auch die Konsequenzen gezogen hätte?

Jung nickte unbewusst. Schließlich brachte er nicht jeden Tag eine tragfähige Theorie zu Stande.

Und dann – ergo! – gab es zweifellos einiges, was dafür sprach, dass beides sich jetzt genau hier unten befand. Hier unten auf dem morastigen Kanalgrund genau unter dieser Brücke.

Die Mordwaffe und der Mörder! Trotz Heinemanns pessimistischer Wahrscheinlichkeitsberechnung.

Jung beugte sich übers Geländer und versuchte, durch die rabenschwarze Wasseroberfläche zu spähen. Dann schüttelte er den Kopf.

Du bist doch nicht recht gescheit, dachte er. Du bist ein Dilettant. Überlass die Gedankenarbeit lieber denjenigen, die der liebe Gott mit einem Gehirn versehen hat!

Er drehte sich auf dem Absatz um und ging fort. Fort von diesem trüben Kanal und diesen trübsinnigen Spekulationen. Aber trotzdem, dachte er, als er auf etwas trockeneres Gelände unter den Kolonnaden der Van Kolmerstraat gelangt war ... trotzdem wäre es nicht vollkommen abwegig, diese Hypothese mit einem Kollegen zu diskutieren. Zum Beispiel mit Rooth. Trotz allem war es nicht unmöglich, dass es sich genau so abgespielt hatte. Es gab darin keine logischen Brüche, und man konnte ja nie wissen.

Wie schon gesagt.

Bevor Münster einen Punkt hinter diesen nicht besonders aufmunternden Arbeitsmontag machte, ging er mit Krause noch einmal die Zeugenbefragung durch. Da war immerhin einiges dran. Nicht sehr viel, aber jedenfalls mehr als gar nichts, wie Krause optimistisch betonte. Eine Hand voll Menschen hatten Leverkuhn und Bonger vor Freddy's gesehen, und mindestens zwei von ihnen waren überzeugt davon, dass die beiden nicht zusammen fortgegangen waren. Offenbar hatte eine gewisse Unstimmigkeit zwischen den beiden alten Freunden geherrscht, und es schien, als hätte Bonger den Kamerad einfach stehen gelassen und wäre losgegangen. Aber bis jetzt war noch niemand gefunden worden, der einen der beiden Herren zu einem späteren Zeitpunkt bemerkt hatte – auf ihrem Weg zum Kolderweg beziehungsweise zur Bertrandgraacht.

Was Frau Leverkuhns angeblichen Gang zum Entwick Plejn und zurück ein paar Stunden später betraf, so sah es genauso schlecht aus.

Kein Zeuge.

Andererseits war es, wie Krause betonte, immer noch erst Montag, der Fall war noch keine zwei Tage alt, und viele hatten es bisher sicher noch gar nicht geschafft, etwas darüber zu lesen.

Also eine gewisse Hoffnung gab es noch.

Aus irgendeinem sonderbaren Grund fiel es Münster schwer, Krauses apfelwangigen Optimismus zu teilen, und als er zu seinem Auto ins Parkhaus ging, merkte er zu seiner Überraschung, dass er sich alt fühlte.

Alt und müde.

Und das wurde auch nicht besser dadurch, dass Synn ihren Montagskurs in Handelsfranzösisch hatte, und erst recht nicht dadurch, dass sein Sohn Bart sich das Saxofon von einem Klassenkameraden hatte ausleihen dürfen und jede Sekunde des Abends nutzte, um darauf zu üben.

Zum Schluss schloss Münster das Instrument in den Kofferraum seines Wagens ein und verkündete, dass ein Zehnjähriger noch viel zu unreif für diese Art von Musik sei.

Zehnjährige sollten sich lieber schlafen legen und leise sein. Schließlich war es schon halb elf.

Er für seinen Teil schlief kurz danach mit einem anhaltend schlechten Gewissen, ohne Synn an seiner Seite, ein.

13

»Ich bleibe nur bis heute Abend hier«, erklärte Mauritz Leverkuhn. »Sie will uns nicht bei sich haben, warum soll ich also heucheln?«

Ja, warum?, dachte Münster.

Der Mann, der ihm auf dem Besucherstuhl gegenübersaß, war groß und kräftig, mit fliehendem Haaransatz und der gleichen rötlichen Gesichtsfarbe wie seine Schwester. An seiner Art zu reden und sich zu verhalten war etwas Oberflächliches, Unengagiertes, als wäre er nicht so recht anwesend, aber Münster nahm vorläufig an, dass das wohl mit seinem Beruf zusammenhing.

Mauritz Leverkuhn arbeitete als Handelsreisender und Auslieferer von Papiertischdecken, Servietten und Kerzenmanschetten an Kaufhäuser und Großmärkte.

»Ich brauche nur ein paar Informationen«, sagte Münster. »Bis jetzt sind wir hinsichtlich der Ermordung Ihres Vaters noch nicht sehr weit gekommen, deshalb müssen wir allen Fäden nachgehen, die es überhaupt gibt.«

»Ich verstehe«, sagte Mauritz Leverkuhn.

»Wann haben Sie ihn beispielsweise zum letzten Mal gesehen?«

Mauritz Leverkuhn überlegte.

»Vor ein paar Monaten«, sagte er. »Ich war geschäftlich hier und habe schnell mal reingeschaut. Einen Kaffee getrunken. Habe Mama eine Flasche Kirschlikör mitgebracht, sie hatte Namenstag.«

»Sie hatten keinen sehr engen Kontakt zu Ihren Eltern ... so insgesamt?«

Mauritz Leverkuhn räusperte sich und schob seinen gelbblau gestreiften Schlips zurecht.

»Nein«, sagte er. »Hatten ... haben wir nicht. Keiner von uns Geschwistern.«

»Warum nicht?«

Er zuckte mit den Schultern.

»Muss man das haben?«

Münster gab keine Antwort.

»Haben Sie Kinder?«

»Nein.«

»Gibt es überhaupt Enkelkinder?«

Mauritz Leverkuhn schüttelte den Kopf.

»Sind Sie verheiratet?«

»Nein.«

»Gewesen?«

»Nein.«

Münster wartete ein paar Sekunden, aber es war offensichtlich, dass Mauritz Leverkuhn keine Lust hatte, irgendetwas aus eigenem Antrieb zu sagen.

»Wie ist das Verhältnis zwischen den Geschwistern?«, fragte er dann. »Haben Sie viel Kontakt?«

»Was hat das denn mit der Sache zu tun?«

Leverkuhn setzte sich zurecht und zupfte an den Bügelfalten seiner Hose.

»Vermutlich nichts«, sagte Münster. »Es ist schwer in einem so frühen Stadium zu sagen, was etwas mit der Sache zu tun hat. Und was nichts damit zu tun hat.«

Das ist vielleicht ein Spaßvogel, dachte er. Und eigentlich traf dieses Urteil auf die ganze Familie zu. Gesprächig waren sie nicht gerade, zumindest nicht die Vertreter, mit denen er bis jetzt in Kontakt gekommen war. Kellerasseln, wie Reinhart solche Leute zu bezeichnen pflegte.

Aber vielleicht war er ja auch ungerecht. Er selbst konnte sich auch nicht gerade als munteren Plauderer bezeichnen, wenn er es genau nahm.

»Ihre ältere Schwester?«, fuhr er fort. »Wenn ich es richtig verstanden habe, ist sie kränkelnd?«

Mit einem Mal sah Mauritz Leverkuhn direkt feindlich aus.

»Sie haben keinen Grund, sie hier mit reinzuziehen«, erklärte er. »Unsere Familie hat nichts mit den Geschehnissen zu tun. Weder ich noch meine Schwestern ... noch meine Mutter.«

»Woher wollen Sie das wissen?«, fragte Münster.

»Was?« Mauritz Leverkuhn schien nicht zu verstehen.

»Wie können Sie so sicher sein, dass keiner von den anderen darin verwickelt ist? Sie haben doch kaum Kontakt zu ihnen.«

»Ach, halt die Schnauze«, sagte Mauritz Leverkuhn.

Und das tat Münster. Dann drückte er auf die Taste der Gegensprechanlage und bat Frau Katz, ihnen Kaffee zu bringen.

»Erzählen Sie mir, was Sie am Samstagabend gemacht haben.«

Der Kaffee hatte das Klima ein wenig entspannt. Aber nur ein ganz klein wenig.

»Ich war zu Hause«, erklärte Mauritz Leverkuhn mürrisch, nachdem er zwei Sekunden nachgedacht hatte. »Habe mir im Fernsehen Boxen angeguckt.«

Münster machte sich routinemäßig Notizen.

»Um wie viel Uhr?«

Mauritz Leverkuhn zuckte mit den Schultern.

»Ungefähr zwischen zehn und zwölf. Sie glauben doch nicht im Ernst, dass ich hierhergefahren bin und meinen Vater ermordet habe? Sind Sie vollkommen durchgeknallt?«

»Ich glaube gar nichts«, sagte Münster. »Aber ich würde mir wünschen, dass Sie ein bisschen bereiter zur Zusammenarbeit wären.«

»Ach, wirklich? Und wie soll ich bitte schön mit Ihnen zusammenarbeiten, wenn Sie keinen Furz dazu beitragen?«

Das weiß ich auch nicht, dachte Münster. Wie viele Jahre ist es her, dass du mal über irgendwas gelächelt hast?

»Aber was denken Sie?«, versuchte er es noch einmal.

»Schließlich müssen wir nach jemandem suchen, der ein Motiv haben könnte, um Ihren Vater zu töten ... Es kann natürlich die Tat eines Wahnsinnigen sein, aber sicher ist das nicht. Es kann auch etwas anderes dahinter stecken.«

»Und was zum Beispiel?«, wollte Mauritz Leverkuhn wissen.

»Ja, da hoffen wir eigentlich, dass Sie uns einen Tipp geben könnten.«

Mauritz Leverkuhn schnaubte verächtlich.

»Glauben Sie wirklich, ich würde mit irgendwas hinterm Berg halten, wenn ich was wüsste?«

Münster sagte nichts, warf nur einen Blick auf die Fragen, die er sich vorher aufgeschrieben hatte.

»Wann sind Ihre Eltern in den Kolderweg gezogen?«, fragte er.

»1976. Warum?«

Münster ignorierte die Frage.

»Warum?«

»Sie haben ihr Haus verkauft. Wir Kinder waren ja inzwischen ausgezogen.«

Münster machte sich Notizen.

»Außerdem hat er einen neuen Job gekriegt. Er war eine Weile arbeitslos gewesen.«

»Was für einen Job?«

»In der Pixnerbrauerei. Ich bin felsenfest davon überzeugt, dass Sie das alles schon wissen.«

»Kann sein«, sagte Münster. »Und bis dahin haben Sie also in Pampas gewohnt?«

Mauritz Leverkuhn nickte.

»Ja, in Pampas. Eigenheimschachteln für die Arbeiterklasse. Vier Zimmer, Küche. Zwanzig Quadratmeter Rasen.«

»Ich weiß«, sagte Münster. »Und wohin sind Sie gezogen, als es zu eng wurde?«

»Nach Aarlach. Habe 1975 auf der Handelsschule angefangen. Aber das kann ja wohl nicht besonders wichtig sein?«

Münster tat wieder, als suche er etwas auf seinem Notizblock. Mauritz Leverkuhn hatte die Arme vor der Brust gekreuzt und starrte aus dem Fenster auf die regenschweren Wolken. Seine Aggressivität schien in eine ausgeprägte Lethargie übergegangen zu sein. Als würde er sich in dem Wetter draußen spiegeln, dachte Münster.

»Was glauben Sie: Wer hat es gemacht?«, fragte er auf Biegen und Brechen.

Mauritz Leverkuhn wandte den Kopf und bedachte Münster mit einer Art Lächeln.

»Ich weiß es nicht, Herr Kommissar. Woher, zum Teufel, soll ich das wissen? Ich habe zu meinem Vater seit mehr als zwanzig Jahren keinen richtigen Kontakt mehr gehabt, und ich habe keine Ahnung, mit wem er verkehrte. Könnten wir dieses Gelaber jetzt endlich beenden, damit ich hier rauskomme?«

»All right«, sagte Münster. »Nur noch eins. Wissen Sie, ob Ihr Vater Geld besaß? Irgendwelche verborgenen Quellen hatte oder so?«

Mauritz Leverkuhn war bereits aufgestanden.

»Quatsch«, sagte er. »Er hat sein halbes Leben bei Gahns gearbeitet, das andere halbe Leben in der Brauerei. Das sind nicht gerade die Orte, an denen man Geld scheffelt. Adieu, Herr Kommissar!«

Er wollte schon die Hand über den Tisch ausstrecken, besann sich aber auf halbem Weg und schob sie stattdessen wieder in die Hosentasche.

»Vermissen Sie ihn?«, fragte Münster, bekam aber nur einen hohlen Blick zur Antwort. In der Türöffnung blieb Mauritz Leverkuhn dann doch noch einmal stehen.

»Als Teenager habe ich mir wirklich überlegt, ob ich mich bei der Polizeischule bewerben soll«, erklärte er. »Ich bin nur froh, dass ich es nicht getan habe.«

»Wir auch«, brummte der Kommissar, als die Tür ins Schloss gefallen war. »Wir auch.«

Allein im Zimmer ging er, wie es seine Gewohnheit war, ans Fenster und schaute über die Stadt. Über die Straßen, die Hausdächer und Kirchen, über die Wejmargraacht und den Wollerimspark, in dem ein grauer Dunst die Bäume in eine weiche, konturenauflösende Decke hüllte. Wie ein Amateuraquarell, dachte er, in dem die Farben zerfließen und sich miteinander und dem Wasser vermischen. Das Hochhaus ein Stück weiter, oben auf der Anhöhe in Lemaar, war nur schwer zu erkennen, und ihm kam der Gedanke, wenn es irgendwo auf der Welt einen Ort gab, an dem ein Mörder die Möglichkeit hatte, sich zu verstecken, dies hier so ein Ort war.

Als er seinen Blick senkte, sah er Mauritz Leverkuhn den Parkplatz überqueren und zu einem weißen, ziemlich neuen Volvo gehen. Irgend so ein Firmenauto wahrscheinlich – mit dem Kofferraum und dem Rücksitz voller Servietten und Kerzenmanschetten in den allerschönsten Farben. Zum Nutzen und Frommen der Menschheit und ihrem ewigen Streben nach größtmöglichem Genuss.

Ich glaube, ich bin heute ein bisschen desillusioniert, dachte Kommissar Münster und drehte der Stadt den Rücken zu.

Polizeipräsident Hiller sah aus wie eine geile Kröte.

Zumindest war das der erste Gedanke, der Münster kam, als er ein paar Minuten zu spät in den Konferenzraum trat. Der ganze Mann schien aufgeblasen zu sein, vor allem oberhalb des Hemdkragens, seine Augen drückten sich aus ihren Höhlen heraus, die Wangen waren angeschwollen und die Gesichtsfarbe ziemlich kräftig.

»Was um alles in der Welt hat das hier zu bedeuten?«, fauchte er, dass die Speicheltropfen im Gegenlicht des eingeschalteten Overheadprojektors funkelten. »Kann mir mal einer erklären, was das soll?«

In der Hand hielt er eine Zeitung, mit der er der geduckt vor ihm sitzenden Versammlung drohte – Kommissar Heinemann, den Inspektoren Rooth, Jung und Moreno sowie, ganz hinten in der Ecke, dem viel versprechenden Polizeianwärter Krause.

Münster setzte sich zwischen Heinemann und Moreno, ohne zu grüßen.

»Nun?«, schnaubte Hiller und warf das Neuwe Blatt auf den Tisch, sodass Münster endlich lesen konnte, worum es eigentlich ging.

Die Schlagzeile lief über alle acht Spalten und wurde von drei Ausrufungszeichen komplettiert:

DIE POLIZEI JAGT ROTHAARIGEN ZWERG!!!

Und in etwas kleineren Buchstaben:

NEUES VOM RENTNERMORD

Heinemann setzte sich die Brille auf.

»Eigenartig«, sagte er. »Ich wüsste nicht, dass ich darüber informiert worden bin.«

Hiller schloss die Augen und faltete die Hände. Offenbar in einem Versuch, sich zu beruhigen, denn die folgenden Sätze wurden durch zusammengebissene Zähne hindurchgepresst.

»Ich will wissen, was das zu bedeuten hat. Und wer dafür verantwortlich ist.«

Moreno schielte auf die Zeitung und räusperte sich.

»Ein rothaariger Zwerg? Das muss sich ja wohl um einen Scherz handeln.«

»Einen Scherz?«, brauste Hiller auf.

»Das denke ich auch«, sagte Rooth. »Oder sucht etwa einer von euch nach einem Zwerg?«

Er schaute sich fragend am Tisch um, während Hiller auf seiner Unterlippe kaute und sich nur mit Mühe beherrschen konnte.

»Ich nicht«, sagte Heinemann.

Münster warf Jung einen Blick zu. Ihm war klar, dass dort ein gewaltiger Lachausbruch auf Lager lag und es darum ging, einzugreifen, bevor es zu spät war.

»Das ist nur eine Zeitungsente«, erklärte er so langsam und pädagogisch er konnte. »Ein Scherzvogel, der die Redaktion angerufen und auf den Arm genommen hat, ganz einfach. Und ein anderer Schlaumeier, der drauf reingefallen ist. Gib uns dafür nicht die Schuld!«

»Genau«, bestätigte Rooth.

Hillers Gesichtsfarbe näherte sich der einer Pflaume.

»Das ist vielleicht ein Scheiß«, knurrte er. »Krause!«

Krause stand stramm.

»Ja?«

»Du kümmerst dich mal drum, wer der Oberesel war, der das geschrieben hat, der soll mir nicht so einfach davonkommen!«

»Verstanden!«, rief Krause.

»Abtreten!«, befahl der Polizeichef, und Krause marschierte hinaus. Hiller setzte sich an die Stirnseite des Tischs und schaltete den Overheadprojektor aus.

»Übrigens«, sagte er, »sind zu viele Leute an diesem Fall dran. In Zukunft müssen weniger genügen. Münster!«

»Ja?«, seufzte Münster.

»Du und Moreno, ihr übernehmt ab sofort den Fall Leverkuhn. Krause steht euch auch zur Verfügung, aber nur, wenn es nötig ist. Jung und Rooth machen mit den Vergewaltigungen in Linzhuisen weiter, und Heinemann ... woran warst du eigentlich letzte Woche?«

»An der Dellingeraffäre«, sagte Heinemann.

»Dann mach damit weiter«, erklärte Hiller. »Ich möchte am Freitag über alles Berichte haben.«

Er stand auf und wäre in zwei Sekunden aus dem Raum gewesen, wenn er nicht über Rooths Aktentasche gestolpert wäre.

»Hoppla«, sagte Rooth. »Entschuldigt mich, aber ich glaube, ich muss ein paar Worte mit Krause reden.«

Er nahm seine Aktentasche und eilte hinaus, während der Polizeipräsident sich seine gut gebügelten Knie abbürstete und etwas Undefinierbares murmelte.

»Jaha, was hältst du davon?«, fragte Münster, nachdem er und Ewa Moreno sich in der Kantine niedergelassen hatten.

»Denkwürdige Vorstellung, nicht wahr?«

»Der Unterhaltungswert war unbestreitbar«, sagte Moreno. »Ich glaube, es war das erste Mal seit einem Monat, dass ich hätte loslachen können. Was für ein unglaublicher Hanswurst!«

»Vielleicht ein Pfadfinder?«, fragte Münster, und jetzt lachte sie wirklich.

»Jedenfalls ist er klar und deutlich«, sagte sie. »Hält mit seiner Meinung nicht hinterm Berg. Wollen wir anfangen zu arbeiten?«

»Ja, das war wohl Sinn der Sache. Hast du irgendwelche guten Ideen?«

Moreno betrachtete die Tasse und analysierte den Kaffeesatz.

»Nein«, sagte sie. »Keine guten.«

»Ich auch nicht«, sagte Münster. »Also müssen wir uns solange mit den schlechten begnügen ... zum Beispiel uns Palinski vorknöpfen?«

»Gar nicht so dumm«, sagte Moreno.

14

Nach zwei Tagen draußen in Bossingen kehrte Marie-Louise Leverkuhn am Dienstagnachmittag in den Kolderweg 17 zurück. Die Kinder waren gekommen, hatten kondoliert und waren wieder nach Hause gefahren. Emmeline von Post hatte sie nach allen Regeln der Kunst umhegt und umpflegt, und der Himmel hatte im Großen und Ganzen ununterbrochen geweint. Es war höchste Zeit, sich wieder in den Alltag und die Wirklichkeit zurückzubegeben. Wirklich allerhöchste Zeit.

Sie begann damit, das blutige Zimmer zu scheuern. Was in die Bodendielen und die Wand eingedrungen war, konnte sie nicht beseitigen, trotz des stärksten Scheuerpulvers, das sie auftreiben konnte, und ebenso wenig war mit den Flecken im Holz des Bettgestells zu machen, aber andererseits war das Bett ja auch nicht mehr nötig. Sie schraubte es auseinander und schleppte den ganzen Kram ins Treppenhaus, damit Arnold Van Eck sich darum kümmern konnte. Über die Bodendielen rollte sie danach einen großen Rosshaarteppich, der jahrelang oben auf dem Dachboden gelegen hatte. Zwei niedrig aufgehängte Wandbehänge retteten die Wand.

Nach dieser Grobarbeit machte sie sich über die hinterlassene Garderobe ihres Mannes her, das war eine Zeit raubende und ein wenig delikate Angelegenheit. Es gefiel ihr nicht, aber sie musste es machen. Einiges landete im Müll, einiges im Wäschekorb, aber das meiste stopfte sie in Taschen und Plastiksäcke, um es zur Kleidersammlung der Heilsarmee in der Windermeerstraat zu bringen.

Als auch diese Arbeit größtenteils erledigt war, klingelte es an der Tür. Es war Frau Van Eck, die sie zu Kaffee und Kuchen einlud.

Zuerst zögerte Marie-Louise Leverkuhn. Sie hatte nie ein engeres Verhältnis zur Portiersfrau gehabt, aber jetzt kam sie wohl nicht umhin. Also stellte sie dann doch den gerade gefüllten Sack in die Garderobe und bedankte sich für die Einladung.

Schließlich muss das Leben ja weitergehen, dachte sie ein wenig verwirrt.

»Das Leben muss ja weitergehen«, erklärte Frau Van Eck fünf Minuten später, als ihr Mann den Kuchen mit Himbeeren und Brombeeren anschnitt. »Wie geht es Ihnen?«

»Es geht«, antwortete Marie-Louise Leverkuhn. »Es braucht so seine Zeit, sich daran zu gewöhnen.«

»Das kann ich mir denken«, stimmte Frau Van Eck zu und betrachtete ihren Arnold einen Moment mit gedankenvoller Miene.

»Ja, übrigens, da war noch eine Sache«, sagte sie dann. »Arnold, lässt du uns mal für eine Weile allein. Du kannst ja die Tippzettel holen oder was auch immer, aber binde die Schürze vorher ab!«

Arnold Van Eck verneigte sich diskret und ließ die Damen allein in der Küche zurück.

»Da ist eine Sache, die ich nicht erzählt habe, als die Polizei hier war, nämlich...«, fuhr Frau Van Eck fort, als sie hörte, dass die Wohnungstür ins Schloss fiel.

Frau Leverkuhn antwortete nicht. Sie rührte nur ihren Kaffee, ohne dabei den Blick zu heben.

»Ich dachte, wir sollten das Ganze lieber besprechen und zu einer gemeinsamen Linie kommen. Bitte, probieren Sie doch den Kuchen. Arnold hat ihn selbst gebacken.«

Marie-Louise Leverkuhn zuckte mit den Schultern und nahm ein Stück.

»Also, worum geht es?«, sagte sie.

»Also abgemacht«, sagte Rooth und verließ Krauses Zimmer. »Du kriegst zwei Karten.«

In der Tür stieß er mit Joensuu und Kellerman zusammen, die gerade Adolf Bosch anschleppten. Nach eineinhalb Tagen Suche hatten sie ihn endlich in einer zwielichtigen Bar im Viertel unten an der Zollstation gefunden. Rooth verzog die Nase und zwängte sich vorbei. Den Mann umgab ein Geruch nach altem Schweiß und Schnaps, und Krause zeigte sofort auf das Plastiksofa neben der Tür, auf das die Beamten den Mann auch gleich mit aller Kraft drückten.

»Au«, sagte Adolf Bosch.

»Halt die Schnauze«, sagte Kellermann. »Das war nicht einfach, das sage ich dir.«

»Der Mistkerl hat uns ins Auto gepinkelt«, sagte Joensuu.

»Ist schon in Ordnung«, sagte Krause. »Ihr könnt gehen.«

Joensuu und Kellerman verschwanden, und Krause schloss die Tür. Adolf Bosch hatte es inzwischen schon geschafft, sich auf das kurze Sofa zu legen, die Knie angezogen und den Kopf auf der Armlehne. Krause setzte sich hinter seinen Schreibtisch und wartete.

»Ich bin nicht ganz gesund«, erklärte Bosch nach einer halben Minute.

»Das bist du noch nie gewesen«, sagte Krause. »Nun tu nicht so, du weißt, worum es geht. Wenn wir wollen, können wir dich für achtzehn Monate einbuchten ... oder gewissen unangenehmen Onkeln das eine oder andere erzählen. Setz dich hin!«

Adolf Bosch war eine Plaudertasche. Oder ein Informant,

wie er sich selbst lieber titulierte. Eine offensichtlich haltlose Existenz in jeder Beziehung – aber mit genau dem schreienden Mangel an Haltung und Zivilcourage, die diese Rolle erforderte. Krause betrachtete ihn voller Ekel. Er hatte immer schon Probleme gehabt, diese Art der Zusammenarbeit zu akzeptieren. Bosch war in den verschiedensten Institutionen für Entzug und Rehabilitation ein und aus gegangen, und es gab wohl niemanden, der ernsthaft daran glaubte, dass er sehr viel älter werden würde als die fünfundvierzig, die er tatsächlich erreicht hatte – aber wie dem auch sei, oft gab es einen Treffer, wenn man ihn anzapfte. Sehr viel häufiger, als man eigentlich erwarten durfte.

»Wenn es um irgendwelchen Dreck geht«, hatte Van Veeteren empfohlen, »dann überlasst das Adolf Bosch! Aber gebt ihm nie mehr als drei Tage, denn einen längeren Zeitbegriff hat er nicht.«

Die Drohung mit Freiheitsberaubung und Repressalien aus der Unterwelt ließ ihn in eine einigermaßen sitzende Stellung kommen. Sein Blick flackerte, und er kratzte sich nervös in den Achselhöhlen.

»Hörst du zu?«, fragte Krause.

»Kann ich eine Zigarette kriegen?«

Krause holte die Gästepackung aus der Schreibtischschublade und reichte sie hinüber.

»Nimm sie dir, aber warte damit, bis du wieder draußen bist.«

»Man dankt«, sagte Bosch und drückte testend auf die Packung.

»Es geht um einen Mord«, erklärte Krause. »An dem Rentner im Kolderweg. Hast du davon gehört?«

Bosch nickte.

»Keiner weiß, wer es war. Ich schwöre ...«

»Spar dir deinen Schwur«, sagte Krause. »Wir glauben, dass es irgendein Fixer gewesen sein könnte, der reichlich high war. Hör dich um und komm übermorgen wieder.«

»Bin im Augenblick reichlich blank«, sagte Bosch und schaute besorgt drein.

»Darüber reden wir Donnerstag.«

»Es geht mir ziemlich dreckig«, versuchte es Bosch noch einmal.

»Donnerstag«, sagte Krause und deutete auf die Tür.

»Donnerstag«, brummte Bosch und machte sich widerstrebend auf den Weg.

Krause seufzte und öffnete das Fenster.

Bei Palinski gingen sie nach Lehrbuch vor. Zuerst wollten sie losen, aber da Ewa Moreno eine Frau war, lenkte Münster ein und übernahm die erste Runde.

»Name?«

»Was?«, fragte Palinski. »Den wissen Sie doch wohl?«

»Wir nehmen das hier auf«, erklärte Münster ungeduldig und deutete auf den Rekorder. »Darf ich um Namen und Geburtsdatum bitten?«

»Ist das hier ein Verhör?«

»Natürlich. Name?«

»Palinski ... Jan. Geboren 1924 ...«

»Datum?«

»Am 10. April, aber ...«

»Hier in Maardam?«

»Ja, natürlich. Aber warum behandeln Sie mich auf diese Art und Weise? Mit Peterwagen und allem, ich war in meinem ganzen Leben noch in nichts verwickelt.«

»Aber jetzt sind Sie verwickelt«, sagte Münster.

»Familienstand?«

»Was? ... Junggeselle natürlich ... oder Witwer, das kommt drauf an, wie man es sieht. Wir wollten uns vor zwanzig Jahren scheiden lassen, aber dann ist sie gestorben, bevor die Papiere soweit waren ... ist von einem Lastwagen auf dem Palitzerlaan überfahren worden. Blöde Geschichte.«

»Aktuelle Adresse?«

»Armastenplejn 42. Aber sagen Sie, mein Bester ...«

»Begreifen Sie den Ernst der Lage?«, unterbrach Münster ihn.

»Ja ... nein.«

»Wir haben den Verdacht, dass Sie uns absichtlich wichtige Informationen vorenthalten.«

»Das würde ich nie machen«, sagte Palinski und faltete die Hände. »Jedenfalls nicht der Polizei.«

Wem dann?, dachte Münster und brachte ein wütendes Schnauben hervor.

»Stimmt es etwa nicht«, fuhr er fort, »dass Sie mit den anderen drei Herren eine größere Summe Geld gewonnen haben und dass Sie das am Samstagabend bei Freddy's gefeiert haben?«

»Nein.«

Palinski blickte auf den Tisch hinunter.

»Sie lügen«, sagte Münster. »Soll ich Ihnen erzählen, warum Sie lügen?«

»Nein ...«, sagte Palinski. »Wieso denn? Ich ...«

»Jetzt hör mal zu«, sagte Münster. »Am Samstag wart ihr vier Stück. Jetzt sind nur noch zwei übrig. Leverkuhn ist ermordet worden, und Bonger ist verschwunden. Es gibt vieles, was dafür spricht, dass auch er nicht mehr am Leben ist. Du und Wauters, ihr seid noch übrig. Es gibt da nur drei Möglichkeiten.«

»Wieso?«, wollte Palinski wissen. »Was meinen Sie damit?«

Sein Kopf hatte jetzt angefangen zu zittern. Sicher war es nur noch eine Frage der Zeit, bis er das Handtuch werfen würde.

»Drei Möglichkeiten«, wiederholte er nachdrücklich und hielt Palinski drei Finger vor die Augen. »Entweder haben Wauters und du es zusammen gemacht ...«

»Was zum ...?«, platzte Palinski heraus und sprang auf. »Aber lieber Kommissar, jetzt reicht es nun wirklich!«

»Setz dich!«, sagte Münster. »Wenn ihr es nicht zusammen gemacht habt, dann war es Wauters allein.«

Palinski setzte sich und begann mit dem Unterkiefer zu mahlen, aber es kam kein Wort heraus.

»Es sei denn, du hast es allein gemacht!«

»Sie sind ja total bescheuert! Ich will einen ... O je! Ich sollte ...?«

Münster beugte sich über den Tisch und bohrte seinen Blick in sein Opfer.

»Was würden Sie denn selbst für eine Schlussfolgerung daraus ziehen?«, fragte er. »Vier ältere Herren gewinnen eine größere Summe Geld. Zwei von ihnen beschließen, die anderen beiden aus dem Weg zu räumen, um so den größeren Teil vom Kuchen zu kriegen ... Oder es ist einer der vier, der beschließt, die anderen drei fertig zu machen, um alles einzustreichen? Ist das nicht ein unangenehmes Gefühl, Herr Palinski, dass zwei Ihrer Freunde verschwunden sind? Liegen Sie nachts nicht wach und fragen sich, wer wohl als nächster an der Reihe ist?«

Plötzlich war Palinski ganz weiß im Gesicht.

»Sie ... Sie ... Sie ...«, stotterte er, und einen Moment lang fürchtete Münster, er könnte in Ohnmacht fallen.

»Wie gut kennen Sie eigentlich diesen Wauters?«, fügte er noch hinzu. »Ist er nicht gewissermaßen ein wenig neuer in der Gruppe als die anderen?«

Palinski antwortete nicht. Er versuchte zu schlucken, aber sein hervorstehender Adamsapfel blieb auf halbem Weg stecken.

»Denn wenn Sie keine Angst vor Wauters haben, dann muss ich daraus folgern, dass Sie es sind, der hinter allem steckt, Herr Palinski!«

»Ich habe nie ...«, protestierte Palinski. »Ich habe nie ...«

Aber es kam keine Fortsetzung. Münsters Ausführungen waren jetzt in aller Konsequenz zu ihm durchgedrungen, und es war offensichtlich, dass ihm seine paradoxe Situation bewusst wurde.

»Wir geben Ihnen fünf Minuten, die Sache zu überdenken«, erklärte Münster und schob seinen Stuhl zurück. »Und ich warne Sie: Kommen Sie mir nicht mehr mit Ausflüchten.«

Er drückte auf den Pausenknopf. Stand auf, verließ das Zimmer und schloss die Tür.

Ewa Moreno brauchte nur ein paar Minuten, um das Ganze zum Abschluss zu bringen. Eine gewisse weibliche Fürsorge im

Tonfall und ein wenig Wärme im Blick, das war offenbar genau das, wonach sich Jan Palinskis Seele nach Münsters Vorstoß sehnte.

»O Mann!«, Palinski schüttelte den Kopf. »Was, zum Teufel, meinte er damit? Wir würden doch nie ... ich würde doch nie ...?«

»Erzählen Sie«, sagte Moreno. »Sie können nicht länger schweigen. Das fällt doch nur auf Sie selbst zurück, begreifen Sie das nicht?«

Palinski sah sie mit dem Blick eines entlaufenen Dackels an.

»Glauben Sie?«

»Ja, natürlich«, bestätigte Moreno.

Palinski rieb sich eine Weile die Hände und kaute auf seiner Lippe. Dann richtete er sich auf und räusperte sich.

»Wauters war's«, erklärte er.

»Wauters?«, wiederholte Moreno.

»Der sagte, wir sollten nichts davon sagen, meine ich.«

Moreno nickte.

»Er hat geglaubt ...«

Moreno wartete.

»... er hat geglaubt, dass wir verdächtigt würden, wenn herauskommt, dass wir gewonnen haben.«

»Wie viel?«, fragte Moreno.

»Zwanzigtausend«, flüsterte Palinski und sah beschämt aus.

»Wobei?«

»Mit einem Los. Wauters hat es gekauft, er war an der Reihe ... es sollten fünftausend pro Kopf werden ... jetzt, wo Leverkuhn tot ist, sind es fast sieben.«

»Minus Bonger werden es zehn«, fuhr Moreno fort.

»Ja, mein Gott«, sagte Palinski. »Aber Sie glauben doch wohl nicht, dass Ihr Kollege Recht hat? Ihnen ist doch wohl klar, dass wir niemals so etwas tun könnten?«

Moreno antwortete nicht. Sie lehnte sich zurück und betrachtete eine Weile die nervösen Zuckungen in Palinskis Gesicht.

»Im Augenblick glauben wir gar nichts«, erklärte sie. »Aber

Sie stehen damit immer noch unter Verdacht, und wir erlauben Ihnen nicht, die Stadt zu verlassen.«

»Mein Gott«, wiederholte Palinski. »Das ist doch nicht möglich. Was, zum Teufel, wird Wauters dazu sagen?«

»Das braucht nicht Ihre Sorge zu sein«, beruhigte ihn Moreno. »Wir kümmern uns schon um ihn. Und was Sie betrifft, so können Sie jetzt gehen, aber morgen früh kommen Sie wieder und unterschreiben Ihre Aussage.«

Sie stellte den Rekorder ab. Palinski erhob sich auf zittrigen Beinen.

»Stehe ich unter Verdacht?«, fragte er.

Moreno nickte.

»Ich bitte um Entschuldigung ... möchte mich wirklich entschuldigen. Wenn ich das gewusst hätte, dann hätte ich es natürlich sofort erzählt, aber Wauters ...«

»Ich verstehe«, sagte Moreno. »Wir machen alle mal was falsch. Bitte schön, hier entlang.«

Palinski schlüpfte wie ein beschämter und zurechtgewiesener Schuljunge durch die Tür, aber nach ein paar Sekunden war er wieder zurück. »Wauters ist derjenige, der das Los hat«, erklärte er. »Er hat bis jetzt den Gewinn noch nicht abgeholt. Nur dass Sie Bescheid wissen.«

Dann entschuldigte er sich noch einmal und verschwand.

Inspektor Moreno merkte, dass sie lächelte.

15

Erich Reijsen war ein gepflegter Herr in den Sechzigern mit einer Ehefrau und einem Reihenhaus, genauso gepflegt wie er selbst. Moreno hatte angerufen und einen Termin verabredet, und als sie eintraf, stand bereits das Tablett mit dem Teeservice im Wohnzimmer, in dem auch ein künstliches Feuer in einem Kamin aus Eternit knisterte.

Sie seufzte innerlich, verschloss ihre Seele und ließ sich auf dem Plüschsofa nieder.

»Wir essen nichts Süßes«, erklärte Herr Reijsen und zeigte dabei auf das grobe Brot und die Paprikaringe. »Haben auf unsere alten Tage angefangen, ein bisschen gesünder zu leben.«

Sein wettergegerbtes Gesicht und sein gepflegter Schnurrbart bestätigten seine Aussage zweifellos – wie auch der hautenge Strampelanzug seiner Frau und die blonde Haarpracht, die mit einem Stirnband in Rot und Gold zurückgehalten wurde.

»Bitte schön«, sagte sie und zeigte ihr geglücktes Gesichtslifting, indem sie die Augen aufriss. »Ich heiße Blenda.«

»Inspektorin Moreno«, sagte Moreno und fischte ihren Notizblock aus der Aktentasche. »Ich bin Ihnen dankbar, dass Sie sich für mich Zeit genommen haben, aber natürlich muss ich in erster Linie mit Ihnen, Herr Reijsen, sprechen.«

»Selbstverständlich«, sagte Erich Reijsen, und Blenda machte sich auf flinken Füßen irgendwo anders im Haus nützlich. Nach nur wenigen Sekunden konnte Moreno das charakteristische quietschende Geräusch eines Zimmerfahrrads im höchsten Gang hören.

»Waldemar Leverkuhn also«, sagte sie. »Ich gehe davon aus, dass Sie wissen, was passiert ist?«

Erich Reijsen nickte mit ernster Miene.

»Wir versuchen, uns ein etwas umfassenderes Bild von ihm zu machen«, fuhr Moreno fort, während ihr Gastgeber Tee in gelbe Tassen eingoss. »Sie waren ein Arbeitskollege von ihm ... wie lange?«

»Fünfzehn Jahre«, sagte Erich Reijsen. »Seit er bei Pixner angefangen hat bis zu seiner Pensionierung. 1991, also ... danach habe ich noch fünf Jahre gearbeitet, und dann wurden Arbeitsplätze abgebaut. Sie haben mir eine frühzeitige Pensionierung angeboten, und da habe ich zugeschlagen. Und ich muss sagen, ich habe es noch keinen einzigen Tag bereut.«

Würde ich auch nicht, dachte Moreno in einem Moment klarer Selbsteinsicht.

»Wie war er?«, fragte sie. »Können Sie mir ein wenig über Waldemar Leverkuhn erzählen?«

Es dauerte mehr als eine halbe Stunde, bis Erich Reijsen das Thema erschöpfend behandelt hatte. Moreno wusste sehr viel schneller – nach rund zwei Minuten –, dass der Besuch hier reine Zeitverschwendung war. Das Bild von Waldemar Leverkuhn als ziemlich zugeknöpfter und mürrischer Mensch (aber trotzdem ein zuverlässiger Kerl, Gott bewahre!), das kannte sie schon, und ihr umständlicher Gastgeber war nicht in der Lage, diesem irgendwelche Pinselstriche hinzuzufügen, die das Porträt entscheidend verändert hätten.

Auch brachte er keinerlei dramatische Enthüllungen, Einverständnis heischende Kommentare oder anderes, das in irgendeiner Weise für die Ermittlungsarbeiten von Relevanz hätte sein können.

Ehrlich gesagt hatte sie selbst Probleme, sich vorzustellen, wie so ein relevantes Puzzleteilchen eigentlich aussehen sollte, also notierte sie sich pflichtschuldigst vieles von dem, was Herr Reijsen zu sagen hatte. Das erforderte ziemlich viel Kraft, kein Zweifel – sowohl das Aufschreiben als auch das Wachhalten –, und als sie nach drei grobkörnigen Butterbroten und ebenso vielen Tassen Tee es endlich schaffte, sich aus dem Sofa hochzuarbeiten, war ihr erster Impuls, sich schnurstracks zur Toilette zu begeben und alles wieder auszuspucken. Sowohl Herrn Reijsen als auch die Brote.

Ihr zweiter Impuls war, mit einem Hammer auf das Zimmerfahrrad einzuschlagen, das während ihres gesamten Besuchs sein vorwurfsvolles Quietschen hatte vernehmen lassen, aber auch in dieser Hinsicht gelang es ihr, sich zurückzuhalten.

Außerdem hatte sie sowieso keinen Hammer zur Hand.

Ich bin im Augenblick eine verflucht schlechte Polizistin, dachte sie kurz darauf, als sie endlich wieder hinter dem Steuer ihres Autos saß. Wirklich keine Zierde der Truppe... nur ein Glück, dass wir momentan nichts Ernsthafteres zu untersuchen haben.

Was sie eigentlich mit dem letzten Satz meinte, wusste sie selbst nicht so recht.

Nichts Ernsthafteres? Nahm sie Waldemar Leverkuhns Tod nicht ernst, oder was sollte das heißen? Sie schüttelte den Kopf und biss sich auf die Unterlippe, um etwas wacher zu werden. Es wurde immer offensichtlicher, dass sie sich mit dieser zunehmenden Müdigkeit einer Grenze näherte, an der es vermutlich sicherer war, sich auf die reinen Routinearbeiten zu beschränken. Sich nicht mehr auf das eigene Urteil zu verlassen. Keine Beschlüsse mehr zu fassen. Nicht mehr zu denken.

Zumindest nicht, solange sie nicht einige Nächte hatte schlafen können.

Sie ließ den Wagen an und fuhr Richtung Zentrum. Die Uhr zeigte schon nach fünf, und die Stadt schien zu gleichen Teilen aus Abgasen, Feuchtigkeit und Dunkelheit zu bestehen, eine Mischung, die jedenfalls sehr gut mit ihrem eigenen Zustand korrespondierte. Sie hielt am Keymer Plejn an und kaufte bei Zimmermann's ein – Joghurt, Saft und Weintrauben, das war mehr als genug nach den gesunden Schnittchen –, und als sie vor ihrem zufälligen Exil in der Gerckstraat parkte, spürte sie, dass es jetzt nur noch zwei Dinge gab, die sie wieder auf die Beine bringen konnten.

Ein langes heißes Bad und ein großer Cognac.

Glücklicherweise lagen beide Projekte im Rahmen des Möglichen, sodass sie ihre Seele endlich wieder öffnete und aus dem Auto stieg. Ganz gegen ihre Gewohnheit nahm sie den Fahrstuhl zum fünften Stock und begann sogar irgendeinen von diesen modernen Ohrwürmern zu summen, den sie wahrscheinlich im Autoradio oder bei Zimmermann's gehört hatte.

Als sie die Fahrstuhltür öffnete, war das erste, was sie sah: Claus. Er saß auf dem Fußboden vor ihrer Wohnung, und er hatte einen großen Strauß roter Rosen im Schoß.

Er schaute sie mit glänzenden, übernächtigten Augen an.

»Ewa«, sagte er.

Sie fühlte, wie die Butterbrote ihr hochkamen. Scheiße, dachte sie. Ich kann nicht mehr.

Sie riss die Fahrstuhltür wieder auf und fuhr hinunter. Hastete über die gepflasterte Auffahrt und war bereits im Auto, als er in der erleuchteten Haustür auftauchte.

»Du Armer«, murmelte sie und suchte nach den Schlüsseln. »Verzeih mir, aber ich schaffe es einfach nicht.«

Dann startete sie und fuhr davon, auf der Suche nach einem erträglichen Hotel.

Münster träumte.

Anfangs war es noch reichlich unschuldig. Eine Art Zusammenkunft mit fröhlichen, festlich gekleideten Menschen, die Gläser in der Hand hielten und offene, freundliche Gesichter hatten. Er kannte einige – Kollegen und gute Freunde, von ihm selbst und von Synn. Nur die Räume erschienen ihm irgendwie unbekannt, ein Wirrwarr verschiedener Zimmer, Treppen und Flure, und mit der Zeit schlich sich auch das Gefühl von etwas Unangenehmem ein. Von etwas geradezu Erschreckendem... Er ging um alle diese verschiedenen Winkel und Ecken, sie wurden immer kleiner, immer dunkler, mit immer unbekannteren Männern und Frauen, die irgendwelche das Licht scheuenden Dinge unternahmen. Und die ganze Zeit stieß er auf Leute, die mit ihm reden und mit ihm anstoßen wollten, aber er konnte nirgends für längere Zeit stehen bleiben... da gab es etwas, was ihn weiterzog, er suchte nach etwas, und erst als er angekommen war, verstand er, was es war.

Er kam in ein weiteres Zimmer. Es war dunkel, und zuerst glaubte er, dass es auch leer war, aber dann hörte er etwas. Jemand flüsterte seinen Namen. Er ging weiter und fühlte die Hand einer Frau auf seiner Brust. Sie drückte sich an ihn, und er wusste sofort, dass er nur ihretwegen hier war. Ganz allein ihretwegen.

Ihre Nacktheit war offensichtlich, und es war auch klar, dass sie einander lieben sollten. Sie zog ihn zu einem niedrigen, breiten Bett vor einer Feuerstelle, auf der ein fast erloschenes Feuer noch leicht glühte... ja, es war ganz klar, dass sie miteinander schlafen wollten, und ihm war auch ganz klar, dass die Frau Ewa Moreno war. Ihr dickes kastanienbraunes Haar, ihre Mandelaugen, ihre kleinen, festen Brüste, die er bisher noch nie gesehen hatte, von denen er aber trotzdem wusste, dass sie so aussehen und sich so anfühlen mussten ... und ihre Haut, in der sich die Glut spiegelte, nein, nichts konnte deutlicher sein. Schon nach wenigen Sekunden war auch er nackt. Er lag auf dem Bett, und sie saß rittlings auf ihm und führte ihn in ihren heißen Schoß ein, und er sah, wie sich ihr glänzender Körper hob und senkte, und das war unfassbar schön; aber dann merkte er, wie die Tür vorsichtig geöffnet wurde und merkte es doch wieder nicht ... erst als er seine Kinder sah, Bart und Marieke, die in einem Meter Abstand stehen blieben und ihn mit ernsten und etwas traurigen Augen betrachteten.

Er erwachte von seinem eigenen Schrei. Synn wälzte sich unruhig hin und her, und er fühlte den kalten Schweiß, der wie ein Panzer aus Angst auf seiner Haut lag. Er blieb noch einen Moment unbeweglich liegen, bevor er vorsichtig aufstand, ins Badezimmer tappte und zehn Minuten lang duschte.

Als er zurück ins Schlafzimmer kam, sah er, dass die Uhr Viertel nach vier zeigte. Er hob die Decke und kroch dicht an Synns warmen Rücken. Dicht, ganz dicht.

So blieb er liegen, sie in seinen Armen, und schlief die ganze Nacht lang keine Sekunde mehr.

Etwas ist dabei, zu geschehen, dachte er.

Aber es darf nicht geschehen.

16

Der Mittwochmorgen war wie eine Beerdigung in einer fremden Sprache. Auf dem Weg zum Polizeipräsidium wäre er zweimal fast jemandem hinten draufgefahren, und eine Weile überlegte er ernsthaft, ob er nicht lieber umkehren, wieder nach Hause fahren und sich ins Bett legen sollte. Er war gerade hinter seinem Schreibtisch niedergesunken und hatte den Kopf auf die Hände gestützt, als Jung an die Tür klopfte.

»Hast du eine Sekunde lang Zeit?«

Münster nickte. »Zwei, wenn es sein muss.«
Jung setzte sich.
»Du siehst müde aus.«
»Worum geht es?«, fragte Münster.
»Nun ja«, sagte Jung und wand sich. »Eigentlich ist es gar nichts ... eher ein Gedanke, der mir gekommen ist.«
»Ach, wirklich?«, bemerkte Münster.
»Hmm«, nickte Jung. »Ja, ich habe nämlich gedacht, dass die einfachste Lösung dieser ganzen Leverkuhngeschichte doch wäre, wenn Bonger es getan hätte.«
Münster gähnte.
»Wie meinst du das?«, fragte er.
Jung setzte an.
»Also, dass Bonger mit Leverkuhn nach Hause gegangen ist beispielsweise ... oder ein bisschen später nachgekommen ist, das spielt ja keine Rolle ... und ihn umgebracht hat. Sie haben sich draußen vor Freddy's doch gestritten, und wenn die Wut Bonger überrannt hat, dann ist es doch denkbar, dass sie, ja, dass sie übergeschwappt ist, sozusagen.«
»Glaubst du das?«, fragte Münster.
»Ich weiß es nicht. Aber das würde doch zumindest erklären, warum er verschwunden ist, nicht wahr? Zuerst habe ich gedacht, er wäre in den Kanal gesprungen, als er wieder nüchtern geworden ist und einsehen musste, was er getan hat, aber es kann natürlich genauso gut sein, dass er sich einfach irgendwo versteckt hält. Ihm muss ja klar sein, dass wir ihn verdächtigen. Was meinst du?«
Münster dachte eine Weile nach.
»Tja«, sagte er. »Natürlich ist das möglich ... zumindest spricht nichts dagegen.«
»Genau was ich gedacht habe«, sagte Jung und sah zufrieden aus. »Ich wollte nur, dass du das im Kopf behältst.«
Er stand auf.
»Danke«, sagte Münster. »Wenn Hiller einverstanden ist, könntest du das die nächsten Tage mal weiterverfolgen, mögliche Bekannte überprüfen und so weiter. Verstecke und so.«

»Gern«, sagte Jung. »Aber er scheint im Augenblick nicht besonders entgegenkommend zu sein, der Hiller ... das liegt wohl mit an diesem Zwerg. Aber sag mir Bescheid, wenn es aktuell wird.«

Als er verschwunden war, stellte Münster sich ans Fenster. Er zog die Jalousie hoch, lehnte die Stirn an das kühle Glas und starrte über die ganz und gar unveränderte Stadt, die es anscheinend ebenfalls kaum aus dem Bett geschafft hatte.

Bonger?, dachte er. Verdammt einfache Lösung. Aber warum nicht? Vielleicht war es ja so, wie Van Veeteren immer sagte: Mach immer das Einfachste zuerst. Es wäre doch zu ärgerlich, ein Schachmatt mit einem Zug zu verpassen! Dann guckte er auf die Uhr und stellte fest, dass es nicht einmal zwanzig Minuten bis zum verabredeten Treffen mit Marie-Louise Leverkuhn waren. Er bewaffnete sich mit Kaffee, Stift und Notizblock. Nahm wieder hinter seinem Schreibtisch Platz und versuchte sich zu konzentrieren.

»Um die Wahrheit zu sagen, so fällt es uns etwas schwer, die Sache in den Griff zu kriegen, Frau Leverkuhn.«

Sie antwortete nicht.

»Wir suchen immer noch nach einem Motiv für den Mord an Ihrem Mann ... ob es etwas in seiner Vergangenheit oder in den allgemeinen Umständen gibt, das in dieser schrecklichen Tat dann seinen Ausbruch gefunden hat.«

Das war eine schwerfällige Eröffnung, aber er hatte sich für diese Linie entschlossen. Marie-Louise Leverkuhn verzog immer noch keine Miene.

»Es gibt nur eine Person, die ausreichend Information über diese Dinge geben kann, und das sind natürlich Sie, Frau Leverkuhn. Was ist Ihnen in den vergangenen Tagen noch eingefallen?«

»Nichts.«

Sie betrachtete ihn mit leerem Blick.

»Sie müssen doch über das, was passiert ist, nachgedacht haben?«

»Natürlich habe ich nachgedacht«, sagte sie. »Aber es ist nichts dabei herausgekommen.«

»Haben Sie mit vielen Bekannten gesprochen?«

Sie schüttelte den Kopf.

»Ich habe nicht so viele Bekannte. Meine Kinder. Emmeline ... ein paar Nachbarn.«

»Könnten Sie mir trotzdem die Namen Ihrer engsten Freunde geben. Außer Emmeline von Post, meine ich. Mit denen Sie und Ihr Mann Umgang pflegten.«

Sie schaute zu Boden. Aha, dachte Münster. Da liegt also der Hase begraben. So ist das.

Das Peinlichste, was es gibt, hatte er einmal gelesen, das ist, keine Freunde zu haben. Einsam zu sein. Man darf ungestraft bescheuert, rassistisch, sadistisch, übergewichtig und dreckig wie eine Sau sein, praktizierender Pädophiler ... aber man muss Freunde haben.

»Wir hatten nicht so viel Umgang«, erklärte sie, ohne ihren Blick zu heben. »Er hatte seine Freunde, ich meine.«

»Keine gemeinsamen?«

Sie schüttelte den Kopf.

»Und Verwandte?«

»Unsere Kinder«, kam von ihr.

»Sie haben keine Geschwister?«

»Nein, nicht mehr.«

»Und mit wem traf Ihr Mann sich denn außer den Herren bei Freddy's?«

Sie überlegte eine Weile.

»Mit sonst niemandem, glaube ich. Vielleicht manchmal mit Herrn Engel.«

»Ruben Engel aus Ihrem Haus?«

»Ja.«

»Und Sie selbst?«, bohrte Münster beharrlich nach. »Sie haben sich ein paar Mal im Monat mit Frau von Post getroffen. Sonst noch jemand?«

»Nein«, sagte Marie-Louise Leverkuhn.

»Wirklich niemand?«, fragte Münster. »Keine alten Arbeitskolleginnen zum Beispiel? Sie haben doch bis vor zwei Jahren in diesem Kaufhaus gearbeitet, oder?«

»Frau Svendsen«, sagte sie. »Regine Svendsen. Wir sind manchmal miteinander ausgegangen, aber sie ist vor ein paar Jahren nach Karpatz gezogen. Sie hat einen neuen Mann gefunden, einen alten Schulfreund, der auch allein zurückgeblieben ist ...«

»Sie haben ihre Telefonnummer nicht?«

»Nein.«

Münster machte sich Notizen und blätterte um.

»Erzählen Sie von Ihrer Heimkehr am Samstagabend«, bat er.

»Das habe ich doch schon mehrmals gemacht.«

»Zum letzten Mal«, versprach Münster.

»Warum?«

»Man kann nie wissen. Es kommt vor, dass neue Punkte auftauchen, die man im ersten Moment übersehen hat. Das gilt umso mehr, wenn man einen Schock erlitten hat.«

Sie sah ihn an. Fast ein wenig wütend.

»Ich habe nichts übersehen.«

»Sie sind ein paar Minuten nach zwei heimgekommen?«

»Ja, natürlich«, sagte Frau Leverkuhn.

»Und die Haustür stand offen?«

»Ja.«

»Die Wohnungstür war nicht verschlossen?«

»Das habe ich doch schon gesagt.«

»Sie haben niemanden gesehen? Weder auf der Straße noch im Treppenhaus ... oder in der Wohnung?«

»Nein.«

»Sie sind sich ganz sicher?«

»Ja, natürlich.«

»Sie sind reingegangen und haben gemerkt, dass etwas nicht in Ordnung ist?«

»Ja.«

»Wie?«

»Was?«

»Wie haben Sie gemerkt, dass etwas nicht stimmte?«
Sie überlegte.
»Es hat gerochen«, sagte sie.
»Was?«, fragte Münster.
»Das Blut.«
Münster schien sich Notizen zu machen, während er auf eine Fortsetzung wartete, aber es kam keine. Er versuchte, sich an den Geruch von Blut zu erinnern, und musste zugeben, dass sie es wahrscheinlich hatte riechen können. Und wenn er sich recht erinnerte, dann hatte er irgendwo in den Papieren gelesen, dass sie, wie auch ihre Tochter, einige Jahre lang in einer Schlachterei gearbeitet hatte. Vermutlich wusste sie, wovon sie sprach.

»Sie sind ins Zimmer gegangen?«
»Ja.«
»Und haben Licht angemacht?«
»Ja.«
»Wie haben Sie reagiert, als Sie begriffen haben, was passiert ist?«
Sie zögerte. Schwieg ein paar Sekunden lang, richtete sich dann aber auf und räusperte sich.
»Ich hab dagestanden und hatte das Gefühl, ich müsste mich übergeben«, sagte sie. »Es kam in Wellen hoch, beruhigte sich dann aber doch. Danach bin ich rausgegangen, um Mitteilung zu machen.«
»Sie sind zum Entwick Plejn gegangen?«
»Ja, das wissen Sie doch.«
»Haben Sie viele Leute getroffen?«
Sie schüttelte den Kopf.
»Ich kann mich nicht mehr dran erinnern. Ich glaube nicht ... es hat geregnet.«
»Sind Sie ganz bis zum Revier gegangen?«
Sie überlegte wieder.
»Nein. Die Fenster waren dunkel, das konnte ich von der anderen Seite des Platzes sehen.«
»Und da sind Sie umgekehrt?«

»Ja.«
»Und den gleichen Weg zurückgegangen?«
»Ja ...«
Münster machte eine Pause.
»Soll ich Ihnen mal was Merkwürdiges erzählen, Frau Leverkuhn?«, sagte er dann.
Sie gab keine Antwort.
»Sie sagen mir, dass Sie eine Strecke von zwei Kilometern durch die Stadt gegangen sind, und bis jetzt hat sich kein einziger Zeuge gemeldet, der Sie gesehen hat. Was sagen Sie dazu? Die Straßen können doch nicht alle menschenleer gewesen sein.«
Keine Antwort. Münster wartete eine halbe Minute.
»Könnte es vielleicht sein, dass Sie lügen, Frau Leverkuhn?«
Sie hob den Kopf und sah ihn mit sanfter Verachtung an.
»Warum um alles in der Welt sollte ich lügen?«
Zum Beispiel um deine eigene Haut zu retten, dachte Münster. Aber das war natürlich ein außerordentlich zweifelhafter Gedanke, weswegen er ihn lieber für sich behielt.
»Hatte er Streit mit einem seiner alten Freunde?«, fragte er stattdessen.
»Nicht dass ich wüsste.«
»Möglicherweise mit Herrn Bonger?«
»Ich weiß nicht, welcher das ist.«
»Die Herren waren nie bei Ihnen zu Hause zu Besuch?«
»Nie.«
»Aber Sie wussten davon, dass die vier Geld gewonnen hatten?«
Er hatte lange auf diese Frage hingearbeitet, aber es war schwer, aus ihrer Reaktion eine eindeutige Antwort herauszulesen.
»Geld?«, wiederholte sie nur.
»Zwanzigtausend«, nickte Münster.
»Jeder?«, fragte sie.
»Zusammen«, sagte Münster. »Fünftausend pro Mann. Das ist schon was.«

Sie schüttelte langsam den Kopf.
»Davon hat er nie was gesagt«, stellte sie fest.
Münster nickte.
»Und Sie haben nicht entdeckt, dass noch etwas in der Wohnung fehlt? Ich meine, außer dem Messer.«
»Nein.«
»Gar nichts?«
»Nein ... aber irgendwelche fünftausend habe ich auch nicht gefunden.«
»Sie haben das Geld noch nicht gekriegt«, erklärte Münster.
»Ach so«, sagte Frau Leverkuhn.
Münster seufzte. Er spürte, wie die Müdigkeit wieder hochkroch, und plötzlich – wenn auch nur für eine Sekunde – packte ihn die Sinnlosigkeit. Plötzlich hatte er das Gefühl, er könnte durch das leere Gesicht dieser alten Frau hindurchsehen wie durch eine blanke Glasscheibe, und was er dort sah, war eine Sackgasse. Eine enge, düstere Sackgasse, in der er selbst stand und eine Feuerwand anstarrte.

Aus einem halben Meter Entfernung. Mit den Händen in den Hosentaschen und resigniert herunterhängenden Schultern. Auf irgendeine sonderbare Art war es ihm möglich, gleichzeitig seinen eigenen Rücken und die Feuerwand zu sehen. Schmutzige Ziegelsteine mit verwitterten Fugen und einem Geruch nach ewigem, saurem Regen. Das war kein besonders schönes Bild für den Stand der Dinge. Ganz und gar nicht schön. Am besten wäre es umzukehren, dachte er und zwinkerte ein paar Mal, bevor er sich wieder der Wirklichkeit zuwandte.

»Danke«, sagte er. »Im Augenblick habe ich sonst nichts, aber ich möchte Sie bitten, weiter in Ihrem Gedächtnis zu kramen, Frau Leverkuhn, es können die unbedeutendsten Details sein, die uns auf die richtige Spur bringen.«

»Ich möchte, dass Sie mich in Ruhe lassen.«

»Wir wollen den Mörder Ihres Mannes finden, Frau Leverkuhn. Und wir werden ihn finden.«

Einen Augenblick lang schien es ihm, als sähe sie zweifelnder aus, als der Lage angemessen war, und vermutlich war das der Grund – verbunden mit den immer schwerer werdenden Augenlidern –, was ihn dazu brachte, lauter zu werden.

»Wir werden den Mörder finden, Frau Leverkuhn, darüber sollten Sie sich im Klaren sein!«

Sie sah ihn verwundert an. Dann stand sie auf.

»War noch etwas?«

»Im Augenblick nicht«, sagte Münster.

Der Rest des Mittwochs verlief in ungefähr der gleichen Tonart. Bongers Hausboot lag verlassen da wie bisher, Zeugenaussagen von Leuten, die in der Samstagnacht auf den Straßen unterwegs waren, glänzten durch Abwesenheit, und der einzige Tipp aus der so genannten Unterwelt kam aus einer anonymen Quelle, die die Polizei ermahnte, nicht weiter im falschen Heuhaufen zu suchen.

Wobei die Frage ist, welches dann der richtige Heuhaufen ist!, dachte Münster streitlustig.

Er vermied bewusst den Kontakt mit Inspektor Moreno, und bei einem ungewöhnlich zähen Nudelgericht in der Kantine erzählte Krause ihm, dass sie im Laufe des Vormittags angerufen und sich krank gemeldet habe. Münster nahm diesen Bescheid zunächst mit Erleichterung entgegen, aber dann überfiel ihn eine Unschlüssigkeit, die er lieber nicht näher analysieren wollte. Der nächtliche Traum war noch in seinem Hinterkopf präsent – wie ein nicht jugendfreier Film, in den er sich fälschlicherweise hatte hineinschleichen können – und ihm war klar, dass er nicht nur aus Zufall dort gewesen war.

Den ganzen Nachmittag verbrachte er damit, in seinem Zimmer alle Berichte und Protokolle, die sich bis jetzt angesammelt hatten, noch einmal durchzulesen, ohne jedoch dadurch sehr viel schlauer zu werden.

Der Fall Waldemar Leverkuhn?

Es war, wie es war, fasste er resigniert zusammen, als er das Präsidium gegen halb fünf verließ: Aus unbekanntem Grund hatte ein unbekannter Täter (Mann? Frau?) einen harmlosen

Rentner ermordet – auf bestialischste Weise. Es waren seit der Tat vier Tage vergangen, und man war immer noch nicht auch nur in die Nähe einer Aufklärung gekommen.

Ein anderer älterer Mann war in der gleichen Nacht verschwunden, und hier wusste man ganz genau so viel.

Null.

Wieder einmal, er wusste nicht mehr, zum wievielten Mal im Laufe der letzten Tage, tauchten Sätze von Van Veeteren in seinem Kopf auf.

Mit der Polizeiarbeit ist es wie mit dem Leben, hatte der Hauptkommissar bei einem Freitagsbier bei Adenaar's vor ein paar Jahren philosophiert. Fünfundneunzig Prozent ist hinausgeworfen.

War es nicht langsam an der Zeit, an die letzten fünf Prozent zu gelangen?, überlegte Kommissar Münster, während er sich aus dem Garagenlabyrinth des Polizeipräsidiums schälte. Müsste der Durchbruch nicht bald mal kommen?

Oder – kam ihm der Gedanke, als er auf die Baderstraat fuhr –, war es vielleicht so, dass diese düsteren Merksätze von Van Veeteren eine Art Wink sein sollten, mal wieder in Krantzes Antiquariat vorbeizuschauen?

Und den Hauptkommissar aufzusuchen?

Das war natürlich ein verwegener Gedanke – der einzige dieses Tages vermutlich –, und er beschloss, ihn erst einmal einige Zeit reifen zu lassen.

Dann drückte er das Gaspedal durch und ließ die Sehnsucht nach Synn und den Kindern die Oberhand gewinnen.

II

17

»Wie war noch Ihr Name?«, fragte Krause und runzelte die Stirn. »Van Eck?«

Er notierte sich Namen und Telefonnummer. Kaute auf seinem Stift. Da war doch irgendwas ...

»Adresse?«

Er schrieb auch diese auf und starrte sie an.

Das war doch ...?

Zweifellos. Er fragte nach und bekam die Bestätigung. Er merkte selbst, wie aufgeregt er langsam klang, und versuchte, den Eindruck wegzuhusten. Bedankte sich und versprach, in einer halben Stunde dort zu sein. Legte den Hörer auf.

Mein Gott, dachte er. Was hat denn das nun wieder zu bedeuten?

Dann wählte er Münsters Nummer. Dort war besetzt.

Moreno. Keine Antwort.

Van Eck? Vielleicht war es ja auch nur ein Zufall?, dachte er und machte sich auf den Weg.

Münster winkte ihn herein und setzte sein Telefongespräch fort. Aus dem Mienenspiel des Kommissars konnte Krause schließen, dass wohl Hiller am anderen Ende der Leitung war. Krause nickte Moreno zu, die auf einem der Besucherstühle saß und in einem Stapel Papiere blätterte. Ziemlich lustlos, wie es schien. Sie sah müde aus, stellte Krause fest und lehnte sich mit der Schulter gegen das Bücherregal. Im Augenblick waren wohl alle müde, woran auch immer das liegen mochte.

Münster gelang es endlich, den Polizeichef abzuwimmeln, und schaute auf.

»Ja? Was gibt's?«

»Ja, also ...«, sagte Krause. »Ich habe da gerade einen merkwürdigen Anruf bekommen.«

»Ja?«, sagte Münster.

»Ja?«, sagte Moreno.

»Arnold Van Eck. Der Hausmeister im Kolderweg. Er behauptet, seine Frau sei verschwunden.«

»Was?«, sagte Moreno.

»Was, zum Teufel?«, sagte Münster.

Krause räusperte sich.

»Doch, doch«, sagte er. »Hat sich offenbar gestern in Luft aufgelöst. Ich habe ihm versprochen, dass gleich jemand bei ihm vorbeikommt. Soll ich ...? Oder vielleicht ...?«

»Nein«, sagte Münster. »Du nicht. Moreno und ich fahren hin. Das ist doch ...«

Ihm fiel nicht ein, was es war. Nahm seine Tasche, seinen Schal und Mantel und rauschte durch die Tür hinaus. Moreno eilte hinterher, blieb aber noch einmal stehen.

»Das ist doch wohl nichts, was Rooth sich ausgedacht hat?«, fragte sie und schaute Krause musternd an. »Er scheint im Augenblick in dieser Hinsicht nicht besonders vertrauenswürdig zu sein.«

Krause zuckte mit den Schultern.

»Meinst du, Rooth hätte sie entführt, oder was? Fahrt hin und guckt nach, dann erfahrt ihr mehr. Wenn ich mich recht erinnere, ist sie riesig wie ein Wohnblock ... jedenfalls kann es nicht so einfach sein, sie irgendwo zu verstecken.«

»Okay«, sagte Moreno. »Bleib hier in der Nähe, dann können wir dir berichten.«

»*Ich* pflege nicht zu verschwinden«, betonte Polizeianwärter Krause.

Arnold Van Eck sah aus, als hätte ihm jemand die Wurst vom Brot genommen. Er musste am Fenster gestanden und bereits gewartet haben, denn er empfing sie in der Haustür, wo sie außerdem auf Frau Leverkuhn stießen, die Kisten und Taschen mit den hinterlassenen Kleidungsstücken ihres Ehemannes zu einem wartenden Taxi schleppte.

»Für die Heilsarmee«, erklärte sie. »Ich dachte, sie würden uns wenigstens mal für einen Tag in Ruhe lassen.«

»Es geht nicht um ... hm, ich meine ...«, stotterte Van Eck und trat nervös von einem Bein aufs andere.

»Heute geht es nicht um Sie«, betonte Münster. »Herr Van Eck, vielleicht könnten wir zu Ihnen hineingehen?«

Der kleine Hausmeister nickte und ging voran. Seine dünne Gestalt sah schutzbedürftiger aus als je, als würde der kleine Mann am liebsten gleich vor lauter Verzweiflung in Tränen ausbrechen. Wahrscheinlich hat er in der letzten Nacht kein Auge zugekriegt, dachte Münster.

»Was ist denn passiert?«, fragte er, nachdem sie sich um den winzigen Küchentisch mit der blaukarierten Wachsdecke und der gelben künstlichen Topfpflanze niedergelassen hatten.

Arnold Van Eck breitete die Arme in einer hilflosen Geste aus.

»Sie ist weg.«

»Weg?«, wiederholte Moreno.

»Ihre Frau?«, fragte Münster.

»Ach ja«, sagte Van Eck. »So ist es.«

Ach ja?, dachte Münster. Der spinnt doch. Gleichzeitig wusste er, durch die Arbeit und vieles andere, dass es Menschen gab, die niemals als Besetzung für ihre eigene Rolle in Frage kommen würden, ob es sich nun um einen Film, ein Theaterstück oder das Leben überhaupt handelte. Arnold Van Eck war zweifellos so ein Mensch.

»Erzählen Sie«, bat Moreno ihn.

Van Eck schluchzte ein paar Mal und schob seine dicke Brille über den glänzenden Nasenrücken nach oben.

»Es war gestern«, berichtete er. »Gestern Abend ... sie ist irgendwann im Laufe des Nachmittags verschwunden ... oder des Abends.«

Er verstummte.

»Woher wissen Sie, dass sie nicht einfach irgendwohin gefahren ist?«, fragte Moreno.

»Das weiß ich«, sagte Van Eck. »Gestern war Mittwoch, und da gucken wir immer die Gangsterbräute ... das ist eine Fernsehserie.«

»Das wissen wir«, sagte Moreno.

»Gangster ...?«, wiederholte Münster.

»Außerdem massiert sie mir immer die Beine«, fuhr Arnold Van Eck fort. »Immer mittwochs ... gegen die Krampfadern.«

Er demonstrierte etwas ungeschickt die Griffe und Bewegungen der Ehefrau über Schenkel und Waden. Münster begann so langsam an Van Ecks Verstand zu zweifeln, sah aber, wie Moreno sich etwas notierte, ohne eine Miene zu verziehen, deshalb nahm er fürs Erste an, dass es keinen Grund gab, sich über etwas zu wundern. So verhielten sich anscheinend Menschen, die gemeinsam in den Herbst ihres Lebens gingen. Aber woher konnte Ewa Moreno das wissen?

»Wann haben Sie sie zuletzt gesehen?«, fragte er.

»Fünf nach fünf«, sagte Van Eck, ohne zu zögern. »Sie ist rausgegangen, um einzukaufen, und war noch nicht wieder zurück, als ich mich auf den Weg zu meinem Kurs gemacht habe.«

»Was für ein Kurs?«, fragte Moreno.

»Porzellanmalerei. Um sechs Uhr, er findet da hinten in Riitmeeterska statt, deshalb brauche ich ein paar Minuten, um hinzukommen. Ich bin so zehn vor losgegangen.«

»Porzellanmalerei?«, wiederholte Münster.

»Das ist interessanter, als man denkt«, erklärte Van Eck und richtete sich ein wenig auf. »Ich bin ja nur ein Anfänger, habe erst vier Mal mitgemacht, aber es geht ja auch nicht darum, ein Meisterwerk hervorzubringen ... obwohl, vielleicht, eines Tages ...«

Einen kurzen Moment lang bekam der Hausmeister einen leicht glänzenden Blick. Münster räusperte sich.

»Um wie viel Uhr sind Sie zurückgekommen?«

»Um fünf nach acht, wie immer. Else war nicht zu Hause,

und sie war auch zu den Gangsterbräuten noch nicht wieder da... die fangen um halb zehn an, und da wurde ich ernsthaft unruhig.«

Moreno machte sich Notizen. Münster fiel sein Traum aus der vergangenen Nacht wieder ein, und er kniff sich diskret in den Arm, um sich zu vergewissern, dass er auch wirklich in dieser gelb- und rosabemalten Küche saß.

Er wachte nicht auf und ging folglich davon aus, dass er vorher auch nicht geschlafen hatte.

»Was denken Sie, wohin sie gegangen sein kann?«, fragte Moreno.

Es zuckte ein paar Mal in Van Ecks Wangenmuskeln, und wieder sah es aus, als wäre er kurz vorm Weinen.

»Ich weiß es nicht«, sagte er. Er zog ein Taschentuch aus der Hosentasche und putzte sich die Nase. »Es ist einfach unbegreiflich, sie würde nie einfach so weggehen, ohne zu sagen, wohin... Sie weiß, dass ich nicht besonders stark bin.«

Er faltete umständlich sein Taschentuch zusammen und zwinkerte ein paar Mal hinter den starken Brillengläsern. Also doch Liebe? dachte Münster, es gibt da so viele Varianten.

»Vielleicht irgendeine Freundin?«, schlug er vor.

Van Eck antwortete nicht. Er stopfte das Taschentuch in die Tasche.

»Eine gute Freundin oder ein Verwandter, der plötzlich krank geworden ist?«, fantasierte Moreno weiter.

Van Eck schüttelte den Kopf.

»Sie hat nicht so viele Freundinnen. Außerdem hätte sie angerufen, es ist ja schon mehr als einen halben Tag her...«

»Und keinerlei Nachricht?«, wunderte Moreno sich.

»Nein.«

»Sie ist früher nie mal auf diese Art verschwunden?«

»Nie.«

»Haben Sie im Krankenhaus angerufen? Es könnte doch sein, dass ihr irgendwas zugestoßen ist... ein kleinerer Unfall, es muss ja gar nichts Ernsthaftes sein.«

»Ich habe im Rumford und im Gemejnte angerufen. Sie

wussten auch nichts, und außerdem hätte sie sich dann doch auch gemeldet.«

»Es gab keine Unstimmigkeiten zwischen Ihnen, oder? Hatten Sie vielleicht Streit ...?«

»Wir streiten uns nie.«

»Was hatte sie an?«, warf Münster ein.

Arnold Van Eck sah ihn verblüfft an.

»Warum fragen Sie das?«

Münster seufzte.

»Haben Sie nicht daran gedacht?«, erklärte er. »Ist zum Beispiel ihr Mantel weg? Hat sie irgendeine Tasche mitgenommen ... ja, wenn Sie das noch nicht kontrolliert haben, dann sind Sie doch so gut und tun das jetzt.«

»Entschuldigen Sie mich«, sagte Van Eck und eilte hinaus auf den Flur. Sie konnten ihn zwischen Bügeln und Schuhen rumoren hören, dann kam er zurück.

»Ja«, sagte er, »Mantel und auch Hut sind weg... und die Handtasche.«

»Dann ist sie also auf jeden Fall rausgegangen«, stellte Moreno fest. »Können Sie noch nachgucken, ob sie noch eine andere Tasche mitgenommen hat? Außer der Handtasche, meine ich.«

Es dauerte wieder einige Minuten, bevor Van Eck diese Frage untersucht hatte, aber als er zurückkam, war er sich seiner Sache vollkommen sicher.

»Keine weitere Tasche«, sagte er. »Reisetasche und Einkaufstasche stehen beide in der Garderobe. Und sie ist auch nicht unten im Keller gewesen. Ich weiß außerdem, dass sie nach ihrem Einkauf noch mal hier gewesen ist ... Sie hat die Sachen in den Kühlschrank und die Speisekammer gestellt. Milch und Kartoffeln und ein paar Konservendosen ... und den Rest. Diegermanns Kaviar, den kaufen wir immer ... die nichtgeräucherte Sorte. Mit Dillgeschmack.«

»Der ist nicht schlecht«, sagte Münster.

»Haben Sie über die Sache mit jemandem aus der Nachbarschaft geredet?«, fragte Moreno.

»Nein...« Van Eck rutschte hin und her.

»Mit irgendwelchen Bekannten?«

»Nein, man will ja nicht, dass das herauskommt, falls ... falls da nun irgendwas dran ist. Ich meine ...«

Es kam keine Fortsetzung. Münster wechselte einen Blick mit Moreno, und offenbar war sie ganz seiner Meinung, denn sie machte eine Geste mit dem Kopf und nickte dann. Münster räusperte sich.

»Wissen Sie was, Herr Van Eck«, sagte er. »Ich glaube, das Beste ist, Sie kommen mit uns aufs Präsidium, und dann können wir das alles in Ruhe durchgehen und einen Bericht schreiben.«

Van Eck holte tief Luft.

»Das finde ich auch«, sagte er, und es war zu hören, dass er seine Stimme nicht so recht unter Kontrolle hatte. »Darf ich nur erst noch mal zur Toilette? Meine Verdauung ist von all dem hier etwas durcheinander geraten.«

»Aber bitte«, sagte Moreno.

Während sie auf ihn warteten, nutzten sie die Gelegenheit, sich in der engen Zweizimmerwohnung umzusehen. Sie barg kaum irgendwelche Überraschungen. Ein Schlafraum mit einem altmodischen Doppelbett mit Teakfurnier und hauchdünnen Gardinen in Hellblau und Weiß. Das Wohnzimmer mit Fernsehapparat, Vitrine und einer dunkel gehaltenen Sofagruppe in widerstandsfähigem Polyester. Keine Bücher außer einem Nachschlagewerk in zehn knallroten Bänden, dafür aber umso mehr Wochenzeitschriften, eine Unmenge an Landschaftsreproduktionen an den Wänden und handgemalte Porzellantöpfe auf Anrichten und Tisch. Die Küche, in der sie gesessen hatten, bot kaum für drei Personen Platz. Kühlschrank, Herd und Spültisch stammten höchstwahrscheinlich aus den späten Fünfzigern, und die Topfpflanzen im Fenster sahen aus, als wären sie gegen ihren eigenen Willen gezogen und gepflegt worden. Die Kunstblume auf dem Tisch wirkte sehr viel lebendiger. Alle Böden waren mit Teppichen unterschiedlichen Schnitts, Farbe und Qualität bedeckt, und das Einzige, was Münster eventuell als Ausdruck eines persönlichen Geschmacks ansehen konnte, war ein ausgestopfter Giraffenkopf über der Hutablage im Flur, aber das beruhte wahrscheinlich in erster Linie darauf, dass er bis jetzt noch nie einen ausgestopften Giraffenkopf gesehen hatte.

Moreno zuckte resigniert mit den Schultern und kehrte in die Küche zurück.

»Die Nachbarn?«, fragte sie. »Soll ich noch bleiben und mich mal umhören, was die zu sagen haben? Es wäre doch ganz interessant zu erfahren, wann sie sie zuletzt gesehen haben.«

Münster nickte.

»Ja, wahrscheinlich«, sagte er. »Soll ich Krause oder sonst wen herschicken?«

»In einer Stunde«, nickte Moreno. »Dann muss ich nicht zurück laufen.«

Sie guckte auf die Uhr. Offensichtlich brauchte er so seine Zeit. Van Ecks Bauch.

»Was meinst du?«, fragte sie. »Ich muss sagen, das Ganze ist mir zu hoch. Warum, zum Teufel, sollte die Alte denn abhauen?«

»Frag mich nicht«, sagte Münster. »Aber irgendwas hat es schon zu bedeuten, und ich habe das Gefühl, dass wir das hier verdammt ernst nehmen müssen ... auch wenn es sich wie eine Farce ausnimmt.«

Er lehnte sich auf dem Stuhl zurück und schaute aus dem Fenster. Das graue Wetter hielt an, schwere Wolken kamen vom Meer herangetrieben, und die Fensterscheibe war voller Tropfen und verschwommen, obwohl es eigentlich nicht regnete.

Tristesse, dachte Münster. Wer würde bei diesem Wetter nicht am liebsten abhauen?

Die Toilettenspülung war zu hören, und Van Eck trat herein.

»Fertig«, sagte er, als wäre er ein Dreijähriger im Topftrainingslager.

»Gut, dann können wir ja losfahren«, sagte Münster. »Inspektor Moreno bleibt noch hier und befragt einige Leute.«

Van Ecks Unterlippe zitterte leicht, und Moreno klopfte ihm vorsichtig auf die Schulter.

»Es wird sich schon alles aufklären, Sie werden sehen«, sagte sie. »Es gibt bestimmt eine ganz natürliche Erklärung dafür.«

Vermutlich, dachte Münster. Es gibt ja so viel, was man heutzutage natürlich nennt.

18

Inspektorin Moreno verließ das Hotel Bender am Donnerstagnachmittag gegen vier Uhr. Der Portier mit dem Nasenring versuchte ihr die Bezahlung für eine weitere Nacht abzuluchsen, da sie das Zimmer ja noch nach zwölf Uhr belegt habe, aber sie weigerte sich. Zum ersten Mal seit langem (oder sogar zum ersten Mal überhaupt?) beschloss sie, ihre Dienststellung persönlich auszunutzen. Da es sich nur um hundertvierzig Gulden handelte, konnte ihr das wohl nachgesehen werden.

»Ich bin Inspektor bei der Kriminalpolizei«, erklärte sie. »Wir brauchten das Zimmer, um eine gewisse Transaktion hier im Hotel zu überwachen. Der Auftrag ist jetzt abgeschlossen. Wenn Sie nicht wollen, dass Ihr Name in einem weniger schmeichelhaften Zusammenhang auftaucht, dann würde ich vorschlagen, Sie rechnen für eine Nacht ab und nicht für mehr.«

Der Jüngling dachte zwei Sekunden lang nach. »Ich verstehe«, erklärte er dann. »Dann sagen wir also eine Nacht.«

Als sie heimkam, saß kein Claus vor ihrer Tür, aber sie rief ihn an, nachdem sie ein halbes Glas Wein getrunken hatte.

Erklärte ihm ohne Umschweife und ohne besondere Erregung, dass sie einen Vorschlag zu machen habe. Ein Ultimatum, wenn er so wolle. Wenn es überhaupt möglich sein sollte, irgendwas zu reparieren von dem, was zwischen ihnen gewesen war – im gleichen Moment, in dem sie es aussprach, war ihr klar, dass sie hiermit falsche Hoffnungen bei ihm weckte –, so forderte sie zwei Wochen ohne jede Störung.

Kein Telefonanruf. Keine Grüße. Keine verdammten Rosen. Zwei Wochen also. Vierzehn Tage von heute an. War er damit einverstanden?

Das sei er, erklärte er nach einem etwas zu langen Schweigen in der Leitung. Aber nur, wenn er wüsste, dass sie sich wirklich treffen und ordentlich aussprechen würden, wenn die Frist abgelaufen war.

Und wenn keiner von beiden sich in den zwei Wochen auf etwas anderes einließ.

Sich einließ?, dachte Moreno. Auf etwas anderes?

Sie ging auf das mit der Gesprächsbereitschaft ein, überging das andere mit Schweigen und legte auf.

Dann trank sie die zweite Hälfte ihres Weins. So, dachte sie. Jetzt habe ich seine Hinrichtung um zwei Wochen verschoben. Feige. Aber gut.

Sie kroch mit einem zweiten Glas und ihren Aufzeichnungen aus dem Kolderweg in eine Sofaecke. Stopfte sich die Kissen zurecht und schaltete die Leselampe ein, deren Lichtkegel so klein war, dass sie sich fast wie von einer Kleiderhülle umgeben fühlte oder einem Einmannzelt. Ein kleiner, leuchtender Kegel in der Dunkelheit, in den eingeschlossen sie sitzen konnte, abgeschirmt von allem, von dem sie nichts wissen wollte. Von Männern, der Dunkelheit und allem anderen.

Endlich, dachte sie. Zeit, sich auf den Fall zu konzentrieren und nicht auf sich selbst oder die Umwelt.

Vor allem nicht auf sich selbst.

Auf der ersten Seite ihres Notizblocks hatte sie die Mieter vom Kolderweg 17 aufgeschrieben. Von oben nach unten:

III. Ruben Engel	Leonore Mathisen
II. Waldemar Leverkuhn/	Tobose Menakdise/
Marie-Louise Leverkuhn	Filippa de Booning
I. Arnold Van Eck/	leere Wohnung
Else Van Eck	

Die Tatsachen in diesem Fall waren zunächst: Waldemar Leverkuhn war tot. Sie durchkreuzte seinen Namen und ging die anderen Namen durch.

Und Marie-Louise Leverkuhn? Was gab es über die Witwe zu sagen?

Nicht viel. Sie war kurz nach zwölf von ihrer Kleideraktion zurückgekommen. Moreno hatte ein kurzes Gespräch mit ihr geführt, aber in Anbetracht dessen, was die arme Frau bereits an traumatischen Erlebnissen und harten Verhören hatte durchmachen müssen, hatte sie sich auf das Notwendigste beschränkt. Frau Leverkuhn hatte laut eigener Aussage am Dienstagnachmittag unten bei Else Van Eck Kaffee getrunken, hatte sie dann am Mittwochmorgen auf der Treppe getroffen (als sie selbst auf dem Weg ins Polizeipräsidium war, um mit Kommissar Münster zu sprechen); ansonsten hatte sie die Hausmeisterfrau weder gesehen noch gehört, wie sie behauptete.

Moreno machte hinter Marie-Louise Leverkuhn einen Haken. Und ein Fragezeichen hinter Else Van Eck.

Herr Van Eck seinerseits war in ziemlich schlechter Verfassung gegen halb zwei aus dem Präsidium zurückgekehrt, und auch ihn hatte Moreno abgehakt.

Fehlten noch die Liebesakrobaten Menakdise und de Booning aus dem zweiten Stock, sowie Herr Engel und Frau Mathisen im vierten. Diese vier machten – wenn man die Sache nüchtern betrachtete – die einzigen noch nicht in den Fall verstrickten Personen aus. Neutrale Beobachter (wieder ein Fragezeichen) und mögliche Zeugen.

Sie hatte mit dem jungen Paar angefangen.

Oder genauer gesagt mit Filippa de Booning, da Tobose Menakdise Medizin studierte und den ganzen Tag Vorlesungen hatte. Frau de Booning versprach aber, ihn auch zu befragen, wenn er heimkam, ob er möglicherweise etwas gesehen hätte, was hinsichtlich des Verschwindens der Hausmeistersfrau von Interesse sein könnte. Sie für ihren Teil hatte nichts zu bieten. Zwar war sie im Großen und Ganzen den ganzen Mittwoch zu

Hause gewesen, hatte für die bevorstehende Prüfung in Kulturanthropologie gebüffelt, aber Frau Van Eck hatte sie nicht gesehen.

»Glücklicherweise«, lachte sie und biss sich auf die Zunge. »Entschuldigung, aber sie ist uns gegenüber etwas komisch ... Ich nehme an, Sie wissen, warum?«

Moreno nickte lächelnd. Fühlte plötzlich ein Prickeln auf der Innenseite ihrer Schenkel, als sie sich für einen Augenblick die rothaarige und sehr weißhäutige Filippa im Liebesringen mit ihrem Tobose vorstellte, der, zumindest wenn man dem eingerahmten Foto im Eingang Glauben schenken sollte, schwärzer war als das schwärzeste Schwarz.

Ihr lebt, dachte sie. Gratuliere.

Ruben Engel hatte ganz genauso viel beizutragen – oder sogar noch weniger, wenn man das Prickeln mitzählte. Er war kränklich gewesen und hatte den ganzen Mittwoch im Bett gelegen, erklärte er. Vor allem abends. Moreno schaute sich um und nahm erst einmal an, dass seine Medizin nicht die richtige war. Wenn man sich morgens ein wenig schlecht fühlte, wurde es vermutlich nicht besser dadurch, dass man den ganzen Tag über Rotwein, Bier und Glühwein eins nach dem anderen in sich hineinkippte. Engel schien außerdem ziemlich beunruhigt zu sein über das, was im Haus geschah, wie sie feststellte, und sie hatte Mühe, seine wütenden Ausführungen hinsichtlich Gesetz und Ordnung und dem Verfall der Sitten abzuwehren. Gleichzeitig fand sich ein deutlicher Teil Altersgeilheit in seinen Ergüssen, es herrschte nicht viel Zweifel daran, dass er versuchte, ihren Besuch so weit wie möglich in die Länge zu ziehen. Aber sie lehnte Kaffee, Glühwein und auch Genever dankend ab, und endlich gelang es ihr, ihn mit dem vagen Versprechen, ihn über die Entwicklung des Falles auf dem Laufenden zu halten, zu verlassen.

Dreckskerl, dachte sie, als sie endlich vor der Tür stand.

Obwohl – revidierte sie ihr Urteil nach ein paar Sekunden – vielleicht war es auch nicht immer so witzig, ein alter, einsamer, übel riechender Kerl zu sein.

Wahrscheinlich war das überhaupt nicht witzig.

Der einzige mögliche Lichtblick erreichte sie bei Frau Mathisen, die Ewa Moreno in ihrer Konstitution an ein Petit-chou-Gebäck erinnerte. Groß, porös und nicht besonders lecker. Ihre Beobachtungen waren nicht gerade begeisterungsweckend, aber zumindest war sie am Mittwoch gegen sieben Uhr hinaus gegangen, ein paar Minuten nach sieben, wenn sie sich recht erinnerte, und da hatte sie ziemlich sicher Geräusche aus der Hausmeisterwohnung vernommen, als sie an der Tür vorbeiging. Was für Geräusche das waren, konnte sie nicht sagen, nur dass jemand da drinnen im Flur mit etwas beschäftigt zu sein schien – ein Jemand, der wohl identisch mit Frau Van Eck sein musste, da ja ihr Ehemann sich zu diesem Zeitpunkt bewiesenermaßen in Riitmeeterska befand und Porzellantöpfe dekorierte.

Moreno ging auch ihre Notizen von diesem Gespräch noch einmal durch und hakte die übrigen Namen ab – de Booning, Engel und Mathisen.

Ansonsten gab es nicht viel hinzuzufügen. Krause, der gegen zwölf Uhr gekommen war, um sie zu unterstützen, hatte den ganzen Nachmittag damit verbracht, sich in der Nachbarschaft umzuhören. Das war nicht besonders kompliziert, da Frau Van Eck für die meisten ein ziemlich bekannter Teil des Straßenbilds und des Viertels war.

Sie hatte ganz richtig in drei Läden am Kolderplejn eingekauft. Hatte den letzten ungefähr um Viertel vor sechs verlassen und war von weiteren zwei Zeugen auf ihrem Weg nach Hause gesehen worden. Deshalb war es keine große Kunst, ein Zeitpuzzle für den nach allen Angaben zu urteilenden entscheidenden Teil des Mittwochabends zusammenzusetzen.

Ca. 18.00 Uhr Frau Van Eck kommt nach Hause
Ca. 19.00 Uhr Frau Van Eck befindet sich immer noch zu
          Hause (im Flur)
Ca. 20.00 Uhr Frau Van Eck ist verschwunden

Hinzuzufügen wäre möglicherweise noch, dass keiner von Krauses vielen Informanten die majestätische Hausmeistersfrau nach achtzehn Uhr gesehen hatte.

Moreno starrte auf die Aufstellung. Fantastische Detektivarbeit!, dachte sie und klappte den Block zu.

Münster und Jung wechselten sich bei Arnold Van Eck ab.

Auf Grund der Entwicklung im Kolderweg war Hiller damit einverstanden gewesen, Rooth und Jung wieder mit dem Fall zu befassen – in dem Ausmaß, in dem Münster es für notwendig erachtete. Der Sexualmörder in Linzhuisen war seit mehr als zwei Monaten nicht mehr tätig gewesen, und die Ermittlungen schienen auf der Stelle zu treten.

Trotz hartnäckigem Einsatz vor allem von Jung – irgendwas an der Person Arnold Van Eck ließ Münster davor zurückscheuen, ihn zu verhören, verursachte ihm geradezu Übelkeit (vielleicht war es das Bild der überfahrenen kleinen Katze, das wieder in seinem Kopf herumspukte) – gelang es nicht, sehr viel mehr Informationen zu bekommen, abgesehen von dem, was bei dem Gespräch an dem Van-Eckschen Küchentisch bereits ans Licht gekommen war. Das Bild einer etwas merkwürdigen, kinderlosen Ehe bekam zwar noch schärfere Konturen, aber was das Verschwinden selbst betraf, so trat man weiterhin ziemlich auf der Stelle. Wie sehr Jung auch versuchte, das Zusammenleben zwischen den Eheleuten hin und her zu wenden, so gelang es doch nicht, aus Van Eck auch nur die Andeutung einer Erklärung herauszuquetschen, warum seine Ehefrau freiwillig einfach davongegangen sein könnte.

Wenn sie es vor dreißig, vierzig Jahren gemacht hätte, wäre es möglicherweise die natürlichste Sache der Welt gewesen, das musste sogar Van Eck einsehen. Aber jetzt – warum verließ sie ihn jetzt?

Also, zogen sowohl Münster als auch Jung den Schluss, hatte sie es auch nicht gemacht. Dahinter mussten andere Kräfte stehen. Starke Kräfte offensichtlich – Frau Van Eck war ja nun nicht gerade eine Frau, die man mit einem Staubwedel umbringen konnte, wie Jung es formulierte, kurz bevor sie sich trennten.

Als er allein in seinem Zimmer zurückblieb, hörte sich Münster noch einmal das ganze Band an, und wenn er ehrlich war, so erinnerte das Gespräch ihn, zumindest teilweise, eher an eine Therapiesitzung als an ein Verhör.

Aber Tatsache war: Else Van Eck, 182 Zentimeter groß, 94 Kilo schwer, 65 Jahre alt, war verschwunden. Wahrscheinlich bekleidet mit einem blau-grau-melierten Mantel, braunen Gesundheitsschuhen der Marke ENOC (Größe 43) sowie einem schwarzen, flachen Filzhut, war sie aus ihrer Wohnung irgendwann zwischen 19 und 20 Uhr am Mittwochabend verschwunden. Die Suchmeldung ging bereits um zwei Uhr raus, aber um fünf Uhr, als Münster im Begriff war, nach Hause zu fahren, waren immer noch keine Informationen von dem großen Detektiv Jedermann eingetrudelt.

Das wäre wahrscheinlich auch zu viel erwartet gewesen. Blieb zu hoffen, dass Krauses Nachforschungen in der Unterwelt bezüglich Leverkuhn von Erfolg gekrönt sein würden, aber auch hier nur Fehlanzeige. Der Informant Adolf Bosch hatte sich kurz nach drei eingefunden, seinen Bericht abgegeben und seine zweihundert Gulden einkassiert (aber in umgekehrter Reihenfolge, Bosch war ja nicht auf den Kopf gefallen), und das Ergebnis seiner fragwürdigen Nachforschungen hatte er gegenüber Krause selbst so zusammengefasst:

»Keinen Pups, Herr Wachtmeister. Keinen einzigen Pups!«

Bevor er nach Hause fuhr, gönnte Münster sich noch eine halbe Stunde Selbstreflexion in seinem Zimmer. Schloss die Tür. Löschte das Licht. Zog den Schreibtischstuhl ans Fenster und legte die Füße auf die Fensterbank.

Lehnte sich zurück und schaute hinaus. In gewisser Weise war es einfach schön, das musste man zugeben. Schön und gleichzeitig bedrohlich. Der Himmel wölbte sich langsam, aber unerbittlich wie eine alles verfinsternde Bleikuppel über die Stadt. Die nutzlosen Beleuchtungsversuche, die aus den brausenden Straßen heraufdrangen, schienen eher die Unbezwingbarkeit der Dunkelheit zu betonen, als dass sie irgendwelchen ernsthaften Widerstand boten.

So war es auch mit seiner Arbeit. Der Hauptkommissar hatte davon geredet ... dass wir erst einen Begriff von dem ganzen Umfang des Bösen bekommen, wenn wir anfangen, es zu bekämpfen. Erst wenn wir ein Licht in der Dunkelheit anzünden, sehen wir, wie groß sie ist.

Er schüttelte den Kopf, um diese weitschweifigen Gedanken loszuwerden. Sie brachten ja doch nichts – außer einem Gefühl der Müdigkeit und Machtlosigkeit, das in dieser fallenden, versinkenden Jahreszeit natürlich einen idealen Nährboden hatte.

Trotz der Worte von Jung und ihm selbst über die nassen, kahlen Baumstämme oder was das noch gewesen war. Die innere Landschaft?

Also: der Fall!, dachte er und schloss die Augen. Der Fall Waldemar Leverkuhn.

Oder war es der Fall Bonger? Oder der Fall Else Van Eck?

Wie sicher war es wirklich, dass sie tatsächlich zusammenhingen, diese drei Glieder einer Kette? Es gab eine alte Faustregel, die besagte, dass es ganz und gar nicht sicher war, ob es da einen Zusammenhang gab, wenn zwei Kinoplatzanweiser ermordet aufgefunden wurden.

Aber wenn ein dritter gefunden wurde – ja, dann konnte man beruhigt davon ausgehen, dass alle Kinoplatzanweiser auf der ganzen Welt unter Personenschutz gestellt werden mussten.

Und jetzt saß er hier mit drei Rentnern. Einem ermordeten und zwei verschwundenen. Bedeutete das, dass alle Rentner auf der Welt unter Polizeischutz gestellt werden mussten?

Glücklicherweise nicht, dachte Münster. Denn es ist ja keine Kunst, die Verbindungen ziemlich radikal schrumpfen zu lassen. Leverkuhn und Bonger sind gute Freunde gewesen. Leverkuhn und Else Van Eck wohnten im gleichen Haus. Bonger und Frau Van Eck dagegen hatten keinerlei Beziehung zueinander – wenn es also überhaupt einen gemeinsamen Nenner geben sollte, dann musste das Leverkuhn sein.

Und Leverkuhn war der Einzige, der ganz sicher tot war. Toter als tot.

Münster seufzte und wünschte, er wäre Raucher. Dann würde er sich jetzt auf jeden Fall eine Zigarette anzünden. Stattdessen musste er sich damit begnügen, die Hände hinter dem Nacken zu verschränken und sich noch weiter auf dem Stuhl zurückzulehnen.

Die Verschwundenen also?, dachte er. Auch hier gab es gewisse Unterschiede. Große Unterschiede. Was Bonger betraf, so hatte er sich eigentlich zu jedem beliebigen Zeitpunkt der Mordnacht in Luft auflösen können – oder auch noch später. Kein Mensch hatte ihn mehr gesehen, nachdem er Freddy's verlassen hatte, aber es gab ja auch niemanden, der ihn vermisste, bevor der Sonntag schon ziemlich weit fortgeschritten war. Vermutlich war er niemals bei seinem Boot angekommen, aber das war nur eine Hypothese. Es gab einen Wald an Alternativen und Variationen.

Mit Else Van Eck war das etwas anderes. Hier konnte man den Zeitraum auf eine Stunde zwischen sieben und acht Uhr am Mittwochabend zusammenstreichen, und mit Hinblick auf ihren Umfang und ihr allgemeines Auftreten gab es nicht viel Spielraum. Es sollte doch, dachte Münster, nein, es *musste* doch ein Zeuge auftauchen! Sie mussten morgen noch mal eine Runde Klinken putzen.

Dann blieb er einfach noch eine Weile mit geschlossenen Augen sitzen, und ihm schien, als könnte er die drei Puzzleteile in einem tiefen, sich verdunkelnden Raum tanzen sehen – wie es das Logo für irgendeine Filmgesellschaft tat, bis die Buchstaben sich ineinander verhakten und den Namen bildeten oder vielmehr die Abkürzung. Ihm fiel nicht mehr ein, wie das Label hieß, und die Puzzleteile Leverkuhn, Bonger und Van Eck verhakten sich nie ineinander. Sie wirbelten nur immer weiter in den gleichen unergründlichen und sich wiederholenden Schleifen ... immer weiter fort, wie es schien, immer tiefer in den schwarz werdenden Raum.

Mit aller Kraftanstrengung gelang es ihm, die Augen zu öffnen. Er sah, dass es schon nach fünf Uhr war, und beschloss, nach Hause zu fahren.

O Scheiße, dachte er, während er sich in den Mantel zwang, verdammte Scheiße, ich glaube, wenn alle Kriminaler auf der ganzen Welt eine Stunde zusätzlichen Schlaf in der Nacht bekämen, dann könnte man fünf Mal so viel Zeit sparen.

Dank unserer Gehirne, die dann nämlich klar denken könnten.

Denn es wäre doch wohl besser, die vergeudete Zeit einzusparen als den Schlaf? Und Schlaf konnte doch eigentlich nie vergeudet sein?

Was ist das nur für ein Blödsinn in meinem Kopf?, dachte er dann. Werde ich langsam alt? Außerdem habe ich seit mehr als zwei Wochen nicht mehr mit Synn geschlafen.

19

»Irgendwie werde ich dieses Gefühl einfach nicht los«, erklärte Rooth.

»Was für ein Gefühl?«, fragte Jung.

»Dass ich irgendwie an der falschen Stelle zu den Ermittlungen gestoßen bin. Ich habe das Gefühl, als wüsste ich gar nicht, worum es geht. Ich sollte mich wohl lieber mit was anderem beschäftigen.«

Jung betrachtete ihn mit einem kühlen Lächeln.

»Und was sollte das sein? Ich finde nicht, dass wir bei diesem Typen in Linzhuisen viel weiter gekommen sind ... Vielleicht wäre es am besten, wenn du dich ganz und gar von der Arbeit fern hältst?«

Rooth seufzte selbstkritisch. Suchte in den Taschen nach etwas, was er sich in den Mund stopfen konnte, fand aber nur ein ausgekautes Kaugummi in einer alten Kinokarte. Es klopfte an der Tür, und Krause kam mit einem Umschlag herein.

»Fotos von Else Van Eck«, erklärte er.

»Okay«, sagte Jung und nahm sie in Empfang. »Kannst du

Joensuu und Kellerman herschicken ... und wer sonst noch da ist?«

»Klempje und Proszek.«

»Prima«, sagte Rooth. »Nullsummenspiel.«

Krause machte sich wieder davon. Jung holte die Fotos heraus und betrachtete sie. Reichte sie weiter an Rooth, der aufstand und sich demonstrativ am Kopf kratzte.

»Was ist denn mit dir los?«, fragte Jung.

»Das ist doch merkwürdig«, sagte Rooth.

»Was denn?«

»Dass so viel spurlos verschwinden kann ... ich meine, dass sich alles Feste verflüchtigen kann und so, das weiß ich, aber trotzdem ...«

»Hm«, sagte Jung. »Du hast eine Theorie, willst du das damit sagen?«

»Nun ja«, sagte Rooth. »Theorie ... ich traue mich in dieser verfluchten Geschichte eigentlich gar nicht, etwas laut auszusprechen. Nein, mir sind die Lippen verschlossen.«

»Mein Gott«, sagte Jung. »Was faselst du denn da? Auch wenn es ihnen gelungen sein sollte, dieses Zimmer hier abzuhören, so wird keine einzige Zeitung in ganz Europa das abdrucken, was du jetzt sagst. Das kannst doch selbst du nicht einmal glauben.«

»All right«, sagte Rooth. »Es hat was mit ihrer Größe zu tun.«

»Ihrer Größe?«

»Ja. Ich glaube einfach nicht, dass so eine Riesenfrau wie Else Van Eck einfach auf diese Art verschwinden kann.«

»Wieso auf diese Art? Was soll das bedeuten?«

Rooth setzte sich wieder.

»Verstehst du das nicht?«

»Nein.«

»Und trotzdem haben sie dich zum Inspektor ernannt?«

Jung sammelte die Fotos zusammen und schob sie zurück in den Umschlag.

»Anstrengender, unrasierter Bulle redet mit gespaltener Zunge«, sagte er.

»Ich glaube, sie ist noch im Haus«, sagte Rooth.
»Was?«
»Die Alte, Van Eck. Die ist noch im Kolderweg 17.«
»Was meinst du damit?«
Wieder seufzte Rooth.
»Nur, dass es nicht sehr wahrscheinlich ist, dass sie das Haus verlassen hat, ohne dass sie jemand gesehen hat ... also ist sie noch in dem Schuppen.«
»Wo?«, fragte Jung.
Rooth zuckte mit den Schultern.
»Verdammt, das weiß ich auch nicht. Auf dem Dachboden oder unten in irgendeinem Keller wahrscheinlich.«
»Du gehst also davon aus, dass sie tot ist?«
»Schon möglich«, bestätigte Rooth. »Sie kann natürlich auch zerstückelt und eingewickelt worden sein ... oder liegt gefesselt und geknebelt da. Scheißegal, der Punkt ist jedenfalls, dass wir das Haus ordentlich durchsuchen sollten, statt weiter in der Nachbarschaft herumzurennen.«
Jung saß eine Weile schweigend da.
»Da ist was dran«, gab er zu. »Warum gehst du nicht zu Münster und diskutierst mit ihm die Sache?«
»Ich bin ja schon auf dem Weg«, sagte Rooth und stand wieder auf. »Wollte dir nur vorher mal einen Einblick darin geben, wie ein größeres Hirn so arbeitet.«
»Danke«, sagte Jung. »Das war gleichzeitig interessant und lehrreich.«
Zwei Minuten später meldeten sich die vier Polizisten. Jung inspizierte das Quartett, während er über die Prioritäten nachdachte.
»Wir begnügen uns erst mal mit zwei von euch«, sagte er. »Klempje und Proszek. Joensuu und Kellerman, ihr könnt unten beim Diensthabenden eine Weile warten. Wir haben ein paar neue ... Hinweise.«

Sechs Stunden lang zeigten die Polizisten Klempje und Proszek am Freitag ihre vergrößerten Fotos von Else Van Eck insgesamt dreihundertzweiundsechzig Personen in weiterer und näherer Entfernung des Kolderwegs. Eine verhältnismäßig große Zahl dieser Personen erkannte die Frau auf dem Bild sofort wieder – und eine verhältnismäßig kleine Zahl hatte sie zu einem späteren Zeitpunkt als 18 Uhr am Mittwoch gesehen.

Genau gesagt, niemand.

»Warum, zum Teufel, setzen sie nicht eine richtige Suchmeldung in die Zeitung, statt dass wir uns hier den Arsch aufreißen müssen?«, wollte Proszek wissen, als es ihnen endlich geglückt war, eine ruhige Ecke im Café Bendix am Kolderplejn zu erwischen. »Ich werde davon noch impotent.«

»Das warst du doch schon immer«, sagte Klempje. »Die kommt morgen.«

»Was kommt morgen?«, wollte Proszek wissen.

»Eine richtige Suchmeldung.«

»O nein!«, empörte Proszek sich. »Und was hat das dann für einen Sinn, dass wir hier herumdröhnen?«

Klempje zuckte mit den Achseln.

»Vielleicht ist es eilig.«

»Ach leck mich«, sagte Proszek. »Und Prost. Und wo sind bitte schön Joensuu und Kellerman? Die vergnügen sich doch bestimmt bei irgendeiner Überwachung, darauf lass ich einen fahren.«

Ehrlich gesagt hätten weder Joensuu noch Kellerman ihre freitägliche Arbeit als besonders vergnüglich angesehen, wenn sie die Chance gehabt hätten, ihre Meinung dazu frei zu äußern, aber die hatten sie nicht.

Fünf Stunden und fünfundvierzig Minuten lang durchsuchten sie den Kolderweg 17 vom Dachfirst bis zum Heizungskeller. Außer den Wachleuten nahm noch eine Hundepatrouille in Form von zwei schwarzen Schäferhunden mit zwei rothaarigen Hundeführern teil sowie, zumindest die Hälfte der Zeit, Inspektor Rooth, in seiner Eigenschaft als Anstifter der Aktion.

Das Wohnhaus war Ende des 19. Jahrhunderts erbaut worden, es gab jede Menge sonderbarer Ecken und Winkel, Gänge und verlassene Rumpelkammern, und einen Grundriss des Hauses hatte kein lebender Mensch jemals gesehen. Zumindest nicht, wenn man dem Besitzer Glauben schenken durfte – einem gewissen Herrn Tibor, der um die Mittagszeit mit einem Bentley und einem Bund Schlüssel auftauchte. Aber als Rooth höchstpersönlich das ganze Unternehmen drei Stunden später abblies, konnte man mit Sicherheit davon ausgehen, dass keine Frau von den Ausmaßen der Hausmeistersfrau Van Eck und auch keine andere sich in irgendeinem Winkel des Hauses versteckte.

Weder lebend noch tot.

Dagegen gab es einige Mieter, die sich langsam äußerst unwohl fühlten. Joensuus stoische Versicherung, wonach es sich bei dem Ganzen nur um eine kleine Routineuntersuchung handelte, bekam immer größere Löcher, je weiter der Dachboden geleert, die Badewannen umgedreht und die Sofakästen durchleuchtet wurden.

»Verfluchte Vandalenmethoden!«, fauchte Herr Engel, als Schäferhund Rocky II in seiner Flaschenkollektion unter dem Bett schnüffelte. »Wo habt ihr denn eure Kollegin gelassen, die mich vor kurzem besucht hat? Die hatte wenigstens noch ein wenig Takt und Anstand.«

Hab ich doch gleich gesagt!, dachte Inspektor Rooth, als alles vorbei war. Ich sollte mich lieber aus diesem Fall raushalten.

»Wie lief es mit deiner Theorie?«, fragte Jung, als Rooth wieder im Präsidium war.

»Prima«, sagte Rooth. »Ich habe jetzt eine andere Theorie. Darüber, wie es abgelaufen ist.«

»Ach?«, fragte Jung und schaute von seinem Papierstapel hoch.

»Frau Mathisen hat sie durch den Fleischwolf gedreht und Mussolini zum Fraß vorgeworfen.«

»Ich dachte, Mussolini war Vegetarier?«, merkte Jung an.

»Falsch«, sagte Rooth. »Das war Hitler.«

»Na, wenn du es sagst.« Jung zuckte nur mit den Schultern.

Die Besprechung mit Polizeipräsident Hiller am Freitagnachmittag wurde zu einer wenig denkwürdigen Veranstaltung. Im Laufe der Woche waren zwei Zwergakazien eingegangen, trotz aller Pflege, Nahrung und Liebe, die aufzubringen überhaupt nur in der Macht eines Menschen standen.

Polizeipräsident Hiller trug zwar keine Trauerkleidung, doch er hatte schwarze Ringe unter den Augen.

Auf der menschlichen Seite sah es nicht viel besser aus. Münster schilderte in erster Linie mit Hilfe von Moreno und Jung die Lage (letzterer hatte den größten Teil des Tages damit verbracht, verschiedene Verwandte und Bekannte von Else und Arnold Van Eck aufzuspüren und zu befragen – ungefähr mit ebenso großem Erfolg wie ein Streichquartett in einer Taubstummenschule). Nach einer unendlich zähen Stunde wurde beschlossen, dass die aktuelle Mannschaft erst einmal am Fall dran bleiben sollte, sowie eine längere Pressemeldung herausgegeben werden und insgesamt eine größere Offenheit gegenüber den Massenmedien gezeigt werden sollte.

Hilfe, dachte Münster, als er endlich wieder in sein Arbeitszimmer zurückkehren konnte. Darum geht es. Wir haben keinen blassen Schimmer, und jetzt brauchen wir Hilfe.

Fernsehen, Zeitungen, was auch immer. Den Detektiv Jedermann.

Tipps, ganz einfach.

Und trotzdem, trotzdem war es nur ein Dreiteilepuzzle. Immer noch das gleiche Puzzle.

Leverkuhn. Bonger. Else Van Eck.

Wie er es auch drehte und wendete, das Ergebnis war bislang blamabel.

20

»Du weißt, dass heute Samstag ist?«, fragte Synn.

»Ich habe ihn gestern angerufen«, erklärte Münster. »Er hat nur heute Vormittag kurz Zeit. Kannst du dir vorstellen, dass er eine Frau hat?«

Synn hob eine Augenbraue.

»Willst du etwa damit sagen, dass du Angst hast, dass er sie dir vorzieht?«

Münster versuchte darauf etwas zu antworten, aber eine Art Aufstoßen der Seele war davor, und so brachte er kein Wort heraus.

»Ach Synn, verflucht noch mal...«, versuchte er es schließlich, aber da hatte sie ihm bereits den Rücken zugedreht.

Er trank seinen Kaffee aus und verließ die Küche. Als er im Flur stand und sich die Schuhe zuband, konnte er hören, wie sie im oberen Stockwerk mit den Kindern sprach.

Sie liebt mich noch, dachte er voller Hoffnung. Letztendlich liebt sie mich doch noch.

»Ich bin spätestens um eins zurück!«, rief er die Treppe hinauf. »Ich kaufe unterwegs ein.«

»Kauf was Schönes!«

Marieke kam die Treppenstufen heruntergeschlittert.

»Kauf was Schönes, ich will was Schönes! Mit Papier drum.«

Er hob sie hoch. Umarmte sie, bohrte seine Nase in ihr frisch gewaschenes Haar und beschloss, mindestens drei Geschenke zu kaufen. Eins für Marieke, eins für Bartje, eins für Synn.

Hundert Rosen für Synn.

Ich muss diese feinen Risse kitten, dachte er entschieden. Unbedingt.

Aber ob Rosen die Risse wirklich abdichten konnten – ja, das war natürlich die Frage.

Er ließ Marieke los und eilte hinaus in den Regen.

»Der Hauptkommissar sieht aus, als ginge es ihm ausgezeichnet«, sagte Münster.

Van Veeteren schlürfte den Schaum von seinem Bier.

»Nenn mich nicht so, Münster«, sagte er. »Ich hab dir schon oft genug befohlen, keine Titel zu verwenden.«

»Danke«, sagte Münster. »Aber wie dem auch sei, es scheint dir gut zu gehen. Das wollte ich damit nur sagen.«

Van Veeteren nahm einen tiefen Schluck.

»Ja«, sagte er. »Ich habe mit unserem Herrn gesprochen, und wir haben uns auf sieben gute Jahre nach der Wanderung in der Finsternis geeinigt. Das ist verflucht noch mal nicht mehr als recht und billig... wenn ich fünfundsechzig bin, hat er freie Hand.«

»Wirklich?«, sagte Münster. »Nun ja, ich für meinen Teil fühle mich ebenfalls schon etwas alt... Reinhart ist zur Zeit ja auch weg, da wird es manchmal reichlich eng.«

»Kein neuer Hauptkommissar in petto?«

Münster schüttelte den Kopf.

»Ich glaube, die warten auf zwei Dinge. Dass du zurückkommst...«

»Ich komme nicht zurück«, sagte Van Veeteren.

»... und wenn du das nicht machst, dann darauf, dass Heinemann erst mal in Pension geht. Niemand kann sich ihn in der Position vorstellen, und er ist irgendwie an der Reihe.«

»Aber Hiller ist auch Polizeichef geworden«, erinnerte Van Veeteren.

Er legte Tabak und eine kleine Zigarettendrehmaschine auf den Tisch und begann sich eine zu drehen.

»Ich habe mit den Zahnstochern aufgehört«, erklärte er. »Wurde schon langsam süchtig danach. Und dieses Selbstdrehen macht es fast zu einer Art Handwerk... also, was zum Teufel willst du? Wir müssen doch nicht wie die Chinesen erst den ganzen Tag um den heißen Brei herumreden!«

Münster nahm einen Schluck und schaute auf den verregneten Markt, auf dem die Menschen zwischen den Ständen hin und her hasteten. Er überlegte kurz, wie oft er eigentlich schon hier bei Adenaar's mit dem Hauptkommissar gesessen hatte. Seinen mürrischen Auslegungen und finsteren Betrachtungen gelauscht hatte ... und diesem absolut Klaren und Unbeugsamen, das dennoch unter allem hervorschien ... nein, es war keine große Kunst, zu begreifen, warum er abgesprungen war, dachte Münster. Schließlich hat er es fünfunddreißig Jahre lang ausgehalten.

Und es gab auch keinen Grund, sich darüber zu wundern, dass unser Herr beschlossen hatte, ihm sieben gute Jahre zu gönnen. Das hätte er selbst auch getan.

»Also?«, erinnerte Van Veeteren.
»Ja, da ist dieser Fall...«
»Leverkuhn?«
Münster nickte.
»Wie kann der Haupt... woher wusstest du das?«
Van Veeteren zündete seine Maschinengedrehte an und inhalierte, als hätte er gerade die allererste Zigarette erfunden.
»Fünf am Tag«, erklärte er. »Die hier ist Nummer eins. Was hast du gesagt?«
»Du wusstest, dass ich mit dir über Leverkuhn reden will?«
»Hab es geraten«, sagte Van Veeteren bescheiden. »Trotz allem ist es ja nicht das erste Mal ... und außerdem lese ich immer noch Zeitungen.«

Münster nickte etwas peinlich berührt. Das stimmte natürlich. Seit der Hauptkommissar zum Rückzug geblasen hatte, hatte Münster es bisher zwei Mal gewagt, die laufenden Ermittlungen mit ihm zu diskutieren. Beim ersten Mal, vor knapp einem Jahr, hatte er ein deutlich schlechtes Gewissen gehabt, ihn wieder in die Sachen hineinzuziehen, aber er hatte schnell begriffen, dass der alte Spürhundinstinkt noch nicht ganz verschwunden war. Dass der Hauptkommissar ab und zu eine gewisse grimmige Genugtuung darin fand, in dieser Art und Weise konsultiert zu werden. Dass er diese Tatsache jedoch unter keinen Umständen auch nur eine Sekunde lang zugeben würde, war natürlich eine andere Sache.

»Ich verstehe«, sagte Münster. »Ich wäre dir dankbar, wenn du mitmachen würdest. Ich meine, mir zuhörst ... ja, natürlich geht es um Leverkuhn, das ist nicht zu leugnen.«

Van Veeteren leerte sein Glas.

»Ich habe wie gesagt davon gelesen«, erklärte er. »Scheint etwas sonderbar zu sein... Wenn du noch ein Bier bestellst, schärft das mein Gehör ungemein.«

Es zuckte ein wenig in seinen Wangenmuskeln. Münster trank aus und begab sich zur Bar.

Zwei Bier und fünfundvierzig Minuten später waren sie fertig. Van Veeteren lehnte sich zurück und nickte nachdenklich.

»Nein, das ist wirklich in keinerlei Hinsicht eine übliche Geschichte«, stellte er dann fest. »Das verweist irgendwie alles in ganz unterschiedliche Richtungen. Die Fäden scheinen auseinander zu laufen, statt irgendwo zusammen zu kommen.«

»Ganz genau«, sagte Münster. »Leverkuhn, Bonger und Frau Van Eck. Ich habe lange darüber nachgedacht. Die haben ja eigentlich so viel miteinander zu tun, dass es einen Zusammenhang geben müsste... und gleichzeitig so wenig, dass einfach kein Motiv zu finden ist.«

»Mag sein, ja«, sagte Van Veeteren kryptisch. »Aber ich glaube, du solltest dich vor diesem Puzzledenken hüten... Es wäre doch zu ärgerlich, wenn du ein Teilchen zu viel hättest.«

»Was?«, schaute Münster ihn überrascht an. »Was meinst du damit?«

Van Veeteren antwortete nicht. Er setzte sich auf seinem Stuhl zurecht und begann stattdessen von Neuem mit seiner Zigarettenmaschine zu spielen. Münster schaute wieder aus dem Fenster. Noch so ein Satz ohne Bedeutung, dachte er und spürte einen kleinen Stich der Verärgerung, der ihm so vertraut war wie ein altes Kleidungsstück.

Ein Teilchen zu viel? Nein! Er beschloss, dass das nur wieder ein Beispiel für die Vorliebe des Hauptkommissars war, alles in Vernebelungsschwaden und Mystifikationen zu tauchen, und sonst nichts... wozu immer es in einer Situation wie der jetzigen auch gut sein sollte.

»Die Ehefrau?«, fragte Van Veeteren. »Was hältst du eigentlich von ihr?«

Münster überlegte.

»Verschlossen«, sagte er nach einer Weile. »Hat bestimmt noch einiges in petto, was sie nicht rauslassen will. Aber ich weiß nicht. Was ist schon normal, wenn man nach Hause kommt und seinen Ehemann auf diese Art und Weise abgeschlachtet vorfindet. Warum fragst du?«

Van Veeteren zog es vor, auch diesen Aspekt nicht weiter zu erörtern. Er drückte nur auf seiner frisch gedrehten Zigarette herum und sah aus, als wäre er tief in Gedanken versunken.

»Wie gesagt«, sagte Münster. »Ich wollte das nur mal mit dir durchsprechen. Danke, dass du mir zugehört hast.«

Van Veeteren zündete sich eine Zigarette an und blies den Rauch auf eine Begonie, die vermutlich ebenso tot war wie die Akazien des Polizeichefs.

»Dienstagnachmittag«, sagte er. »Gib mir ein paar Tage Zeit, um über das ein oder andere nachzudenken, vielleicht können wir dann mal wieder ein Badmintonmatch spielen. Ich muss mich ein bisschen bewegen. Aber mach dir keine allzu großen Hoffnungen ... was das hier angeht, meine ich«, fügte er hinzu und klopfte mit seinem Knöchel gegen die Stirn. »Ich bin im Augenblick eher auf Schöngeistiges und Vergnügungen eingestellt.«

»Dienstag«, bestätigte Münster und notierte es sich auf seinem Block. »Doch, doch, ich habe davon gehört. War da nicht eine neue Frau?«

Van Veeteren stopfte seine Zigarettendrehmaschine in die Jackentasche und schaute unergründlich drein.

Zusammen kosteten die Geschenke fast fünfhundert Gulden, den Vogel schoss ein rotes Kleid für Synn für zweihundertfünfundneunzig ab. Aber was soll's? dachte Münster. Man lebt nur einmal.

Was hatte sie noch vor kurzem gesagt?

Stell dir vor, wenn plötzlich alles zu Ende ist?

Ihn durchlief ein Schauer, und er stieg ins Auto. Wie man es auch drehte und wendete, das Leben war nun mal nicht mehr als die Summe all dieser Tage, und manchmal kam man natürlich an einen Punkt, an dem man sich mehr für das interessierte, was gewesen war, als für das, was noch zu erwarten war.

Und dann gab es noch – zumindest hoffte er das – die eine oder andere Zeitspanne im Leben, in der man tatsächlich die Chance hatte, nur für den Moment zu leben.

Wie zum Beispiel so ein Samstag und Sonntag Anfang November.

Ach Scheiße, dachte Kommissar Münster. Ich wünschte, ich hätte so ein gut geschmiertes Bullenhirn, das man einfach analog zu den Arbeitszeiten ein- und ausschalten könnte. Falls es solche funktionierenden Roboter überhaupt gab. Er erinnerte sich an ein früheres Gespräch mit dem Hauptkommissar – auch das hatte vermutlich im Adenaar's stattgefunden – über den Begriff Intuition.

Das Gehirn funktioniert am besten, wenn du es in Ruhe lässt, hatte Van Veeteren erklärt. Gib ihm die Fragen und die Informationen, die du hast, und dann denk an etwas anderes. Wenn es eine Antwort gibt, wird sie früher oder später heraustickern.

Wer's glaubt, dachte Münster düster. Wahrscheinlich gibt's doch Unterschiede zwischen den Gehirnen.

Wie dem auch sei, nach dem Gespräch mit dem Hauptkommissar und seinem Einkauf mitten im schlimmsten Samstagsrummel bestand kein Zweifel mehr daran, dass er sich ziemlich ausgelaugt fühlte, also war es sowieso am besten, das Gehirn in aller Ruhe arbeiten zu lassen und zu sehen, ob etwas dabei heraus kam.

Er schaute auf die Uhr. Es war zehn Minuten nach eins. Es war ein Samstag im November. Es regnete. Und er hatte nur seine Familie, um die er sich jetzt kümmern musste.

21

Die Nacht zwischen Freitag und Samstag schlief Inspektor Moreno mehr als zwölf Stunden, und als sie gegen halb elf Uhr am Vormittag aufwachte, dauerte es eine ganze Weile, bevor sie begriff, wo sie eigentlich war.

Und dass sie allein war.

Dass die fünf Jahre mit Claus Badher vorbei waren und dass sie ab jetzt über sich allein verfügen konnte. Das war ein sonderbares Gefühl. Auch dass bereits mehr als ein Monat vergangen war, seit sie ihn verlassen hatte, aber ihr erst jetzt klar geworden war, dass sie ihr Schicksal in ihren eigenen Händen trug.

Als wolle sie die Tragkraft dieser Hände überprüfen, hob sie sie aus der Bettwärme und betrachtete sie eine Weile. Eigentlich nicht besonders beeindruckend, aber so war es ja nun mal mit Frauenhänden ... unentwickelt und ein bisschen kindlich, jedenfalls bestand da ein abgrundtiefer Unterschied zu den groben und sehnigen Werkzeugen der Männer. Die waren benutzbar und schön. Wenn sie so darüber nachdachte, wurde ihr bewusst, dass sie noch nie eine schöne Frauenhand gesehen hatte. Wie Hühnerflügel, kam ihr in den Sinn ... nicht funktional und pathetisch. Zweifellos konnte man über diesen ins Auge fallenden Unterschied weiter philosophieren: wieweit er tatsächlich etwas Durchgängiges repräsentierte, wenn es um die ewige Frage nach dem Männlichen und dem Weiblichen ging ...

Ein Ausdruck des Wesensunterschieds? Die Hände.

Und nie kommen sie zusammen, dachte sie, aber da tauchte plötzlich das Bild einer dunklen Männerhand auf einer weißen Frauenbrust vor ihrem inneren Auge auf, und sie musste sich eingestehen, dass es natürlich ein Zusammentreffen gab.

Als sie später unter der Dusche stand, begriff sie außerdem, dass die Hand und diese Brust ganz und gar nicht die von Claus und ihre waren, sondern Tobose Menakdises und Filippa de Boonings, und da war mit einem Mal die ganze Ermittlung wieder hautnah bei ihr.

Nach dem Frühstück begab sie sich auf einen längeren Spaziergang die Willemsgraacht entlang – in Richtung Lauerndammarna und Löhr. Sie ging durch den milden Regen und dachte an alles Mögliche, vor allem aber an ihre Eltern – und an ihren Bruder in Rom, den sie seit mehr als zwei Jahren nicht mehr gesehen hatte. Die Eltern waren etwas näher dran, in Groenstadt, aber der Kontakt war auch nicht besonders eng. Sicher, es war leicht, sich ein abschätziges Urteil über die Leverkuhnschen Familienbanden zu bilden, aber wenn sie ehrlich sein sollte, so stand es um die ihren auch nicht viel besser.

Und dann hatte sie ja noch eine Schwester. Maud. Wo, wusste sie nicht, wahrscheinlich in Hamburg, und sie wusste auch nicht, in welchem Zustand.

Vielleicht stimmte es ja, was die Anthropologen behaupteten, dass die nordeuropäische Kernfamilie ihre Rolle als ökonomischer und sozialer Faktor ausgespielt hatte und damit auch ihre emotionale Bedeutung verlor.

Gefühle waren nur Überbau und Putzwerk. Mann und Frau trafen sich, reproduzierten sich und wanderten weiter in verschiedene Richtungen. Und zwar haargenau in die Richtung, in die man bereits gesteuert war, als man aufeinander traf ... diesem diffusen Ziel zu. Ja, vielleicht musste man es so sehen. Jedenfalls gab es genügend Vorbilder in der Tierwelt, und der Mensch war im Grunde ja auch nichts anderes als ein biologisches Wesen.

Schade, dachte sie, schade, dass der Mensch so eine verdammte Fehlkonstruktion ist, und dass der Abstand zwischen Gehirn, Herz und Geschlecht so groß sein muss. Zumindest meistens.

Immer?

Der Ausschank in Czerpinskis Mühle hatte geöffnet, und sie beschloss, sich eine Tasse Tee vor der weiteren Wanderung zu gönnen. Aber nur kurz, es war bereits Viertel vor drei, und sie hatte absolut keine Lust, im Dunkeln umherzustreifen.

Sie war kaum in der Tür, als sie an einem der Tische in dem kreisrunden Lokal Benjamin Wauters und Jan Palinski entdeckte. Die beiden erkannten sie nicht wieder oder taten zumindest so, aber ihr war klar, dass das ein Zeichen sein musste. Ein Zeichen, dass es gar keinen Zweck hatte zu versuchen, die Arbeit noch länger auf größere Distanz halten zu wollen.

Trotzdem hielt sie es noch eine Zeit lang aus. Am Samstagabend rief sie sowohl ihren Bruder als auch ihre Eltern an, sie schaute sich einen französischen Film aus den Sechzigern im Fernsehen an und wusch zwei Wollpullover mit der Hand. Aber als der Sonntagmorgen sich mit hohem, klarem Himmel zeigte, begriff sie, dass es vergeblich war. Er war einfach zu aufdringlich. Der Fall. Der Job. So war es nun mal, und daraus brauchte sie gar keinen Hehl zu machen.

Es gibt etwas tief in mir, dachte sie, was das hier steuert. Ein Trieb oder ein Sog, den ich mir nie eingestehe, aber der eigentlich mein Leben bestimmt. Zumindest mein berufliches. Mir gefällt es, irgendwo herumzubohren! Mir gefällt es, andere Menschen unter die Lupe zu nehmen. Ihre Beweggründe und ihre Taten.

Außerdem befinde ich mich mitten in meinem Zyklus, fügte sie in Gedanken hinzu. Und da kein Mann zur Verfügung steht, nehme ich es besser selbst in die Hand.

Über den letzten Gedanken musste sie lachen, während sie auf den Bus zum Kolderweg wartete. Arbeit statt Liebe? Das war ja vollkommen absurd! Wenn Claus ihre Gedanken nur fünf Minuten lang hätte verfolgen dürfen, würde er sich wahrscheinlich nie wieder trauen, mit ihr zusammenzutreffen.

Aber vielleicht war das ja bei allen Beziehungen so?

Bei allen Frauen und ihren Männern mit den schönen Händen? Da kam der Bus.

Die Tür wurde von einer vollkommen fremden Frau geöffnet, und für einen Moment spürte Moreno die Möglichkeit eines Durchbruchs. Dann stellte die Frau sich als Helena Winther vor, die jüngere Schwester von Arnold Van Eck, und die Hoffnung zerfiel zu Staub.

»Ich bin gestern gekommen«, erklärte sie. »Ich fand, ich musste das, er ist nicht besonders stark ...«

Sie war eine dünne Frau um die fünfundfünfzig mit dem gleichen anämischen Hautton wie ihr Bruder, aber mit einem Handschlag, der von einer gewissen Standhaftigkeit zeugte.

»Sie wohnen nicht hier in Maardam?«

»Nein, in Aarlach ... mein Mann hat dort eine Firma.«

Sie ging ins Wohnzimmer voraus, wo Arnold Van Eck zusammengekauert vor dem Vormittagsprogramm des Fernsehers saß. Es sah aus, als hätte er gerade geweint.

»Guten Morgen«, begrüßte Moreno ihn. »Wie geht es Ihnen?«

»Schlecht«, antwortete Van Eck. »Da ist so eine Leere.«

Moreno nickte.

»Das verstehe ich«, sagte sie. »Ich schaue nur rein, um zu hören, ob Ihnen vielleicht noch etwas eingefallen ist. Manchmal fällt einem ja später noch etwas ein.«

»Es ist einfach ein Rätsel!«, rief Van Eck aus. »Ein unbegreifliches Rätsel.«

Möchte wissen, ob der in der gleichen Form denkt, wie er redet? fragte Ewa Moreno sich. Jedenfalls musste es sich bei ihm um einen besonderen Fall innerhalb der männlichen Spezies handeln, über die sie momentan so viel nachdachte.

»Sie können sich nicht daran erinnern, ob Ihre Frau in den letzten Tagen vor ihrem Verschwinden sich in irgendeiner Weise merkwürdig verhalten hat?«, fragte sie. »Etwas gesagt oder gemacht hat, was sie sonst nicht zu sagen oder zu tun pflegte?«

Arnold Van Eck stieß einen tiefen Seufzer aus.

»Nein«, sagte er. »Da ist nichts in der Richtung. Ich habe die Nächte wachgelegen und nachgedacht, aber alles in allem ist es einfach nur ein Rätsel. Es ist wie ein Albtraum, nur dass ich wach bin.«

»Und Ihnen ist nichts Besonderes aufgefallen, als Sie am Mittwoch von Ihrem Kurs nach Hause kamen? So als erster Eindruck, als Sie durch die Tür traten, wenn Sie verstehen, was ich meine ...?«

Van Eck schüttelte den Kopf.

»Denken Sie, dass es möglich wäre, dass Ihre Frau männliche Bekannte hat, die Sie nicht kennen?«

»Hä?«

Eine Sekunde lang sah es wirklich so aus, als würde Arnold Van Eck hinter seinen dicken Brillengläsern schielen, und Moreno musste einsehen, dass die Frage, genau wie eine eventuelle Antwort darauf, weit über sein Vorstellungsvermögen ging.

Sie sah ein, dass es hier nichts mehr zu holen gab, aber bevor sie ihre Runde im Haus drehte, wechselte sie noch einige Worte mit der Schwester draußen in der Küche.

»Haben Sie engen Kontakt mit Ihrem Bruder und Ihrer Schwägerin?«, fragte sie.

Helena Winther zuckte mit den Schultern.

»Es geht«, sagte sie. »Da ist natürlich der große Altersunterschied, aber wir treffen uns schon ab und zu ... mein Mann und Arnold sind nur grundverschieden, wissen Sie.«

»Und Else?«

Helena Winther schaute aus dem Fenster und ließ mit der Antwort eine Weile auf sich warten.

»Sie ist nun mal, wie sie ist«, sagte sie. »Das ist Ihnen sicher auch schon klar geworden. Die beiden sind kein besonders gewöhnliches Paar, aber irgendwie haben sie einander immer gebraucht ... Sie sehen ja, wie schlecht es ihm geht.«

»Kriegt er irgendwas zur Beruhigung?«, fragte Moreno.

Die Schwester schüttelte den Kopf.

»Er nimmt keine Medikamente. Hat sein ganzes Leben lang nicht eine einzige Aspirin geschluckt.«

»Und warum nicht?«

Helena Winther antwortete nicht. Sie sah Ewa Moreno nur mit leicht hochgezogenen Augenbrauen an, und ein paar Sekunden lang schien es, als würde das gesamte männliche Martyrium zwischen diesen vier Frauenaugen abgewogen und erforscht. Und als unergründlich abgestempelt. Moreno spürte, wie sie innerlich lächelte.

»Sie haben keine Idee, was passiert sein könnte?«

»Gar keine. Es ist, wie er sagt ... ein Rätsel. Sie ist irgendwie nicht der Typ, der einfach verschwindet. Ganz im Gegenteil, wenn Sie verstehen?«

Mit einem leichten Nicken deutete Moreno an, dass sie das tat. Dann verabschiedete sie sich und versprach, ihr Äußerstes zu tun, um Klarheit in diese nebulösen Umstände zu bringen.

Ruben Engel roch auch an diesem Tag nicht nach Veilchen, aber er schien nüchtern zu sein, und auf dem Küchentisch lag ein aufgeschlagenes Kreuzworträtsel.

»Für die grauen Zellen«, erklärte er, während er aufstand und mit einem schmutzigen Zeigefinger an die Schläfe tippte. »Herzlich willkommen ... und das sage ich nicht zu allen Polizisten.«

Moreno nahm das Kompliment mit einem routinierten Lächeln entgegen.

»Es sind eigentlich nur noch ein paar Kleinigkeiten, die ich gerne abgeklärt hätte. Das heißt natürlich, nur wenn Sie Zeit haben?«

»Aber selbstverständlich.«

Engel zog seine Hose hoch, die dazu neigte, zu Boden rutschen zu wollen, und zeigte auf den freien Stuhl. Sie setzte sich und wartete zwei Sekunden.

»Welche Verbindung bestand zwischen Leverkuhn und Frau Van Eck?«

»Was?«, fragte Engel zurück, sich setzend.

Sie beugte sich über den Tisch und legte los.

»Hören Sie«, sagte sie. »Ich meine, es muss doch irgendein Verbindungsglied zwischen den beiden Ereignissen hier im Haus geben ... irgendeinen kleinen Faktor, der verantwortlich dafür ist, dass ausgerechnet diese beiden ... aus dem Weg geräumt wurden. Es kann alles Mögliche sein, aber für einen Außenstehenden ist es fast unmöglich, es in den Blick zu kriegen. Sie haben ja mit beiden zwanzig Jahre dicht an dicht gewohnt, Herr Engel, Sie müssten doch die richtige Person sein, um etwas sagen zu können ... können Sie sich nicht irgendeinen Zusammenhang denken, könnte es nicht sein, dass Waldemar Leverkuhn und Else Van Eck irgendwann mal sozusagen aus dem gleichen Teller gelöffelt haben?«

»Meinen Sie, ob die beiden was miteinander hatten?«

Moreno unterdrückte einen Seufzer.

»Das nicht. So weit muss man gar nicht gehen ... aber ich kann es nicht weiter präzisieren, weil ich nicht weiß, worauf ich eigentlich hinaus will.«

»Ja«, sagte Engel, »das verstehe ich.«

Er klappte die Kiefer mit einem Klacken zu, und sie begriff, dass er im Augenblick mehr dazu neigte, sie als Bulle denn als Frau anzusehen.

»Machen Sie sich denn selbst keine Sorgen, Herr Engel?«

Die Reminiszenz an seine Männlichkeit legte natürlich einer ehrlichen Antwort Hindernisse in den Weg. Er räusperte sich, streckte sich, dass es knackte, aber trotzdem schien es ihr, als würde die Angst durchscheinen. Sie dümpelte dort herum wie ein dunkler Teich unter dem Eis einer Nacht.

»Ach wissen Sie meine Liebe, ich mache mir um mich nicht besonders viel Sorgen«, brachte er hervor, während er versuchte, seinen Blick gerade zu halten. »Man hat gelernt, in dieser Welt zurecht zu kommen.«

»Haben Sie bemerkt, ob einer Ihrer Nachbarn stärker beunruhigt ist?«, hakte sie nach. »Wenn Sie jemanden auf der Treppe treffen oder so?«

»Die Nachbarn? Nein ... wirklich nicht.«

Dann fing er an zu husten, und während die Hustenattacke abebbte, saß Moreno unbewegt da und versuchte, diese letzte Äußerung einzuordnen.

War sie wirklich so eindeutig distanzierend, wie er versucht hatte, sie klingen zu lassen?

Weitere zwei Stunden später, als sie in ein nach Eukalyptus duftendes Schaumbad kletterte, hatte sie diese Frage immer noch nicht abschließend beantwortet.

Auch in der Nacht zu Montag schlief Inspektor Ewa Moreno tief und ohne Unterbrechungen, und als sie sich am nächsten Morgen mit der Straßenbahn auf den Weg ins Polizeipräsidium machte, wurde ihr klar, dass sie endlich wieder zu sich selbst gefunden hatte. Der akkumulierte Schlafbedarf war gestillt worden, und zum ersten Mal seit langem fühlte sie sich wieder richtig arbeitsfähig.

Bereit, dem entgegenzusehen, was auch immer von ihr erwartet wurde.

Da hatte sie sich aber getäuscht. Denn was Kommissar Münster ihr zu erzählen hatte, als sie sein Zimmer betrat, verschlug ihr dann doch die Sprache.

»Was Neues?«, fragte sie.

»Das kann man wohl sagen«, sagte Münster und schaute von seinem Papierstapel auf, in dem er blätterte. »Sie hat gestanden.«

»Was?«, fragte Moreno.

»Frau Leverkuhn. Sie hat heute Morgen um Viertel nach sieben angerufen und gestanden, dass sie ihren Mann ermordet hat.«

Moreno setzte sich auf einen Stuhl.

»Verdammt«, sagte sie. »Dann war sie es also doch?«

»Jedenfalls behauptet sie das«, sagte Münster.

III

22

Die Polizei brauchte drei Tage, danach ließ man sie im Großen und Ganzen in Ruhe. Ab der zweiten Woche beschränkte sich ihr Besuch nur noch auf eine Hand voll Personen.

Der Anwalt hieß Bachmann und kam fast jeden Tag, zumindest anfangs. Sie hatte ihn bereits bei ihrem ersten Verhör im Polizeipräsidium kennen gelernt, und er hatte keinen besonders guten Eindruck auf sie gemacht. Ein gut gekleideter, übergewichtiger Mann in den Fünfzigern mit dickem, wogendem Haar, das er vermutlich färbte. Breiter Siegelring und kräftige weiße Zähne. Von Anfang an wollte er, dass sie auf Totschlag hinarbeiten sollten, sie tat ihm den Gefallen, ohne näher darüber nachzudenken.

Sie mochte ihn nicht. Je mehr sie ihn bestimmen ließ, um so weniger würde sie gezwungen sein, mit ihm zu diskutieren. Mitte des Monats blieb er sogar ein paar Tage hintereinander fern, aber im Dezember, als die Verhandlung kurz vor der Tür stand, gab es so viel, was noch einmal durchgegangen werden musste. Sie verstand nicht so recht, warum eigentlich, fragte aber auch nicht.

Es soll nur schnell vorbeigehen, dachte sie, und das war auch der einzige Wunsch, den sie ihm gegenüber überhaupt äußerte. Dass es nicht eine lang gezogene Geschichte werden sollte, mit Plädoyers und Zeugenbefragungen und all dem, was sie aus dem Fernsehen kannte.

Und der Rechtsanwalt Bachmann strich sich mit der Handfläche übers Haar und versprach ihr, sein Bestes zu tun. Aber da gab es ja trotzdem gewisse Unklarheiten, und alles konnte man nicht aus dem Gerichtssaal heraushalten.

Jedes Mal, wenn er darauf hinwies, bemühte er kurz seine Gesichtsmuskeln, aber sie erwiderte sein Lächeln nie.

Der Pfarrer hieß Kolding und war in ihrem Alter. Ein sanfter Prediger, der immer eine Thermoskanne Tee und eine Schachtel Kekse bei sich hatte, und der meistens eine halbe Stunde auf dem Stuhl in ihrer Zelle zuzubringen pflegte, ohne in der Zeit besonders viel zu sagen. Bei seinem allerersten Besuch hatte er erklärt, dass er sich nicht aufdrängen wollte, dass es aber dennoch seine Absicht war, jeden zweiten oder dritten Tag zur Verfügung zu stehen. Für den Fall, dass sie etwas besprechen wollte.

Der Fall trat nie ein, aber sie hatte nichts dagegen, dass er dort saß. Er war lang und mager, ein wenig krumm von den Jahren, er erinnerte sie ein wenig an ihren Konfirmationspfarrer. Einmal fragte sie ihn, ob er möglicherweise mit diesem verwandt war, aber das war er natürlich nicht.

Doch eine Zeit lang hatte er in der Maalwortgemeinde in Pampas gewirkt. Das kam bei einem ihrer seltenen knappen Gespräche heraus, aber da sie während der vielen Jahre die Kirche, von der sie nur einen Steinwurf weit entfernt gewohnt hatte, nur wenige Male besucht hatte, wurden über diese Tatsache auch nicht viele Worte gewechselt.

Dennoch saß er einige Nachmittage in der Woche dort in seiner Ecke. Und stand zur Verfügung, wie gesagt. Vielleicht war er ja auch nur müde und musste sich ein wenig ausruhen, dachte sie manchmal.

Soweit es sie überhaupt berührte, störte es sie zumindest nicht.

Daneben machten sich nur noch die beiden Kinder und die unermüdliche Emmeline von Post die Mühe, sie zu besuchen.

Als sie vor der Verhandlung nachrechnete, kam sie zu dem Schluss, dass Mauritz dreimal zu Besuch gewesen war, Ruth und Emmeline jeweils zweimal. An ihrem Geburtstag am 2. Dezember tauchten Mauritz und Ruth zusammen auf, mit einer Sachertorte und drei weißen Lilien, was sie aus irgendeinem Grund so absurd fand, dass sie sich das Lachen kaum verbeißen konnte.

Ansonsten bemühte sie sich wirklich – bei all diesen Besuchen – darum, freundlich und zuvorkommend aufzutreten, aber die Umstände führten doch oft dazu, dass die Besucher sich angespannt und fremd in der blassgelben Zelle fühlten. Vor allem mit Mauritz kam es ein paar Mal zu lauten Auseinandersetzungen über Bagatellen, aber etwas anderes hatte sie auch gar nicht erwartet.

Insgesamt bedeutete die Haftzeit – diese sechs Wochen in Erwartung der Verhandlung – dennoch eine Periode der Ruhe und Erholung, und als sie am Abend vor Verhandlungsbeginn zu Bett ging, fühlte sie zwar eine gewisse Unruhe vor dem Bevorstehenden, aber auch eine Ruhe und Gewissheit, dass ihre innere Stärke sie auch durch diese Schwierigkeiten tragen würde.

So, wie sie es bisher getan hatte.

Die Verhandlung begann an einem Dienstagnachmittag, und der Anwalt hatte versprochen, dass sie am Freitagabend zu Ende sein würde.

Soweit keine Komplikationen auftauchten, und es gab kaum einen Grund, diese zu erwarten.

Die ersten Stunden im Gerichtssaal waren jedoch von einer Umständlichkeit und einer Langsamkeit geprägt, die sie nur verwunderte. Sie war an einem länglichen Holztisch mit Seltersflasche, Pappbecher und Notizblock platziert worden. Zu ihrer Rechten saß der Anwalt und roch nach seinem üblichen Rasierwasser. Links befand sich eine jüngere, blaugekleidete Frau, deren Funktion ihr nicht so recht klar war. Sie fragte aber auch nicht danach.

Es war nicht einer der großen Gerichtssäle, das begriff sie jedenfalls. Er bot für eventuelle Zuhörer und Journalisten nur ungefähr zwanzig Plätze hinter einer braunen Schranke im hintersten Teil des länglichen Raums. Aber zunächst, an diesem einleitenden Nachmittag, beschränkte sich die Zuhörerschaft sowieso nur auf sechs Personen: zwei dünnhaarige Journalisten sowie vier Frauen im sicheren Rentenalter. Sie war erleichtert, dass es nur so wenige waren, aber sie ahnte, dass mit der Zeit sicher mehr Menschen auf diesen hochlehnigen Stühlen sitzen würden. Wenn die Vorstellung erst richtig in Gang gekommen war.

Ihr direkt gegenüber auf einem nur dezimeterhohen Podest thronte Richter Hart hinter einem breiten Tisch mit herabhängender Tischdecke, sodass man seine Füße nicht sehen konnte. Und einer Richterin nicht unters Kleid blicken konnte, fantasierte sie. Konnte ja sein. Ihr eigener Rechtssprecher jedenfalls war ein großer, breiter Kerl in den Sechzigern. Er erinnerte sie an einen alten französischen Schauspieler, auf dessen Namen sie aber nicht kam, so sehr sie sich auch anstrengte. Ihr war so, als würde er auf *eaux* enden.

Rechts vom Richter saßen zwei weitere Rechtsdiener – junge, ordentlich gekämmte Männer mit Brille und tadellosen Anzügen – und links waren die Geschworenen.

Am Anfang wurde die gesamte Zeit genau diesen sechs Geschworenen gewidmet, vier Männern und zwei Frauen, und soweit sie begriff, ging es um die Frage ihrer allgemeinen Unvoreingenommenheit und Unanfechtbarkeit in dem Prozess, der jetzt anstand.

Nachdem alle gutgeheißen worden waren, erklärte der Richter die Verhandlung für eröffnet und überließ das Wort der Anklage, der Staatsanwältin Grootner, einer Frau in fortgeschrittenem mittleren Alter mit beigefarbenem Kostüm und einen Mund, der so breit war, dass er sich zeitweise noch ein Stück außerhalb des Gesichts fortzusetzen schien. Sie stellte sich vor ihren Tisch auf der anderen Seite des Mittelgangs, lehnte sich nach hinten, mit dem schweren Busen als Gegengewicht, und trug ihren Standpunkt ganze fünfundvierzig Minuten lang vor. Soweit Marie-Louise Leverkuhn verstand, mündete das Ganze darin, dass sie in der Nacht zwischen dem 25. und 26. Oktober

Waldemar vorsätzlich und in Besitz aller ihrer Sinne erstochen haben sollte und dass die einzige Tatklassifizierung, die in Frage kam, Mord ersten Grades war. Worauf folglich auch die aktuelle Anklage lautete.

Glaubt sie wirklich selbst, was sie da sagt?, wunderte Marie-Louise Leverkuhn sich im Stillen, aber es war schwer herauszufinden, was sich hinter den Worttiraden und der stromlinienförmigen Brille verbarg, wobei sich bei näherem Betrachten herausstellte, dass diese Brille genau den Amorbogen hatte, der den Lippen fehlte.

Nach der Staatsanwältin hatte der Verteidiger das Wort. Bachmann erhob sich voller Würde, strich sich mehrere Male mit der rechten Hand über sein mahagonifarbenes Haar, woraufhin er erklärte, dass die Verteidigerseite die Anklage bestritt und stattdessen auf Totschlag bestand.

Darüber sprach er danach mit vielen Worten und großem Nachdruck, fast genauso lange, wie die breitmäulige Staatsanwältin es getan hatte, und mehrere Male spürte Marie-Louise Leverkuhn, dass ihre Augen kurz davor waren, zuzufallen.

Vielleicht hatte sie doch nicht so gut geschlafen letzte Nacht?

Vielleicht war sie auch zu alt für das hier?

Würde das Ganze nicht etwas schneller gehen, wenn sie sich des Mordes für schuldig erklärte?

Als die Verhandlung um kurz nach vier Uhr vertagt wurde, hatte sie noch kein einziges Wort sagen müssen. Hatte auf keine Frage antworten müssen. Bachmann hatte ihr zwar erklärt, dass der erste Tag so aussehen würde, aber dennoch fühlte sie sich etwas verwirrt, als sie von der blaugekleideten Frau weggeführt wurde, die die ganze Zeit neben ihr gesessen hatte. Wie beim Zahnarzt oder im Krankenhaus, dachte sie mit einer Mischung aus Erleichterung und Enttäuschung. Man ist die unumstrittene Hauptperson, aber man hat nicht das Recht, einen Pieps zu sagen.

Aber so ging es anscheinend auch in der Gerichtsmaschinerie zu.

23

»Einen längeren Schläger«, sagte Van Veeteren und griff sich an den Rücken. »Das ist verdammt noch mal genau das, was ich brauche. Ich begreife nicht, warum sie nicht so was erfinden.«

»Und warum?«, fragte Münster.

»Damit man sich nicht so verdammt weit nach den Stoppbällen bücken muss natürlich. Mein Rücken ist nicht mehr das, was er mal war ... und das ist er übrigens auch nie gewesen.«

Münster dachte unter der Dusche über diese Worte der Weisheit nach, drehte und wendete sie. Zwar hatte er alle drei Sätze sicher nach Hause geholt, wie immer, aber der Hauptkommissar – der Hauptkommissar a. D. – hatte hervorragenden Widerstand geleistet. 15-9, 15-11, 15-6 waren Zahlen, die eher darauf hinwiesen, dass seine Kondition sich verbessert hatte, seit er das Präsidium verlassen hatte, als auf das Gegenteil.

Außerdem hat er es wohl nicht mehr so weit bis zur Sechzig?, überlegte Münster, während er versuchte, den Gedanken wegzuscheuchen, dass die gute Leistung Van Veeterens etwas mit seiner eigenen Tagesform zu tun haben könnte.

»Und, auf ins Adenaar's?«, fragte Van Veeteren, als sie wieder im Foyer waren. »Denn ich kann mir doch denken, dass du was auf dem Herzen hast.«

Münster hustete etwas angestrengt und nickte.

»Wenn der Hauptkommissar Zeit hat?«

»Nicht schon wieder dieses Wort«, knurrte Van Veeteren.

»Entschuldigung«, sagte Münster. »Aber es dauert seine Zeit, sich daran zu gewöhnen.«

»Das weiß ich wohl«, sagte Van Veeteren und hielt die Tür auf. »Es ist wieder der Fall Leverkuhn, um den es geht, nehme ich an?«

Münster warf einen Blick auf den Markt und holte tief Luft.

»Ja«, gab er zu. »Die Verhandlung beginnt heute. Ich kriege es nicht aus meinem Kopf raus.«

Van Veeteren holte umständlich seine Zigarettendrehmaschine heraus und stopfte Tabak in die ausgestanzte Schiene.

»Das sind die schlimmsten«, stellte er fest. »Diejenigen, die einem nicht mal nachts in Ruhe lassen.«

»Genau«, bestätigte Münster. »Ich träume von diesem verfluchten Fall ... kriege irgendwie keine Linie rein, weder wenn ich schlafe, noch wenn ich wach bin. Und dabei bin ich es schon hundertmal durchgegangen, sowohl mit Jung als auch mit Moreno, es bringt nichts.«

»Und Reinhart?«, fragte Van Veeteren.

»Hat doch dienstfrei«, seufzte Münster. »Spielt mit seiner Tochter.«

»Ach ja«, erinnerte sich Van Veeteren und drückte den Verschluss runter, sodass eine fertig gedrehte Zigarette auf den Tisch rollte. Mit zufriedener Miene steckte er sie sich zwischen die Lippen und zündete sie an. Münster beobachtete sein Vorgehen schweigend.

»Du glaubst also nicht, dass sie es war?«, fragte Van Veeteren nach dem ersten Zug. »Oder worum geht es?«

Münster zuckte die Achseln.

»Ich weiß nicht«, gab er zu. »Doch, doch, sie wird es schon gewesen sein, aber der Fall ist damit immer noch nicht aufgeklärt. Wir haben ja auch noch Frau Van Eck und diesen verfluchten Bonger. Niemand hat auch nur den blassesten Schimmer von den beiden gesehen, seit sie verschwunden sind, und das ist jetzt schon über einen Monat her.«

»Und Frau Leverkuhn hat nichts mit ihnen zu tun?«

Münster nahm einen großen Schluck und schüttelte den Kopf.

»Überhaupt nichts. Jedenfalls laut ihrer Aussage. Wir haben sie uns kräftig vorgenommen, nachdem sie gestanden hatte, aber sie ist um keinen Millimeter von ihrer Linie abgewichen. Hat ihren Mann in einem Wutanfall erstochen, das gibt sie zu, aber was die beiden anderen angeht, so ist sie unschuldig wie ein Lamm, behauptet sie.«

»Warum hat sie ihren Mann erstochen?«

»Ja, warum?«, wiederholte Münster finster. »Sie sagt, dass es der berühmte Tropfen war, der den Becher hat überlaufen lassen, das war alles.«

»Hm«, sagte Van Veeteren. »Und was für eine Art Tropfen war das, hat sie das präzisiert? Wenn wir nun einmal davon ausgehen, dass der Becher voll war.«

»Dass er Geld gewonnen hat und nicht im Traum daran gedacht hat, ihr etwas davon abzugeben, offensichtlich. Sie behauptet, sie wäre nach Hause gekommen, und er hätte im Bett gelegen und herumgefaselt, was er sich alles kaufen würde, und nach einer Weile hatte sie genug davon.«

Van Veeteren rauchte und überlegte.

»Kann schon so abgelaufen sein«, sagte er. »Ist sie der Typ?«

Münster kratzte sich am Kopf.

»Ich weiß nicht«, sagte er. »Wenn wir annehmen, dass der Becher ihr ganzes Leben sein soll – oder zumindest die Zeit, die sie verheiratet waren –, kann es natürlich stimmen, aber das ist für einen Außenstehenden schwer zu beurteilen. Wie dem auch sei, sie stellt die Sache jedenfalls so dar, dass sie das eine oder andere hat ertragen müssen und dass es plötzlich einfach nicht mehr ging. Etwas sei in ihr zerbrochen, sagt sie, und da hat sie es getan.«

Van Veeteren lehnte sich zurück und schaute zur Decke.

»Und Theorien?«, fragte er nach einer Weile. »Hast du welche? Was glaubst du? Zum Beispiel hinsichtlich dieser Dame Van Eck?«

Münster sah plötzlich fast unglücklich aus.

»Zum Teufel«, sagte er. »Ich habe keine Ahnung. Nicht die geringste. Wie ich schon letztes Mal gesagt habe, fällt es mir sehr schwer zu glauben, dass diese drei Geschichten nicht zusammenhängen. Es klingt doch reichlich unwahrscheinlich, dass Bonger, Leverkuhn und Frau Van Eck in der gleichen Woche aus purem Zufall abgekratzt sind.«

»Du weißt nicht, ob Bonger und Van Eck wirklich tot sind«, bemerkte Van Veeteren. »Oder habe ich etwas nicht mitgekriegt?«

Münster seufzte.

»Stimmt«, sagte er. »Aber es wird kaum einfacher, wenn sie nur verschwunden sind.«

Van Veeteren saß einige Sekunden einfach nur stumm da.

»Vermutlich nicht«, stimmte er dann zu. »Was hast du in der Sache gemacht? Ich meine, rein ermittlungstechnisch ... denn du hast dir doch wohl nicht nur die ganze Zeit die Haare gerauft?«

»Nicht viel«, musste Münster zugeben. »Seit sich die Staatsanwältin auf Frau Leverkuhn eingeschossen hat, gab es nur noch routinemäßige Nachforschungen nach Bonger und Frau Van Eck.«

»Wer ist der Verantwortliche?«, fragte Van Veeteren.

»Ich«, sagte Münster und trank wieder etwas. »Aber wenn Frau Leverkuhn verurteilt ist, wird Hiller bestimmt alles einmotten. Also nächste Woche. Es gibt da so einiges anderes, womit wir uns beschäftigen können.«

»Ach, wirklich?«, bemerkte Van Veeteren.

Er trank sein Glas leer und winkte nach einem neuen. Während der Wartezeit saß er still da und legte sein Kinn auf die Handknöchel, wobei er auf den Verkehr und die Tauben auf dem Karlsplatz schaute. Als das Bier kam, schlürfte er zunächst den Schaum ab und trank danach das Glas in einem einzigen Zug fast ganz leer.

»Gut«, stellte er fest. »Man wird von diesem Sport richtig durstig. Warum wolltest du eigentlich mit mir reden?«

Plötzlich sah Münster ganz verlegen aus. Er lernt es nie, dachte Van Veeteren.

»Nun?«

»Ja«, räusperte sich Münster. »Es geht um die Intuition und so. Ich wollte den Haupt ... ich wollte dich um einen Gefallen bitten, ganz einfach.«

»Ich bin ganz Ohr«, sagte Van Veeteren.

Münster wand sich.

»Die Gerichtsverhandlung«, sagte er. »Es wäre schön, wenn man einen Eindruck davon kriegen könnte, ob sie so schuldig oder so unschuldig ist, wie sie behauptet. Ich meine, Frau Leverkuhn ... wenn jemand, der einen Blick dafür hat, mal hinginge und sie sich ansieht. Ganz gleich, ob sie nun verurteilt wird oder nicht.«

»Denn das wird sie ja zweifellos?«, bemerkte Van Veeteren.

»Das denke ich schon«, sagte Münster.

Van Veeteren betrachtete seine Zigarettenmaschine mit gerunzelter Stirn.

»All right«, sagte er dann. »Ich werde mal hingehen und sie mir anschauen.«

»Ausgezeichnet«, sagte Münster. »Danke. Saal vier ... aber wahrscheinlich ist es Freitag schon zu Ende, wenn ich mich nicht irre.«

»Ich werde morgen gehen«, sagte Van Veeteren. »Der Blick des Adlers schläft nie.«

Hugh, großer Häuptling, dachte Münster. Aber er sagte es nicht.

24

»Erzählen Sie uns, wie Sie in der Nacht zwischen dem 25. und 26. Oktober nach Hause gekommen sind!«

Staatsanwältin Grootner schob ihre Brille hoch und wartete. Marie-Louise Leverkuhn trank einen Schluck Wasser aus dem Becher, der vor ihr auf dem Tisch stand. Sie räusperte sich und streckte sich ein wenig.

»Ich bin ungefähr um zwei Uhr nach Hause gekommen«, erklärte sie. »Auf der Linie nach Bossingen und Löhr war Stromausfall. Wir standen eine Stunde lang auf freier Strecke ... Ich hatte eine Freundin besucht.«

Sie ließ ihren Blick über die Zuhörerreihen schweifen, als würde sie nach einem Gesicht suchen. Die Staatsanwältin drängte sie nicht, und nach einer Weile sprach sie von selbst weiter.

»Mein Mann ist aufgewacht, als ich in die Wohnung kam, und fing an, mir Unverschämtheiten an den Kopf zu werfen.«

»Unverschämtheiten?«, hakte die Staatsanwältin nach.

»Dass ich ihn geweckt hätte. Er behauptete, ich hätte das absichtlich gemacht. Und dann ging es eben so weiter.«

»In welcher Form?«

»Er hat mir erzählt, dass er Geld gewonnen hat und dass er es so ausgeben wollte, dass er mich nicht so oft sehen müsste.«

»Hat er sich häufiger in der Richtung geäußert?«

»Das kam vor. Wenn er nicht mehr nüchtern war.«

»War er an diesem Abend auch nicht nüchtern?«

»Ja.«

»Wie betrunken war er?«

»Er war reichlich beschwipst. Er hat genuschelt.«

Kurze Pause. Die Staatsanwältin nickte ein paar Mal nachdenklich.

»Würden Sie bitte fortfahren, Frau Leverkuhn.«

»Ja, dann bin ich in die Küche gegangen und habe da das Messer gesehen, das in der Spüle lag. Ich hatte es am Nachmittag benutzt, um ein bisschen Schinken aufzuschneiden.«

»Was haben Sie gedacht, als Sie das Messer sahen?«

»Nichts. Ich glaube, ich habe es nur genommen, um es abzuspülen und wieder in die Schublade zu legen.«

»Haben Sie das getan?«

»Entschuldigung?«

»Haben Sie das Messer abgespült?«

»Nein.«

»Berichten Sie, was Sie stattdessen gemacht haben.«

Marie-Louise strich eine vorwitzige Haarsträhne weg und schien in ihrer Schilderung zu zögern. Die Staatsanwältin betrachtete sie, ohne eine Miene zu verziehen.

»Ich bin mit dem Messer in der Hand stehen geblieben. Und genau in dem Moment hat mein Mann was gerufen.«

»Was?«

»Das will ich nicht sagen. Das war eine grobe Beleidigung.«

»Was haben Sie gemacht?«

»Ich fühlte, dass ich es einfach nicht mehr aushielt ... ich glaube nicht, dass ich genau gewusst habe, was ich tat. Ich bin zu ihm gegangen und habe ihm dann das Messer in den Bauch gestoßen.«

»Hat er versucht, sich zu wehren?«

»Das hat er nicht mehr geschafft.«

»Und dann?«

»Dann habe ich einfach immer weiter zugestoßen. Das war ein Gefühl ...«

»Ja?«

»Das war ein Gefühl, als wenn ich es gar nicht selbst wäre, die das Messer in der Hand hielt. Als ob das jemand anders wäre. Es war merkwürdig.«

Die Staatsanwältin machte erneut eine Pause und ging einige Schritte hin und her. Als sie wieder auf ihrer vorherigen Position angekommen war, ungefähr einen Meter vor dem Tisch, hustete sie zunächst zweimal in ihre Hand und drehte dann den Kopf so, dass sie zu einem Punkt schräg oberhalb des Kopfes der Angeklagten sprach. Als würde sie sich eigentlich an jemand anders wenden.

»Ich habe etwas Probleme, Ihnen das zu glauben«, sagte sie. »Sie waren mehr als vierzig Jahre mit Ihrem Mann verheiratet. Sie haben ein langes Leben lang Heim und Bett und Mühen mit ihm geteilt, und dann verlieren Sie plötzlich die Beherrschung, ohne dass es eigentlich einen Grund dafür gibt. Sie sagen ja selbst, dass sie derartige ... Meinungsstreitigkeiten von früher her kannten?«

»Ich weiß nicht«, sagte Marie-Louise Leverkuhn. »Das war einfach irgendwie besonders schlimm ...«

»Kann es nicht sein, dass Sie es sich schon vorher überlegt haben?«

»Nein.«

»Sie haben nicht einmal daran gedacht?«

»Nein.«

»Beispielsweise früher an diesem Abend?«

»Nein.«

»Wollen Sie behaupten, dass Sie nicht wussten, was Sie taten an dem Abend, als Sie Ihren Mann ermordet haben?!«

»Einspruch!«, rief Rechtsanwalt Bachmann. »Es ist nicht erwiesen, dass die Angeklagte ihren Mann ermordet hat.«

»Einspruch angenommen«, murmelte der Richter, ohne seinen Mund zu bewegen. Die Staatsanwältin zuckte mit den Schultern, dass ihre schwere Brust wippte.

»Wussten Sie, was Sie taten, als Sie das Messer in Ihren Mann stießen?«, korrigierte sie ihre Frage.

»Ja, natürlich.«

Ein leises Gemurmel ging durch die Zuhörerreihen, und Richter Hart gebot Schweigen, indem er seinen Blick einen halben Fingerbreit anhob.

»Welche Absicht hatten Sie mit dem Zustechen?«

»Natürlich ihn zu töten. Ihn zum Schweigen zu bringen.«

Die Staatsanwältin nickte erneut mehrere Male und sah zufrieden aus.

»Was taten Sie anschließend?«

»Ich spülte das Messer unter dem Wasserhahn in der Küche ab. Dann wickelte ich es in eine Zeitung und ging hinaus.«

»Warum?«

Marie-Louise Leverkuhn zögerte.

»Ich weiß nicht. Es sollte wohl so aussehen, als wenn es jemand anders getan hätte.«

»Wohin gingen Sie?«

»Zum Entwick Plejn. Ich habe Messer und Zeitung in eine Mülltonne geworfen.«

»Wo?«

»Daran erinnere ich mich nicht. Vielleicht in der Entwickstraat, aber ich weiß es nicht mehr. Ich war etwas durcheinander.«

»Und dann?«

»Dann bin ich nach Hause gegangen und habe die Polizei angerufen. Ich tat so, als hätte ich meinen Mann tot aufgefunden, aber so war es ja nicht gewesen ...«

»Wurden Sie nicht ganz blutig, als Sie Ihren Mann töteten?«

»Nur ein bisschen. Ich habe mich gewaschen, als ich auch das Messer abgespült habe.«

Die Staatsanwältin schien eine Weile nachzudenken. Dann drehte sie der Angeklagten langsam den Rücken zu. Sie schob ihre Brille wieder hoch und ließ ihren Blick über die Reihe der Geschworenen wandern.

»Danke, Frau Leverkuhn«, sagte sie mit einer Stimme, die um eine halbe Oktave tiefer klang. »Ich glaube, es gibt keinen Zweifel daran, dass Sie die ganze Zeit mit großer Geistesgegenwart und großem Zielbewusstsein gehandelt haben. Und ich glaube auch nicht, dass es noch jemanden unter uns gibt, der daran zweifelt, dass Sie Ihren Ehemann vorsätzlich ermordet haben. Danke, keine weiteren Fragen.«

Verteidiger Bachmann war aufgestanden, machte aber keinerlei Anstalten, zu protestieren. Er hatte Ringe unter den Augen. Sah müde und etwas resigniert aus. Ihr kam in den Sinn, dass sein Honorar ja vielleicht in irgendeiner Form davon abhing, ob er sein Ziel erreichte oder nicht, aber sie wusste es nicht. Es war nicht so leicht, zu wissen, welche Regeln in dieser sonderbaren Welt galten.

Wirklich nicht leicht.

Sie konnte auch nicht sagen, ob es wohl üblich war, dass der Richter selbst Fragen stellte, aber nachdem Bachmann sein ziemlich sinnloses Verhör beendet hatte – die ganze Zeit über hatte sie Schwierigkeiten gehabt zu verstehen, worauf er eigentlich hinaus wollte und was sie seiner Meinung nach wohl antworten sollte, und als er sich schließlich setzte, sah er nur noch mutloser aus –, da räusperte sich der große Mann nachdrücklich und erklärte, dass einige Dinge noch der Klärung bedurften.

Zuerst fragte er sie jedoch, ob sie eine kleine Pause wünsche, bevor er beginne.

Die bräuchte sie nicht, erklärte sie.

»Einige Klarstellungen«, wiederholte der Richter Hart und faltete seine haarigen Fäuste vor sich auf der Bibel. Es ging ein Raunen durch die Zuhörerreihen, und die Anklägerin Grootner begann plötzlich nach Herzenslust auf ihren Block Notizen zu machen. Bachmann strich sich durch seine Locken und sah aus wie ein schmollendes Fragezeichen.

»Was hat Sie dazu gebracht, sich selbst zu stellen?«

Er betrachtete sie von seiner erhöhten Position aus mit einer skeptischen Falte zwischen den buschigen Augenbrauen.

»Mein Gewissen«, antwortete sie.

»Ihr Gewissen?«

»Ja.«

»Und was brachte Ihr Gewissen dazu, nach mehr als einer Woche zu erwachen?«

Marie-Louise Leverkuhn war sicher mindestens zehn Jahre älter als Richter Hart, aber trotzdem hatte die Situation plötzlich etwas Lehrer-Schülerinnenhaftes an sich. Ein Teenager, der dabei erwischt worden war, heimlich auf der Toilette zu rauchen, und der jetzt zum Rektor oder Oberlehrer zitiert wurde, um sich dort seinen Anschnauzer abzuholen.

»Ich weiß nicht«, antwortete sie nach einer kurzen Gedankenpause. »Ich musste erst ein paar Tage darüber nachdenken, und dann ist mir klar geworden, dass es nicht richtig war, weiter zu lügen.«

»Was hat Sie dazu gebracht, anfangs zu lügen?«

»Die Angst«, erklärte sie ohne zu zögern. »Vor den Folgen ... der Verhandlung, dem Gefängnis und so weiter.«

»Bereuen Sie die Tat?«

Sie betrachtete eine Weile ihre Hände.

»Ja«, sagte sie. »Es ist schrecklich, einen anderen Menschen zu töten. Dafür muss man die Strafe auf sich nehmen.«

Der Richter Hart lehnte sich zurück.

»Warum haben Sie das Messer nicht in einen Kanal geworfen statt in einen Mülleimer?«

»Ich bin nicht darauf gekommen.«

»Sind Sie das schon mal gefragt worden?«

»Ja.«

»Aber warum wollten Sie das Messer überhaupt loswerden? Hätte es nicht gereicht, das Blut abzuwaschen und es wieder an seinen Platz in der Küche zu legen?«

Marie-Louise Leverkuhn runzelte einen Moment lang die Stirn, bevor sie antwortete.

»Ich weiß nicht mehr, was ich gedacht habe«, erklärte sie, »aber wahrscheinlich habe ich gedacht, dass man gleich herausfinden würde, dass ich es benutzt habe, wenn man es gefunden hätte. Ich glaube, ich habe nicht sehr klar gedacht.«

Der Richter nickte und sah sanft, aber vorwurfsvoll aus.

»Das haben Sie bestimmt nicht«, sagte er. »Und sicher ist es auch etwas merkwürdig, dass Sie der Polizei sofort gesagt haben, dass das Messer weg war, oder?«

Sie gab keine Antwort. Richter Hart zupfte ein Haar aus seinem Nasenloch und betrachtete es eine Weile, bevor er es über die Achsel wegschnipste und fortfuhr.

»Haben Sie Frau Van Eck in den Tagen vor ihrem Verschwinden getroffen?«

Rechtsanwalt Bachmann machte eine Gebärde, schien aber einzusehen, dass er nicht in der Lage war, Einspruch einzulegen, wenn der Richter selbst die Frage stellte. Er scharrte mit dem Stuhl und lehnte sich stattdessen nonchalant zurück. Schaute zur Decke. Als ginge ihn das Ganze überhaupt nichts an.

»Ich habe mit ihr und ihrem Mann an einem Nachmittag Kaffee getrunken. Sie hatten mich eingeladen.«

»War das am Dienstag?«

Sie überlegte.

»Ja, das muss am Dienstag gewesen sein.«

»Und dann am Mittwoch ist sie verschwunden?«

»Soweit ich weiß, ja. Warum fragen Sie mich das?«

Der Richter machte eine Geste mit den Händen, als wollte er sagen, dass sie doch ebenso gut sich auch darüber unterhalten konnten, wo sie schon mal zusammen saßen und sonst nichts zu bereden hatten.

»Nur noch eine kleine Frage«, erklärte er dann. »Es könnte nicht sein, dass Sie diese Zeit – diese sieben Tage oder wie viele es nun waren – für etwas Besonderes brauchten?«

»Ich verstehe nicht, was Sie damit meinen«, sagte Marie-Louise Leverkuhn.

Richter Hart zog ein großes, rotweiß kariertes Taschentuch hervor und putzte sich die Nase.

»Das tun Sie doch«, brummte er. »Aber Sie können sich wieder auf Ihren Platz setzen.«

Marie-Louise Leverkuhn bedankte sich und tat, wie ihr geheißen worden war.

Der Richter Hart, dachte Van Veeteren, als er wieder auf der Straße stand und seinen Regenschirm aufspannte. Was für ein großartiger Kriminalbeamter ist doch an dem alten Gesetzesverdreher verloren gegangen!

25

Moreno klopfte an und trat ein. Münster schaute von seinen Berichten auf.

»Setz dich«, sagte er. »Wie geht's?«

Sie sank auf dem Stuhl nieder, ohne sich auch nur die braune Wildlederjacke aufzuknöpfen. Schüttelte ein paar Mal den Kopf, und plötzlich wurde ihm klar, dass sie kurz vorm Weinen war.

»Nicht so gut«, sagte sie.

Münster stopfte sich seinen Stift in die Brusttasche und schob den Stapel mit den Mappen zur Seite. Er wartete auf eine Fortsetzung, aber es kam keine.

»Ja?«, sagte er schließlich. »Du kannst das gern etwas genauer ausführen.«

Ewa Moreno schob sich die Hände in die Taschen und holte tief Luft. Münster merkte, dass er genau das Gegenteil tat. Er hielt die Luft an.

»Ich habe ihm erklärt, dass Schluss ist. Definitiv. Er fährt morgen früh auf einen Kurs in die USA. Er hat gesagt, wenn ich meine Meinung nicht ändere, kommt er nicht mehr zurück. So ist die Lage.«

Sie verstummte und schaute über seine Schulter aus dem

Fenster. Münster schluckte und begriff während einer eilig vorbeihuschenden Sekunde, dass er sich wahrscheinlich genauso verhalten hätte, wenn er in Claus Badhers Haut steckte.

»Du meinst ...«, sagte er nur.

»Ja«, sagte Moreno. »Das hat er damit gemeint. Ich weiß es. Er will sich das Leben nehmen.«

Es vergingen fünf Sekunden.

»Das muss nicht sein Ernst sein. Viele sagen so was.«

»Kann sein«, sagte Moreno. »Aber viele tun es auch. Verdammt, manchmal wünschte ich mir, ich könnte einfach in einem schwarzen Loch verschwinden. Das Ganze ist so verdammt hoffnungslos. Ich habe versucht ihn dazu zu bringen, dass er mal mit jemandem redet ... sich eine Art Hilfe sucht. Überhaupt mal was macht, ohne mich immer gleich einzubeziehen, aber ihr Kerle seid ja nun mal so, wie ihr seid.«

»Das männliche Mysterium?«, sagte Münster.

»Ja, genau, darüber haben wir doch schon mal geredet.«

Sie zuckte entschuldigend die Achseln.

»Hast du selbst jemanden, mit dem du reden kannst?«, fragte Münster.

Eine leichte Röte huschte über ihr Gesicht.

»O ja«, sagte sie. »Zum Beispiel einen alten Kriminalkommissar, den ich kenne. Nein, jetzt reicht es aber. Gibt es denn keine Arbeit, in der ich mich ertränken kann?«

»Ein ganzes Meer«, sagte Münster. »Plus ein stilles, totes Meer mit Namen Leverkuhn. Könnte das etwas sein?«

»Willst du die Sache nicht einstellen?«

»Kann ich nicht«, erklärte Münster. »Ich habe es versucht, aber ich träume nachts davon.«

Moreno nickte und zog die Hände aus den Jackentaschen.

»Okay«, sagte sie. »Was soll ich deiner Meinung nach tun?«

»Ich habe über die Tochter nachgedacht, mit der ich gesprochen habe«, sagte er. »Könnte da was sein?«

»Merkwürdig«, sagte Rooth.

»Was?«, fragte Jung.

»Siehst du es nicht?«

»Nein, ich bin blind.«

Rooth schnaubte.

»Guck dir doch mal die anderen Kästen an. Den da ... und den da!«

Er zeigte dorthin. Jung schaute und versuchte, seine Füße warm zu trampeln.

»Ich friere«, sagte er. »Spuck's aus, was du sagen willst, sonst schubse ich dich in den Kanal.«

»So redet ein Gentleman«, meinte Rooth. »Sieh doch, der liegt gar nicht am Kai. Warum zum Teufel hat er einen Meter weit im Wasser geankert?«

Jung musste zugeben, dass das stimmte. Der Bongersche Kahn – den er jetzt das siebte oder achte Mal anglotzte – lag nicht mit der Reling an der gemauerten Kante. Stattdessen wurde er an seinem Platz gehalten mit Hilfe von vier armdicken Trossen und ein paar Fendern in Form von rauen Holzstücken, umhüllt von Autoreifen, die zwischen der äußeren Bootswand und dem Kai einen halben Meter über der Wasserlinie befestigt waren. Die schmale Gangway, die er selbst vor einem Monat ausprobiert hatte, verlief mehr als eineinhalb Meter über offenem Wasser fast ganz bis zum Vordersteven heran. Ja, wenn er es recht bedachte, so war es tatsächlich sonderbar.

»Jaha?«, bestätigte Jung. »Und was kann das für eine Bedeutung haben?«

»Das weiß ich auch nicht«, sagte Rooth. »Aber es ist schon ein merkwürdiges Arrangement. Wollen wir die Alte besuchen?«

Jung biss sich auf die Lippen.

»Wir hätten vielleicht etwas mitbringen sollen.«

»Etwas mitbringen? Was, zum Teufel, meinst du denn damit?«

»Sie ist etwas eigen, das habe ich dir doch schon erzählt. Es läuft bestimmt einfacher, wenn wir ihr irgendwas schenken könnten.«

Rooth schüttelte sich fröstelnd.

»Verfluchter Wind«, sagte er. »Okay, da hinten an der Ecke ist ein Laden. Lauf hin und hol eine Flasche Genever, ich warte hier solange.«

Zehn Minuten später saßen sie unten in der Kajüte von Frau Jümpers. Wie Jung vorausgesehen hatte, kam der Genever genau richtig, erst recht, da es der kälteste Tag in diesem Jahr war und die Schippersfrau auch noch Besuch von einer Freundin hatte.

Diese hieß Barga – Jung konnte nicht herausfinden, ob das der Vor-oder Nachname war – und war eine stämmige Frau unbestimmbaren Alters. Vermutlich irgendwo zwischen vierzig und siebzig. Trotz der relativen Wärme an Bord trugen beide Damen Gummistiefel, dicke Wollpullover und große Schals, die mehrfach um Hals und Kopf gewickelt waren. Ohne viel Aufhebens kamen vier Metallbecher auf den Tisch, die mit zwei Zentimeter Genever und drei Zentimeter Kaffee gefüllt wurden. Dazu Zuckerwürfel und dann Prost.

»Aha!«, rief Barga zufrieden aus. »Gott ist doch noch nicht tot, wie immer behauptet wird.«

»Aber er liegt in den letzten Zügen«, erwiderte Frau Jümpers. »Hör auf meine Worte!«

»Hrrm«, räusperte sich Jung. »Apropos, Sie haben nicht zufällig Herrn Bonger in letzter Zeit gesehen? Deshalb schauen wir nämlich bei Ihnen rein.«

»Bonger?«, fragte Barga und lüftete ein wenig ihr Kopftuch.

»Nein, das ist ein verdammtes Rätsel. Man fragt sich wirklich, wozu wir die Polizei hier in der Stadt haben.«

»Die Herren sind von der Polizei«, betonte die Gastgeberin mit einem schiefen Lachen.

»Oh, Scheiße«, sagte Barga. »Nun, die Arbeit muss ja auch von jemandem gemacht werden, wie schon der Arschlecker sagte.«

»Genau«, sagte Rooth. »Kannten Sie Herrn Bonger auch?«

»Da kann der Herr Wachtmeister einen drauf lassen«, erklärte Barga. »Besser als sonst jemand möchte ich mal behaupten ...«, sie warf ihrer Freundin einen Blick zu, »... vielleicht ausgenommen diese Dame hier.«

»Wohnen Sie auch auf dem Kanal?«, fragte Jung.

»Überhaupt nicht«, erklärte Barga, »ganz im Gegenteil. Ganz oben unter den Dächern der Kleinstraat, da habe ich mein Zuhause. Aber ich lasse mich immer mal wieder hierher herab.«

»Du lässt dich herab, ach leck mich!«, schnaubte Frau Jümpers und drehte den Verschluss wieder von der Flasche. »Es ist doch noch ein Kleiner erlaubt?«

»Na gut, ein Kleiner«, sagte Jung.

»Ein Mittelgroßer«, sagte Rooth.

Frau Jümpers schenkte ein, und Barga lachte, dass die Plomben in ihrem Mund aufblitzten.

»Ein Mittelgroßer!«, zitierte sie begeistert. »Sag mal, Kleiner, bist du wirklich bei den Bullen?«

»Habe zu nichts anderem getaugt«, gab Rooth zu. »Aber, was also diesen Bonger betrifft … wenn ihr ihn so gut gekannt habt, dann habt ihr ja vielleicht auch eine Ahnung, wohin er abgehauen sein könnte?«

Es vergingen einige Sekunden, bis der Gesichtsausdruck der Frau sich ernsthaft verdunkelte. Sie blinzelte zwischen geschwollenen Augenlidern Frau Jümpers zu, die mit größter Sorgfalt den Kaffee in den Schnaps schüttete. Dann räusperte sie sich.

»Entweder er ist ermordet worden«, sagte sie.

Sie hob ihren Becher. Es vergingen drei Sekunden.

»Oder?«, hakte Jung nach.

»Oder er ist abgehauen.«

»So ein Quatsch«, schnaufte Frau Jümpers.

»Warum sollte er abgehauen sein?«, fragte Rooth.

»Geschäfte«, sagte Barga geheimnisvoll. »Er war gezwungen dazu.«

Jung starrte sie ungläubig an, und Rooth schüttelte den Kopf.

»Was für Geschäfte denn?«

»Schulden«, erklärte Barga und klopfte dreimal mit dem Knöchel auf den Tisch. »Er hatte hohe Schulden. Sie waren hinter ihm her. Ich habe nur wenige Tage, bevor er verschwunden ist, mit ihm geredet. Er ist untergetaucht, ganz einfach. Mit den Typen aus der Branche ist nicht zu scherzen.«

»Aus welcher Branche?«, wollte Rooth wissen.

»Das kann was mit der Schwester zu tun haben«, fuhr Barga fort und schaute misstrauisch in ihren Becher, als könnte ihre Freundin mit der Zuteilung geschlampt haben.

»Ich wusste nicht, dass er eine Schwester hat«, sagte Jung. »Wo wohnt sie?«

»Das weiß niemand«, warf Frau Jümpers ein. »Sie ist auch unter mysteriösen Umständen verschwunden, vor ... ja, wann war das eigentlich? Ich glaube, es ist jetzt fünfzehn Jahre her, wurde verrückt und ist später in Limburg wieder aufgetaucht, wie es heißt.«

»Und von was für einer Branche redet ihr da?«, beharrte Rooth.

»Ich sage nichts, dann habe ich auch nichts gesagt«, erklärte Barga und holte eine zerknitterte Zigarette hervor. »Es ist nicht gesund, das Maul zu weit aufzureißen.«

»Mein Gott«, seufzte Jung.

»Prost«, sagte Frau Jümpers. »Kümmert euch nicht um sie. So redet sie immer, wenn sie nicht weiß, worum es eigentlich geht. Sie ist schon seit dreißig Jahren senil.«

»Pah«, sagte Barga und zündete ihre Zigarette an. »Bonger hatte Sorgen, darüber müsst ihr euch klar sein. Ich würde darauf tippen, dass er in Hamburg oder Südamerika ist und dass er sich hüten wird, wieder zurückzukommen.«

Einige Sekunden lang blieb es still, während die Becher geleert wurden. Dann fand Rooth, es wäre an der Zeit, das Thema zu wechseln.

»Warum ist sein Boot so vertäut?«, fragte er. »Das sieht etwas merkwürdig aus.«

»Ups«, rülpste Frau Jümpers. »Das liegt schon seit zwanzig Jahren so da. Das lag an dem früheren Besitzer – er war irgend so eine Art Moslem und wollte auf allen Seiten seines Kahns offenes Wasser haben, das war gut für sein Karma oder irgend so was.«

Jung hatte das Gefühl, dass sie jetzt wohl einige Lehren miteinander vermischte, ließ die Sache aber auf sich beruhen. Er warf Rooth einen Blick zu, dieser sah langsam ziemlich genervt aus. Vermutlich war das hier eh alles verlorene Liebesmüh.

»Nun, es ist an der Zeit, weiterzukommen«, sagte er und trank die letzten Tropfen.

»Mag sein«, sagte Rooth. »Aber vielen Dank. Das war interessant.«

»Na, dann raus mit euch«, sagte Barga und wedelte mit ihrer Zigarette. »Seht zu, dass ihr ein bisschen unter dem Gesindel aufräumt, damit eine anständige Frau sich wieder traut, allein nach Hause zu gehen.«

»Ach, leck mich«, sagte Frau Jümpers.

»Was zum Teufel hatten wir da zu suchen?«, wunderte Rooth sich, als sie wieder auf dem frostigen Kai standen.

Jung zuckte mit den Schultern.

»Ich weiß nicht. Münster wollte, dass wir die Lage überprüfen. Scheint ihm schwer zu fallen, von diesem Fall zu lassen.«

Rooth nickte mit finsterer Miene.

»Ja, scheint so«, stimmte er zu. »Aber ich für meinen Teil würde gern einen Schlussstrich unter diesen ganzen Besuch ziehen. Schließlich hat man schon schönere Frauenzimmer gesehen.«

»Das hoffe ich doch«, kicherte Jung. »Aber was hältst du eigentlich von dieser Barga?«

Rooth schüttelte sich.

»Total verrückt«, sagte er. »Das war doch alles unzusammenhängendes Gefasel, was sie gesagt hat. Zuerst war es ein Rätsel, dann wusste sie plötzlich alles Mögliche ... und falls Bonger wirklich jemandem Geld schuldete, dann hatte er doch jetzt bestimmt so manchen Gulden übrig, nachdem er gewonnen hatte.«

»Genau das habe ich mir auch gedacht«, bestätigte Jung.

»Daran zweifle ich ja«, sagte Rooth. »Sollen wir das hier jetzt einfach abhaken?«

»Von mir aus gern«, sagte Jung.

Moreno fuhr mit dem Wagen nach Wernice. Sie hatte keine großen Hoffnungen, von Ruth Leverkuhn freundlich empfangen zu werden, aber während sie im Auto saß und darauf wartete, dass die Klappbrücke über die Maar sich öffnen und wieder schließen würde, dachte sie über den Sinn ihres Besuchs nach. Falls es überhaupt einen gab. Ruth Leverkuhn hatte reichlich abweisend am Telefon geklungen. Sie konnte nicht verstehen, warum die Polizei ihre Nase noch tiefer in ihre Familientragödie stecken wollte, als sie es bereits getan hatte. Ihr Vater war in seinem eigenen Bett ermordet worden.

Ihre Mutter hatte gestanden, dass sie es getan hatte.

War das noch nicht genug?

War es wirklich notwendig, die Hinterbliebenen noch mehr zu quälen, und hatte die Polizei nichts Wichtigeres zu tun?

Moreno konnte nicht leugnen, dass sie ein gewisses Verständnis für Ruth Leverkuhns Einstellung hatte.

Und besonders geglückt war die ganze Veranstaltung auch nicht. Ruth Leverkuhn empfing sie in einem schlapprigen weinroten Sportoverall mit dem Text PUP FOR THE CUP in abbröckelndem Gold über der Brust. Um den Kopf hatte sie ein nasses Handtuch gewickelt, das auf Schultern und Brust Tropfspuren hinterließ, und die Füße schlurften in heruntergerutschten Wollsocken. Insgesamt kein besonders schöner Anblick.

»Migräne«, erklärte sie. »Ich habe gerade einen Anfall. Bitte lassen Sie es uns so kurz wie möglich machen.«

»Ich verstehe, dass das für Sie traumatisch sein muss«, begann Moreno. »Aber es gibt da einiges, über das wir gern mehr Klarheit haben würden.«

»Ach ja?«, sagte Ruth Leverkuhn nur. »Und was?«

Sie ging voraus in ein Wohnzimmer mit weichen, niedrigen Sofas, orientalischen Fächern und einer Unmenge bunter, flauschiger Kissen. Die Wohnung befand sich im siebten Stock, und das Panoramafenster bot einen großartigen Blick über die flache Landschaft mit dem kahlen, lichten Laubbaumbestand, herausragenden Kirchtürmen und rechtwinkligen Kanälen. Der Himmel war regenschwer, und vom Meer her hatte die

Dämmerung sich bereits wie ein rücksichtsvolles Leichentuch eingerollt. Moreno blieb einen Augenblick stehen und betrachtete die Szenerie, bevor sie zwischen all die Flauschigkeit sank.

»Sie wohnen schön«, sagte sie. »Es muss herrlich sein, hier zu sitzen und zuzusehen, wie die Dämmerung sich herabsenkt.«

Aber Ruth Leverkuhn war nicht besonders an der Schönheit dieses Tages interessiert. Sie murmelte irgendetwas und setzte sich Moreno gegenüber auf die andere Seite des niedrigen Rohrtisches.

»Was wollen Sie wissen?«, fragte sie nach einigen Sekunden des Schweigens.

Moreno holte tief Luft.

»Waren Sie nicht überrascht?«, fragte sie dann.

»Wie bitte?«, erwiderte Ruth Leverkuhn.

»Als Sie erfuhren, dass sie gestanden hat… Hat es Sie schockiert oder haben Sie geahnt, dass Ihre Mutter schuldig war?«

Ruth Leverkuhn schob das feuchte Handtuch über der Stirn zurecht.

»Ich begreife nicht, wozu das gut sein soll«, sagte sie. »Tatsache ist doch, dass meine Mutter meinen Vater getötet hat. Ist das denn nicht genug? Warum wollen Sie noch weitere Details? Warum wollen Sie uns noch weiter in den Schmutz ziehen? Können Sie sich nicht vorstellen, was für ein Gefühl das ist?«

Ihre Stimme klang nicht sehr sicher. Moreno nahm an, dass das etwas mit den Migränemedikamenten zu tun haben könnte, und begann schon selbst zu überlegen, warum sie hier eigentlich saß. Ihren Beruf zur Eigentherapie zu missbrauchen erschien ihr nicht besonders ansprechend, wenn sie es näher bedachte.

»Sie waren also nicht überrascht, als Ihre Mutter gestanden hat?«, versuchte sie es trotzdem noch einmal.

Ruth Leverkuhn gab keine Antwort.

»Und dann gibt es da ja noch diese anderen Merkwürdigkeiten«, fuhr Moreno fort. »Herrn Bonger und Frau Van Eck. Kannten Sie die beiden?«

Ruth Leverkuhn schüttelte den Kopf.

»Aber Sie haben sie mal gesehen?«

»Die Van Ecks habe ich bestimmt ein paar Mal gesehen ... sowohl sie als auch ihn. Was Bonger betrifft, weiß ich gar nicht, wer das ist.«

»Einer der Freunde Ihres Vaters«, sagte Moreno.

»Hatte er Freunde?«

Das war ihr herausgerutscht, ohne dass sie es wollte. Moreno sah deutlich, dass sie sich am liebsten auf die Lippe gebissen hätte.

»Was meinen Sie damit?«

Ruth Leverkuhn zuckte mit den Schultern.

»Ach, gar nichts.«

»War Ihr Vater ein einsamer Mensch?«

Keine Antwort.

»Sie kannten seine Gewohnheiten in den letzten Jahren nicht sehr gut. Seine Freunde oder so?«

»Nein.«

»Wissen Sie, ob sie mit den Van Ecks verkehrten? Ich meine, Ihre Mutter und Ihr Vater? Oder einer von den beiden ...«

»Keine Ahnung.«

»Wie oft haben Sie Ihre Eltern besucht?«

»Im Großen und Ganzen nie. Aber das wissen Sie doch schon. Wir hatten kein besonders gutes Verhältnis.«

»Sie mochten Ihren Vater nicht?«

Jetzt reichte es Ruth Leverkuhn.

»Ich ... ich mache das hier nicht mehr mit«, erklärte sie. »Sie haben kein Recht, hier einfach herzukommen und in meinem Privatleben zu wühlen. Meinen Sie nicht, dass es langsam reicht?«

»Doch, ja«, stimmte Moreno zu. »Natürlich meine ich das auch. Aber wie schlimm es auch für Sie sein mag, wir versuchen ja nur, uns zur Wahrheit vorzuarbeiten ... das ist ja sozusagen unser Job.«

Das klang ein wenig pompös, zweifellos – sich zur Wahrheit vorzuarbeiten! –, und sie selbst war überrascht, dass ihr gerade diese Formulierung über die Lippen gekommen war. Es dauerte einen Moment, bis Ruth Leverkuhn antwortete.

»Die Wahrheit?«, sagte sie langsam und nachdenklich, während sie den Kopf drehte und ihre Aufmerksamkeit dem Himmel und der Landschaft zuzuwenden schien. »Sie wissen doch gar nicht, wovon Sie reden. Warum muss man ewig weiterbohren und etwas ausgraben, was doch nur hässlich und eklig ist? Wenn die Wahrheit eine schöne Perle wäre, ja, dann könnte ich verstehen, warum man hinter ihr her ist, aber so, wie es ist ... ja, warum sie dann nicht lieber im Verborgenen lassen, wenn es jemand geschafft hat, sie so gut zu verstecken?«

Das waren große Worte, die diese schlaffe Frau dort von sich gab, das musste auch Moreno einsehen, und auf ihrer Rückfahrt überlegte sie, was sie eigentlich zu bedeuten hatten.

Die hässliche Fratze der Wahrheit?

War das nur eine allgemeine Reflektion über eine Familie mit schlechten gegenseitigen Beziehungen und über das Gefühl der Hoffnungslosigkeit nach der endgültigen Katastrophe? Oder steckte da mehr dahinter?

Etwas Fassbareres und Konkreteres?

Als sie in der Dämmerung über die Brücke des Vierten November und Zwille nach Maardam hineinfuhr, hatte sie immer noch keine Antwort auf diese Fragen gefunden.

Nicht mehr als ein irritierendes, aber gleichwohl bombensicheres Gefühl.

Es steckte mehr hinter dieser Geschichte als das, was bisher ans Licht gekommen war. Viel mehr. Und darum gab es auch gute Gründe, mit diesen tastenden Versuchen im Dunkel weiterzumachen.

Auch wenn die Perlen schwarz und rissig waren.

26

Die Verhandlung gegen Marie-Louise Leverkuhn wurde an drei sich lang hinziehenden Nachmittagen vor spärlich besetzten Zuhörerreihen fortgesetzt.

Die einzige Person, die in irgendeiner Weise an ihrer Schuld zu zweifeln schien – zumindest deutete sie sein finsteres Mienenspiel in dieser Weise – war Richter Hart, der es sich ab und zu erlaubte, einzelne Fragen einzuwerfen, worüber sich anscheinend weder die Anklägerin noch der Verteidiger Gedanken zu machen schienen.

Und schon gar nicht sie selbst.

Ansonsten schien die Linie der Wahrheit in der Grauzone zwischen Mord und Totschlag gezogen zu werden. Ausgehend von einer Reihe schwer festzumachender Punkte wie: *angemessene Zweifel, plötzliche Sinnesverwirrung, Grad der Handlungskontrolle, Zeit für Überlegungen unter den vorhandenen Umständen* ... und anderen mehr.

Sie fand diese Frage reichlich unsinnig. Statt zuzuhören, während man sie durchkaute, saß sie oft da und betrachtete die Geschworenen. Diese unbescholtenen Männer und Frauen, die ihr Schicksal in ihrer Hand hielten – oder sich zumindest einbildeten, es zu tun. Da war vor allem eine der beiden Frauen, die aus irgendeinem Grund ihr Interesse geweckt hatte. Eine dunkle Frau knapp über sechzig, nicht viel jünger als sie selbst. Dünn und sehnig, aber mit einer Art Würde, die vor allem in der Art, wie sie ihren Kopf trug, zu spüren war. Aufrecht und selbstverständlich. Sie wandte fast nie ihren Blick dem zu, der gerade sprach, meistens die Staatsanwältin oder der ermüdende Bachmann, sondern schien sich auf etwas anderes zu konzentrieren. Etwas Inneres.

Oder Höheres. So einer Frau, dachte Marie-Louise Leverkuhn, so einer Frau könnte ich mich anvertrauen.

Die Anklageseite hatte drei Zeugen geladen, die Verteidigung einen. Welche Funktionen die Getreuen der Anklage eigentlich ausübten, wurde ihr nie so recht klar. Aber wenn sie es richtig verstand, so handelte es sich um einen Arzt, einen Obduzenten und einen Polizeibeamten irgendeiner Art. Ihre Zeugenaussagen dienten nur dazu, das zu unterstreichen, was man eigentlich schon zu wissen behauptete – und vielleicht war das wirklich der einzige Sinn dabei. Richter Hart stellte sogar noch ein oder zwei Fragen, die eine Öffnung in eine andere Richtung hätten bedeuten können, aber niemand schien daran besonders interessiert zu sein. Eigentlich stand nichts mehr auf dem Spiel, und die Beheizung in dem etwas kühlen Raum ließ auch einiges zu wünschen übrig. Am besten, man brachte alles so schmerzlos wie möglich hinter sich, darin schienen alle einer Meinung zu sein. Trotzdem nahmen sie fast zwei Stunden in Anspruch, die Zeugen der Anklage.

Bedeutend weniger (vermutlich gut eine Viertelstunde; sie kontrollierte nie die Zeit) brauchte Emmeline von Post, die so genannte Charakterzeugin der Verteidigung. Was für eine peinliche Veranstaltung. Wobei: Es war natürlich auch nichts anderes zu erwarten gewesen. Bachmann hatte ihr nicht erzählt, dass er ihre Freundin vorladen wollte, hätte er das, hätte sie alles daran gesetzt, ihn daran zu hindern. Zweifellos.

Nachdem Emmeline von Post ihren Platz eingenommen hatte, gesagt hatte, wer sie war, und den Eid geschworen hatte, dauerte es nur noch eine halbe Minute, bis sie in Tränen ausbrach. Der Richter machte eine Pause, in der ein weiblicher Gerichtsdiener herbeigeeilt kam mit einer Wasserkaraffe, Papiertaschentüchern und einer Dosis allgemeiner Mitmenschlichkeit.

Danach konnte Bachmann einige Minuten fortfahren, bis alles wieder von vorne anfing. Eine neue Pause mit Schluchzen und Taschentüchern setzte ein, und als die arme Frau sich endlich so einigermaßen gesammelt zu haben schien, fasste der Anwalt sich ein Herz und schoss seine entscheidende Kernfrage ohne große Vorreden ab:

»Sie haben die Angeklagte fast Ihr ganzes Leben lang gekannt, Frau von Post. Halten Sie es für möglich – vor dem Hintergrund Ihrer guten Kenntnis ihres Charakters –, dass sie ihren Mann hat mit Bedacht ermorden können, so wie die Anklage es als glaubwürdig erscheinen lassen will?«

Emmeline von Post (die natürlich überhaupt keine Ahnung davon hatte, was die Anklage als glaubwürdig zu erscheinen versucht oder nicht versucht hatte, da sie ja nicht das Recht gehabt hatte, vor ihrer eigenen Zeugenaussage an der Verhandlung teilzunehmen) schluchzte noch ein paar Mal. Dann antwortete sie mit verhältnismäßig fester Stimme:

»Sie könnte niemals einer Fliege etwas zu Leide tun, das schwöre ich.«

Danach hatte Bachmann keine Fragen mehr.

Die hatte die Staatsanwältin Grootner auch nicht.

Nicht einmal Richter Hart.

Am Freitag wurden die Schlussplädoyers gehalten, eine Vorstellung, die den Eingangsreferaten vom Dienstag bis zur Verwechslung ähnelte. Als das vorbei war, erklärte Hart die Verhandlung für abgeschlossen. Das Urteil sollte am darauf folgenden Dienstag verkündet werden, bis dahin sollte Marie-Louise Leverkuhn in gleicher Art und Weise unter Arrest stehen, wie sie es bereits seit neununddreißig Tagen getan hatte – in der Zelle Nummer 12 im Frauentrakt des Maardamer Untersuchungsgefängnisses.

Als sie im Auto auf dem Weg in ihre Zelle saß, fühlte sie in erster Linie eine große Erleichterung. Soweit sie verstanden hatte, war im Verlauf dieser Tage nichts schief gelaufen (wenn man die Sache mit Emmeline von Post außer Betracht ließ, aber das hatte ja nichts mit der Hauptfrage an sich zu tun), und jetzt ging es nur noch darum, einige Tage zu warten.

Keine weiteren Beschlüsse mehr. Keine Fragen. Keine Lügen.

Das ganze Wochenende über regnete es. Irgendwo unterhalb ihrer Fensterluke gab es ein Wellblechdach, auf dem der wechselhafte Takt des Regens so deutlich zu hören war, als handele es sich um Töne auf einem Instrument. Das gefiel ihr – ausgestreckt auf dem Bett zu liegen, die grüne Wolldecke bis zum Kinn hochgezogen und das Fenster zehn Zentimeter weit offen ... ja, das Geräusch hatte etwas äußerst Beruhigendes an sich, das sie endlich zur Ruhe kommen ließ.

Sie kam nach einer langen, langen Reise nach Hause.

Es war merkwürdig.

Der Pfarrer besuchte sie wie zuvor. Sowohl am Samstag als auch am Sonntag. Er saß in seiner Ecke und döste vor sich hin, als wache er an einem Totenlager. Auch das gefiel ihr.

Bachmann hatte damit gedroht, bei ihr aufzutauchen, um die Lage mit ihr durchzusprechen, aber sie begriff, dass das nur eine professionell bedingte Lüge gewesen war. Er hatte am letzten Verhandlungstag reichlich resigniert ausgesehen, und sie hatte ihn kaum dazu ermuntert, sie zu besuchen. Folglich kam er auch nicht.

Ruth rief am Freitagabend an und Mauritz ganz früh am Samstag, aber es dauerte bis Sonntagnachmittag, bis Ruths schwere Körpermasse auf dem Besucherstuhl niedersank.

»Mama«, sagte sie nach dem einleitenden Schweigen.

»Ja, was willst du?«, erwiderte Marie-Louise Leverkuhn.

Darauf konnte die Tochter keine Antwort geben, und sehr viel mehr wurde nicht gesagt. Nach zwanzig Minuten seufzte sie schwer und ließ ihre Mutter einsam zurück.

Marie-Louise Leverkuhn fand, dass es sich fast wie eine Art Sieg anfühlte, als die Tür hinter ihr ins Schloss fiel. Sicher, es war schon merkwürdig, das Ganze, aber es war nun einmal so, wie es war.

Es war gekommen, wie es hatte kommen müssen, und es war, wie es war. Nur wenige Minuten nachdem Ruth sie verlassen hatte, war sie eingeschlafen und träumte einen Traum.

Sie saß in einem Zug. Der brauste durch eine flache, eintönige Landschaft dahin, und die Geschwindigkeit war so hoch, dass man kaum etwas erkennen konnte von all dem, was vor den schmutzigen und etwas zerkratzten Fenstern Revue passierte.

Dennoch wusste sie, dass es das Leben war, was dort draußen zu sehen war. Das Leben selbst. Das in dieser rasenden Fahrt vorbeisauste. Sie saß mit dem Rücken zur Fahrtrichtung, und bald wurde deutlich, dass sie immer jünger wurde, je weiter sie kamen. Ebenso erging es ihren Mitreisenden. Die junge Frau ihr schräg gegenüber war plötzlich nur noch ein kleines Mädchen, und der ältere Mann in der Ecke mit den zitternden Händen eines Greises und dem trüben Blick hatte sich bald in einen eleganten, uniformierten Jüngling mit blauen Augen verwandelt.

Eine Reise zurück durchs Leben. Bis ins Kleinkindalter setzte sich das fort, und wenn jemand im Waggon so klein geworden war, dass er oder sie wie neugeboren aussah, hielt der Zug an einem Bahnhof an. Weißgekleidete Gestalten in langen Kitteln und mit Stethoskop um den Hals kamen herein und hoben die zarten kleinen Klumpen von den schmutzigen Sitzen hoch. Ließen sie Bäuerchen machen und ein wenig schreien, nahmen die blaue Fahrkarte an sich, die alle in ihren winzigen Fäustchen hielten, und verließen den Zug mit dem Bündel über der Schulter.

Als sie an der Reihe war – es war ein außergewöhnlich großer und dicker Arzt mit Flügeln am Rücken, der sie hochhob –, hatte sie jedoch keine Fahrkarte.

»Hast du keine Fahrkarte?«, fragte der Engel (denn jetzt sah sie erst, dass es ein Engel war) sehr schroff. »Dann kannst du nicht geboren werden.«

»Danke, o vielen Dank«, lachte sie in sein rot geflecktes Gesicht. »Wenn ich nicht geboren werden kann, dann muss ich wohl auch nicht leben?«

»Hoho«, sagte der Engel kryptisch und legte sie zurück auf den Sitz.

Und dann fuhr sie bis in die Unendlichkeit weiter mit dem Zug, in die noch nicht geborene Nacht davon.

Und sie war glücklich. Als sie aufwachte, kribbelte es ihr warm im Bauch.

Nicht leben zu müssen.

Mauritz kam auch am Sonntag. Gegen halb sieben Uhr abends, gerade als die Wärterin bei ihr gewesen war und ihr Essenstablett abgeholt hatte. Er war vier Stunden lang mit dem Auto gefahren und wirkte gestresst und wütend. Aber vielleicht war es auch nur seine übliche Unsicherheit, die dahinter steckte. Sie klingelte nach Kaffee, er hatte gesagt, er hätte gern welchen, aber als der Kaffee auf dem wackligen Plastiktisch stand, rührte er ihn überhaupt nicht an.

Hatte auch Probleme, überhaupt den Mund aufzukriegen, genau wie Ruth. Das Einzige, worüber sie sich unterhielten, das waren der Alltag im Untersuchungsgefängnis und die Lage an der Kerzenmanschettenfront vor Weihnachten. Es war natürlich vorwiegend Rot und Grün gefragt. Sie hoffte nur, dass er bald gehen würde, und nach einer halben Stunde sagte sie das auch.

Vielleicht hatte er mit diesem Problem gerechnet, denn er hatte einen Brief geschrieben. Er stand auf und holte ihn aus der Innentasche seines hässlichen Blazers mit dem Emblem der Firma auf der Brusttasche. Überreichte ihn wortlos, und dann drückte er selbst auf die Klingel und wurde hinausgelassen.

Der Brief war nur eineinhalb Seiten lang. Sie las ihn dreimal durch. Dann zerriss sie ihn in kleine Schnipsel und spülte diese in der Toilettenschüssel in dem jämmerlichen Verschlag in der Ecke hinunter.

Das dauerte eine Weile. Die kleinen Papierstückchen flossen immer wieder zurück durchs Rohr, und während sie dastand und die ganze Zeit auf den Spülknopf drückte, plante sie ihr weiteres Vorgehen.

Sie rief die Wärterin wieder zu sich, bat um Papier und einen Stift, und kurz darauf saß sie am Tisch und suchte nach den richtigen Worten.

Das Einzige, was sie an ihrem Beschluss überraschte, war die Tatsache, dass er so einfach zu fassen war. Eine halbe Stunde später trank sie Tee und aß ihre Brote mit gutem Appetit, als würde das Leben sie immer noch etwas angehen.

27

Moreno hatte Krystyna Gravenstein über das Sekretariat der Doggers Oberschule gefunden, wo sie bis zu ihrer Pensionierung vor drei Jahren gearbeitet hatte.

Sie empfing Moreno in ihrer kleinen Zwei-Zimmer-Wohnung in der Palitzerstraat, ganz oben unter dem Dach mit Blick über den Fluss und Megsje Bois. Wohnten heutzutage eigentlich alle Leute mit so einer Aussicht?, fragte Moreno sich, als sie in die Wohnung trat und sich an Ruth Leverkuhns Panoramafenster erinnerte. Es schien so, zumindest was das schöne Geschlecht betraf. Frau Gravenstein war eine dünne kleine Frau mit einer kreideweißen Haarpracht und Eulenaugen hinter dicken Brillengläsern. Tweedkostüm und gestricktem Tuch über den Schultern. Sie hob einen Buchstapel von einem Metallrohrsessel und bat die Inspektorin, doch Platz zu nehmen, sie selbst nahm auf einem Drehstuhl vor dem Schreibtisch Platz und wirbelte herum. Das eine der beiden Zimmer fungierte offenbar als Schlafzimmer, das andere als Arbeitszimmer. Weiter war nichts vonnöten, schätzte Moreno. Der Schreibtisch, der auf die Baumwipfel und den Himmel hinausging, war vollbepackt mit Papieren, Büchern und Lexika und einem Computer. Die Bücherregale gingen vom Boden bis zur Decke und bogen sich unter ihrer Last.

»Ich habe angefangen, ein wenig zu übersetzen, nachdem ich in der Schule aufgehört habe«, erklärte Krystyna Gravenstein mit der leichten Andeutung eines Lächelns. »Irgendwas muss man ja tun. Italienisch und Französisch, außerdem stockt das die Pension ein wenig auf.«

Moreno nickte aufmunternd.

»Belletristik?«, fragte sie.

»Ja«, sagte Krystyna Gravenstein. »Vor allem Lyrik, aber der eine oder andere Roman war auch schon dabei.«

»Sie haben in romanischen Sprachen unterrichtet?«

»Siebenunddreißig Jahre lang«, bestätigte Krystyna Gravenstein. »Siebenunddreißig ...«

Sie zuckte mit den Schultern und schaute etwas entschuldigend drein. Moreno verstand, dass sie sich wohl kaum zum Katheder zurücksehnte. Sie verstand außerdem, dass es an der Zeit war, zur Sache zu kommen.

»Sie waren eine Kollegin von Else Van Eck?«, fing sie an. »Deshalb möchte ich mich gern ein wenig mit Ihnen unterhalten. Wissen Sie, was passiert ist?«

»Sie ist verschwunden«, sagte Krystyna Gravenstein und schob ihre Brille zurecht.

»Genau«, bestätigte Moreno. »Sie ist jetzt seit fast sieben Wochen wie vom Erdboden verschluckt. Es gibt triftige Gründe für den Verdacht, dass sie nicht mehr am Leben ist. Hatten Sie näheren Kontakt zu ihr über die Arbeitszeit hinaus?«

Ihre Gastgeberin schüttelte den Kopf und sah betrübt aus.

»Nein«, sagte sie. »Absolut nicht. Aber das hatte niemand. Entschuldigen Sie, dass ich das sage, aber so war es nun einmal. Wir haben uns nie in unserer Freizeit gesehen ... höchstens, wenn der Französische Verein etwas Interessantes auf seinem Programm hatte.«

»Wie lange haben Sie zusammen gearbeitet?«

Krystyna Gravenstein rechnete nach.

»Fast zwanzig Jahre«, sagte sie. »Else Van Eck ist eine ... merkwürdige Frau. Oder war es.«

»Inwiefern?«, fragte Moreno.

Frau Gravenstein zupfte ihr Tuch zurecht, während sie überlegte.

»Ungesellig«, sagte sie schließlich. »Sie hatte kein Bedürfnis, mit den anderen Lehrern in Kontakt zu treten oder sich auch nur mit uns zu unterhalten. Sie war nicht direkt unangenehm, aber sie kümmerte sich irgendwie nicht um andere Menschen. Hatte anscheinend an sich selbst genug, wenn Sie verstehen?«

»Wie war sie als Lehrerin?«

Krystyna Gravenstein verzog hastig den Mund.

»Ausgezeichnet«, erklärte sie. »Das mag eigenartig klingen, aber so war es. Wenn die Schüler ihre Art verstanden haben, mochten sie sie. Ich glaube, Jugendliche können auch eher etwas schrullige Existenzen akzeptieren. Und sie liebte die französische Sprache. Sie unterrichtete nie ein anderes Fach und ... ja, sie war ein wandelndes Lexikon, ganz einfach. Auch was die Grammatik betraf. Sie hätte sonst natürlich nie an der Schule bleiben können, wenn sie nicht diese Qualitäten gehabt hätte. Nicht so, wie sie war.«

Moreno dachte eine Weile nach.

»Und warum war sie so, wie sie war?«, fragte sie dann.

»Da habe ich nicht den blassesten Schimmer. Ich habe sie wie gesagt nie richtig kennen gelernt und weiß nichts über ihr Privatleben.«

»Und der Beruf?«, probierte es Moreno. »Wissen Sie, warum sie Französischlehrerin geworden ist?«

Krystyna Gravenstein zögerte.

»Da gibt es eine Geschichte«, sagte sie.

»Eine Geschichte?«, wiederholte Moreno.

Frau Gravenstein biss sich auf die Lippe und betrachtete ihre Hände. Es sah so aus, als würde sie mit sich selbst zu Rate gehen.

»Ein Gerücht«, sagte sie dann. »Die kursieren unter den Schülern über fast alle Lehrer. Manchmal gibt es einen realen Hintergrund, manchmal nicht. Man darf dem Ganzen nicht allzu viel Glauben schenken.«

»Und wie war das mit dem Gerücht über Else Van Eck?«, fragte Moreno.

»Eine Liebesgeschichte.«

Moreno nickte aufmunternd.

»Junge, unglückliche Liebe«, führte Krystyna Gravenstein aus. »Ein Franzose. Sie waren verlobt und wollten heiraten, aber dann verließ er sie wegen einer anderen.«

Moreno saß schweigend da und wartete ab.

»Nicht besonders spektakulär«, meinte sie dann.

»Es geht noch weiter«, erklärte Frau Gravenstein. »Laut der Legende hat sie um seinetwillen angefangen, Französisch zu studieren, und sie hat es um seinetwillen auch weitergemacht. Er soll Albert geheißen haben, und nach einiger Zeit hat er bereut, was er getan hat. Versuchte sie zurückzukriegen, aber Else weigerte sich, ihm zu verzeihen. Als ihm klar wurde, wie die Lage war, hat er sich vor den Zug geworfen und ist gestorben. Am Gare du Nord. Hrrm ...«

»Hm«, nickte auch Moreno. »Und wann soll das passiert sein?«

Krystyna Gravenstein breitete die Arme aus.

»Keine Ahnung. Natürlich irgendwann in ihrer Jugend. Wahrscheinlich gleich nach dem Krieg.«

Moreno seufzte. Plötzlich lachte Krystyna Gravenstein auf.

»Alle müssen eine Geschichte haben«, sagte sie. »Und für die, die keine haben, muss man eine erfinden.«

Sie warf einen Blick auf die Bücherreihen, während sie das sagte, und Moreno verstand, dass es sich um ein Zitat handelte. Und dass die Worte sicher auch in Frau Gravensteins Leben eine gewisse Relevanz hatten.

Wie sieht meine Geschichte aus? dachte sie, als sie mit dem Fahrstuhl nach unten fuhr. Claus? Die Polizeiarbeit? Oder muss ich eine erfinden?

Sie erschauderte, als ihr plötzlich einfiel, dass es nicht einmal sieben Tage bis Weihnachten waren und sie nicht die geringste Ahnung hatte, wie sie die Feiertage zubringen sollte.

Vielleicht wäre es das Beste, sich die ganze Zeit zum Dienst zu melden, dachte sie. Wenn man damit einem Kollegen helfen konnte, gab es doch keinen Grund, es nicht zu tun.

Dann dachte sie eine Weile über diesen Albert nach.

Ein Franzose, der sich vor fünfzig Jahren oder mehr das Leben genommen hatte. Wegen Else Van Eck. War das eine Spur?

Und konnte das auch nur das Geringste mit diesem Fall zu tun haben, von dem Kommissar Münster einfach nicht lassen wollte?

Nein, nicht die Bohne, entschied sie. Etwas weiter Hergeholtes konnte man sich wohl kaum denken. Trotzdem beschloss sie, die Sache zu berichten. Die Geschichte zu erzählen. Das Gerücht. Und wenn auch nur, damit sie eine Weile bei Münster sitzen und mit ihm reden konnte ... das kleine Vergnügen durfte sie sich doch wohl noch gönnen?

Übrigens schien das keine dumme Altersbeschäftigung zu sein, die Krystyna Gravenstein sich da besorgt hatte. Hoch über der Stadt zwischen Unmengen von Büchern zu sitzen und nur zu lesen und zu schreiben, das war doch was. Aber bis man soweit kam, musste man erst einmal ein ganzes Leben bewältigen.

Sie seufzte und ging zurück zum Polizeipräsidium.

Münster schaute auf die Uhr. Dann zählte er die Weihnachtsgeschenke auf dem Rücksitz.

Zwölf Stück in eineinhalb Stunden. Nicht schlecht. Dadurch hatte er genügend Zeit für einen Besuch in Pampas, was nicht unwichtig war, denn ihm war bereits klar geworden, dass die Witwe de Grooit es nicht mochte, Sachen und Geschehnisse schnell durchzuhecheln. Ruhe und Frieden, und jedes Ding zu seiner Zeit, ungefähr so hatte sie am Telefon geklungen.

Er parkte auf der Straße vor dem flachen, braunen Klinkerhaus. Blieb eine Minute im Auto sitzen, um sich zu sammeln und zu überlegen, was genau es ihm eigentlich unmöglich machte, diese Geschichte loszulassen.

Polizeichef Hiller hatte ihm in seiner großen Weisheit erklärt, dass es verdammt noch mal und zugenäht keine rationalen Gründe dafür gab, noch mehr Ressourcen auf den Fall zu vergeuden. Waldemar Leverkuhn war ermordet worden. Seine Ehefrau hatte gestanden, dass sie es gewesen war, und am Donnerstag sollte sie entweder für Mord oder für Totschlag verurteilt werden. War doch scheißegal, wofür nun. Ein gewisser Felix Bonger war verschwunden und eine gewisse Else Van Eck war verschwunden.

Und weiter?, hatte Hiller konstatiert, und Münster wusste, dass er ja eigentlich Recht hatte. Die durchschnittliche Zahl an Verschwundenen im Distrikt lag bei fünfzehn bis achtzehn Personen im Jahr, und dass zwei davon in irgendeiner Weise mit der Leverkuhn-Geschichte zusammenfielen, war nichts weiter als ein ganz normaler Zufall.

Sicher, man fahndete nach den beiden Verschwundenen – genau wie man es nach all den anderen tat, die sich in Luft aufgelöst hatten –, aber das war kein Job für einen hoch bezahlten (überbezahlten!) Kriminalbeamten!

Zum Teufel damit. Ein für alle Mal Ende. Exit Hiller.

Ist doch zu bescheuert, dass man jetzt auch noch heimlich arbeiten muss, dachte Münster und stieg aus dem Wagen.

Aber wenn man ein kompromissloser Wahrheitssucher ist, dann ist das wohl so.

»Ja, ich wollte meinen Augen nicht trauen, als ich das in der Zeitung gelesen habe«, sagte Frau de Grooit. »Nehmen Sie doch ein Stück Kuchen. Schließlich haben sie ja hier gewohnt, und wir haben uns fast jeden Tag gegrüßt.«

Sie deutete durch das überladene Fenster auf das Haus auf der anderen Seite der Hecke.

»Da drinnen«, wiederholte sie. »Zwischen 1952 und 1976. Wir selbst sind 1948 hier eingezogen, als es neu gebaut war, und seit mein Mann gestorben ist, habe ich oft überlegt, ob ich ausziehen soll, aber irgendwie ist nie etwas daraus geworden. Bitte schön, Sie können gern stippen. Aber ist es nicht schrecklich? Wir sind ja ganz normale Leute hier in Pampas. Ehrbare Arbeiter und keine Mörder ... ich rede zu viel, Sie müssen mich einfach unterbrechen. Man muss mich abschalten, um mich still zu kriegen, das hat mein Mann immer gesagt.«

»Sie kannten die Familie Leverkuhn gut?«, fragte Münster.

»Nun ja, doch ... nein, eigentlich nicht«, bemerkte Frau de Grooit unschlüssig und zwinkerte ein wenig nervös. »Wir hatten immer mehr mit den Van Klusters und den Bolmeks auf der anderen Seite und in der Mitte zu tun, nicht so viel mit den Leverkuhns, nein ... aber es war nicht so, dass ...«

Sie verstummte und schaute nachdenklich drein.

»Was denn?«, wollte Münster wissen.

»... nicht so, dass sie nicht gute Nachbarn und ordentliche Menschen waren, aber sie hielten sich doch eher für sich. Das waren eben solche Menschen, besonders er.«

»Waldemar Leverkuhn?«

»Herr Leverkuhn, ja. Ein verschlossener Kerl, schwer mit ihm ins Gespräch zu kommen, aber ein ordentlicher Arbeiter, da soll niemand kommen und was anderes behaupten ... es ist ja auch zu schrecklich. Glauben Sie, dass sie ihn auf diese entsetzliche Art getötet hat? Ich weiß nicht mehr, was ich noch glauben soll ... Wie schmeckt der Kaffee?«

»Gut, danke«, sagte Münster.

Für einen Moment sah es so aus, als wollte Frau de Grooit anfangen zu weinen. Münster versuchte ablenkend zu husten, während er nach einem guten Satz suchte, aber ihm fiel nichts wirklich Tröstendes ein.

»Sie kannten Frau Leverkuhn etwas besser?«, versuchte er es, »als ihn, meine ich. Sozusagen unter Frauen, wie man so sagt?«

Aber Frau de Grooit schüttelte nur den Kopf.

»Nein«, sagte sie. »Sie war nicht so eine, die sich einem anvertraute, und wenn man Zucker oder Mehl brauchte, dann ging man eben lieber zu einer der anderen Nachbarinnen ... Van Klusters oder Bolmeks. Auf der anderen Seite und in der Mitte ... hat sie ihn wirklich getötet?«

»Es sieht so aus«, sagte Münster. »Und wie waren die Kinder?«

Frau de Grooit klapperte mit ihrer Kaffeetasse und gab nicht sofort eine Antwort.

»Die waren auch ziemlich verschlossen«, sagte sie nach einer Weile. »Hatten keine richtigen Freunde, keiner von ihnen. Mauritz war ja genauso alt wie unser Bertrand, wir haben ihn erst spät gekriegt, aber die beiden wurden nie gute Freunde. Wir haben es unzählige Male versucht, aber Mauritz saß am liebsten allein zu Hause und spielte mit seiner elektrischen Eisenbahn, und denken Sie bloß nicht, dass Bertrand mitmachen durfte. Der Junge hatte etwas Knickriges, ja Unfreundliches an sich, ich glaube, er hatte auch in der Schule keine Freunde. Die Mädchen übrigens auch nicht, nein, das war kein Haus der offenen Türen, ganz und gar nicht.«

»Haben Sie mit ihnen in den letzten Jahren noch Kontakt gehabt?«, fragte Münster. »Ich meine, nachdem sie von hier weggezogen sind?«

»Gar keinen«, sagte Frau de Grooit. »Sie sind ausgezogen und waren damit verschwunden. Von einem Tag auf den anderen, na ja, die Kinder waren ja schon ausgezogen, da war es wohl einfacher mit einer Wohnung, sie waren nie so interessiert am Garten. Sie haben nicht mal ihre Adresse hinterlassen … und später haben wir dann gehört, dass es Irene nicht so gut ging.«

»Ach ja?«, sagte Münster mit gespielter Verwunderung.

»Die Nerven«, konstatierte Frau de Grooit. »Sie hat es wohl nicht so recht geschafft, so war es nun mal. Manche schaffen es eben nicht, so ist es schon immer gewesen. Ist in ein Heim gekommen, ich weiß nicht, ob sie je wieder rausgekommen ist. Die waren so in sich gekehrt, die Schwestern auch, man hat sie auch nie mal mit Jungs gesehen. Haben sich ganz für sich gehalten, nein, das war wirklich keine glückliche Familie, wenn ich das so sagen darf. Aber man weiß so wenig.«

Sie verstummte, seufzte und rührte in ihrem Kaffee. Münster überlegte, was er sich eigentlich von diesem Gespräch erhofft hatte, und ihm war klar, dass er es einfach auf gut Glück versucht hatte. Wieder einmal.

Vielleicht würde ja etwas auftauchen, vielleicht auch nicht.

Kein schlechtes Motto für die Arbeitsweise der Kriminalpolizei an sich, dachte er. Eine vergebliche, willkürliche Suche nach der Nadel im Heuhaufen, sah es nicht genauso aus?

Oder wie Reinhart sich auszudrücken pflegte: Ein Bulle, das ist eine blinde Schildkröte, die in der Wüste nach einem Schneeball sucht.

Es gab reichlich Bilder, die man anwenden konnte.

»Mir fällt da eine Geschichte ein«, sagte Frau de Grooit nach einigen Minuten der Stille. »Dieser Mauritz, der hatte es nicht leicht in der Schule, wie schon gesagt … er ist ja mit unserem Bertrand in die gleiche Klasse gegangen, und einmal, da ist er von ein paar älteren Jungs verprügelt worden. Ich weiß nicht, wie ernst das war, und auch nicht, was dahinter steckte, aber jedenfalls traute er sich nicht, danach wieder in die Schule zu gehen ... und er traute sich wegen seiner Eltern auch nicht, zu Hause zu bleiben. Frau Leverkuhn hatte keine Arbeit, als das passierte ... also tat er morgens so, als würde er losgehen, aber statt in der Schule zu sitzen, versteckte er sich den ganzen Tag über in dem Geräteschuppen hinter ihrem Haus. Er war damals wohl nicht älter als zehn, elf Jahre, die Schwestern wussten davon und beschützten ihn ... eine von ihnen hatte auch keinen Job, sie war tagsüber zu Hause und hat sich dann immer mit Broten zu ihm geschlichen. Er saß da den ganzen Tag, das ging mindestens zwei Wochen so ...«

»Haben sie denn nichts von der Schule gehört?«, wunderte Münster sich.

Sie zuckte mit den Schultern. Bürstete irgendwelche imaginären Kuchenkrümel von der Decke.

»Doch, nach einer Weile schon. Ich glaube, hinterher ist er von seinem Papa durchgeprügelt worden. Weil er so feige gewesen ist.«

»Nicht gerade eine gute Methode, um mutiger zu werden«, bemerkte Münster.

»Nein«, sagte Frau de Grooit. »Aber so war er, der Waldemar.«

»Wie?«, fragte Münster nach.

»Irgendwie hart ...«

»Sie mochten ihn nicht?«

Frau de Grooit sah etwas peinlich berührt aus.

»Ich weiß nicht«, sagte sie. »Es ist schon so lange her. Wir hatten nicht viel miteinander zu tun, und man soll die Leute ja in Ruhe lassen, wenn sie es denn so wollen. Es gibt da so viele verschiedene Sorten ... jeder soll ja nach seiner Façon selig werden.«

»Damit haben Sie absolut Recht«, bestätigte Münster.

Er machte einen Spaziergang zwischen den niedrigen Häusern in Pampas, nachdem er Frau de Grooit verlassen hatte. Die

Kekse klebten ihm noch im Hals, und das Wetter war zumindest erträglich.

Ein ganz spezieller Teil der Stadt, dieses Pampas, das konnte er nicht leugnen. Und es war schon lange her, dass er hier gewesen war. Das tief liegende, fast sumpfige Gebiet am Fluss war nie besiedelt gewesen, bis es dann im Jahr nach dem Krieg auf einen Schlag bebaut wurde, und zwar mit diesen Reihen kleiner Häuser, mit nur drei oder vier Zimmern und sich eng aneinanderschmiegenden Grundstücken. Ein kommunales Eigenheimprojekt für strebsame Arbeiter und untere Beamte, wenn er es recht in Erinnerung hatte. Eine Art wohlgemeinter Klassenausgleichsversuch, und alles zusammen – insgesamt mehr als sechshundert Häuser – stand nach jetzt fast fünfzig Jahren immer noch in mehr oder weniger unverändertem Zustand da. Hier und da natürlich geflickt, renoviert und angebaut, aber dennoch sonderbar intakt.

Der Nachkriegsoptimismus, dachte Münster. Das Monument einer Epoche.

Und einer Generation, die jetzt am Rand des Grabs stand.

Wie Frau de Grooit. Wie die Eheleute Leverkuhn.

Ich werde mit diesem verfluchten Fall nie weiterkommen, dachte er plötzlich, als er wieder hinterm Steuer saß. Der wird so bleiben, wie er ist, genau wie Pampas. Hier wird nichts mehr passieren.

Worin Kommissar Münster sich jedoch irrte.

Und zwar gründlich.

28

Wenn nicht Vera Kretschkes Freund am vorangegangenen Abend mit ihr Schluss gemacht hätte – am 20. Dezember –, hätte sie vermutlich in der Nacht besser geschlafen.

Und wenn sie in der Nacht besser geschlafen hätte, hätte sie selbstverständlich die ganze Strecke ohne Probleme geschafft. Das tat sie ja sonst auch immer.

Und wenn sie die ganze Strecke geschafft hätte, wäre sie logischerweise nicht nach fünfzehnhundert Metern stehen geblieben, um statt weiterzulaufen lieber weiterzugehen.

Und wenn sie nicht in diesem gemächlichen Tempo weitergegangen wäre, ja, dann hätte sie nie den gelben Plastikfetzen entdeckt, der ein paar Meter vom Weg entfernt zwischen den Bäumen aufblitzte.

Jedenfalls wäre es höchst unwahrscheinlich gewesen.

Und dann ... dann würde dieses Widerliche nicht wie ein dicker Teig in ihrem Kopf kleben, sodass sie kaum einen vernünftigen Gedanken fassen konnte.

In diesen Bahnen dachte sie am folgenden Abend, als sie in ihrem Bett in ihrem alten, gemütlichen Jungmädchenzimmer lag und darauf wartete, dass Reuben anrief, wenn schon nicht, um sie um Verzeihung zu bitten und das zurückzunehmen, was er gesagt hatte, dann zumindest, damit sie ihm erzählen konnte, was ihr während ihrer morgendlichen Joggingtour zugestoßen war.

Ihrer Jogging- und Spaziertour.

Furchtbar, dachte sie und blieb stehen. Warum können die Leute ihre Sachen nicht dahin schmeißen, wo sie hingehören?

Weylers Wald war kein großes Naturgelände, aber er war gepflegt und beliebt. Es gab Papierkörbe und Mülleimer an den Wander- und Laufwegen, die den Wald in alle Richtungen durchkreuzten, und es war nicht üblich, dass sie auf Müll stieß, der in dieser Art weggeworfen worden war.

Ein Eisstiel oder eine leere Zigarettenpackung vielleicht, aber nicht eine große Plastiktüte.

Vera Kretschke war die Wortführerin der Umweltschutzgruppe in ihrer Schule, das war sie schon seit drei Schuljahren, und sie trug eine gewisse Verantwortung.

Entschlossen trat sie in das feuchte Gestrüpp. Schüttelte die Tropfen von den jungen Birkenschösslingen, während sie sich hinunterbeugte und die Plastiktüte herauszog. Der größte Teil hatte unter Laub und kleinen Zweigen verborgen gelegen, und sie musste richtig zupacken, um sie herausziehen zu können.

Dreckschweine, dachte sie. Umweltverschmutzer.

Dann guckte sie in die Tüte.

Darin lag ein Kopf. Ein Frauenkopf.

Sie musste sich übergeben, ohne etwas dagegen tun zu können. Es spritzte nur so heraus aus ihr, genau wie damals, als sie vor ein paar Jahren etwas Dubioses in einem indischen Restaurant in der Stadt gegessen hatte.

Ein Teil landete in der Tüte. Was die Sache natürlich auch nicht besser machte.

Und Reuben rief am Abend nicht an, also hatte die arme Vera Kretschke noch eine schlaflose Nacht vor sich.

»Verdammter Mist!«, schrie Inspektor Fuller. »So was darf einfach nicht passieren!«

Wachtmann Schmidt schüttelte seinen großen Kopf und sah unglücklich aus.

»Aber es ist nun mal passiert ...«

»Wie hat sie das geschafft?«, wollte Fuller wissen.

Schmidt seufzte.

»Hat das Laken gedreht, wie ich annehme. Und dann ist da ja der kleine Rohrstummel oben in der Ecke, über den haben wir doch schon geredet.«

»Sie haben sie hoffentlich abgeschnitten?«

»Nein ...« Schmidt trat unruhig von einem Fuß auf den anderen und wand sich, »... nein, wir dachten, der Inspektor wollte sie erst noch sehen.«

»Verdammter Mist!«, wiederholte Fuller und sprang auf.

»Wir haben sie erst vor ein paar Minuten entdeckt«, entschuldigte Schmidt sich. »Wacker ist jetzt bei ihr, aber sie ist tot, da gibt es keinen Zweifel. Es liegt auch ein Brief auf dem Tisch ...«

Aber Inspektor Fuller hatte sich bereits an ihm vorbeigezwängt und war auf dem Weg den Flur entlang, zur Zelle Nummer 12.

Verdammt, dachte Schmidt. Und ausgerechnet heute, wo auch noch mein Geburtstag ist und alles.

Nachdem Fuller festgestellt hatte, dass Frau Leverkuhn sich wirklich in dem Zustand befand, der ihm berichtet worden war, sorgte er dafür, dass sie von allen Seiten fotografiert wurde und ließ sie dann abschneiden. Danach bestellte er den Arzt, schluckte zwei Tabletten gegen seinen nervösen Magen und rief Kommissar Münster an.

Münster fuhr mit dem Fahrstuhl nach unten und betrachtete die tote Frau auf der Pritsche in der Zelle zehn Sekunden lang. Er fragte Fuller, wie zum Teufel so etwas hatte geschehen können, nahm den Briefumschlag an sich und fuhr wieder zu seinem Arbeitszimmer hinauf.

Nachdem er den Brief zweimal gelesen hatte, rief er Moreno zu sich und erklärte ihr die Lage.

»Vollkommen eindeutig«, sagte Moreno, nachdem auch sie die letzten Worte von Marie-Louise Leverkuhn an die Nachwelt erfahren hatte.

»Kann man so sehen«, bestätigte Münster. »Sie hat Schluss mit ihrem Mann gemacht, und jetzt war es Zeit für sie selbst. Eine reichlich entschlussfreudige Frau, das kann keiner leugnen.«

Er stand auf und schaute in den Regen hinaus.

»Aber dass es möglich ist, sich in der U-Haft das Leben zu nehmen«, brummte er. »Die dürfen jetzt erst mal ihre Arbeitsabläufe überprüfen. Hiller sah aus wie eine Pflaume kurz vorm Explodieren, als er davon Wind bekommen hat.«

»Das kann ich mir denken«, meinte Moreno. »Wie dem auch sei, saubere Handarbeit. Du hast das Seil doch gesehen? Viermal geflochten, das muss einige Sekunden gedauert haben... ein Mann hätte das nie hingekriegt.«

Münster antwortete nicht. Es vergingen einige Sekunden des Schweigens.

»Warum hat sie das gemacht?«, fragte Moreno. »Ich meine, da steht zwar, dass sie keine Lust hatte, die letzten Jahre ihres Lebens im Gefängnis zu verbringen, aber... ja, war das alles?«

»Was sollte denn sonst noch sein?«, fragte Münster. »Das ist doch wohl Grund genug, denke ich mal. Wenn man sich über etwas wundern will, dann doch wohl eher darüber, dass sie bis jetzt damit gewartet hat. Schließlich ist es ja mit gewissen Schwierigkeiten verbunden, im Knast Selbstmord zu begehen. Auch wenn man geschickt ist und die Bewachung schlecht ... oder was meinst du damit? Warum erst jetzt?«

Moreno zuckte mit den Schultern.

»Ich weiß nicht. Es hat wahrscheinlich nicht viel Sinn, darüber weiter zu spekulieren. Schließlich ist es passiert.«

Münster seufzte und drehte sich um.

»Was für ein sinnloses Leben«, sagte er.

»Das von Marie-Louise Leverkuhn?«

»Ja. Oder kannst du irgendwo einen Sinn drin sehen? Sie hat ihren Mann umgebracht und sich selbst das Leben genommen. Eines ihrer Kinder sitzt in der psychiatrischen Anstalt, und die beiden anderen machen keinen einzigen Menschen froh. Keine Enkelkinder. So, und jetzt sag mir bitte schön, was für ein Sinn darin stecken könnte, den ich vielleicht übersehen habe?«

Moreno warf einen Blick auf den Brief. Faltete ihn zusammen und schob ihn wieder in den Umschlag.

»Nein«, sagte sie. »So ist es wohl. Meistens handelt es sich bei den Fällen, in die wir verwickelt sind, ja nicht gerade um die reinsten Sonnenscheingeschichten.«

»Kann schon sein«, sagte Münster. »Aber das muss doch auch seine Grenzen haben ... irgendeine Perle in all dem Dreck muss doch zu finden sein. Was machst du Weihnachten?«

Moreno verzog das Gesicht.

»Hauptsache, ich entkomme Claus«, sagte sie. »Er fliegt morgen zurück. Zuerst habe ich überlegt, ob ich arbeiten soll, aber dann habe ich eine alte Freundin getroffen, die gerade verlassen wurde. Wir nehmen uns sechs Flaschen Wein mit und fahren in ihr Haus am Meer.«

Münster lachte. Traute sich nicht zu fragen, wie es eigentlich um Claus stand. Und um sie selbst. Es gab Dinge, die ihn nichts angingen, und je weniger er fragte, umso besser. Umso sicherer.

»Gut«, sagte er. »Schwimm nur nicht zu weit raus.«
»Versprochen«, sagte Moreno.

»Ich werde morgen arbeiten«, sagte Münster und mischte das Kartenspiel für Marieke. »Danach habe ich sechs Tage frei.«
»Wird auch Zeit«, erklärte Synn. »Ich will nicht wieder Zustände haben wie im Herbst. Wir müssen eine Strategie finden, um damit umzugehen.«
»Eine Strategie?«, wiederholte Münster.
»Schtarte-schie«, sagte Marieke. »Kreuz Bube!«
»Ich meine es ernst«, sagte Synn. »Es ist besser, die Depressionen zu bekämpfen, bevor sie übermächtig werden. Wir brauchen Zeit zum Leben. Erinnere dich daran, dass meine Mutter mit fünfundvierzig zusammengebrochen ist. Sie ist zwar siebzig geworden, hat die letzten fünfundzwanzig Jahre aber kein einziges Mal gelacht.«
»Ich weiß«, sagte Münster. »Aber du bist erst achtunddreißig. Und siehst aus wie zweiundzwanzig.«
»Herz sieben«, sagte Marieke. »Du bist dran. Wie alt bist du, Papa?«
»Hundertdrei«, sagte Münster. »Aber ich fühle mich älter. All right, ich bin deiner Meinung. Wir müssen etwas tun.«
Für eine Sekunde versuchte er, sein Leben mit dem der Familie Leverkuhn zu vergleichen, es zumindest in eine Art Beziehung zu setzen, aber der Gedanke war so absurd, dass er ihn sofort über Bord warf.
»Wir fangen übermorgen damit an«, sagte er. »Gab's keine Post heute?«
»Nur Rechnungen und das hier«, sagte Synn und gab ihm einen weißen Umschlag. Er öffnete ihn und zog einen zweimal gefalteten Zettel heraus.
Es war eine kurze Mitteilung. Nur vier Worte. Datiert vor zwei Tagen.

Sie war es nicht.
V. V.

»Pik Dame«, sagte Marieke. »Du bist dran!«
»So ein Mist«, sagte Kommissar Münster.

29

Das Urteil im Verfahren gegen Marie-Louise Leverkuhn wurde am Montagvormittag, dem 22. Dezember, im Maardamer Gerichtsgebäude verkündet.

Einhellig wurde Frau Leverkuhn für schuldig erklärt des geplanten Mordes an ihrem Ehemann Waldemar Severin Leverkuhn, gemäß den Paragrafen dreiundvierzig und vierundvierzig des Strafgesetzbuches. Die Länge der Strafe wurde auf sechs Jahre festgelegt, die kürzeste Zeit, die das Gesetz erlaubte, und das, so teilte es Richter Hart mit unerschütterlicher Autorität mit, in erster Linie in Anbetracht der Tatsache, dass die Verurteilte bereits tot war und somit ihre Strafe nicht absitzen konnte.

Nachdem das gesagt worden war, erklärte er, dass gegen das Urteil wie üblich innerhalb von neunzig Tagen Einspruch eingelegt werden könnte, schlug dann mit seinem Hammer auf den Tisch und erklärte das Verfahren für abgeschlossen.

Gerichtsmediziner Meusse wischte sich die Hände am Kittel trocken und schaute auf.
»Jaha?«
Rooth räusperte sich.
»Es handelt sich um einen Schädel ...«
»... um den einzelnen Schädel«, präzisierte Jung.
Meusse spähte über den Rand seiner schmutzigen Brille und machte ihnen ein Zeichen, ihm zu folgen. Er selbst ging voran durch eine Reihe frostiger Räume, bis er schließlich vor einem großen Kühlschrank stehen blieb.
»Da haben wir ihn«, sagte er, während er die Tür öffnete. »Wenn ich mich nicht irre.«
Er holte einen weißen Plastiksack heraus und zog einen ab-

geschlagenen Frauenkopf heraus, indem er ihn bei den Haaren packte. Er war aufgeschwollen und verfärbt, mit Flecken und Bläschen in allen Schattierungen von Ocker bis Tieflila. Die Augen waren geschlossen, aber aus dem halb geöffneten Mund ragte eine einige Zentimeter lange dunkelbraune Zunge hervor. Die Nase sah fast exkrementartig aus. Jung spürte die Übelkeit in seiner Magenregion und hoffte, dass er nicht gezwungen sein würde, den Raum zu verlassen.

»Verdammt«, sagte Rooth.

»Ja, das ist kein Schönheitswettbewerb«, sagte Meusse. »Sie wird da schon einige Monate gelegen haben, denke ich. Die Plastiktüte ist wirklich von guter Qualität, sonst wäre sie schon viel mehr abgenagt.«

Rooth schluckte und versuchte, seinen Blick abzuwenden. In Ermangelung anderer Objekte heftete er ihn an Jung, der zirka dreißig Zentimeter von ihm entfernt stand. Jungs Magen rotierte aufs Neue, und er schloss schnell die Augen.

»Erkennst du sie wieder?«, fragte Rooth mit zittriger Stimme.

Jung öffnete die Augen und nickte schwach.

»Ich glaube schon«, sagte er. »Kann man etwas über die Todesursache sagen?«

Meusse schob den Kopf wieder in die Tüte zurück.

»Noch nicht«, erklärte er. »Sie hat ein paar kräftige Schläge mit einem Gegenstand auf den Schädel gekriegt, aber wer weiß, ob sie daran gestorben ist. Jedenfalls muss sie aber davon in Ohnmacht gefallen sein, da ist eine kräftige Quetschung. Soll das heißen, dass ihr wisst, wer das ist?«

»Wir denken schon«, sagte Rooth. »Vor zwei Monaten, ist das richtig?«

»Plus minus ein paar Wochen«, sagte Meusse. »Übermorgen bekommt ihr genauere Daten.«

»Übermorgen ist Heiligabend«, informierte ihn Rooth.

»Ach, wirklich?«, Meusse wunderte sich.

»Und wie kann die Köpfung selbst abgelaufen sein?«, fragte Jung.

Meusse strich sich ein paar Mal über den kahlen Kopf, als wollte er kontrollieren, ob der noch fest saß.

»Mit dem Messer«, sagte er. »Und vermutlich einem Fleischerbeil. Nicht gerade die Werkzeuge, die ich für diese Art des Eingriffs aussuchen würde, aber offensichtlich hat es geklappt.«

»Offensichtlich«, bestätigte Rooth.

»Wie alt?«, fragte Jung.

Meusse schnaubte.

»Wenn ihr wisst, wer das ist, dann wisst ihr ja wohl auch, wie alt sie ist«, brummte er und machte sich auf den Rückweg in sein Büro.

»Double-checking«, erklärte Rooth. »Unsere Dame war an die siebzig. Könnte das stimmen?«

»Nicht schlecht«, bestätigte Meusse. »Die hier müsste zwischen fünfundsechzig und fünfundsiebzig sein, meinen ersten vorläufigen Einschätzungen zur Folge ... aber ich habe sie erst gestern Nachmittag gekriegt, deshalb will ich mich da nicht näher festlegen.«

Jung nickte. Er hatte es noch nie erlebt, dass Meusse sich genau festlegen wollte. Andererseits hatte er auch noch nie gehört, dass er falsch getippt hatte. Wenn Meusse sagte, dass der Kopf, den sie gerade angestarrt hatten, einer Frau um die siebzig gehörte, und dann dieser Frau mit einem schweren, stumpfen Gegenstand vor rund zwei Monaten auf den Schädel geschlagen wurde, ja, dann gab es zweifellos gute Gründe davon auszugehen, dass das auch so stimmte.

Und dass die betreffende Frau Else Van Eck war und keine andere.

»Jaha«, sagte Rooth, als sie aus der Rechtsmedizin kamen und ihre Mantelkragen gegen den böigen Nieselregen hochgeschlagen hatten. »Das geht ja wohl mit dem Teufel zu. Ich vermute, damit hat sich die Lage um einiges verändert.«

»Vielleicht sollten wir Münster alarmieren?«, schlug Jung vor.

»Das sollten wir sicher«, stimmte Rooth zu. »Aber ich schlage vor, dass wir uns vorher erst mal was zu futtern suchen, denn das wird bestimmt reichlich Lauferei geben, das habe ich so im Gefühl.«

»Bestimmt«, nickte Jung. »Liegt geradezu in der Luft.«

IV

30

Er wachte auf und wusste nicht, wer er war.

Es dauerte eine Sekunde oder auch nur eine halbe, aber es hatte ihn gegeben. Diesen absolut blanken Augenblick, in dem keinerlei Vergangenheit existierte. Keine Erinnerung. Keine Niederlage.

Keine Schräglagen und kein knickriges Zu-kurz-kommen.

Nicht einmal ein Name.

Eine halbe Sekunde lang. Nur ein Tropfen im großen Meer der Menschlichkeit. Dann kam alles zurück.

»Hmmmm ...«, murmelte die Frau an seiner Seite. Drehte sich um und bohrte ihren Kopf noch tiefer in das Kissen. Schmiegte sich enger an ihn.

Nun ja, dachte er. Es könnte schlimmer sein. Er schaute auf die Uhr. Halb acht. Erinnerte sich an das Datum. Der erste Januar! Mein Gott, sie waren nicht vor zwei ins Bett gekommen, und danach hatten sie zwar im Bett gelegen, aber nicht ...

Er schmunzelte.

Merkte, dass er schmunzelte. Das zog ungewohnt in den Wangenmuskeln, aber verdammt noch mal, es war ein Lächeln. Um halb acht Uhr nach zwei, drei Stunden Schlaf! Am ersten Tag des Jahres.

Er schob die Kissen zurecht und betrachtete sie. Ulrike Fremdli. Mit kastanienbraunem Haar, die eine Brust lugte durch einen Spalt zwischen den Decken hervor. Eine große, reife Frauenbrust mit einer Brustwarze, die bei zwei Kindern bereitgestanden hatte und die jetzt hier an einem Neujahrsmorgen zweifellos eine Botschaft von Frieden und Trost vermitteln konnte. Von Freundschaft und Verbrüderung und Liebe zwischen all den Menschen auf dieser Welt, zwischen all diesen Tropfen in diesem Meer ...

Mein Gott, dachte Van Veeteren. Ich bin ja nicht recht gescheit. Das Leben ist eine Symphonie.

Er blieb liegen und traute sich kaum zu atmen. Als würde die geringste Bewegung ausreichen, um diesen spröden Augenblick zu zerschlagen.

In so einem Moment möchte man sterben, dachte er.

Dann überfiel ihn wieder der Traum.

Sonderbar. Als hätte er nur um die Ecke gelauert und darauf gewartet, dass der Morgen sein trügerisches Netz illusorischen Glücks auswerfen würde, darauf gewartet, ihn niederzuschlagen, sobald er seine Deckung nur um wenige Dezimeter geöffnet hatte. War das nicht typisch? Nur zu typisch!

Es war ein eigenartiger Traum gewesen.

Ein dunkles, finsteres altes Schloss. Mit Gewölben und Treppen und großen, nur schwach erleuchteten Sälen. Leer und kalt, aber mit unruhig flackernden Schatten, die über die rauen Steinwände huschen. Offenbar ist es Nacht ... und scharfe Geräusche von Metall gegen Metall oder als ob jemand Messer schleife, und er hastet durch all das hindurch, von Raum zu Raum, auf der Jagd nach irgendetwas, er weiß nicht, wonach.

Er gelangt zu einer Zelle, einer ganz kleinen, an der einen Wand ein winziger Altar mit einem Madonnenrelief, direkt aus den dunklen Steinen der Wand herausgehauen, wie es scheint – vor der anderen ein schlafender Mann auf einer Pritsche. Eine dicke Rosshaardecke bis über Schultern und Kopf gezogen, dennoch weiß er, dass es Erich ist.

Sein Sohn Erich.

Sein haltloser Unglücksvogel Erich. Er zögert, und während er in der engen Türöffnung steht und nicht weiß, was er machen soll oder was von ihm erwartet wird, hört er, wie das scharfe Geräusch der Messer lauter wird, und plötzlich, plötzlich sieht er, wie einer dieser Dolche durch den Raum schwebt.

Wie er mitten in der Luft über dem Schlafenden auf der Bank hängen bleibt. Ein großer, kräftiger Dolch, beleuchtet von schräg darauf fallenden Strahlen, glänzend und langsam kreisend, bis die Spitze der scharf geschliffenen Schneide direkt auf den Mann zeigt. Auf Erich. Auf seinen Sohn.

Er zögerte immer noch. Geht vorsichtig heran und zieht dem Schlafenden die Decke vom Kopf. Und es ist nicht Erich, der dort liegt. Es ist Münster.

Kommissar Münster, der auf der Seite liegend schläft, ganz friedlich, die Hände unter dem Kopf und nichts Böses ahnend, und Van Veeteren begreift nicht, was hier vor sich geht. Er legt die Decke zurück, genauso vorsichtig, hört Stimmen und schwere Schritte, die sich nähern, und bevor er noch den Raum verlassen und sich in Sicherheit bringen kann, wacht er auf.

»Das hört sich an wie bei Macbeth. Merkwürdig nur, dass ich so sicher war, dass Erich dort lag, und dann war es Münster.«

Ulrike Fremdli gähnte und stützte ihren Kopf auf die Hände. Schaute ihn über den Küchentisch mit einem Blick an, der fast vor Müdigkeit schielte. Ein unerhört charmantes Schielen, dachte er.

»Du bist schon ein komischer Kauz«, sagte sie.

»Blödsinn«, sagte Van Veeteren.

»Überhaupt nicht«, sagte Ulrike Fremdli und strich sich das Haar aus dem Gesicht. »Als du das erste Mal in meinem Leben auftauchst, geht es darum, dass du herausfinden willst, wer meinen Mann ermordet hat. Dann wartest du mehr als ein Jahr, bevor du wieder Kontakt mit mir aufnimmst, und jetzt sitzt du hier am Neujahrsmorgen und willst, dass ich deine Träume deute. Übrigens, es war eine schöne Nacht, wollte ich noch sagen.«

»Danke, gleichfalls«, sagte Van Veeteren und merkte, dass er wieder schmunzelte. Das schien offensichtlich zur Gewohnheit zu werden. »Nun ja, Frauen verstehen sich besser auf Träume«, rechtfertigte er sich. »Zumindest gewisse Frauen.«

»Habe ich auch immer gedacht«, sagte Ulrike Fremdli. »Das

heißt, im Großen und Ganzen bin ich ganz deiner Meinung, aber gerade du hast da eine Ader, die mindestens so intuitiv ist wie meine. Und dabei hatte ich gedacht, dass so ein alter Krimineller viel handfester sein würde, aber das ist vielleicht auch nur ein Vorurteil?«

»Hm, ja«, sagte Van Veeteren. »Wir wissen ja so wenig.«

»Ach ja?«

Sie schnitt sich eine Scheibe Käse ab und kaute nachdenklich. Dann streckte sie ihren nackten Fuß unter dem Tisch vor und strich ihm damit über die Wade.

»Hm«, sagte Van Veeteren von Neuem. »Nur einen Bruchteil von dem großen Ganzen. Ich meine, was wir so wissen. Und wenn wir nicht hellhörig bleiben, wird es nur ein verdammt kleiner Bruchteil.«

»Weiter«, sagte Ulrike Fremdli.

»Tja«, sagte Van Veeteren. »Das ist natürlich eins meiner privaten Steckenpferde, weißt du, aber da du zu müde zu sein scheinst, um mir zu widersprechen, kann ich es vielleicht ein wenig ausführen...«

Sie streckte auch noch den zweiten Fuß aus.

»Eine ganz unterwürfige Theorie übrigens«, erklärte er. »Sollte zu einer klugen Frau wie dir eigentlich passen. Einer Frau mit unterwürfigen Füßen ... nein, nein, mach weiter. Nun, lass uns also einmal annehmen, dass es eine unendliche Menge von Verbindungen, Beziehungen und Mustern in der Welt gibt und dass die Allerklügsten von uns vielleicht, na, sagen wir ein Hundertstel davon zu begreifen vermögen – und wagen! Die Trägsten ein Tausendstel ... oder ein Zehntausendstel, wie viel ich selbst kapiere, das lassen wir lieber außen vor. Das meiste davon kommt zu uns auf anderen Wegen als dem, was das so genannte westliche Denken bereit ist zuzulassen. Dieser deduktive Terror. Obwohl das hier in keiner Weise in einem Gegensatz dazu steht. Oder es bedroht. Eher im Gegenteil ... denn es muss doch einfacher sein, Dinge zu begreifen, als zu begreifen, wie wir sie begreifen. Unser Wissen von dieser Welt muss doch immer größer sein als das Wissen vom Wissen ... ja, hm, so in der Art, ungefähr. Also, wie gesagt ...«

Ulrike Fremdli überlegte einen Augenblick.

»Klingt bestechend«, sagte sie. »Aber ich bin noch nicht richtig wach.«

»Es gibt so viele Muster«, fuhr Van Veeteren fort. »Wir bekommen so viele Informationen, die in der Alltagshetze einfach an uns vorbeirauschen. Tausend Kilo Stimulanz in der Sekunde. Das können wir gar nicht verarbeiten. Das hier sind Selbstverständlichkeiten, aber das Einzige, was ich eigentlich begreife, sind ja Selbstverständlichkeiten ... das muss man nur mal zugeben.«

»Träume?«, warf Ulrike Fremdli ein.

»Zum Beispiel. Verdammt! Ein Dolch, der über Kommissar Münster schwebt! Du willst doch nicht etwa behaupten, dass das ein Zufall ist? Er ist in Gefahr, ganz klar, das kann doch ein kleines Kind sehen.«

»Aber du hast geglaubt, es wäre Erich«, bemerkte Ulrike Fremdli.

Van Veeteren seufzte.

»Erich war in der Gefahrenzone, solange ich denken kann«, sagte er. »Das wäre keine besonders große Neuheit.«

»Wie alt ist er?«

Van Veeteren war gezwungen nachzudenken.

»Sechsundzwanzig«, sagte er. »So langsam sollte ich aufhören, mir seinetwegen Sorgen zu machen.«

Ulrike schüttelte den Kopf.

»Warum solltest du das?«, fragte sie. »Das eigene Kind bleibt immer das eigene Kind. Und wenn es hundert wird.«

Van Veeteren betrachtete sie eine Weile schweigend. Spürte ihre warmen Fußsohlen an seinem Bein. Mein Gott, dachte er. Diese Frau ...

Es war erst das vierte oder fünfte Mal, dass sie eine ganze Nacht zusammen verbrachten, und jetzt, wie auch bei den früheren Gelegenheiten, musste er sich einfach fragen, warum es nicht etwas häufiger passierte. Nach allem zu urteilen, setzte er sie ja nicht gerade größeren Qualen aus. Was gab es also für einen Grund, so verdammt vorsichtig zu sein? Anmaßend wie ein Eremit. Störrisch wie ein Esel. Was ihn betraf... ja, was ihn betraf, so litt er ja in gar keiner Weise, ganz und gar nicht.

Er schaute aus dem Fenster auf den mindestens genauso unschlüssigen Neujahrstag. In der Nacht hatte es geregnet, und Himmel und Erde schienen sich zu einem blaugrauen Licht zu vereinen, das sicher der Dunkelheit nicht lange standhalten würde. Man konnte glauben, die Sonne wäre irgendwann im November verlöscht. Er konnte sich zumindest nicht daran erinnern, sie seitdem gesehen zu haben.

»Prachtwetter«, sagte er. »Wollen wir noch eine Weile ins Bett gehen?«

»Eine gute Idee«, stimmte Ulrike Fremdli zu.

Als sie das nächste Mal aufwachten, war es zwei.

»Wann kommen deine Kinder?«, fragte er erschrocken.

»Heute Abend«, sagte sie. »Die beißen nicht.«

»Meine Sorgen gelten ausschließlich ihnen«, sagte Van Veeteren und richtete sich auf. »Ich will ihnen keinen Schock versetzen, nicht als erste Tat im neuen Jahr.«

Ulrike Fremdli drückte ihn zurück ins Bett.

»Du bleibst hier«, sagte sie. »Schließlich sind alle beide erwachsen und längst flügge geworden... und haben schon so einiges mitgemacht.«

Van Veeteren dachte nach.

»Warum sollten wir den Alltag leben, wenn wir nur Sonntage haben können?«, fragte er listig.

Ulrike Fremdli runzelte die Stirn und setzte sich rittlings auf ihn.

»Glaube ja nicht, dass ich es so eilig habe«, sagte sie. »Aber ein Sonntag jeden zweiten Monat, das ist nun wirklich nicht genug.«

Van Veeteren streckte die Hände aus und ließ ihre schweren Brüste darin ruhen.

»Kann sein«, sagte er. »All right, ich bleibe also. Schließlich werde ich bald sechzig, da ist es wohl an der Zeit, ein wenig zur Ruhe zu kommen.«

»Das Jahr fängt ja gut an«, sagte Ulrike Fremdli.

»Könnte schlechter sein«, sagte Van Veeteren.

Aber während er im Bett lag und darauf wartete, dass sie unter der Dusche fertig war, wanderten seine Gedanken zurück zu dem nächtlichen Traum.

Erich? dachte er. Münster? Kommissar Münster?

Is this a dagger that I see before me?

Unbegreiflich.

Zumindest für jemanden, der normalerweise einen selbstverständlichen Bruchteil zu verstehen pflegte.

31

»Frohes neues Jahr«, sagte Polizeipräsident Hiller und rückte seinen Schlips zurecht. »Schön, Reinhart wieder bei uns zu sehen. Wir hoffen, dass die lange freie Zeit gut getan hat.«

»Danke, ja«, sagte Reinhart. »Doch, es war ganz erträglich. Aber ich begreife nicht, warum ich mich auch noch um diesen Fall kümmern soll. Ihr wirkt doch eigentlich vollzählig. Oder könnte es sein, dass ihr euch festgefahren habt?«

»Hm«, sagte Hiller. »Ich glaube, wir überlassen es Kommissar Münster, zu berichten, wie es sich mit der Sache verhält.«

Münster holte seinen Notizblock heraus und schaute sich am Tisch um. Reinhart hatte zweifellos Recht. Plötzlich waren reichlich Leute am Fall dran. Er selbst. Rooth und Heinemann. Jung und Moreno. Und jetzt auch noch Reinhart. Hiller gar nicht eingerechnet natürlich.

»Ich schlage vor, dass wir die Entwicklung des Falls seit dem ersten Fund in Weylers Wald durchgehen«, begann Münster. »Ist auch nicht schlecht, wenn wir einen kleinen Überblick kriegen, und dann hat Reinhart auf jeden Fall alle Fakten parat.«

Hiller nickte aufmunternd und klickte mit seinem Weihnachtskugelschreiber.

»Es war also am 21. Dezember, da hat ein junges Mädchen, Vera Kretschke, den Kopf gefunden, versteckt in einer Plastiktüte. Es stellte sich sehr schnell heraus, dass es sich um Else Van Eck handelte, die seit Oktober verschwunden war. Ihr Mann, Arnold Van Eck, hat sie sofort identifiziert. Das Ganze war aber zu viel für ihn, und er hält sich seitdem in Majorna auf ...«

»Armer Teufel«, sagte Rooth.

»Er scheint seit einer Woche nicht mehr den Mund aufgemacht zu haben«, sagte Moreno.

»In den darauf folgenden elf Tagen haben wir weitere drei Tüten gefunden«, fuhr Münster fort, »aber bis jetzt ist sie immer noch nicht komplett, wenn man so will. Es fehlt immer noch das linke Bein und ein Teil vom Hintern ... die Beckenpartie, um genau zu sein. Zwei Tüten wahrscheinlich. Zwölf Mann suchen immer noch, aber das ist natürlich keine einfache Aufgabe, auch wenn wir davon ausgehen, dass alles in Weylers Wald zu finden sein müsste. Übrigens war nichts eingegraben, der Mörder hat sich damit begnügt, alles so gut er konnte mit Laub, Zweigen und so weiter zuzudecken.«

»Er hatte wohl keinen Spaten dabei«, sagte Rooth. »Nachlässiger Typ.«

»Gut möglich«, sagte Münster. »Laut Meusse war sie jedenfalls seit ungefähr zwei Monaten tot, es gibt also nichts, was dagegen spricht, dass sie genau an dem Abend ermordet wurde, an dem sie verschwand ... am 29. Oktober oder jedenfalls kurz danach. Die Zerlegung ist eigentlich gar nicht so schlecht gemacht worden – ich zitiere Meusse –, sie könnte von einer Person vorgenommen worden sein, die eine gewisse Ahnung vom Fach hat, meint er, aber das Werkzeug ist von etwas schlechter Qualität. Ein ganz normales, ziemlich stumpfes Fleischermesser oder Ähnliches. Plus wahrscheinlich ein Fleischerbeil. Die Todesursache selbst war wahrscheinlich ein kräftiger Schlag mit einem schweren Gegenstand gegen den Kopf. Das Scheitelbein ist deutlich zerbrochen, es haben sich Knochensplitter ins Gehirn gebohrt, aber höchstwahrscheinlich hat der Täter außerdem die Halsschlagader geöffnet, bevor er mit dem Zerteilen angefangen hat ... hmm. Was die Plastiktüten betrifft, die für die Verpackung benutzt wurden, so ist das ein sehr gängiges Fabrikat, das in sieben von zehn Geschäften und Großmärkten von der Rolle gekauft werden kann. Das Einzige, worauf hingewiesen werden kann, ist die Tatsache, dass sie gelb waren. Es gibt dunkelgrüne von der gleichen Art, und die wären ja zweifellos vorzuziehen gewesen, wenn man Wert darauf legte, dass sie nicht so schnell entdeckt werden.«

»Wahrscheinlich hatte er keine anderen zu Hause«, sagte Rooth.

»Es kann so einfach gewesen sein«, stimmte Münster zu. »Sämtliche bis jetzt gefundenen Körperteile waren nackt. Keine Kleidungsstücke, keine anderen Details, die als Leitfaden dienen können. Fingerabdrücke sind schon im Hinblick auf den langen Zeitraum, der inzwischen verstrichen ist, ausgeschlossen.«

Er machte eine Pause und schaute sich am Tisch um.

»Keine große Hilfe, selbst wenn wir noch die anderen Teile finden«, sagte Jung.

»Nein«, stimmte Rooth zu. »Anscheinend nicht. Aber trotzdem ist es nicht witzig, mit einem Puzzle dazusitzen, bei dem zwei Teile fehlen.«

»Es ist sowieso kein besonders witziges Puzzle«, bemerkte Moreno.

»Scheint nicht so«, nickte Reinhart. »Welchen Verdacht habt ihr?«

Es blieb einige Sekunden lang still, abgesehen vom Kugelschreiberklicken des Polizeichefs.

»Lasst mich noch kurz die übrigen Einsätze referieren«, fuhr Münster fort, »dann können wir vielleicht hinterher ein wenig spekulieren. Wir haben mit einer ganzen Reihe von Leuten geredet, in erster Linie mit den Nachbarn in dem betreffenden Haus – Verwandte und Freunde waren ziemlich dünn gesät –, aber wenn wir das Ganze zusammenfassen wollen, dann haben wir alles in allem nicht viel herausgekriegt. Frau Van Eck verschwand am Mittwochabend, dem 29. Oktober, während ihr Ehemann bei einem Kurs in Riitmeeterska war. Sie wurde das letzte Mal kurz nach sechs Uhr abends gesehen, einer der Nachbarn glaubt, sie gegen sieben in ihrer Wohnung gehört zu haben, und sie war verschwunden, als Arnold Van Eck um acht Uhr nach Hause gekommen ist. Es gibt niemanden, der darüber hinaus noch mit Informationen zu dem Fall dienen könnte.«

»Kann es einer von ihnen gewesen sein?«, wollte Reinhart wissen. »Ich meine, von den Nachbarn? Und ist es sicher, dass wirklich sie es war, da in der Wohnung um sieben?«

»Es kann natürlich einer der anderen im Haus gewesen sein«, stellte Münster fest. »Hypothetisch zumindest. Ich glaube, am besten diskutieren wir die Sache weiter, wenn wir sie mit dem anderen Fall gekoppelt haben, mit Waldemar Leverkuhn. Was die Frage betrifft, wer dort in der Wohnung herumrumorte, so kann das natürlich irgendeiner gewesen sein.«

»Beispielsweise der Mörder?«, fragte Reinhart.

»Zum Beispiel der Mörder«, bestätigte Münster.

»Und diese Leverkuhns?«, wollte Reinhart wissen.

Münster seufzte und blätterte um.

»Ja, ich weiß nicht«, sagte er. »Oberflächlich betrachtet sieht es ja glasklar aus ...«

»Es gibt Oberflächen, die sind glasklar und gleichzeitig sehr dünn«, sagte Reinhart. »Ich habe einiges in der Zeitung darüber gelesen, aber die schreiben ja, was sie wollen.«

»Fang von vorn an«, bat der Polizeichef.

»Samstag, der 25. Oktober«, sagte Münster. »Da fängt alles an. Frau Leverkuhn kommt nach Hause und findet ihren Mann erstochen im Bett. Wir legen los mit unseren Ermittlungen, und nach zehn Tagen ruft sie an und gesteht, dass sie es getan hat. In einem Anfall von Wut. Wir vernehmen sie gründlich eine Woche lang, und dann meinen Staatsanwalt und wir, dass es reicht. Tja, danach geht alles seinen gewohnten Gang, die Verhandlung fängt Anfang Dezember an und ist nach drei, vier Tagen zu Ende. Keine Besonderheiten; die Anklage plädiert auf Mord, die Verteidigung auf Totschlag. Während sie auf das Urteil wartet, erhängt sie sich am Sonntag, dem 21., in ihrer Zelle ... mit Hilfe zusammengeflochtener Bettlakenstreifen, die sie an einem Rohrhaken in einer Zellenecke befestigen kann ... tja, darüber sind ja schon viele Meinungen geäußert worden, vielleicht müssen wir das hier nicht noch mal tun. Sie hat einen Brief hinterlassen, in dem steht, dass sie beschlossen hat, sich beim Gedanken an die Umstände das Leben zu nehmen.«

»Die Umstände?«, fragte Reinhart. »Welche verdammten Umstände denn?«

»Dass sie ihren Mann getötet hat, und dass sie nichts mehr zu erwarten hat, abgesehen von mehreren Jahren hinter Gittern«, ergänzte Moreno.

»Es fällt wohl kaum schwer, ihr Motiv zu verstehen«, erklärte Münster. »Aber es fällt schwer zu erklären, warum sie so lange gewartet hat. Hat sich festnehmen, anklagen und vor den Richterstuhl zerren lassen, bevor sie die Sache in die Hand genommen hat.«

»Hat sie was darüber in ihrem Brief geschrieben?«, wollte Reinhart wissen.

Münster schüttelte den Kopf.

»Nein. Es waren nur ein paar Zeilen, und man kann natürlich in so einer Situation keine große Logik erwarten. Sie muss psychisch ziemlich am Ende gewesen sein und so ein Beschluss erfordert ja auch eine gewisse Zeit ... vermute ich mal.«

»Denke ich auch«, sagte Rooth. Heinemann räusperte sich und legte seine Brille auf den Tisch.

»Ich habe mit einer Frau geredet, die Regine Svendsen heißt«, begann er nachdenklich. »Eine frühere Arbeitskollegin von Frau Leverkuhn. Ich habe mit ihr genau über diese psychologischen Aspekte geredet, also, sie schien sie ganz gut gekannt zu haben ... bis vor ein paar Jahren zumindest. Es ist natürlich schwer, irgendwelche Schlüsse zu ziehen, was diese Dinge betrifft, sie selbst hat das immer wieder betont ...«

»Und, was hat sie gesagt?«, wollte Rooth wissen. »Dieses ganze Drumherum ist uns doch scheißegal.«

»Hm«, sagte Heinemann. »Langer Rede kurzer Sinn: Angeblich war Marie-Louise Leverkuhn eine sehr starke Frau. Vollkommen in der Lage, sowohl das eine als auch das andere zu machen... Es gab so eine Art Unbestechlichkeit bei ihr laut Frau Svendsen. Oder zumindest so was in dem Stil.«

»Jaha?«, bemerkte Münster. »Ja, offensichtlich hat sie ja in diesem Fall eine gewisse Handlungsenergie gezeigt, das ist wohl kaum zu leugnen.«

»Ihr habt nicht irgendwelche Tagebücher gefunden?«, fragte Heinemann.

»Tagebücher?«, wiederholte Münster.

»Genau«, bestätigte Heinemann. »Ich habe mit dieser Frau ja erst gestern Nacht geredet. Sie war verreist, deshalb habe ich vorher noch nicht mit ihr sprechen können. Sie behauptet jedenfalls, dass Marie-Louise Leverkuhn ihr ganzes Leben lang Tagebuch geschrieben hat, und wenn dem so ist und wir vielleicht einen Blick hineinwerfen könnten, ja, dann könnte uns das möglicherweise einige Informationen bringen!«

Einen Moment lang herrschte Schweigen, bis Hiller sich räusperte.

»Na, so was«, sagte er. »Na, da würde ich doch vorschlagen, dass ihr diese Tagebücher aufstöbert, das dürfte doch nicht so schwer sein, oder?«

Münster warf Moreno einen Blick zu.

»Wir... wir haben natürlich Leverkuhns Wohnung durchsucht«, erklärte Moreno. »Aber wir waren nicht auf der Jagd nach Tagebüchern.«

»Laut Frau Svendsen müsste es sich um acht, zehn Stück handeln«, sagte Heinemann. »Sie hat sie gesehen, aber natürlich nie darin gelesen. Ganz normale schwarze Hefte offenbar. Immer für drei, vier Jahre eins... vermutlich nur kurze Notizen.«

»Das wären dann nicht mehr als dreißig Jahre«, sagte Reinhart. »Ich dachte, sie wäre älter?«

Heinemann zuckte mit den Schultern.

»Frag mich nicht«, sagte er. »Jedenfalls dachte ich, diese Information könnte von Interesse sein.«

Münster machte sich Notizen und dachte nach, aber er kam zu keinem entscheidenden Entschluss, bevor der Polizeipräsident wieder das Kommando übernahm.

»Fahrt hin und sucht!«, befahl er. »Durchsucht diese ganze verdammte Wohnung und holt sie euch. Sie ist doch wohl immer noch versiegelt, wie ich hoffe?«

»Selbstverständlich«, seufzte Münster. »Selbstverständlich. Ich glaube jedenfalls nicht, dass sie in der Untersuchungshaft irgendein Notizheft bei sich hatte ... aber sie kann auf ihre alten Tage ja damit Schluss gemacht haben. Wie lange ist es her, dass diese Regine Svendsen Kontakt mit ihr hatte?«

»Ungefähr fünf Jahre«, sagte Heinemann. »Sie haben bei Lippmann's zusammen gearbeitet.«

Reinhart hatte seit ein paar Minuten dagesessen und seine Pfeife gestopft. Jetzt schob er sie sich in den Mund, lehnte sich zurück und faltete die Hände im Nacken.

»Und der Zusammenhang?«, fragte er. »Wie war es mit diesem Detail? Und gab es da nicht noch einen, der sich in die Nesseln gesetzt hat?«

Münster seufzte wieder.

»Vollkommen richtig«, erklärte er. »Wir haben einen gewissen Felix Bonger, der auch noch verschwunden ist. Einer von Leverkuhns Kumpanen. Er ist seit der Nacht, in der Leverkuhn ermordet wurde, nicht mehr gesehen worden.«

Aber jetzt reichte es dem Polizeichef. Er ließ Reinharts Tabakoperationen aus den Augen und klopfte nachdrücklich mit dem Kugelschreiber auf den Tisch.

»Jetzt hört mal einen Moment zu«, forderte er. »Ihr müsst euch doch verflucht noch mal entscheiden, ob diese Fälle nun zusammenhängen oder nicht, außerdem dachte ich, das hättet ihr schon längst. Gibt es überhaupt irgendetwas – überhaupt irgendetwas! –, das dafür spricht, dass Leverkuhns und Frau Van Ecks Tod etwas miteinander zu tun haben?«

»Tja«, sagte Münster, »zumindest ist es nicht gerade üblich, dass zwei Menschen im gleichen Haus mit nur wenigen Tagen Abstand ermordet werden, und ...«

»Ich betrachte den Fall Leverkuhn für abgeschlossen!«, unterbrach ihn Hiller. »Zumindest solange nichts absolut Neues auftaucht. Was ihr jetzt zu tun habt, das ist, den Mörder von Else Van Eck zu finden ... und, wenn Frau Leverkuhn sie auch beseitigt hat, von mir aus gern.«

»Elegante Lösung«, sagte Reinhart. »Der Polizeipräsident sollte zur Polizei gehen.«

Hiller verlor für einen Moment den Faden, fuhr dann aber mit unverminderter Autorität fort:

»Was diese Gestalt Bonger betrifft, so ist er also verschwunden, und ich gehe davon aus, dass wir die gleichen routinemäßigen Suchmeldungen nach ihm veröffentlicht haben, wie wir es auch in jedem anderen Fall tun ... routinemäßige Fahndung also.« Er schaute auf die Uhr. »Außerdem habe ich in fünf Minuten einen Termin.«

»Vielleicht könnten wir dann eine Rauchpause machen?«, fragte Reinhart. »Ich denke, es ist an der Zeit.«

»Möchte vorher noch jemand etwas sagen?«, fragte Münster diplomatisch.

»Ich persönlich brauche erst mal eine Tasse Kaffee«, sagte Rooth.

»Der Kommissar sieht etwas müde aus«, sagte Moreno und schloss die Tür.

»Was wohl daran liegt, dass ich etwas müde bin«, erwiderte Münster. »Sollte eigentlich sieben Tage frei haben über die Feiertage, sind aber nur zweieinhalb geworden.«

»Nicht so witzig, wenn man eine Familie hat.«

Münster verzog das Gesicht.

»O doch, eine Familie zu haben ist wirklich witzig. Nur so verdammt viel zu arbeiten, das ist nicht witzig. Man verliert sozusagen unterwegs seine Seele.«

Moreno setzte sich ihm gegenüber und wartete auf die Fortsetzung.

»Und selbst?«, fragte Münster stattdessen.

»Sonderbar«, sagte Moreno nach einer kurzen Pause.

»Sonderbar?«

Sie lachte auf.

»Ja, sonderbar. Obwohl, eigentlich auch gut. Ist ein seelenloser Kommissar in der Lage zuzuhören? Es dauert nur eine halbe Minute.«

Münster nickte.

»Also, Claus ist ja aus New York zurückgekommen, trotz allem«, erklärte Moreno, während sie vorsichtig versuchte, einen kleinen Kaffeefleck auf ihrer blassgelben Jacke mit dem Nagel wegzukratzen. »Ich hatte sofort das Gefühl, dass er sich irgendwie verändert hatte ... ich glaube, ich konnte es direkt sehen. Begriff nicht, was es war, aber gestern rückte er damit heraus. Er hat eine andere.«

»Was?«, rief Münster. »Was zum Teufel ...?«

»Ja. Vor nicht einmal einem Monat war er dazu bereit, sich meinetwegen das Leben zu nehmen, und jetzt hat er ein neues, knackfrisches Verhältnis. Er hat sie in einem Restaurant in Greenwich Village kennen gelernt, sie sind mit dem gleichen Flugzeug zurückgeflogen, und ganz offensichtlich haben sie sich gesucht und gefunden. Sie heißt Brigitte und ist Redaktionssekretärin beim Fernsehen. Tja, Männer!«

»Stopp«, sagte Münster. »Nun schere bitte schön nicht alle über einen Kamm! Ich weigere mich, meine Person dieser Art von ... von Pfadfindermanier unterzuordnen.«

Moreno lachte kurz. Hörte dann auf zu kratzen und betrachtete den Fleck, der immer noch an der gleichen Stelle saß.

»Okay«, sagte sie. »Ich weiß. Wie dem auch sei, ich finde es gut, auch wenn es ein kleines bisschen sonderbar ist, wie gesagt. Wollen wir jetzt den Geschlechterkampf verlassen?«

»Gern«, sagte Münster. »Ich habe selbst im Augenblick mehr als genug davon.«

Moreno schaute etwas mitleidig, sagte aber nichts. Münster trank einen Schluck aus der Dose Selters, die auf seinem Tisch stand, und versuchte ein Rülpsen zu unterdrücken, musste aber trotzdem aufstoßen. Auf diese nach innen gewandte, höfliche Art, die einem die Tränen in die Augen treibt.

»Der Fall Leverkuhn«, sagte er dann und holte tief Luft. »Bist du bereit?«

»Ja. Ich bin bereit.«

»Dritter Akt. Oder ist es schon der vierte? Die Einteilung ist jedenfalls klar, zumindest in groben Zügen. Rooth und Jung leiten die Tagebuchsuche bei Leverkuhns. Reinhart und Heinemann übernehmen Van Eck. Du und ich, wir haben eher freie Hand. Übrigens kümmere ich mich erst mal nicht drum, was Hiller als erledigt und nicht erledigt ansieht. Ich persönlich denke, ich werde noch mal eine Runde bei Leverkuhns Kindern drehen ... bei allen dreien, denke ich.«

»Einschließlich der eingesperrten Tochter?«, fragte Moreno.

»Jawohl!«, antwortete Münster.

Auf Morenos Stirn zeigte sich eine Falte.

»Glaubst du, dass es Marie-Louise Leverkuhn war, die auch die Van Ecksche beiseite geschafft hat?«

Münster antwortete nicht sofort. Er blätterte ein wenig lustlos in den Papieren auf dem Schreibtisch. Kippte den Rest Selters in sich hinein und warf die Dose in den Papierkorb.

»Ich weiß nicht«, sagte er. »Sie hat es ja hartnäckig bestritten, und warum sollte sie das tun, wo sie doch schon ihren Mann umgebracht hat? Und dann noch sich selbst. Welches Motiv sollte sie dafür haben?«

»Frag mich nicht«, sagte Moreno. »Aber du glaubst, dass alles miteinander zusammenhängt?«

»Ja«, sagte Münster. »Das glaube ich. Ich weiß zwar nicht wie, aber das will ich verflucht noch mal rauskriegen.«

Er hörte selbst, von wie viel Müdigkeit der letzte Satz sprach, und konnte Moreno ansehen, dass auch sie es gehört hatte. Sie betrachtete ihn einen Moment lang, während die Falte auf ihrer Stirn stehen blieb und sie vermutlich nach tröstenden Worten suchte. Aber sie fand keine. Ich wünschte, sie würde einfach um den Tisch kommen und mich in den Arm nehmen, dachte Münster und schloss die Augen. Oder wir würden uns ausziehen und miteinander ins Bett gehen.

Aber nichts dergleichen geschah.

32

»Hallo?«

»Ja, hallo«, sagte Jung. »Mein Name ist Jung von der Kriminalpolizei in Maardam. Spreche ich mit Emmeline von Post?«

»Ja, ja, natürlich. Guten Tag.«

»Ich habe nur eine kurze Frage, vielleicht können wir sie gleich am Telefon klären?«

»Aber gern mein Lieber, worum geht es denn?«

»Um Marie-Louise Leverkuhn. Wir sind sozusagen dabei, den Fall abzuschließen, und wir würden gern in allen Details eine gewisse Ordnung haben ...«

»Ich verstehe«, sagte Emmeline von Post.

Das tust du überhaupt nicht, dachte Jung. Aber das ist ja auch nicht Sinn der Sache.

»Hat Frau Leverkuhn Tagebuch geschrieben?«, fragte er.

Es entstanden einige Sekunden verwunderten Schweigens, bevor Frau von Post antwortete.

»Ja, natürlich. Sie hat immer Tagebuch geschrieben ... Warum um alles in der Welt wollen Sie das denn wissen?«

»Reine Routine«, sagte Jung.

»Ja, so, aha ... es ist so schrecklich, das alles.«

»Wirklich schrecklich«, bestätigte Jung. »War das eine alte Gewohnheit? Ich meine, dass sie Tagebuch geschrieben hat?«

»Ich denke schon«, sagte Emmeline von Post. »Ja, sie hat das schon gemacht, als wir noch zusammen zur Handelsschule gingen. Nicht direkt Tagebuch, sie hat nur ein paar Mal im Monat was reingeschrieben ... um die Situation irgendwie zusammenzufassen, ja, ich weiß es auch nicht so genau.«

»Haben Sie manchmal darüber geredet?«

»Nein.«

»Sie haben nie etwas von dem gelesen, was sie geschrieben hat?«

»Nie.«

»Aber Sie haben die Tagebücher gesehen?«

»Ja«, sagte Emmeline von Post. »Ein paar Mal ... natürlich

haben wir auch einige Male darüber geredet, aber das war ihre private Angelegenheit, und ich hatte damit nichts zu tun.«

»Wie sehen sie aus?«, fragte Jung.

»Entschuldigung?«

»Die Tagebücher. Was glauben Sie, wie viele es gibt, und wie sehen sie aus?«

Emmeline von Post dachte eine Weile nach.

»Wie viele es waren, das weiß ich nicht«, sagte sie, »aber ich glaube schon, dass sie sie aufbewahrt hat. Zehn, zwölf Stück vielleicht ... ja, so ganz normale Schreibhefte mit einem weichen Umschlag, die man überall kaufen kann. Schwarze, weiche Umschläge ... oder blaue, solche habe ich jedenfalls mal gesehen. Vielleicht hatte sie noch mehr, übrigens, ich glaube nicht, dass sie sie ihrem Mann gezeigt hat. Aber ... aber ich verstehe nicht, warum Sie danach fragen. Ist das wichtig?«

»Nein, nein«, antwortete Jung beruhigend. »Nur ein Detail, wie schon gesagt. Übrigens, können Sie sich daran erinnern, ob sie so ein Buch bei sich hatte in den Tagen, als sie bei Ihnen gewohnt hat? Damals im Oktober, meine ich?«

»Nein ... nein, das glaube ich nicht. Jedenfalls habe ich keins gesehen.«

»Vielen Dank, Frau von Post. Das war alles. Entschuldigen Sie bitte die Störung.«

»Aber ich bitte Sie«, sagte Emmeline von Post. »Da ist doch nichts zu entschuldigen.«

»Rooth von der Kriminalpolizei in Maardam«, sagte Rooth.

»Ich habe keine Zeit«, sagte Mauritz Leverkuhn.

»Warum gehen Sie dann ans Telefon?«, fragte Rooth. »Wenn Sie keine Zeit haben?«

Zwei Sekunden lang blieb es still.

»Es hätte ja was Wichtiges sein können«, erwiderte Mauritz Leverkuhn.

»Es ist was Wichtiges«, widersprach Rooth. »Hat Ihre Mutter Tagebuch geschrieben?«

Mauritz Leverkuhn nieste direkt in den Hörer.

»Gesundheit«, sagte Rooth und trocknete sich das Ohr ab.

»Tagebuch!«, brauste Mauritz Leverkuhn auf. »Was zum Teufel geht Sie das an? Und warum schnüffeln Sie immer noch hier herum? Uns reicht es mit Ihrem Herumgewühle, können Sie uns nicht endlich in Ruhe lassen? Außerdem bin ich krank.«

»Das höre ich«, sagte Rooth. »Hat sie Tagebuch geschrieben?«

Eine ganze Weile war nichts anderes zu hören als Mauritz Leverkuhns schweres Atmen. Rooth war klar, dass er überlegte, ob er gleich den Hörer auflegen sollte oder nicht.

»Nun hören Sie mal zu«, sagte er schließlich. »Ich liege jetzt schon seit zwei Tagen mit Grippe im Bett. Neununddreißig Grad Fieber. Ich habe wirklich keine Lust, noch weiter mit Ihnen herumzusabbeln. Das habe ich schon mehr als genug getan. Mein Vater und auch meine Mutter, beide sind tot, ich kapiere nicht, warum die Polizei sich nicht langsam um was anderes kümmert, statt uns weiterhin zu nerven.«

»Sie nehmen wohl Penicillin?«, fragte Rooth freundlich, aber die einzige Antwort, die er erhielt, war ein deutliches und entschiedenes Klicken in der Leitung.

Rooth legte auf. Stinkstiefel, dachte er. Ich hoffe, du liegst noch ein paar Wochen krank danieder.

»Sind Sie wirklich der Meinung?«, fragte Heinemann. »Dass die Polizei sich Ihnen gegenüber unkorrekt verhalten hat?«

»Was?«, meinte Ruben Engel.

»Dass Sie unnötigerweise belästigt worden sind«, erklärte Heinemann. »Dann sollten Sie nämlich Anzeige erstatten.«

»Ja ... ja, wirklich?«, sagte Engel.

»Es gibt dafür sogar ein eigenes Formular. Wenn Sie möchten, kann ich veranlassen, dass es Ihnen geschickt wird.«

»Emh ... das ist nicht nötig«, sagte Engel. »Aber zum Teufel noch mal, kommt endlich zum Ende, damit wir wieder Ruhe und Frieden im Haus haben.«

»Das ist etwas verzwickt«, erklärte Heinemann und schaute

sich mit der Brille auf der Nasenspitze in der verräucherten Küche um. »Solche Mordermittlungen sind oft komplizierter, als die Leute sich das im Allgemeinen vorstellen. Es gibt eine Unmenge von Aspekten, die man berücksichtigen muss. Wirklich. Was trinken Sie da?«

»Wieso?«, fragte Engel. »Äh ... nur einen kleinen Weingrog ... um etwas Wärme in den Körper zu kriegen. Es zieht hier so verdammt in der Wohnung.«

»Ja, ach so«, sagte Heinemann. »Dann will ich auch mal nicht länger stören. Wissen Sie, ob Frau Mathisen nebenan zu Hause ist?«

Engel schaute auf seine Uhr.

»Sie kommt immer so gegen fünf Uhr nach Hause«, sagte er. »Wenn Sie Glück haben ...«

»Wir werden sehen«, sagte Heinemann. »Und wie dem auch sei, entschuldigen Sie bitte mein Eindringen.«

»Ach, wenn's weiter nichts ist«, sagte Ruben Engel. »Übrigens, das Bumspaar ist am Ausziehen.«

»Wie bitte?«, fragte Heinemann nach.

»Das Paar unter mir. Die haben bestimmt was Besseres gefunden. Die ziehen aus.«

»Ach, wirklich?«, wunderte Heinemann sich. »Davon wussten wir gar nichts. Vielen Dank für die Information.«

»Bitte, bitte«, sagte Engel.

Die Begräbniszeremonie für Marie-Louise Leverkuhn fand in einem Seitenchor der Keymerkirche statt, und außer dem Pfarrer und dem Beerdigungsunternehmer waren noch vier Personen anwesend, ausnahmslos Frauen.

Direkt neben dem Sarg, einer einfachen Sache aus Holz- und Hartfaserplatten, der aber während der Zeremonie von einer grünen Decke verdeckt war, die den Mangel gnädig verdeckte, saß Ruth Leverkuhn in ihrer Eigenschaft als nächste Angehörige. Hinter ihr die anderen drei: ganz links Emmeline von Post, in der Mitte eine blasse Frau ungefähr im gleichen Alter, die, soweit Münster und Moreno verstanden, identisch war mit der

Regine Svendsen, die Inspektor Heinemann die Informationen über die Tagebücher gegeben hatte. Ganz rechts eine ziemlich große, gut gekleidete Frau so um die fünfundvierzig, von der weder Moreno noch Münster die geringste Ahnung hatten, wer es sein könnte.

Sie selbst hatten sich strategisch günstig im Mittelschiff platziert, saßen dort in der harten, hellgebeizten Kirchenbank und blätterten verstohlen in ihren Gesangbüchern, während sie diskret das einfache Ritual fünfzehn Meter entfernt observierten.

»Wer ist die jüngere Frau?«, flüsterte Münster.

Moreno schüttelte den Kopf.

»Keine Ahnung. Warum ist der Sohn nicht da?«

»Krank«, erklärte Münster. »Behauptet er jedenfalls. Rooth hat heute Morgen mit ihm telefoniert.«

»Hm«, sagte Moreno. »Dann gibt's wohl kein Gespräch mit ihm heute. Soll ich es einfach wagen und die Dame hinterher ansprechen? Sie muss ja in irgendeiner Weise zur Familie gehören.«

»Kann natürlich auch so eine Begräbnishyäne sein«, warnte Münster. »Davon gibt es alle möglichen Sorten. Aber hör dich mal um. Ich werde zusehen, ob ich ein Wort mit der Tochter wechseln kann.«

Er spürte, dass er gern hier saß, eng an Ewa Moreno in der schmalen Bank gedrückt und mit ihr flüsternd. Ihr so dicht ins Ohr flüsternd, dass ihr Haar sein Gesicht streifte.

Rede weiter, lieber Pfarrer, dachte er.

Sorge dafür, dass die Zeremonie möglichst weit in die Länge gezogen wird, es macht überhaupt nichts, wenn du den ganzen Nachmittag redest.

Bin ich von allen guten Geistern verlassen? dachte er dann. Und das, obwohl er mit dem Gesangbuch in der Hand in der Kirche saß.

»Das macht nichts«, sagte die Frau, die Lene Bauer hieß. »Gar nichts, ich habe selbst ein paar Mal daran gedacht, Sie anzurufen, aber irgendwie bin ich dann doch nie dazu gekommen ... ja, eigentlich habe ich auch gar nicht so viel zu sagen, wenn man es genau nimmt.«

Auf Lene Bauers eigenen Vorschlag hin hatten sie sich in einer abgetrennten Ecke in der Rügers Bar am Wiijsenweg schräg gegenüber der Kirche niedergelassen. Moreno hatte sofort Sympathie für diese Frau empfunden, die laut eigenen Angaben einen Tag von ihrer Arbeit in der Bibliothek Linzhuisen freigenommen hatte, um an der Beerdigung teilnehmen zu können. Ihre Beziehung zu Marie-Louise Leverkuhn war nicht besonders eng. Lene Bauers Mutter und Frau Leverkuhn waren Cousinen gewesen, aber in den letzten zwanzig, fünfundzwanzig Jahren hatten sie insgesamt keinen großen Kontakt gehabt.

Dennoch hatte Lene Bauer natürlich die Sache in den Zeitungen und im Fernsehen verfolgt, und es hatte auch ein paar Jahre in den Sechzigern gegeben, wo sie wirklich engeren Kontakt miteinander gehabt hatten.

»Die Sommerferien am Meer«, erklärte sie. »In Lejnice, Oosterbrügge und so. Es war billiger, wenn man sich zusammentat, nehme ich an. Meine Mutter und Marie-Louise und dann wir Kinder. Ich und Ruth, Irene und Mauritz ... aber meistens habe ich mit Ruth gespielt, wir waren ja genau im gleichen Alter. Die Väter, meiner und Waldemar, kamen nur abends und übers Wochenende raus ... ja, so ungefähr ist es gelaufen.«

»Sie haben hinterher nicht mehr den Kontakt mit den Kindern aufrechterhalten?«, fragte Moreno.

»Nein«, bestätigte Lene Bauer und sah ein wenig schuldbewusst aus. »Ein paar Briefe an Ruth Anfang der Siebziger, aber ich habe früh geheiratet und hatte andere Dinge im Kopf. Eigene Kinder und so. Außerdem habe ich mehrere Jahre lang in Borghejm gewohnt.«

Moreno dachte nach. Sie nippte an dem Wein, den sie bestellt hatten, und überlegte, wie sie weitermachen sollte. Es schien zweifellos so, als habe diese Frau hier etwas auf dem Herzen, was sie erzählen wollte, was aber vielleicht nicht ans Tageslicht kommen würde, wenn sie nicht die richtigen Fragen stellte.

Oder war das nur Einbildung? Zweifelhafte weibliche Intuition? Schwer zu sagen.

»Wie gefiel es Ihnen damals in den Sommerferien?«, fragte sie vorsichtig. »Wie oft waren Sie überhaupt zusammen weg?«

»Drei oder vier Mal«, sagte Lene Bauer. »Ich kann mich nicht mehr genau erinnern. Jedes Mal ein paar Wochen. Ich war jedenfalls zwischen zehn und fünfzehn. Wir haben die Beatles gehört, Ruth hatte ein Tonbandgerät. Doch, es gefiel mir ganz gut, abgesehen von Mauritz.«

»Ach?«, sagte Moreno und wartete.

Lene Bauer trank ein wenig Wein und zögerte eine Weile, bevor sie fortfuhr.

»Er war so schrecklich anhänglich«, sagte sie. »Eigentlich hätte er einem Leid tun müssen, als einziger Junge zwischen drei Mädchen. Und dann auch noch jünger, aber es war einfach nicht auszuhalten, wie er sich an seine Schwestern klammerte, vor allem an Irene. Sie hatte keine Sekunde Ruhe vor ihm, und sie wehrte sich auch nie. Tobte mit ihm herum, baute ihm eine Sandburg, malte Bilder und las ihm Märchen vor, wenn er abends einschlafen sollte. Stundenlang ... Ruth und ich, wir hielten uns etwas abseits und überließen Irene die Verantwortung, aber ich weiß, dass ich so meine Probleme mit Mauritz hatte. Und nie haben sie ihm etwas gesagt, und nie war er auch nur ein bisschen dankbar. Eine Nervensäge und Heulsuse war er ganz einfach.«

»Hm«, sagte Moreno. »Und das wollten Sie mir erzählen, nicht wahr?«

Lene Bauer zuckte leicht mit den Schultern.

»Ich weiß nicht«, sagte sie. »Ich musste jetzt einfach wieder an sie denken, als ich von diesen schrecklichen Geschehnissen gehört habe. Ich konnte es gar nicht fassen.«

»Natürlich«, sagte Moreno. »Ich nehme an, dass es ein Schock für Sie war.«

»Zwei«, korrigierte Lene Bauer. »Zuerst der Mord. Und

dann, dass sie es war, die es getan hat. Sie muss ihn ja sehr gehasst haben.«

Moreno nickte.

»Höchstwahrscheinlich. Hatten Sie eine Vorstellung von ihrem Verhältnis zueinander? Ich meine damals, vor dreißig Jahren?«

»Nein«, sagte Lene Bauer. »Ich habe jetzt im Nachhinein darüber nachgedacht, aber damals war ich ja noch ein Kind. Ich hatte keine Begriffe für solche Sachen, und außerdem habe ich Waldemar kaum zu Gesicht bekommen. Er tauchte nur ein paar Mal dort draußen auf ... nein, ich weiß es wirklich nicht.«

»Sie erinnern sich in erster Linie an die Kinder?«

Lene Bauer seufzte und holte eine Zigarette aus ihrer Handtasche hervor.

»Ja. Und dann an Irenes Unglück. Irgendwie hatte ich immer das Gefühl, als müsste das zusammenhängen. Ihr übergroßes Schutzbedürfnis Mauritz gegenüber und ihre Krankheit, meine ich ... da stimmte irgendwas nicht, aber es ist natürlich leicht, darüber zu spekulieren. Es geschah fast übergangslos, wenn ich es richtig verstanden habe. War erst gute zwanzig. Keine Ahnung, worum es eigentlich ging. Es war ja damals schon Jahre her, dass ich sie gesehen hatte. Man kann ja nur raten, und das bringt natürlich nicht besonders viel ... es ist so einfach, hinterher immer alles besser zu wissen.«

Sie schwieg. Moreno betrachtete sie, während sie ein Feuerzeug herausholte und die Zigarette anzündete.

»Sie wissen, dass Ruth lesbisch ist?«, fragte die Inspektorin, in erster Linie, weil sie nicht so recht wusste, wie sie das Gespräch fortsetzen sollte. Lene Bauer sog kräftig an ihrer Zigarette und nickte langsam mehrmals.

»Doch, ja«, sagte sie. »Aber es gibt so viele Gründe, das zu werden. Oder?«

Moreno hatte Schwierigkeiten, diese Antwort zu interpretieren. Hatte diese elegante Frau einen Hang in die gleiche Richtung? Hatte sie die Nase voll von den Kerlen? Sie trank von ihrem Wein und überlegte, und sah schließlich ein, dass sie ziemlich weit abgeschweift war von dem, um das es eigentlich ging.

Aber worum ging es eigentlich?

Zweifellos eine gute Frage. Aber von etwas, das einer Antwort auch nur im entferntesten ähnelte, sah sie nicht den blassesten Schimmer. Zumindest im Augenblick nicht.

Es war wie immer. Manchmal, wenn man mitten in den Ermittlungen steckte, schien es, als könnte man den Wald vor lauter Bäumen nicht sehen. Das Einzige, was dann half, war natürlich, zu versuchen, einen Berg oder eine Anhöhe zu finden, auf die man klettern konnte, um sich ein wenig Überblick zu verschaffen. Ein bisschen Distanz.

Sie spürte, dass Lene Bauer auf eine Fortsetzung wartete, aber es war schwierig, den richtigen Faden zu finden.

»Ihre Mutter?«, fragte sie aufs Geratewohl. »Ist sie noch am Leben?«

»Nein«, sagte Lene Bauer. »Sie starb bereits 1980. An Krebs. Aber ich glaube, sie hatte in den letzten Jahren ebenfalls kaum noch Kontakt zu den Leverkuhns. Mein Vater ist im Sommer gestorben. Aber er kannte sie noch weniger.«

Moreno nickte und trank den restlichen Wein aus. Dann beschloss sie, dass es nun genug war. Sie bedankte sich bei Lene Bauer für deren Entgegenkommen und bat, wieder mit ihr in Kontakt treten zu dürfen, falls etwas auftauchen würde, für das man vielleicht ihre Hilfe bräuchte.

Lene Bauer überreichte ihr eine Karte und erklärte, dass die Polizei sie jederzeit gern anrufen könnte.

Schön, dass es Menschen gibt, die in diesem Fall auch mal ein bisschen Willen zur Zusammenarbeit zeigen, dachte Moreno, als sie Rügers verlassen hatten. Sie waren nicht gerade reichlich gesät gewesen. Eher spärlich.

Was jedoch Lene Bauers Beitrag eigentlich in einem größeren Zusammenhang wert sein könnte, ja, das vermochte sie nur schwerlich zu sagen. Zumindest im Augenblick, wie gesagt. Mitten im Dickicht – das alles andere als spärlich erschien.

Vielleicht sollte ich meine Metaphern mal überprüfen, stellte Inspektorin Moreno etwas irritiert fest.

Ein andermal, nicht jetzt. Sie kletterte in ihr Auto und dachte, dass sie sich im Moment nichts sehnlicher wünschte, als die Sache mit Kommissar Münster zu diskutieren. Am liebsten in dieser flüsternden Art und Weise, in die sie am Vormittag in der Kirche verfallen waren, aber das war vielleicht etwas zu viel verlangt.

Reichlich zu viel wahrscheinlich. Sie startete den Wagen. Am besten verschob sie das Gespräch auf den morgigen Tag. Sicherheitshalber.

Nach diesen Überlegungen fuhr Moreno nach Hause in ihre momentane Wohnstätte und dachte den ganzen Abend lang über den Begriff Geschlechterkampf nach.

33

Gemeinsam mit den Polizeibeamten Klempje und Dillinger durchsuchten Rooth und Jung die Leverkuhnsche Wohnung im Kolderweg vier lange Stunden lang am Dienstag nach Frau Leverkuhns Beerdigung.

Das Ganze wäre wahrscheinlich ganz ohne Polizisten viel schneller gegangen, stellte Jung hinterher fest. Dillinger gelang es nämlich vor lauter Übereifer, einen Badezimmerschrank herunterzureißen, der sicher schon mehrere Jahrzehnte lang fest an seinem Platz gesessen hatte (da aber keiner der Wohnungsinhaber mehr am Leben war, ging Rooth davon aus, dass es keine größeren Probleme hinsichtlich des Schadenersatzes geben würde), und Klempjes ansehnlicher Leibesumfang stand die meiste Zeit im Weg – bis Jung es leid war und ihm den ausdrücklichen Befehl gab, hinaufzugehen und sich den Dachboden anzusehen.

»Aj, aj, Käptn«, sagte Klempje. Salutierte und verschwand die Treppe hinauf. Als Jung eine Weile später hinaufstieg, um zu kontrollieren, wie die Arbeit vorangeschritten war, stellte sich heraus, dass er sich mit Hilfe des Bolzenschneiders in Frau Mathisens gut gefülltem Vorratsraum vorgearbeitet hatte und es ihm gelungen war, den größten Teil des Inhalts auf dem schmalen Flur davor zu verteilen. Und das war nicht gerade wenig. Jung holte Dillinger, gab allen beiden noch genauere Instruktionen, und eineinhalb Stunden später kamen die beiden wieder herunter und lieferten ihren Rapport ab (wobei Klempje übrigens verdächtig gut ausgeschlafen aussah): Es hatten sich keine Tagebücher gefunden, weder in Mathisens noch in Leverkuhns Vorräten.

So sicher wie das Amen in der Kirche und die Huren in Zwille. Kein einziges Notizblatt, und damit war die Sache erledigt.

Jung seufzte und stellte fest, dass man das Gleiche leider auch von der Wohnung sagen konnte.

»Scheißjob«, sagte Rooth, als er die Tür wieder schloss. »Ich habe Hunger.«

»Du hast Probleme mit dem Metabolismus«, sagte Jung.

»Was ist das?«, fragte Klempje und gähnte, dass seine Nackenknochen knackten. »Ich habe Hunger.«

Jung seufzte wieder.

»Aber vielleicht hat das was zu bedeuten. Wenn man es mal genauer betrachtet.«

»Was meinst du damit?«, fragte Rooth.

»Verstehst du das nicht?«

»Nein«, sagte Rooth. »Nun spann mich nicht länger auf die Folter. Ich kann es kaum noch aushalten.«

Jung schnaubte.

»Bestimmte Bullen kann man mit einem Brötchen bestechen«, sagte er. »Ja, wenn sie nun wirklich Tagebücher geschrieben hat, diese Frau Leverkuhn, und sie hat verschwinden lassen, dann muss das doch bedeuten, dass in ihnen was Interessantes drin stand. Etwas, von dem sie nicht wollte, dass es jemand liest. Oder?«

Rooth dachte darüber nach, bis sie am Auto angekommen waren.

»Blödsinn«, sagte er. »Das ist nur normal. Wer zum Teufel will denn jede Menge Tagebücher von sich der Nachwelt hinterlassen? Egal, was da nun drin steht. Ich jedenfalls nicht. Das bedeutet überhaupt nichts.«

Jung sah ein, dass da vermutlich was dran war, aber er fand, das war noch lange kein Grund, es zuzugeben.

»Ich wusste gar nicht, dass du schreiben kannst«, sagte er stattdessen.

»Logo kann er das«, sagte Klempje und bohrte sich in der Nase. »Und was für einen Quatsch.«

Wieder zurück in der Polizeizentrale führten Jung und Rooth ein Gespräch mit Inspektor Fuller unten im Untersuchungsgefängnis, aus dem mit aller nur zu wünschenden Deutlichkeit hervorging, dass Marie-Louise Leverkuhn sich während ihrer sechs Wochen, die sie in Zelle Nummer 12 zugebracht hatte, in keiner Weise irgendwann dem Tagebuchschreiben gewidmet hatte. Das konnte Fuller bei seiner Tugend beschwören, wie er behauptete.

Um auch alle Möglichkeiten auszuschöpfen, überprüften sie die Sache noch einmal bei den Wachleuten und dem schläfrigen Pfarrer, und der Bescheid war von allen gleichermaßen eindeutig. Auch wenn keine weiteren Tugenden mehr ins Spiel gebracht wurden.

Es gab keine Tagebücher. Ganz einfach.

»Nun ja«, sagte Rooth. »Dann wissen wir also das. Scheint in dieser witzigen Lotterie nur Nieten zu geben.«

Gerade als Münster nach Hause gehen wollte, rief Reinhart an.

»Hast du eine Viertelstunde Zeit?«

»Ja, aber nicht viel mehr«, sagte Münster. »Kommst du zu mir?«

»Komm du lieber zu mir«, sagte Reinhart. »Dann kann ich in aller Ruhe rauchen. Da gibt es einiges, über das ich mich wundere.«

»Ich bin in zwei Minuten bei dir«, sagte Münster.

Reinhart stand am Fenster und starrte auf den Schneeregen, als Münster hereinkam.

»Ich erinnere mich, dass der Hauptkommissar den Januar immer als den schlimmsten aller Monate bezeichnete. Ich muss sagen, ich bin da ganz seiner Meinung. Heute haben wir erst den siebten, und ich habe das Gefühl, er würde schon seit einer Ewigkeit andauern.«

»Das kann nicht zufällig was damit zu tun haben, dass du gerade erst wieder angefangen hast zu arbeiten?«, gab Münster zu bedenken.

»Kann ich mir nicht denken«, sagte Reinhart und zündete seine Pfeife an. »Nun, also, ich habe da so ein paar theoretische Fragen.«

»Prima«, nickte Münster. »Ich bin das Praktische schon richtig leid.«

Reinhart ließ sich hinter seinem Schreibtisch nieder, drehte den Stuhl und legte die Füße in das dritte Bord im Bücherregal, wo sich genau für diesen Zweck eine Lücke befand.

»Glaubst du, dass sie unschuldig ist?«, fragte er.

Münster betrachtete den Niederschlag draußen fünf Sekunden lang, bevor er antwortete.

»Schon möglich«, sagte er.

»Warum sollte sie gestehen, wenn sie es nicht getan hat?«

»Da gibt es so einige Varianten.«

»Und welche?«

Münster dachte nach.

»Na ja, genau genommen eine.«

»Eine Variante?«, sagte Reinhart, »das nenne ich Vielfalt.«

»Ist ja auch egal«, sagte Münster. »Vielleicht ist es dann eben Einfalt, aber könnte ja sein, dass sie jemanden geschützt hat … oder dass sie gedacht hat, sie würde es tun. Aber das sind natürlich nur Spekulationen.«

»Und wen sollte sie schützen wollen?«

Das Telefon klingelte, Reinhart drückte jedoch nur auf einen Knopf und schaltete es damit ab.

»Das versteht sich ja von ganz allein«, sagte Münster etwas

verärgert. »Ich habe mir das wieder und wieder durch den Kopf gehen lassen, aber wir haben nichts, was dafür spricht. Überhaupt nichts.«

Reinhart nickte und biss auf den Pfeifenstiel.

»Und dann haben wir da Frau Van Eck«, fuhr Münster fort. »Und noch diesen verfluchten Bonger. Das macht das Bild etwas komplizierter, findest du nicht?«

»Sicher«, bestätigte Reinhart. »Ganz bestimmt. Ich habe heute versucht, mit dem armen Ehemann in Majorna zu reden. Da ist offensichtlich nicht mehr viel Feuer vorhanden ... nun ja, was willst du jetzt machen? Ich meine, ganz konkret.«

Münster lehnte sich zurück und wippte auf seinem Stuhl.

»Dem einfältigen Gedankengang folgen«, sagte er, nachdem er eine Weile überlegt hatte. »Um zumindest zu sehen, wie weit er reicht. Ich muss noch mal ein bisschen herumfahren, nur eins von den Geschwistern ist zur Beerdigung gekommen, da konnten wir also nicht viel ausrichten ... außerdem nützt es nicht besonders viel, sich auf die Trauernden zu stürzen, sobald sie aus der Kirche kommen.«

»Stimmt«, sagte Reinhart. »Wann fährst du?«

»Morgen«, sagte Münster. »Die wohnen ziemlich weit im Norden, das wird vielleicht eine Sache von zwei Tagen.«

Reinhart dachte eine Weile nach. Dann nahm er seine Füße aus dem Bücherregal und legte seine Pfeife hin.

»Das ist doch wirklich eine verdammt merkwürdige Geschichte, nicht wahr?«, sagte er. »Und ziemlich unwitzig.«

»Stimmt«, sagte Münster. »Aber vielleicht ist alles auch nur ein Zufall. Schließlich sind schon mehr als zwei Monate vergangen, und erst jetzt kann ich auch nur die Spur eines Motivs wittern.«

»Hm«, überlegte Reinhart. »Else Van Eck eingeschlossen?«

»Ich weiß nicht so recht«, sagte Münster. »Das ist bis jetzt noch eine verdammt flüchtige Witterung.«

Plötzlich begann Reinhart laut zu lachen.

»Hol's der Teufel«, sagte er. »Jetzt klingst du schon wie der Hauptkommissar. Wirst du langsam alt?«

»Uralt«, bestätigte Münster. »Meine Kinder werden bald glauben, dass ich ihr Großvater bin, wenn ich nicht schnell eine Woche frei kriege.«

»Frei, ja«, seufzte Reinhart und bekam einen ganz verträumten Blick. »Nein, was soll's, jetzt gehen wir nach Hause. Dann sehen wir uns also in ein paar Tagen. Halte uns auf dem Laufenden.«

»Ja, natürlich«, sagte Münster und öffnete die Tür des Zimmers von Kommissar Reinhart.

34

Er nahm sich an diesem Morgen eine Stunde extra Zeit. Machte die Betten, wusch ab, fuhr Marieke in den Kindergarten und verließ Maardam gegen zehn Uhr. Ein diagonal fallender, peitschender Regen fegte vom Meer her über die Stadt, und er war dankbar, dass er zumindest in einem Auto mit einem Dach über dem Kopf saß.

Ansonsten bestand seine Reisebegleitung in erster Linie aus einer schweren Müdigkeit, und erst nachdem er zwei Tassen schwarzen Kaffee an einer Tankstelle an der Autobahn getrunken hatte, fühlte er sich einigermaßen wach und klar im Kopf. Van Veeteren pflegte immer zu sagen, nichts sei besser als eine längere Autofahrt – in einsamer Erhabenheit –, wenn es darum ginge, verworrene Gedankenknäuel zu entwirren, und als Münster startete, hegte er die vage Hoffnung, dass es auch in seinem Fall klappen könnte.

Denn es gab da einiges, was er in Angriff nehmen musste. So einige Knäuel, keine Frage.

Zuerst einmal Synn. Seine schöne Synn. Er hatte gehofft, dass sie am vergangenen Abend, nachdem die Kinder im Bett waren, ein ordentliches Gespräch würden führen können, aber dazu war es nicht gekommen. Es war zu gar nichts gekommen. Synn hatte sich auf ihre Seite gelegt und das Licht schon gelöscht, bevor er überhaupt im Bett war, und als er später etwas zögerlich versucht hatte, mit ihr Kontakt aufzunehmen, war sie bereits eingeschlafen gewesen.

Oder hatte so getan, als würde sie schlafen, das konnte er nicht genau sagen. Er selbst hatte bis nach zwei Uhr wach gelegen und sich schlecht gefühlt, und als er endlich einschlief, träumte er auch noch von Ewa Moreno. Es war wie verhext.

Geht es zu Ende?, überlegte Münster, als er ins Hochland bei Wissbork gekommen war. Lief es so ab, wenn man sich auseinander lebte?

Er wusste es nicht. Wie, zum Teufel, sollte er es auch wissen?

Man hat nur sein eigenes Leben, dachte er. Nur dieses eine. Alle Vergleiche sind willkürlich und neunmalklug. Synn war einmalig, er selbst war einmalig, ihre Familien und ihre Beziehungen ebenso. Es gab keine Richtlinien. Nichts, wonach man sich richten konnte. Nur Gefühle und Intuition. Zum Teufel auch.

Ich will es gar nicht wissen, dachte er plötzlich. Will gar nicht wissen, was die Zukunft bringt. Besser, man ist einfach blind und hofft auf das Beste.

Aber in einer Sache hatte Synn auf jeden Fall Recht, das konnte sogar ein erschöpfter Kriminalkommissar erkennen. So wie jetzt konnte es einfach nicht weitergehen. Weder ihr Leben noch das Leben der anderen. Wenn es nicht gelänge, die Bedingungen zu verändern, etwas Radikales mit den Umständen und Zuständen zu machen, dann war es ... ja, dann war es, als säße man in einem Zug, der sich langsam, aber unerbittlich seiner Endstation näherte, wo man nur noch aussteigen und jeder seiner Wege gehen konnte. Ob man nun wollte oder nicht.

Hat sie genauso ein schlechtes Gewissen wie ich?, überlegte er in einem hastigen, unsicheren Moment.

Oder war dieser Aspekt auch von den Geschlechterrollen bestimmt? War es vielleicht auch ein Hieb gegen sein bohrendes schlechtes Gewissen, wenn man es einmal näher betrachtete: diese ruhige, weibliche Sicherheit, die offenbar durch nichts zu erschüttern war und die er nie begreifen würde.

Die er jedoch liebte.

Hol's der Teufel, dachte Münster. Je mehr ich darüber grüble, umso weniger begreife ich.

Er war mehr als hundert Kilometer gefahren, bevor er seine Gedanken seinem Job und seinem Vorhaben zuwandte.

Dem Fall Leverkuhn.

Dem Fall Leverkuhn – Bonger – Van Eck.

Er rechnete nach und kam zu dem Schluss, dass es jetzt mehr als zehn Wochen her war, seit er sich damit befasste. Zwar hatten die Ermittlungen den größten Teil der Zeit geruht, wenn man ehrlich war, während Frau Leverkuhn in Untersuchungshaft saß und solange man nicht die geringste Spur von Else Van Eck gefunden hatte.

Aber dann hatten sich die Ereignisse in der Woche vor Weihnachten wieder überschlagen. Marie-Louise Leverkuhns Selbstmord und der Fund draußen in Weylers Wald.

Als hätte alles nur darauf gewartet, ihm seinen Weihnachtsurlaub zu sabotieren, stellte er mit düsteren Gedanken fest. Und ihm damit die Chance zu nehmen, diesen verfluchten Niedergang im Privaten zu stoppen. Sicher, es waren danach noch andere Dinge aufgetaucht – alles Zeitungsenten, wie Rooth es ausgedrückt hatte.

Diese Tagebuchhinweise zum Beispiel. Gegeben hatte es sie jedenfalls, die Tagebücher, die Sache war klar, aber ob er wirklich irgendwann erfahren würde, was in ihnen gestanden hatte (falls es überhaupt etwas von Wert gewesen war), ja, das war vermutlich eine vermessene Hoffnung.

Dann dieser Bericht dieser weitläufigen Verwandten, um ein anderes Beispiel zu nehmen. Über die Familienverhältnisse draußen am Meer in ein paar Sommerwochen in den Sechzigern. Was hatte der eigentlich für eine Bedeutung?

Oder das gestrige Gespräch mit Reinhart. Ohne wirklich intensiv in die Ermittlungen eingebunden zu sein, schien er die gleichen Gedankengänge wie Münster zu verfolgen, aber vielleicht war auch gar nichts anderes zu erwarten gewesen. Reinhart hatte schon oft mehr Durchblick als die meisten gezeigt.

Und dann das Gespräch mit der ganz und gar nicht charmanten Ruth Leverkuhn nach der Beerdigung. Sicher, es hatte nicht viel gebracht. Schade, dass er noch nicht gewusst hatte, was Lene Bauer erzählen würde, als er die Tochter gesprochen hatte. Es wäre zumindest interessant gewesen, ihren Kommentar dazu zu hören.

Doch, es gab zweifellos einige Durchbrüche.

Oder Fallgruben, wenn man sich Rooths Pessimismus anschließen wollte.

Apropos Durchbrüche, auch das Gespräch mit Van Veeteren am gestrigen Abend ging ihm nicht aus dem Sinn. Der Hauptkommissar hatte gegen neun Uhr angerufen, um sich über den Stand der Ermittlungen zu erkundigen. Was er eigentlich genau auf dem Herzen hatte, daraus wurde Münster nicht ganz schlau. Er hatte gebrummelt und in Rätseln gesprochen, fast wie früher, wenn sich etwas zusammenbraute. Münster war ihm entgegengekommen und hatte ihm von seinen Plänen erzählt, und Van Veeteren hatte ihn gebeten, vorsichtig zu sein. Hatte ihn geradezu gewarnt, aber weitere Einzelheiten oder gute Ratschläge waren nicht aus ihm herauszuholen gewesen.

Sonderbar! Ob er auf dem Weg zurück war? War er das Antiquariatsleben leid?

Unmöglich zu erraten, stellte Münster fest. Wie so oft, wenn es um Van Veeteren ging.

Und im Kolderweg war das Paar Menakdise-de Booning dabei, auszuziehen. Die Bumsmaschinen! Oder *la Rouge et le Noir*, wie Moreno sie etwas romantischer getauft hatte. Warum?

Warum gerade jetzt? Manchmal schien es fast, als würde sich das ganze Haus nach und nach leeren. Die Leverkuhns waren weg. Das Hausmeisterehepaar ebenso – zumindest solange Arnold Van Eck noch in Majorna war. Und jetzt die beiden jungen Leute. Nur Frau Mathisen und der alte Engel waren noch da.

Zum Teufel, dachte Münster. Was geht da vor?

Um ein Uhr hatte er immer noch eine Stunde Fahrzeit vor sich, und er beschloss, zu Mittag zu essen. Bog gleich nördlich von Saaren von der Autobahn ab und begab sich in einen dieser postmodernen Rastbunker für den postmodernen Autofahrer. Während er an seinem Fenstertisch saß – mit Blick auf den Regen, den Parkplatz und vier entwicklungsgestörte Lärchenbäume – beschloss er, ein wenig Systematik in seine Gedankengänge zu bringen. Er schlug eine neue Seite in seinem Notizblock auf und schrieb alles nieder, worüber er in der letzten Stunde im Auto nachgedacht hatte. In Tabellenform. Während er anschließend dasaß und sein zähes Schnitzel kaute, hatte er die Liste vor sich liegen. Er wollte sehen, ob es möglich war, aus ihr irgendwelche neuen, kühnen Schlüsse zu ziehen. Oder zumindest alte, vorsichtige, es gab noch fünf Zentimeter Platz auf der Seite, dort wollte er seine Schlussfolgerungen notieren.

Als er fertig gegessen hatte, waren diese Zentimeter immer noch weiß, aber einer Sache war er, wenn auch aus irgendeinem abstrusen Grund, doch sicher. Einer einzigen:

Er war auf dem richtigen Weg.

Ziemlich sicher. Die blinde Schildkröte näherte sich dem Schneeball.

Es herrschte fast Sturm in Frigge. Als Münster auf dem runden, offenen Platz vor dem Hauptbahnhof aus seinem Wagen stieg, war er gezwungen, sich gegen den Wind zu stemmen, um überhaupt vorwärts zu kommen. Im Bahnhof bekam er von einer ungewöhnlich entgegenkommenden jungen Frau am Fahrkartenschalter einen Stadtplan und eine Wegbeschreibung. Er bedankte sich für ihre Mühe, und sie erklärte ihm mit einem warmen Lächeln, dass ihr Mann auch bei der Polizei arbeite und dass sie wusste, wie es dort war.

Da sieht man es mal wieder, dachte Münster. Die Welt ist voll von verständnisvollen Polizistenehefrauen.

Danach ging er zurück in den Sturm, diesmal ziemlich nach hinten gekrümmt. Er setzte sich wieder ins Auto und schaute sich die Informationen an, die er bekommen hatte. Nach allem zu urteilen, wohnte Mauritz Leverkuhn in einem Vorort. Einzelhäuser und Reihenhäuser und nur vereinzelte Wohnblocks wahrscheinlich. So sah es jedenfalls aus. Er schaute auf seine

Uhr. Es war noch nicht einmal halb vier, aber wenn Mauritz Leverkuhn, wie er selbst angegeben hatte, immer noch Grippe hatte, gab es keinen Grund, davon auszugehen, dass er nicht zu Hause war.

Vorher anzurufen, um einen Termin zu verabreden, war nicht geplant. Ganz und gar nicht, dachte Münster. Wenn man den Stier bei den Hörnern packen will, ist es kaum ratsam, ihn vorher um Erlaubnis zu bitten.

Das Viertel hieß Gochtshuuis. Es lag im äußersten Westen der Stadt. Er startete sein Auto und fuhr vom Marktplatz herunter.

Es dauerte eine gute Viertelstunde, bis er es gefunden hatte. Ein ziemlich trübseliges Siebzigerjahreprojekt mit niedrigen Reihenhäusern an einem Kanal und einem schütteren Waldstreifen, der zur sumpfigen flachen Ebene und zum Meer hin bepflanzt worden war. Vermutlich als Windschutz. Die Bäume bogen sich alle gemeinsam nach Osten hin. Mauritz Leverkuhns Haus lag ganz außen, wo die Straße mit einem Briefkasten, einem Schrottplatz und einer Wendeschleife für die Busse endete.

Betongrau. Zwei Stockwerke hoch, zehn Meter breit und mit einem pathetischen, klitschnassen Rasenfleck auf der Vorderseite. Und wahrscheinlich einem ebensolchen auf der Rückseite zum Waldstreifen hin. Die Dämmerung kündigte sich bereits an, und Münster sah, dass in zwei Fenstern Licht war. Aha, dachte er und stieg aus dem Auto.

Wenn Kommissar Münster daran gedacht hätte, sein Telefon mit aus dem Auto zu nehmen, als er zu Mittag aß, hätte er wahrscheinlich die Gelegenheit gehabt, auch die letzten, leeren Zeilen auf der Seite seines Notizblocks zu füllen.

Zwar nicht mit irgendwelchen Schlussfolgerungen, aber mit einem weiteren Punkt auf der Liste neuer Ereignisse in diesem Fall.

Denn es war irgendwann kurz nach halb zwei, als Inspektor

Rooth vergeblich versuchte ihn zu erreichen, um ihm vom letzten Fund in Weylers Wald zu berichten. Dass man später nicht mehr versuchte, ihn noch einmal ans Telefon zu bekommen, ist zum Teil der Tatsache zuzuschreiben, dass man das in der allgemeinen Aufregung vergaß, die eine direkte Folge des Funds war – und zum anderen Teil der Tatsache, dass man sich trotz allem nicht so recht klar darüber war, welche große Bedeutung der Fund eigentlich haben würde.

Wenn überhaupt eine. Was war eigentlich passiert? Nachdem die übliche ein Dutzend Mann starke Suchtruppe ungefähr eine Stunde nach der Morgendämmerung draußen in dem inzwischen ziemlich zertrampelten Waldgebiet gesucht hatte, war sie auf die Überreste von Else Van Ecks so genannten Intimteilen gestoßen sowie auf ein Beckenteil, ein Stück Rückgrat und zwei reichlich große Pobacken in verhältnismäßig gutem Zustand. Wie immer war alles notdürftig in eine blassgelbe Plastiktüte verpackt gewesen und ebenso notdürftig in einem zugewachsenen Graben versteckt worden. Innere Organe wie Darm, Magen, Leber und Nieren waren entfernt worden, aber was den Fund so viel interessanter machte als die bisherigen, das war, dass man bereits, als man die ganze Pracht auf einem Arbeitstisch in der Gerichtsmedizin ausgepackt hatte, entdeckte, dass ein Stück Papier aus einer der vielen Falten hervorragte, die sich logischerweise bei einer Frau von Frau Van Ecks Umfang befanden.

Es war zwar nicht groß, aber immerhin. Doktor Meusse selbst war es, der vorsichtig einen Teil des auseinander fallenden Fleisches anhob und den Fetzen heil herausholte.

Kein Grund zum Jubeln, wie der Doktor meinte, aber immerhin etwas. Ein schmutziges kleines Stück Papier in der Größe und Form einer zweidimensionalen Banane ungefähr. Verfärbt von Blut und anderem, aber trotzdem konnte kein Zweifel daran bestehen, dass es sich um einen kleinen Teil einer Zeitschriftenseite handelte.

Meusse sah umgehend die Wichtigkeit des Funds ein und ließ ihn sofort mit einem Kurier zum Gerichtschemischen Labor im gleichen Viertel transportieren. Rooth und Reinhart erfuhren sogleich von der Neuigkeit und verbrachten danach größere Teile des Nachmittags in der Gerichtsmedizin – wenn sie damit auch nicht das Ergebnis der Analysen beschleunigen konnten, so blieben sie doch zumindest über die Fortschritte informiert. Es wäre natürlich ebenso gut möglich gewesen, an einem Telefon auf die Ergebnisse zu warten, aber weder Rooth noch Reinhart hatten Sinn dafür. Zumindest nicht an diesem Tag.

Das Resultat kam denn stückweise ans Tageslicht, vom Chef selbst, Kommissar Mulder, dem unjovialsten Menschen, dem Rooth jemals begegnet war, mit aller wissenschaftlichen Umständlichkeit vorgetragen.

Nach einer Stunde beispielsweise stand endlich fest, dass es sich wirklich um eine Zeitschriftenseite handelte. Das wissen wir doch schon lange, du bebrillter Angeber, dachte Rooth, aber er sagte es nicht.

Fünfundvierzig Minuten später wusste man, dass die Papierqualität ziemlich hoch war, zwar keine Illustrierten- oder Magazinklasse, aber auch nicht von einer üblichen Tageszeitung im Stil des Neuwe Blatt oder der Gazette.

Mulder sprach die Namen der beiden Zeitungen in einer Art und Weise aus, die Rooth klar machte, dass er sich auch nur in der äußersten Notsituation dazu herablassen würde, sich mit einer von ihnen den Hintern abzuwischen.

»Der Herr sei gepriesen«, sagte Rooth. »Wenn es das Blatt gewesen wäre, hätten wir den Mist gleich verbrennen können.«

Ungefähr zur selben Zeit bekamen sie eine Kopie des Schnipsels. Reinhart und Rooth, und auch Moreno, die gerade dazukam, drängten sich darum und mussten feststellen, dass die Bananenform leider in vertikaler Richtung lag, wenn man so wollte, und dass man sich deshalb keinen Reim auf den Text machen konnte. Zumindest nicht auf den ersten Blick – obwohl es den Technikern gelungen war, die einzelnen Buchstaben in unerwarteter Deutlichkeit herauszuholen. Die Rückseite wurde zu neunzig Prozent von einem sehr gräulichen Schwarzweißbild bedeckt, aus dem man ebenso wenig herauslesen konnte. Zwar behauptete Rooth, dass es sich um den Querschnitt einer Schrumpfleber handeln müsste, aber er bekam von seinen Kollegen keine Unterstützung.

Kurz nach drei Uhr hatten sie mit einer vorsichtigen Einschätzung des betreffenden Schrifttyps begonnen, obwohl diese Frage wohl kaum in den Kompetenzrahmen der Gerichtsmedizin fiel, wie Mulder immer wieder betonte. Die Buchstabentypen gehörten nicht zu den üblichen drei oder vier, es war also weder Times noch Geneva, was natürlich die Möglichkeiten einer definitiven Bestimmung wieder erweiterte.

Gegen fünf Uhr schloss Kommissar Mulder den Laden für den Tag, drückte jedoch einen gewissen, wissenschaftlich zurückhaltenden Optimismus für die weitergehende Analyse am morgigen Tag aus.

»Das glaube ich wohl«, sagte Reinhart. »Aber ich hätte gern die Quote.«

»Die Quote?«, wiederholte Mulder verwundert und hob langsam eine seiner gepflegten Augenbrauen.

»Mit welcher Wahrscheinlichkeit Sie mir morgen werden sagen können, um welches Käseblatt es sich hier handelt.«

Mulder senkte seine Augenbraue.

»Achtundsechzig zu hundert«, sagte er.

»Achtundsechzig?«, wiederholte Reinhart.

»Ich habe abgerundet«, sagte Mulder.

»Einwickelpapier«, kommentierte Reinhart dann im Auto, während er Inspektorin Moreno nach Hause fuhr. »Genau wie beim Schlachter.«

»Die wickeln doch kein Fleisch in Zeitungspapier ein!«, wunderte Moreno sich. »Das habe ich noch nie erlebt.«

»Aber früher«, erklärte Reinhart. »Dafür bist du zu jung, mein Mädchen.«

Was ein Glück, dass es immer noch welche gibt, die das glauben, dachte Moreno und bedankte sich fürs Mitnehmen.

35

Er musste dreimal klingeln, bevor Mauritz Leverkuhn die Tür öffnete.

»Guten Tag«, sagte Münster. »Da bin ich wieder.«

Offensichtlich brauchte Mauritz Leverkuhn mehrere Sekunden, um sich zu erinnern, um wen es sich bei seinem Besucher handelte, und vielleicht war es dieser kurze Zeitraum, der ihn bereits von Anfang an etwas aus der Bahn brachte.

Oder es war die Krankheit. Als ihm klar geworden war, dass es wieder die Polizei war, reagierte er zumindest nicht mit seiner üblichen Aggressivität. Er schaute Münster nur aus glänzenden, fiebrigen Augen an, zuckte mit seinen hängenden Schultern und bedeutete ihm, doch hereinzukommen.

Münster hängte seine Jacke an einen Haken im Flur und folgte ihm ins Wohnzimmer. Es wirkte seltsam kalt. Wie eine Art Provisorium. Ein Sofa und zwei Sessel um einen niedrigen Kiefernholztisch. Ein teakholzartiges Bücherregal mit insgesamt vier Büchern, einem halben Meter Videobändern und einer Sammlung verschiedenster Nippessachen. Ein Fernsehapparat und eine Musikanlage aus schwarzem Plastik. Auf dem Tisch lagen eine Herrenzeitschrift und ein paar Reklameblätter, das zwei Meter lange Fensterbrett war von einem fünf Zentimeter hohen Kaktus und einer Spardose in Form einer nackten Frau geschmückt.

»Wohnen Sie allein hier?«, fragte Münster.

Mauritz Leverkuhn hatte sich auf einen der Sessel niedergelassen. Obwohl er offensichtlich immer noch krank war, war er angezogen. Weißes Hemd und blaue Hose mit Bügelfalte. Heruntergetretene Pantoffeln. Er zögerte mit der Antwort, als hätte er sich immer noch nicht entschieden, welche Haltung er einnehmen sollte.

»Ich wohne erst seit einem halben Jahr hier«, sagte er schließlich. »Wir haben uns getrennt.«

»Sie waren verheiratet?«

Mauritz Leverkuhn schüttelte mühsam den Kopf und trank

einen Schluck aus einem Glas, das vor ihm auf dem Tisch stand. Irgendetwas Weißes, Schäumendes. Münster nahm an, dass es sich um ein Vitamingetränk oder etwas Fiebersenkendes handelte.

»Nein, wir waren nur zusammen. Aber es hat nicht lange gehalten.«

»Nicht einfach das Ganze«, sagte Münster. »Dann leben Sie jetzt allein?«

»Ja«, sagte Mauritz Leverkuhn. »Aber das bin ich gewohnt. Was wollen Sie eigentlich?«

Münster zog den Block aus seiner Aktentasche. Es war natürlich nicht notwendig, sich in so einer Lage Aufzeichnungen zu machen, aber er war es gewohnt, und er wusste, dass es ihm auch eine Art von Sicherheit gab. Außerdem konnte er besser nachdenken, wenn er so tat, als würde er etwas lesen oder aufschreiben.

»Wir haben ein paar neue Erkenntnisse«, sagte er.

»Ja?«, sagte Mauritz Leverkuhn nur.

»Wenn man alles bedenkt, könnte es sein, dass Ihre Mutter unschuldig ist.«

»Unschuldig?«

Es war nichts Auffälliges in seiner Art, dieses eine Wort auszusprechen. Zumindest nicht, soweit Münster das ausmachen konnte. Nur der normale Grad der Verwunderung und des Zweifels, wie man ihn erwarten konnte.

»Ja, wir glauben, dass sie die Tat gestanden hat, um jemanden zu schützen.«

»Jemanden zu schützen?«, wiederholte Mauritz Leverkuhn. »Wen denn?«

»Das wissen wir nicht«, sagte Münster. »Haben Sie eine Idee?«

Mauritz Leverkuhn wischte sich die Stirn mit dem Hemdärmel ab.

»Nein«, sagte er. »Warum sollte sie so was tun? Das verstehe ich nicht.«

»Wenn wir davon ausgehen, dass es stimmt«, fuhr Münster

fort, »dann muss sie erfahren haben, wer Ihren Vater wirklich getötet hat, und es muss eine Person gewesen sein, die ihr in irgendeiner Weise nahe stand.«

»Ja?«, sagte Mauritz Leverkuhn.

»Kennen Sie derartige Personen?«

Mauritz Leverkuhn hustete einige Sekunden, sodass sich sein schlaffer Körper im Sessel schüttelte.

»Nein«, sagte er dann. »Ich verstehe nicht, was Sie sagen wollen. Sie hatte ja nicht viele Kontakte, das wissen Sie doch ... nein, ich kann mir das nicht vorstellen. Warum sollte sie das tun?«

»Wir sind uns ja auch nicht sicher«, sagte Münster.

»Und was sind das für neue Erkenntnisse, von denen Sie reden? Die darauf hindeuten?«

Münster studierte ein paar Sekunden seinen Block, bevor er antwortete.

»Darauf kann ich leider nicht näher eingehen«, erklärte er. »Aber es gibt da noch ein paar andere Dinge, über die ich gern mit Ihnen reden würde.«

»Was denn für Dinge?«

»Zum Beispiel Ihre Schwester«, sagte Münster. »Irene.«

Mauritz Leverkuhn stellte sein Glas unbeabsichtigt heftig hin.

»Was meinen Sie damit?«, fragte er, und jetzt endlich war eine Spur von Wut in seiner Stimme zu hören.

»Uns wurde von dem Heim, in dem sie wohnt, ein Brief geschickt.«

Das war eine grobe Lüge, aber er hatte sich für diese Variante entschieden. Manchmal war es einfach nötig, eine Abkürzung zu nehmen. Ihm fiel ein persisches Sprichwort ein, das er irgendwo mal aufgeschnappt hatte: *Eine gute Lüge geht von Bagdad nach Damaskus, während die Wahrheit noch nach ihren Sandalen sucht.*

Keine schlechte Regel, dachte Münster. Zumindest was die kurzfristigen Beschlüsse betrifft.

»Sie haben kein Recht, sie hier mit reinzuziehen«, schnaubte Mauritz Leverkuhn.

»Weiß sie, was passiert ist?«, fragte Münster.

Mauritz Leverkuhn zuckte mit den Schultern, und die Aggressivität glitt von ihm ab. »Ich weiß nicht«, sagte er. »Aber Sie müssen sie in Ruhe lassen.«

»Wir haben einen Brief bekommen«, wiederholte Münster.

»Ich verstehe nicht, warum die Ihnen schreiben sollten. Was schreiben sie denn überhaupt?«

Münster ignorierte diese Frage.

»Haben Sie viel Kontakt zu ihr?«, fragte er stattdessen.

»Man kann gar keinen Kontakt zu Irene haben«, sagte Mauritz Leverkuhn. »Sie ist krank. Sehr krank.«

»Das ist uns schon klar«, sagte Münster. »Aber das hindert Sie doch wohl nicht daran, sie ab und zu zu besuchen?«

Mauritz Leverkuhn zögerte kurz und trank aus seinem Glas.

»Ich will sie nicht sehen. Nicht so, wie sie geworden ist.«

»War sie nicht früher einmal Ihre Lieblingsschwester?«

»Das geht Sie gar nichts an«, sagte Mauritz Leverkuhn, und jetzt kam die Wut zurück. Münster beschloss, lieber eine langsamere Gangart einzulegen.

»Entschuldigung«, sagte er. »Mir ist klar, dass das schwer für Sie sein muss. Es ist auch nicht gerade lustig, hier zu sitzen und Sie auszufragen. Aber das ist mein Job.«

Keine Antwort.

»Wann waren Sie das letzte Mal bei ihr?«

Mauritz Leverkuhn schien zu überlegen, ob er die schweigsame Linie einschlagen sollte oder nicht. Er wischte sich wieder die Stirn ab und sah Münster mit einem müden Blick an.

»Ich habe Fieber«, sagte er schließlich.

»Ich weiß«, sagte Münster.

»Ich bin seit einem Jahr nicht mehr dort gewesen.«

Münster schrieb etwas auf seinen Block und überlegte.

»Seit einem Jahr nicht mehr?«

»Genau.«

»Und haben Ihre Eltern sie ab und zu besucht?«

»Ich glaube meine Mutter.«

»Ihre andere Schwester?«

»Ich weiß nicht.«

Münster machte eine Pause und schaute auf die gräulichen Wände.

»Wann haben Sie sich von dieser Frau getrennt?«, fragte er schließlich.

»Was?«, fragte Mauritz Leverkuhn.

»Von dieser Frau, mit der Sie zusammen waren.«

»Ich begreife nicht, was das für eine Rolle spielt.«

»Wären Sie so nett und würden mir trotzdem eine Antwort geben«, sagte Münster.

Mauritz Leverkuhn schloss ein paar Sekunden lang die Augen und atmete schwer.

»Joanna ...«, sagte er dann und öffnete die Augen. »Ja, sie ist im Oktober weg. Hat nicht mal zwei Wochen hier gewohnt ... es hat einfach nicht geklappt, wie schon gesagt.«

Im Oktober, dachte Münster. Alles passiert im Oktober.

»So was kommt vor«, sagte er.

»Ja, das stimmt«, sagte Mauritz Leverkuhn. »Ich bin müde. Ich sollte jetzt meine Medizin nehmen und mich hinlegen.«

Er nieste zweimal, als wollte er seine Aussage unterstreichen. Zog ein zerknittertes Taschentuch aus der Tasche und putzte sich die Nase. Münster wartete.

»Mir ist klar, dass Sie nicht in Form sind«, sagte er. »Ich werde Sie auch gleich in Ruhe lassen. Lene Bauer, erinnern Sie sich an sie?«

»An wen?«

»Lene. Sie hieß damals Gruijtsen. Sie haben sie während der Sommerferien am Meer getroffen. In den Sechzigern.«

»Ach, die Lene? Verdammt, da war ich doch noch ein Kind. Sie war meistens mit Ruth zusammen.«

»Aber an die Episode mit dem Geräteschuppen erinnern Sie sich noch?«

»Was für einen verdammten Geräteschuppen denn?«, schnaufte Mauritz Leverkuhn.

»In dem Sie sich versteckt haben, statt in die Schule zu gehen.«

Mauritz Leverkuhn holte zweimal tief und rasselnd Atem. »Ich habe keine Ahnung, wovon Sie reden. Nicht die geringste.«

Er nahm sich ein Zimmer in einem Hotel unten am Hafen, das ebenso heruntergekommen wirkte, wie er sich fühlte. Ging unter die Dusche und aß dann unten im Hotelrestaurant zusammen mit zwei verlebten alten Frauen und vereinzelten Teilen einer Handballmannschaft aus Oslo. Anschließend ging er zurück auf sein Zimmer und führte zwei Telefongespräche.

Zuerst mit Synn und Marieke (Bart war nicht zu Hause, es war Mittwochabend und Kino in der Schule), Marieke hatte Besuch von einer Freundin, die bei ihr schlafen sollte, und sie hatte nur kurz Zeit, ihn zu fragen, wann er denn nach Hause kommen würde. Mit seiner Ehefrau sprach er eineinhalb Minuten.

Dann Moreno. Das dauerte fast eine halbe Stunde, und warum auch nicht, es gab Gründe. Sie informierte ihn über die neu aufgetauchte Plastiktüte im Weylers Wald und die laufenden Untersuchungen hinsichtlich des kleinen Zeitungsausrisses, aber den größten Teil der Zeit sprachen sie über etwas anderes.

Hinterher konnte er sich nicht mehr genau daran erinnern, worüber eigentlich. Er schaute sich insgesamt eine Stunde lang drei verschiedene Fernsehfilme an, danach duschte er noch einmal und ging dann ins Bett. Es war noch vor elf Uhr, und als es zwei geworden war, war er immer noch nicht eingeschlafen.

36

Donnerstag, der 8. Januar, war ein verhältnismäßig klarer Tag in Maardam. Zwar ohne direkte Sonne, aber dafür auch ohne Niederschläge, außer einigen unschlüssigen Spritzern noch vor der Morgendämmerung. Sowie gut und gern fünf Grad über Null.

Richtig erträglich mit anderen Worten, und außerdem gab es da das Gefühl vorsichtigen Optimismus' und Fortschrittsglaubens, das die andauernden Anstrengungen prägte, Licht in den Fall Leverkuhn zu bringen.

Der Fall Leverkuhn – Van Eck – Bonger.

Die Berichte von der Gerichtsmedizin kamen Schlag auf Schlag. An diesem Tag begnügten sich sowohl Reinhart als auch Rooth damit, die Entwicklungen des Falls am Telefon zu verfolgen. Man wollte Kommissar Mulder schließlich nicht allzu sehr um den Bart gehen, und außerdem gab es noch genug andere Dinge, um die sie sich zu kümmern hatten.

Bereits um zehn Uhr kam der erste Bote. Neue Buchstabentypen- und Papieranalysen hatten gezeigt, dass der Van-Ecksche Papierfetzen mit größter Wahrscheinlichkeit aus einer von zwei Publikationen stammte.

Der Finanzpoost oder dem Breuwerblatt.

Ewa Moreno brauchte nur fünf Sekunden, um eine mögliche Verbindung zu Leverkuhns herzustellen.

Pixner's. Waldemar Leverkuhn hatte – wie lange war das noch her? Zehn Jahre? – in der Pixnerbrauerei gearbeitet, und das Breuwerblatt musste ja wohl eine Zeitschrift für Leute sein, die etwas mit der Bierbranche zu tun hatten. Es gab auch keinen Grund anzunehmen, dass so ein Abonnement mit der Pensionierung beendet wäre.

»Leverkuhn«, konstatierte Moreno, als sie, Reinhart, Rooth und Jung sich zur Beratung in Reinharts Zimmer versammelt hatten. »Das kommt von Leverkuhn, darauf verwette ich meine Tugend!«

»Immer langsam mit den jungen Pferden«, sagte Reinhart und hüllte sie in eine Rauchwolke. »Jetzt wollen wir mal nicht das Pferd von hinten aufzäumen, wie sie in Hollywood sagen.«

»Deine Tugend?«, sagte Jung stirnrunzelnd. »Du auch?«

»Bildlich gesprochen«, erklärte Moreno.

Nach einigen erfolgreichen Telefongesprächen hatte man zusammen, was man über die beiden Zeitschriften wissen musste. Die Finanzpoost war eine ausgeprägte Businesszeitschrift mit Wirtschaftsanalysen, Börsen-, Steuer- und Spekulationstipps. Auflage ungefähr hundertfünfundzwanzigtausend. Kam einmal die Woche heraus, wurde im Abonnement und im freien Verkauf gehandelt. Anzahl der Abonnenten in Maardam gut zehntausend.

»Verdammt bürgerliche Blase«, sagte Reinhart.

»Für die Spürhunde, die das Schicksal der Welt regieren«, sagte Rooth.

Mit dem Breuwerblatt verhielt es sich ein wenig anders. Die Publikation kam nur vierteljährlich heraus, es war eine Art Fachzeitschrift für die Angestellten in der Brauereibranche im ganzen Land. Die Auflage im letzten Jahr betrug sechzehntausendfünfhundert. Kein freier Verkauf. Verbreitung in Maardam eintausendzweihundertsechzig. Einer der Abonnenten hieß Waldemar Leverkuhn.

»Eintausendzweihundertsechzig!«, rief Rooth aus. »Wie, zum Teufel, kann es so viele Brauereiarbeiter geben?«

»Wie viele Biere trinkst du in der Woche?«, wollte Jung wissen.

»Nun ja, wenn man es so sieht ...«, gab Rooth zu.

Es wurde einhellig beschlossen, die Finanzen beiseite zu legen, um sich stattdessen der bedeutend edleren Bierproduktion zu widmen, aber bevor man damit so recht in Gang gekommen war, klopfte es an der Tür, und ein korpulenter Linguist mit Namen Winckelhübe – mit Semiotik und Textanalyse als Spezialgebiet – stellte sich vor. Reinhart erinnerte sich daran, dass er am vergangenen Abend die Universität Maardam angerufen hatte und kümmerte sich etwas widerwillig um Winckelhübe. Erklärte ihm in groben Zügen die Lage, gab ihm eine Kopie der aktuellen Zeitschriftenexpertisen, ein eigenes Zimmer sowie den Auftrag, seinen Bericht sofort abzuliefern, wenn er meinte, etwas gefunden zu haben.

Während Reinhart sich um diese Instruktionen kümmerte, nahm Moreno Kontakt zu der Redaktion des Breuwerblattes auf, die sich glücklicherweise in Reichweite draußen in Löhr befand, und nach dem wie üblich effektiven Ausrücken des jungen Krause hatte man eine halbe Stunde später die Ausgaben der letzten drei Jahre auf dem Tisch. Zwei Exemplare jeder Nummer.

»O Mann«, sagte Rooth. »Das geht ja wie bei der Eisenbahn. Man schafft es kaum noch, was zu futtern.«

Und wieder war es Rooth, der die Stelle fand.

»Hier haben wir's«, rief er laut. »Hol's der Teufel!«

»Auch ein blindes Huhn ...«, stellte Reinhart fest. Ging zu Rooth, um sich zu vergewissern.

Es gab keinen Zweifel. Der kleine Papierstreifen, der aus dem Hintern von Else Van Eck draußen im Weylers Wald herausgeragt hatte, stammte aus der Septembernummer letzten Jahres vom Breuwerblatt. Seite elf und zwölf. Ganz oben links – eine zweispaltige Notiz über eine Konferenz in Oostwerdingen zum Thema Betriebsklima. Das Foto auf der Rückseite stellte ein Stück von einem Tisch und einem Anzug dar, der zu einem Landeshäuptling gehörte, der eine Anlage in Aarlach einweihte.

»Die Sache ist klar«, sagte Reinhart.

»Glasklar«, sagte Moreno.

»Kann man deutlich sehen, dass er 'ne Schrumpfleber hat«, erklärte Rooth und betrachtete den Landeshäuptling aus der Nähe.

Dann herrschte einige Sekunden lang Schweigen.

»Waren es zwölfhundertsechzig Abonnenten?«, fragte Jung. »Dann muss es ja nicht unbedingt ...«

»Verdammter Schwarzmaler«, unterbrach ihn Rooth. »Es ist ja wohl klar, dass das von den Leverkuhns kommt. Sie hat auch die Van Eck auf dem Gewissen, darauf wette ich meine ... Ehre.«

»Bildlich gesprochen?«, fragte Moreno.

»Buchstäblich«, sagte Rooth.

Reinhart räusperte sich.

»Sicher, es verweist auf die Leverkuhns«, sagte er. »Wollen wir uns aber nicht erst mal Kaffee besorgen und das

Ganze anschließend in ein wenig geordneteren Formen diskutieren?«

»Ich bin ganz deiner Meinung«, stimmte Rooth zu.

Während des Kaffeetrinkens traf ein weiterer Rapport von der Gerichtsmedizin ein, und Reinhart hatte das ungetrübte Vergnügen, Kommissar Mulder mitzuteilen, dass man die Sache bereits in die eigenen Hände genommen hatte.

Da es ja ein wenig eilte. Falls es so war, wie man vermutete, dass es im Labor noch andere Dinge gab, um die man sich kümmern musste, so gab es jetzt keinen Hinderungsgrund mehr, sich diesen zu widmen.

»Ich verstehe«, sagte Kommissar Mulder und legte den Hörer auf.

Reinhart tat das Gleiche, zündete seine Pfeife an und schmunzelte verschmitzt.

»Wo waren wir?«, fragte er und schaute sich um.

»Verflucht!«, sagte Inspektorin Moreno.

»So redet eine richtige Frau«, sagte Rooth.

Moreno kümmerte sich nicht um ihn.

»Mir ist gerade etwas eingefallen«, sagte sie stattdessen.

»Und was?«, fragte Jung.

»Ich glaube, ich weiß, wie es abgelaufen ist«, sagte Moreno.

Donnerstag, der 8. Januar, war ein verhältnismäßig klarer Tag in Frigge. Bevor er losfuhr, konnte Münster feststellen, dass der Sturm sich im Laufe der Nacht gelegt hatte und der Morgen einen blassen und kaum bedrohlichen Himmel bot sowie eine Temperatur, die vermutlich einige Grade über Null lag.

Er fuhr kurz nach neun los, mit der gleichen Müdigkeit in den Knochen, die er die ganzen letzten Monate gespürt hatte. Fast wie einen alten Bekannten. Wenigstens ein treuer Begleiter, dachte er in herber Aufrichtigkeit.

Laut Wegbeschreibung lag das Gellnerhemmet ein Stück außerhalb der Stadt Kielno, nur dreißig, vierzig Kilometer von Kaalbringen entfernt, wo er vor ein paar Jahren im Zusammenhang mit einem viel besprochenen Axtmordfall einige Wochen verbracht hatte. Während er jetzt Richtung Osten durch die flache Landschaft fuhr, erinnerte er sich an diesen Septembermonat. Die idyllische Küstensiedlung und all die bizarren Umstände, die schließlich in der Festnahme des Täters mündeten.

Und Inspektorin Moerk. Beate Moerk. Eine andere weibliche Kollegin, der er etwas zu nahe gekommen war. War das womöglich ein Charakterfehler bei ihm? Dass er nicht die notwendige, berufsmäßige Distanz halten konnte?

Er überlegte, was sie jetzt wohl tat. Ob sie noch in Kaalbringen lebte? Ob sie immer noch allein war?

Und Bausen? Was zum Teufel machte Kommissar Bausen eigentlich? Er beschloss, Van Veeteren danach zu fragen, wenn er ihn das nächste Mal traf. Wenn es jemand wusste, dann ja wohl er.

Die Fahrt dauerte nicht mehr als eine Stunde. Das Gellnerhemmet war aus irgendeinem Grund an der großen Verkehrsstraße ausgeschildert, und es war kein Problem, dorthin zu finden. Er stellte seinen Wagen auf einem weitläufigen Parkplatz ab, der Platz für Hunderte von Autos bot, aber im Augenblick nur eine Hand voll Fahrzeuge vorzuweisen hatte. Dann folgte er einer Reihe diskreter Schilder und fand die Rezeption in einem flachen, lang gestreckten Haus oben auf einer kleinen Wiese. Die ganze Anlage schien auf einem ziemlich großen Gelände verteilt zu sein. Zwei und drei Stockwerke hohe Gebäude in Gelb und Hellgrün. Rasenflächen und reichlich Büsche und Bäume. Kleine Gehölze und ein Streifen mit Lärchenbäumen und gemischten Laubbäumen, der alles eingrenzte. Gefliese, unregelmäßige Wege und Gruppen von Sitzgelegenheiten und kleinen Tischen. Insgesamt wirkte das Ganze äußerst friedvoll, aber er sah nicht einen einzigen Menschen hier draußen.

Im Sommer ist es wohl anders, dachte er.

Wie verabredet, traf er zunächst die Frau, mit der er schon zweimal am Telefon gesprochen hatte – die gleiche Vertrauen erweckende Pflegerin, die ihn bereits in den Anfangstagen im Oktober über Irene Leverkuhns Krankheit informiert hatte.

Sie hieß Hedda deBuuijs und war um die fünfundfünfzig. Eine kräftige, kleine Frau mit gefärbtem, eisengrauen Haar und einem warmen Lächeln, das sich anscheinend nie länger als ein paar Sekunden von ihrem Gesicht entfernte. Münster stellte sofort fest, dass der Respekt, den er ihr gegenüber bereits am Telefon empfunden hatte, in keiner Weise voreilig oder unbegründet gewesen war.

Sie gab ihm keine neuen Auskünfte oder Informationen vor seinem Treffen mit Irene Leverkuhn. Erklärte ihm nur, dass er nicht allzu viel erwarten sollte und dass sie hinterher eine Weile für ihn Zeit hätte, falls er es wünschte.

Dann klingelte sie nach einer Krankenschwester, und Münster wurde auf den Plattenwegen zu einem der gelben Gebäude ganz hinten im Park geführt.

Er wusste nicht so recht, wie er sich eigentlich sein Treffen mit Irene Leverkuhn vorgestellt hatte, wenn er sich denn überhaupt etwas vorgestellt hatte. Hinsichtlich ihrer Konstitution erinnerte sie ihn in keiner Weise an ihre übergewichtige Schwester. Eher an ihre Mutter, dünn und sehnig, wie er sie unter dem weiten, hellblauen Krankenhauskittel erahnen konnte. Etwas krumm im Rücken, mit langen, mageren Armen und einem vogelähnlichen Gesicht. Schmale Nase und bleiche, dicht zusammenstehende Augen.

Sie saß an einem Tisch in einem ziemlich großen Raum und malte mit Wasserfarben auf einem Block. An einem anderen Tisch saßen zwei andere Frauen und waren mit irgendeiner Art Batikdruck beschäftigt, soweit Münster das einschätzen konnte. Die Schwester verließ ihn, und er setzte sich Irene Leverkuhn gegenüber. Sie sah ihn einen Moment lang an, dann widmete sie sich wieder ihrer Beschäftigung. Münster stellte sich vor.

»Ich kenne Sie nicht«, sagte Irene Leverkuhn.

»Nein«, bestätigte Münster. »Aber vielleicht können Sie sich ja doch ein wenig mit mir unterhalten?«

»Ich kenne Sie nicht«, wiederholte sie.

»Haben Sie etwas dagegen, wenn ich mich hinsetze und Ihnen eine Weile beim Malen zusehe?«

»Ich kenne Sie nicht. Ich kenne alle hier.«

Münster schaute auf das Bild. Blau und Rot in breiten, zerfließenden Formen, sie benutzte zu viel Wasser, das Papier wellte sich schon. Es sah ungefähr so aus wie bei seiner eigenen Tochter, wenn sie dieser Tätigkeit nachging. Er bemerkte, dass die bereits benutzten Seiten des Blocks ebenso aussahen.

»Gefällt es Ihnen hier im Gellnerhemmet?«, fragte er.

»Ich wohne in Nummer zwölf«, sagte Irene Leverkuhn.

Ihre Stimme klang leise und vollkommen tonlos. Als spräche sie in einer Sprache, die sie selbst nicht verstand.

»Nummer zwölf?«

»Nummer zwölf. Das andere Mädchen heißt Rebecka. Ich bin auch ein Mädchen.«

»Bekommen Sie oft Besuch?«, fragte Münster.

»In Nummer dreizehn wohnen Liesen und Veronica«, sagte Irene Leverkuhn. »Liesen und Veronica. Nummer dreizehn. Ich wohne in Nummer zwölf. Rebecka wohnt auch in Nummer zwölf. Zwölf.«

Münster schluckte.

»Bekommen Sie oft Besuch von Ihrer Familie? Ihrer Mutter, Ihrem Vater und Ihren Geschwistern?«

»Ich male«, sagte Irene Leverkuhn. »Es wohnen nur Mädchen hier.«

»Ruth?«, fragte Münster. »Ist sie häufiger hier?«

»Ich kenne Sie nicht.«

»Wissen Sie, wer Mauritz ist?«

Irene Leverkuhn antwortete nicht.

»Mauritz Leverkuhn. Ihr Bruder.«

»Ich kenne alle hier«, sagte Irene Leverkuhn.

»Wie lange ist es her, dass Sie hierher gekommen sind?«, fragte Münster.

»Ich wohne in Nummer zwölf«, sagte Irene Leverkuhn.

»Gefällt es Ihnen, hier mit mir zu sitzen und sich zu unterhalten?«

»Ich kenne Sie nicht.«

»Können Sie mir sagen, wie Ihre Mutter und Ihr Vater heißen?«

»Wir stehen um acht Uhr auf«, sagte Irene Leverkuhn. »Aber wir dürfen noch bis neun liegen bleiben, wenn wir wollen. Rebecka bleibt immer bis neun liegen.«

»Wie heißen Sie?«, fragte Münster.

»Ich heiße Irene. Irene heiße ich.«

»Haben Sie Geschwister?«

»Ich male«, sagte Irene Leverkuhn. »Das mache ich jeden Tag.«

»Sie malen schön«, sagte Münster.

»Ich male rot und blau«, sagte Irene Leverkuhn.

Münster blieb noch eine Weile sitzen und sah zu, wie sie das Bild vollendete. Als sie fertig war, betrachtete sie es gar nicht. Blätterte einfach nur das Blatt auf dem Block um und begann von vorn. Sie hob nie den Blick und schaute ihn nicht an, und als er aufstand und sie verließ, schien sie sich dessen gar nicht bewusst zu sein.

Geschweige denn zu wissen, dass er überhaupt da gewesen war.

»Eines der Probleme«, bemerkte die Fürsorgerin deBuuijs, als Münster wieder in ihrem Büro saß, »ist ja gerade, dass es ihr gut geht. Vielleicht ist sie wirklich einfach nur glücklich. Sie ist sechsundvierzig Jahre alt, und, ehrlich gesagt, kann ich sie mir nicht draußen als funktionierendes Mitglied der Gesellschaft vorstellen. Oder können Sie das?«

»Ich weiß nicht so recht...«, sagte Münster.

Fürsorgerin deBuuijs betrachtete ihn einen Moment mit ihrem üblichen freundlichen Lächeln.

»Ich weiß, was Sie denken«, sagte sie dann. »Kühe und Hühner und Schweine sind ja auch glücklich. Oder zumindest zufrieden ... bis wir sie schlachten wenigstens. Wir erwarten einfach ein wenig mehr von dem so genannten Menschenleben. Oder?«

»Stimmt«, sagte Münster. »Das tun wir wohl.«

»Irene ist nicht immer so gewesen«, fuhr deBuuijs fort. »Aber seit sie erkrankt ist, hat sie sich in ihre kleine, wohlvertraute Welt eingekapselt, doch auch schon davor hat sie sich darin nicht sicher gefühlt. Obwohl sie in den letzten Jahren, ja, seit sie hier im Gellnerhemmet ist, sich eigentlich immer so verhält, wie sie es sicher auch tat, als Sie mit ihr geredet haben.«

»In sich selbst eingekapselt?«, fragte Münster.

»So ungefähr. Aber, wie gesagt: zufrieden.«

Münster dachte eine Weile nach.

»Bekommt sie Medikamente?«

Die Fürsorgerin schüttelte den Kopf.

»Nicht mehr. Zumindest nichts Großes.«

»Irgendeine Form von ... Behandlung?«

Wieder lächelte sie.

»Dahin mussten wir ja kommen«, sagte sie. »Denn irgendwas muss doch von uns zu erwarten sein, nicht wahr? Dass wir zumindest eine Art von Würde wiederherzustellen versuchen ... doch, doch, Irene bekommt natürlich eine Therapie. Wenn sie die nicht bekäme, würde sie eines schönen Tages sozusagen ganz aufhören zu funktionieren.«

Münster wartete ab.

»Zum Teil arbeiten wir traditionell«, erklärte deBuuijs, »zum Teil experimentieren wir auch. Nicht so, dass es irgendwelche Risiken mit sich bringen würde, aber in Irenes Fall hat das unerwartet gut funktioniert ... das sagt zumindest die Therapeutin.«

»Wirklich?«, bemerkte Münster.

»Wir betreiben täglich eine Art Gesprächstherapie. In kleinen Gruppen, das machen wir mit allen Patienten. Dann haben wir noch verschiedene Therapeuten, die herkommen und individuell arbeiten. Unterschiedliche Schulen und Methoden, wir wollen uns nicht festlegen. Irene wird seit fast einem Jahr von einer jungen Frau betreut, die Clara Vermieten heißt, und ... ja, es geht offensichtlich sehr gut.«

»In welcher Beziehung?«, wollte Münster wissen.

»Das kann ich gar nicht sagen«, entschuldigte sich Hedda deBuuijs. »Sie haben jetzt eine Pause gemacht, da Clara ein Kind bekommen hat, aber sie will die Behandlung im Frühling wieder aufnehmen.«

Münster begann langsam zu überlegen, ob sie nicht eine Art As im Ärmel hatte oder ob sie nur aus reiner Höflichkeit mit ihm sprach.

»Wenn Sie daran teilhaben wollen, dann ist das kein Problem«, sagte die Fürsorgerin deBuuijs nach einer kleinen Pause. »Wo Sie doch extra so weit gefahren sind.«

»Teilhaben?«, wunderte Münster sich.

»Alle Gespräche sind auf Tonband aufgenommen. Ich selbst habe sie mir nicht angehört, aber ich habe Clara angerufen, als ich erfuhr, dass Sie kommen würden. Sie hat nichts dagegen, wenn Sie sie anhören wollen. Vorausgesetzt natürlich, Sie missbrauchen sie nicht in irgendeiner Weise.«

»Missbrauchen?«, fragte Münster. »Wie sollte ich sie missbrauchen können?«

DeBuuijs zuckte mit den Schultern.

»Ich muss mir manchmal bestimmte Floskeln zurechtlegen«, sagte sie. »Das gehört zu meinem Beruf. Geht es Ihnen nicht auch so?«

»Doch, ja«, nickte Münster. »Manchmal.«

Die Fürsorgerin stand auf.

»Ich glaube, wir verstehen einander«, sagte sie. »Folgen Sie mir, dann werde ich Ihnen ihr Zimmer zeigen. Sie können dort so lange bleiben, wie Sie wollen. Wenn Sie eine Tasse Kaffee wollen, während Sie sich die Bänder anhören, dann bringe ich Ihnen eine.«

»Danke, gern«, sagte Inspektor Münster. »Das wäre schön.«

37

»Was meinst du?«, fragte Jung. »Wie es abgelaufen ist?«

»Es ist zumindest eine Idee«, sagte Moreno. Sie biss sich auf die Lippen und zögerte ein paar Sekunden. »Erinnert ihr euch noch an den Tag, ich glaube, es war der Donnerstag, an dem Arnold Van Eck uns mitteilte, dass seine Frau verschwunden ist? Wir sind hingefahren ... nein, das waren ja nur Münster und ich. Jedenfalls sind wir am Kolderweg angekommen, um mit Van Eck zu reden. Und in der Tür haben wir Frau Leverkuhn getroffen, die dabei war, die Sachen von Waldemar auszuräumen. Sie hat Taschen und Säcke mit seinen alten Kleidern rausgeschleppt. Sie wollte in die Windermeerstraat und es der Heilsarmee übergeben ... Sie war eine ganze Weile damit beschäftigt, während wir dort waren. Das waren natürlich ... natürlich nicht nur Kleidungsstücke, die sie da rausgetragen hat.«

Rooth stoppte seine Kaffeetasse auf halbem Weg zum Mund.

»Was, zum Teufel, redest du da?«, rief er aus. »Behauptest du etwa ... behauptest du, dass sie die Van Ecksche direkt vor euren Augen rausgeschleppt hat? Zerstückelt und verpackt? Das ist ja wohl das Schlimmste ... und wer hat gerade was von einem blinden Huhn gesagt?«

»Das ist nicht möglich«, sagte Reinhart. »Oder vielleicht ja doch«, fügte er nach ein paar Sekunden hinzu, »... glaubst du wirklich, dass das stimmen könnte?«

»Ich weiß nicht«, sagte Moreno. »Was meint ihr?«

»Glauben soll man in der Kirche«, sagte Rooth. »Schließlich warst du es, die dort gewesen ist. Woher sollen wir verdammt noch mal wissen, was sie in den Taschen hatte?«

»Megastark«, sagte Jung. »Klingt total verrückt.«

Dann wurde es still im Zimmer. Moreno stand auf und begann vor dem Fenster hin und her zu gehen. Reinhart betrachtete sie, während er seine Pfeife säuberte und abwartete. Rooth schluckte seinen Kopenhagener hinunter und schaute sich nach einem neuen um. Als er keinen mehr entdeckte, seufzte er und zuckte mit den Schultern.

»Okay«, sagte er. »Nachdem wir jetzt alle die Fähigkeit zum Sprechen verloren haben, muss ich wohl den Taktstock ergreifen. Sollen wir noch mal hinfahren? Zum vierundsiebzigsten Mal? Wir müssen wohl zumindest kontrollieren, ob noch was von dieser Zeitschrift rumliegt, oder? Und dann können wir gucken, ob wir irgendwelche blutigen Reisetaschen finden. Aber über die wären wir ja bestimmt schon lange gestolpert. Wenn es stimmt, was Moreno sagt, dann ist das das aller ... ja, verdammt, das aller, aller ...«

Er fand keine Worte. Reinhart legte seine Pfeife hin und räusperte sich nachdrücklich.

»Jung und Moreno«, sagte er. »Ihr kennt ja den Weg.«

»Worauf wartet ihr noch?«, fragte Rooth.

»Es gibt da nur eins, was ich nicht verstehe«, sagte Inspektorin Moreno, nachdem sie festgestellt hatten, dass es in der Leverkuhnschen Wohnung am Kolderweg nicht einen einzigen Quadratzentimeter von der Septembernummer des Breuwerblatts gab – und auch keine blutigen Taschen. »Wenn es also wirklich sie war, die das getan hat, dann ...«

»Was dann?«, fragte Jung.

»Warum?«, fragte Moreno.

»Warum?«

»Ja. Warum um alles in der Welt bringt sie auch noch Else Van Eck um?«

Jung dachte drei Sekunden lang nach.

»Was meinst du denn, wo sie es gemacht hat?«, fragte er. »Ich meine, das Zerlegen. Wenn wir erst mal aufs Warum scheißen.«

Moreno schüttelte den Kopf. »Woher soll ich das denn wissen? Vielleicht in der Badewanne ... ja, sie hat sie mit einer Bratpfanne erschlagen und dann in der Badewanne zerteilt, das klingt doch logisch, oder? So würde ich es jedenfalls tun. Dann braucht man hinterher nur noch abzuspülen, ein bisschen Seife oder Scheuermittel notfalls. Aber warum? Sag mir das! Wir können nicht immer nur in den Gründen herumwühlen, es muss auch einen Anlass gegeben haben.«

»Ich weiß nicht«, sagte Jung. »Ich bin nur eins von diesen dummen blinden Hühnern.«

Um Viertel vor zwei, an dem gleichen niederschlagsfreien Januardonnerstag, klopfte es rücksichtsvoll an der Tür zum Arbeitszimmer von Kommissar Reinhart.
»Herein«, sagte Reinhart.
Die Tür wurde vorsichtig geöffnet, und der Linguist Winckelhübe steckte seinen Kopf herein.
»Ja, was gibt's?«, fragte Reinhart und schaute von seinem Papierstapel auf.
»Nun ja, ich habe so eine kleine Analyse gemacht«, erklärte Winckelhübe und kratzte sich am Bauch. »Ich bin mir zwar nicht hundertprozentig sicher, aber ich bin bereit, einiges drauf zu wetten, dass er von Seehunden handelt. Der Text, meine ich.«
»Von Seehunden?«, wiederholte Reinhart.
»Von Seehunden«, nickte Winckelhübe.
»Hm, hm«, brummte Reinhart. »Genau. Das ist das, was wir uns auch gedacht haben. Vielen, vielen Dank, Sie können Ihre Rechnung dem Polizeipräsidenten schicken.«
Winckelhübe sah etwas ratlos aus.

Es war zu sehen, dass die Therapeutin Clara Vermieten sich um mehrere Patienten des Gellnerhemmets kümmerte. Im Bücherregal des engen Zimmers, in das deBuuijs Münster geführt hatte, waren vier der Regalbretter mit Initialen beschriftet. I.L. stand ganz oben, und dort lagen mehrere Stapel Kassettenbänder, ordentlich immer zehn Stück aufeinander. Münster rechnete aus, dass es vierundsechzig sein mussten. Die Bretter weiter unten enthielten deutlich weniger.
Auf dem winzigen Schreibtisch stand das Porträt eines dunkelhaarigen Mannes in den Dreißigern, ein Telefon und ein Kassettenrekorder.
Aha, dachte Münster. Dann muss ich ja nur noch loslegen.
Er nahm einen der Stapel herunter. Auf dem Rücken jeder

Kassette stand ein Datum, wie er feststellte. 4.3., 8.3., 11.3. ... und so weiter. Er nahm eine auf gut Glück heraus und drückte sie in den Rekorder. Allem Anschein nach war sie zurückgespult, denn sie begann mit einer Stimme, von der er annahm, dass sie Clara Vermieten gehörte. Sie erklärte, an welchem Datum die Einspielung stattfand.

»Gespräch mit Irene Leverkuhn am fünften April neunzehnhundertsiebenundneunzig.«

Danach eine kurze Pause.

»Irene, ich bin's. Clara. Wie geht es dir heute?«

»Mir geht es gut«, antwortete Irene Leverkuhn mit der gleichen einförmigen Stimme, der er vor einer Weile zugehört hatte.

»Schön, dich wiederzusehen«, sagte die Therapeutin. *»Ich denke, wir sollten uns ein bisschen unterhalten, wie immer.«*

»Wie immer«, sagte Irene Leverkuhn.

»Hat es heute geregnet?«

»Ich weiß nicht«, antwortete Irene Leverkuhn. *»Ich bin nicht draußen gewesen.«*

»Es hat geregnet, als ich hergefahren bin. Ich mag Regen gern.«

»Ich mag Regen nicht«, sagte Irene Leverkuhn. *»Man wird nass davon.«*

»Willst du dich wie immer hinlegen?«, fragte Clara Vermieten. *»Oder willst du lieber sitzen bleiben?«*

»Ich will mich hinlegen. Ich lege mich immer hin, wenn wir reden.«

»Dann leg dich jetzt hin«, sagte Clara Vermieten. *»Brauchst du eine Decke, ist dir vielleicht ein bisschen kalt?«*

»Mir ist nicht kalt«, sagte Irene Leverkuhn.

Münster spulte das Band ein Stück vor und schaltete es wieder ein.

»Wer ist das?«, hörte er die Therapeutin fragen.

»Ich erinnere mich nicht so genau«, antwortete Irene Leverkuhn.

»Aber du kennst seinen Namen?«

»*Ich kenne seinen Namen*«, bestätigte Irene Leverkuhn.
»*Wie heißt er?*«, fragte Clara Vermieten.
»*Er heißt Willie.*«
»*Und wer ist Willie?*«
»*Willie ist der Junge, der in meine Klasse geht.*«
»*Wie alt bist du jetzt, Irene?*«
»*Ich bin zehn Jahre alt. Ich habe ein blaues Kleid gekriegt, aber da ist ein Fleck drauf.*«
»*Ein Fleck? Wie ist der dahin gekommen?*«
»*Der Fleck ist dahin gekommen, als ich ein Eis gegessen habe*«, erklärte Irene Leverkuhn.
»*War das heute?*«, fragte Clara Vermieten.
»*Das war heute Nachmittag. Vor einer Weile.*«
»*Ist es Sommer?*«
»*Es war Sommer. Jetzt ist es Herbst, die Schule hat angefangen.*«
»*In welche Klasse gehst du?*«
»*Ich habe in der vierten angefangen.*«
»*Wie heißt deine Lehrerin?*«
»*Ich habe keine Lehrerin. Wir haben einen Magister. Er ist streng.*«
»*Wie heißt er?*«
»*Er heißt Töffel.*«
»*Wo bist du im Augenblick?*«
»*Im Augenblick bin ich natürlich in unserem Zimmer. Ich bin von der Schule nach Hause gekommen.*«
»*Was machst du?*«
»*Nichts.*«
»*Was willst du tun?*«
»*Ich habe einen Fleck auf meinem Kleid, ich will in die Küche gehen und ihn rauswaschen.*«

Münster stellte wieder aus. Er warf einen Blick auf die Kassettenstapel im Regal und stützte seinen Kopf in die rechte Hand. Was mache ich da?, dachte er.

Er spulte weiter vor und hörte noch eine Minute zu. Irene erzählte, in welches Schutzpapier sie ihre Schulbücher einwickelte und was es in der Schulkantine zu essen gegeben hatte.

Er spulte das Band zurück und schob es wieder in seine Hülle. Lehnte sich auf dem Stuhl zurück und schaute aus dem Fenster. Dann durchfuhr ihn ein Schauer. Plötzlich wurde ihm bewusst, dass er gerade einem Gespräch zugehört hatte, das stattgefunden hatte, ja wann nur? Irgendwann Anfang der sechziger Jahre höchstwahrscheinlich. Es war zwar vor weniger als einem Jahr aufgenommen worden, aber in dem Moment hatte Irene Leverkuhn sich weit zurück in ihrer Kindheit befunden – irgendwo in diesem finsteren kleinen Haus in Pampas, das er sich vor ein paar Wochen angesehen hatte. Verdammt, wenn das nicht sonderbar war!

Gleichzeitig bekam er plötzlich eine Art Respekt vor dieser Therapeutin und dem, was sie da trieb. Ihm selbst war es nicht gelungen, auch nur ein vernünftiges Wort aus der malenden Frau herauszubekommen, und hier saß sie und erzählte dieser Clara Vermieten dies und das aus ihrem Leben.

Ich muss meine Meinung über die Psychoanalyse ändern, dachte Münster. Es ist höchste Zeit.

Er schaute auf die Uhr und überlegte, wie er weiter vorgehen sollte. Sich hier durch ein Band nach dem anderen durchzuhören, erschien ihm nicht sonderlich effektiv, wie faszinierend es auch sein mochte. Er stand auf und studierte stattdessen die Datierung im Regal. Das allererste Band war allem Anschein nach vor gut einem Jahr eingespielt worden. Am 25.11.1996. Er nahm den ganz rechten Stapel herunter, der nur aus vier Kassetten bestand. Die unterste war auf den 16.10. datiert, die oberste auf den 30.10.

Er ging zurück zum Schreibtisch, nahm den Hörer ab, und nach einigen Komplikationen hatte er Hedda deBuuijs am Apparat.

»Nur eine Frage«, sagte er. »Wann hat Clara wegen der Geburt ihres Kindes aufgehört zu arbeiten?«

»Einen Moment«, sagte deBuuijs, und er hörte, wie sie in irgendetwas blätterte.

»Am letzten Tag im Oktober«, sagte sie. »Ja, das stimmt. Ungefähr eine Woche später hat sie ein Mädchen bekommen.«

»Danke«, sagte Münster und legte auf.

Er nahm das oberste Band vom Stapel und griff zu dem vom 25. Oktober. Samstag, der 25. Oktober. Ging zurück, setzte sich an den Schreibtisch und begann zuzuhören.

Es dauerte knapp zehn Minuten, bis er an die Stelle kam, und während er wartete, erinnerte er sich an etwas, das Van Veeteren einmal gesagt hatte. Bei Adenaar's, mal wieder, wahrscheinlich an einem Freitagnachmittag, dann pflegte er immer etwas mehr zu spekulieren als üblich.

Es geht darum, an den richtigen Menschen zu kommen, hatte der Hauptkommissar festgestellt. In jedem Fall gibt es die eine oder andere Person, die die Wahrheit verbirgt – und das Verdammte dabei ist, dass sie es oft selbst gar nicht weiß. Deshalb müssen wir diese Person finden. Mit Licht und Lampe und einer verdammt großen Menge Hartnäckigkeit. Das ist unser Job, Münster!

Er erinnerte sich Wort für Wort daran. Und jetzt saß er hier und hatte so einen Menschen gefunden. So einen, der die Wahrheit wusste. Falls er die Zeichen richtig deutete.

»Wo bist du jetzt?«, fragte Clara Vermieten.

»Ich bin zu Hause«, sagte Irene Leverkuhn.

»Wo zu Hause?«

»Ich bin in meinem Bett«, sagte Irene Leverkuhn.

»Du bist in deinem Bett. In deinem Zimmer. Ist es Nacht?«

»Es ist Abend.«

»Bist du allein?«

»Ruth liegt in ihrem Bett. Es ist Abend, es ist schon spät.«

»Aber du schläfst nicht?«

»Ich schlafe nicht, ich warte.«

»Worauf wartest du?«

»Ich will, dass es schnell geht.«

»Was soll schnell gehen?«

»Es soll schnell gehen. Manchmal geht es schnell. Das ist am besten dann.«

»*Du wartest, hast du gesagt?*«
»*Heute Abend bin ich dran.*«
»*Wartest du auf was Besonderes?*«
»*Sein Schwanz ist so groß. Ich kriege ihn nicht in den Mund.*«
»*Auf wen wartest du?*«
»*Es tut weh, aber ich muss leise sein.*«
»*Wie alt bist du, Irene?*«
»*Gestern konnte Ruth nicht leise sein. Er mag mich lieber. Er kommt öfter zu mir. Heute Abend bin ich dran, er kommt gleich.*«
»*Wer ist das, der da kommen soll?*«
»*Ich habe mich mit dieser Creme eingeschmiert, dann tut es nicht ganz so weh. Ich hoffe, es geht schnell.*«
»*Wo bist du, Irene? Wie alt bist du?*«
»*Ich liege im Bett, ich versuche mein Loch größer zu machen, damit sein Schwanz Platz hat. Der ist so groß, sein Schwanz. Er ist so schwer, und sein Schwanz ist so groß. Ich muss still sein.*«
»*Warum musst du still sein?*«
»*Ich muss still sein, damit Mauritz nicht aufwacht. Jetzt kommt er, ich kann es hören. Ich muss versuchen, noch größer zu sein.*«
»*Wer ist das, der da kommt? Auf wen wartest du?*«
»*Ich kriege nur zwei Finger rein, ich hoffe, es geht schnell. Sein Schwanz ist schrecklich.*«
»*Wer ist es, der da kommt?*«
»*...*«
»*Irene, wer ist es, auf den du wartest?*«
»*...*«
»*Wer ist es, der so einen großen Schwanz hat?*«
»*...*«
»*Irene, erzähl mir, wer da kommt.*«
»*Papa. Jetzt ist er hier.*«

38

Jung stand an der Bertrandgraacht und starrte zum hundertneunzehnten Mal auf Bongers Boot.

Es lag in seiner dunklen Unergründlichkeit da, und plötzlich schien es ihm, als würde es ihm zulächeln. Ein freundliches, anerkennendes Lächeln, so eins, wie es sich sogar so ein alter Kanalkasten erlauben kann, wenn er sich für die unerwartete und unverdiente Aufmerksamkeit bedanken will.

Du alter Bootsteufel, dachte Jung. Was meinst du wohl, wie es abgelaufen ist? War es so einfach?

Aber Bongers Kahn antwortete nicht. Zu mehr als einem diskreten Lächeln reichten seine telepathischen Fähigkeiten ganz offensichtlich nicht. Also drehte Jung ihm den Rücken zu und ging von dannen. Er setzte sich die Mütze auf und schob die Hände tief in die Manteltaschen, ein rauer Wind war von Nordwest her aufgekommen. Jetzt mussten diese Höflichkeiten ein Ende haben.

»Ich habe eine Idee«, sagte er, als er eine Weile später in der Kantine auf Rooth stieß.

»Ich habe Tausende«, erwiderte Rooth. »Aber keine funktioniert.«

»Ich weiß«, sagte Jung. »Rothaarige Zwerge und Sonstiges.«

»Den habe ich verworfen«, sagte Rooth. »Also noch neunhundertneunundneunzig. Was war das, was du sagen wolltest?«

»Bonger«, sagte Jung. »Ich glaube, ich weiß, wo er hin ist.«

Münster blieb noch eine Weile sitzen, nachdem er den Kassettenrekorder abgestellt hatte. Er starrte wieder aus dem Fenster auf den verlassenen Park, während sich die Puzzleteilchen in seinem Kopf ineinander schoben, eins nach dem anderen. Bevor er aufstand, versuchte er noch Synn zu erreichen, aber sie war nicht zu Hause. Natürlich nicht. Er ließ es zehnmal klingen. Er hoffte, dass zumindest der Anrufbeantworter angeschlossen war, aber offenbar hatte sie ihn ausgestellt.

»Ich liebe dich, Synn«, flüsterte er trotzdem in den toten Hörer, und dann ging er wieder zur Fürsorgerin deBuuijs.

Sie hatte Besuch, und er musste weitere zehn Minuten warten.

»Wie ist es gelaufen?«, fragte sie, nachdem Münster sich auf den Besucherstuhl gesetzt hatte.

Eine verwirrende Sekunde lang wusste er nicht, was er antworten sollte. Wie war es gelaufen?

Gut? Ganz ausgezeichnet? Überhaupt nicht?

»Doch, ja«, sagte er. »Ich habe so einiges erfahren. Aber da gibt es noch ein paar Dinge, bei denen ich Ihre Hilfe brauche.«

»Zu Ihren Diensten«, sagte Hedda deBuuijs.

»Clara Vermieten«, sagte Münster. »Ich muss mit ihr sprechen. Es genügt schon telefonisch.«

»Dann sehen wir mal«, sagte deBuuijs und suchte in irgendwelchen Listen. »Doch, hier haben wir sie. Ich habe etwas zu erledigen, so lange können Sie hier ungestört reden. Ich bin in einer Viertelstunde zurück.«

Die Fürsorgerin verschwand aus dem Raum. Münster wählte die Nummer, und während er wartete, kam ihm der Gedanke, Clara Vermieten könnte auf unbestimmte Zeit verreist sein. Nach Tahiti oder Bangkok. Oder Nordnorwegen. Das wäre doch typisch, zweifellos.

Aber als sie schließlich antwortete, erkannte er ihre weiche Stimme mit dem leichten Norddialekt vom Band sofort wieder. Es dauerte eine Weile, bis es ihm gelungen war, ihr klar zu machen, wer er war, aber dann erinnerte sie sich daran, dass sie ihm ja durch die Fürsorgerin deBuuijs die Erlaubnis erteilt hatte, das Bandmaterial zu sichten.

»Entschuldigen Sie«, sagte sie. »Ich habe Kleinkinder. Da leidet manchmal die Konzentration.«

»Ich weiß, wie das ist«, nickte Münster.

Er hatte eigentlich nur zwei Fragen, und da er es im Hintergrund meckern und jammern hörte, kam er direkt zur Sache.

»Haben Sie von den Morden an Waldemar Leverkuhn und Else Van Eck in Maardam gehört?«, fragte er.

»Was?«, sagte Clara Vermieten. »Nein, ich glaube nicht ... in Maardam, haben Sie gesagt? Wer ist da ermordet worden?«

»Leverkuhn«, sagte Münster.

»Mein Gott«, sagte Clara Vermieten. »Ist das ...?«

»Ihr Vater«, sagte Münster.

Es blieb still in der Leitung.

»Ich wusste nicht ...«, sagte Clara Vermieten schließlich. »Ich weiß nicht ... Wann ist das passiert?«

»Im Oktober«, sagte Münster. »Ja, genau genommen in der gleichen Woche, in der Sie Ihr letztes Gespräch mit Irene hatten.«

»Ich war vom zweiten November an in der Klinik«, sagte Clara Vermieten. »Habe mein fünftes Kind gekriegt. Mein Gott, weiß sie davon? Nein, das weiß sie natürlich nicht. Haben Sie mit ihr gesprochen?«

»Ja«, sagte Münster. »Und ich habe die Bänder abgehört. Einige. Die jüngsten.«

Clara Vermieten schwieg wieder einige Sekunden lang.

»Ich verstehe«, sagte sie dann. »Aber ich weiß nicht so recht, warum das für Sie interessant sein soll. Sie meinen doch wohl nicht, dass das etwas miteinander zu tun haben könnte ... mit den Sachen in Maardam? Haben Sie Mord gesagt?«

»Ja, leider«, sagte Münster. »Das Ganze ist ziemlich kompliziert. Wir müssen jetzt nicht in alle Einzelheiten gehen, aber ich wollte Sie etwas fragen, das sehr wichtig ist für unser weiteres Vorgehen. Ich hoffe, Sie können das richtig beurteilen ... aber das können Sie bestimmt«, fügte er hinzu. »Ich habe den größten Respekt gegenüber dem, was Sie bei Irene Leverkuhn erreicht haben.«

»Danke«, sagte Clara Vermieten.

»Ja, also ...«, nahm Münster den Faden wieder auf. »Was ich wissen möchte, ist, ob sie, Irene meine ich, ob sie sich noch weiter in diesem Zustand befinden kann, in ihrer Kindheit, meine ich ... auch nachdem Sie die Sitzung beendet haben?«

Es vergingen einige Sekunden.

»Verstehen Sie, worauf ich hinaus will?«, fragte Münster.

»Ja, natürlich«, antwortete Clara Vermieten. »Ich überlege nur ... doch, das kann schon noch in ihr arbeiten. Zumindest für eine Weile ... wenn einer die richtige Saite anschlägt sozusagen.«

»Dessen sind Sie sich sicher?«

»So sicher man sich dessen sein kann. Die Seele ist keine Maschine.«

»Danke«, sagte Münster. »Dann weiß ich, was ich wissen muss. Vielleicht komme ich noch mal auf Sie zurück ... wenn das möglich ist.«

Er konnte hören, dass sie lächelte, als sie antwortete.

»Sie haben meine Nummer, Herr Kommissar. Und übrigens, ich habe einen Bruder in Maardam.«

»Dann ist da nur noch eine Kleinigkeit«, stellte Münster fest, als die Fürsorgerin deBuuijs zurückgekommen war. »Sie haben mir erzählt, dass Sie eine Liste über alle Besucher führen. Dürfte ich diese Unterlagen einmal einsehen? Ich weiß, dass ich Ihnen viel Mühe mache, aber ich verspreche Ihnen, Sie danach in Ruhe zu lassen.«

»Kein Problem«, erklärte Hedda deBuuijs mit ihrem üblichen Enthusiasmus. »Dann muss ich Sie nur bitten, mit mir einen kleinen Spaziergang zu machen.«

Sie gingen hinaus zu dem Empfangsraum, wo deBuuijs an eine kleine Glasscheibe klopfte. Umgehend wurden ihr zwei rote Ringbücher gereicht, die sie dem Kommissar übergab.

»Das letzte Jahr«, erklärte sie. »Wenn Sie weiter zurückgehen wollen, müssen Sie es den Damen nur sagen! Ich habe noch einen Auftrag zu erledigen, Sie entschuldigen mich ...«

»Vielen Dank«, sagte Münster. »Das genügt. Sie waren wirklich äußerst zuvorkommend und eine große Hilfe.«

»Keine Ursache«, sagte Hedda deBuuijs und verließ ihn von Neuem.

Münster setzte sich an einen Tisch und begann zu blättern.

Jetzt, dachte er. Jetzt werden wir sehen, ob es passt, oder ob alles auseinander fällt.

Fünf Minuten später klopfte er an die Scheibe und gab die Ringbücher zurück.

Wenn jemand die richtige Saite anschlägt?, dachte er, als er vom Parkplatz herunterfuhr. So hatte sie es gesagt, die Clara Vermieten. Besser konnte man es nicht formulieren.

»Was zum Teufel meinst du?«, fragte Reinhart.

»Gib alle deine Versuche auf, das verstehen zu wollen, was du sowieso nicht verstehst«, konterte Van Veeteren. »Beschreibe mir lieber die Lage.«

»Wir haben es bald im Kasten«, sagte Reinhart.

»Im Kasten?«

»Nun hör mal, mein lieber Ex-Hauptkommissar«, holte Reinhart aus. »Münster ist da oben, und die Dinge laufen ausgezeichnet, nach Plan. Ich habe mit ihm vor einer halben Stunde telefoniert, und er hat Informationen gekriegt, die ganz deutlich in eine Richtung weisen.«

»Weiter«, sagte Van Veeteren.

Reinhart seufzte und paiaverte geduldig weiter zwei, drei Minuten lang, aber dann unterbrach ihn Van Veeteren.

»All right, das reicht«, sagte er. »Wir fahren hin, du kannst mir den Rest im Auto erzählen.«

»Hinfahren? Was zum Teufel...?«, brauste Reinhart auf, aber im gleichen Moment begann irgendwo in seinem Hinterkopf ein Warnlicht zu blinken. Er verstummte und überlegte. Wenn es überhaupt eine Regel gegeben hatte, der zu folgen es sich zu Zeiten des Hauptkommissars gelohnt hatte, dann war es ja wohl diese gewesen:

Niemals einen Entschluss, den Van Veeteren plötzlich und scheinbar aus unbegreiflichen Gründen gefasst hatte, in Frage zu stellen.

Reinhart hatte es ein paar Mal getan. Anfangs. In Frage gestellt. Das war nicht besonders erfolgreich gewesen.

»Du kannst mich in fünf Minuten vor Adenaar's abholen«, sagte Van Veeteren. »Nein, schon in vier. Alles klar?«

»Ja«, seufzte Reinhart. »Alles klar.«

Als Münster in einem eurochinesischen Restaurant saß, merkte er wieder einmal, wie müde er war. Er trank seine üblichen zwei Tassen schwarzen Kaffee als Gegengift und dachte kurz darüber nach, wie viele Jahre es wohl noch dauern würde, bis er Magengeschwüre hatte. Fünf? Zwei?

Dann bezahlte er und versuchte sich wieder auf seinen Job zu konzentrieren.

Der Fall. Zeit für den letzten Akt. Es war zweifellos höchste Zeit. Er machte sich eine mentale Notiz, zu Hiller raufzugehen und um eine Woche Urlaub zu bitten, sobald das Ganze vorbei war. Morgen vielleicht. Oder Montag. Eigentlich besser gleich zwei Wochen ...

Draußen aus dem Auto rief er anschließend in Maardam an, um zu berichten. Zehn Minuten lang erzählte er Heinemann von den jüngsten Entwicklungen, da dieser der Einzige war, den er antraf und der das Gespräch schließlich damit beendete, Münster in seiner üblichen umständlichen Art zu größter Vorsicht zu ermahnen.

Als er mit Heinemann fertig war, informierte er die lokalen Polizeibehörden. Sprach mit Inspektor Malinowski – der anfangs etwas Probleme hatte, das Tempo mitzuhalten, aber schließlich offenbar die Lage verstanden hatte. Er versprach bereit zu sein, sobald der Kommissar Müssner sich wieder meldete.

»Münster«, sagte Münster. »Nicht Müssner.«

»Okay«, sagte Malinowski. »Habe ich mir notiert.«

Danach machte er sich auf den Weg. Es war inzwischen fast sechs Uhr, und die Dunkelheit senkte sich langsam über die ausgestorbene Stadt. Der Wind war wieder stärker geworden, aber diesen ganzen langen Donnerstag war noch kein Tropfen Regen gefallen.

Ein paar Minuten später stellte er seinen Wagen ab. Er blieb eine Weile sitzen und konzentrierte sich. Dann kontrollierte er, ob er Waffe und Handy dabei hatte, und stieg aus dem Auto.

39

»Es gibt einen Film von Tarkowskij«, sagte Van Veeteren. »Seinen letzten. *Das Opfer*. Das ist es, worum es sich hier handelt.«

Reinhart nickte. Dann schüttelte er den Kopf.

»Klär mich auf«, sagte er. »Ich habe ihn gesehen, aber das ist einige Jahre her.«

»Man sollte sich Tarkowskij mehrmals ansehen, wenn man die Möglichkeit dazu hat«, sagte Van Veeteren. »Es gibt bei ihm so viele Ebenen. Dir fällt es nicht mehr ein?«

»Nicht so auf Anhieb.«

»Er stellt eine grundlegende Frage in dem Film. Man könnte es folgendermaßen ausdrücken: Wenn dir Gott in einem Traum begegnet und du gibst ihm gegenüber ein Versprechen ab, was tust du, wenn du aufwachst?«

Reinhart schob sich die Pfeife in den Mund.

»Ich erinnere mich«, sagte er dann. »Er soll seinen Sohn opfern, damit die Wirklichkeit, die alle tötet, nur eine Illusion sein soll, nicht wahr? Ein Krieg, der in einen Albtraum verwandelt wird, wenn er die Tat ausführt?«

»Ungefähr«, sagte Van Veeteren. »Die Frage ist natürlich, ob wir solche Zeichen wirklich erhalten. Und was passiert, wenn wir sie ignorieren. Die Abmachung brechen.«

Reinhart schwieg eine Weile.

»Ich bin in meinem ganzen Leben noch nie auf einen Brunnendeckel getreten«, sagte er dann.

»Vermutlich bist du deshalb immer noch am Leben«, sagte Van Veeteren. »Wie weit ist es noch?«

»Eine Stunde«, sagte Reinhart. »Aber ich muss sagen, dass ich immer noch nicht so richtig verstehe, was dieser Tarkowsij mit unserem Ausflug zu tun hat. Aber ich vermute, das willst du nicht näher ausführen?«

»Da vermutest du ganz richtig«, sagte Van Veeteren und zündete sich eine neu produzierte Zigarette an. »Das gehört auch zur Abmachung.«

Der Taxifahrer hieß Paul Holt. Krause hatte ihn aufgespürt, und Moreno traf ihn in seinem gelben Auto vor dem Hotel Kraus. Ein schmächtiger Mann in den Dreißigern. Weißes Hemd, Schlips und gepflegter Pferdeschwanz. Moreno ließ sich auf dem Beifahrersitz nieder, und als er ihr die Hand zur Begrüßung reichte, konnte sie deutlich den Marihuanaduft in seinem Atem riechen.

Nun ja, dachte sie. Er soll mich ja sowieso nirgends hinfahren.

»Es geht um eine Fahrt vor ein paar Monaten«, sagte sie. »Frau Leverkuhn im Kolderweg... wie weit können Sie sich noch dran erinnern?«

»Ziemlich gut«, sagte Paul Holt.

»Nun ja, es war ja nicht gerade gestern«, sagte Moreno.

»Nein«, stimmte Holt zu.

»Und Sie müssen in der Zwischenzeit Hunderte von Fahrgästen gehabt haben?«

»Tausende«, erklärte Holt. »Aber an die speziellen erinnert man sich. Ich kann Ihnen von einem Typen in gepunkteter Hose erzählen, den ich vor acht Jahren gefahren habe, wenn Sie wollen. Und zwar im Detail.«

»Ich verstehe«, sagte Moreno. »Und diese Fahrt mit Frau Leverkuhn, die war also speziell?«

Holt nickte.

»Inwiefern?«

Holt zog sein Haargummi fester und faltete die Hände auf dem Lenkrad.

»Das wissen Sie doch genauso gut wie ich«, erklärte er. »Schließlich stand es in allen Zeitungen... aber ich würde mich auch so daran erinnern.«

»Ja?«

»Es war etwas außergewöhnlich, und an so was erinnert man sich.«

»Ich verstehe«, sagte Moreno. »Können Sie mir erzählen, wo Sie hingefahren sind und was Frau Leverkuhn gemacht hat?«

Holt kurbelte das Seitenfenster zehn Zentimeter hinunter und zündete sich eine normale Zigarette an.

»Nun ja, das war ja eher ein Warentransport. Die Rückbank und der Kofferraum waren voll mit Taschen und Tüten. Ich glaube, ich habe ihr sogar gesagt, dass es dafür Kurierfirmen gibt, aber ich bin mir nicht mehr sicher. Wie dem auch sei, ich habe mit angefasst. Man ist ja hilfsbereit.«

»Wohin sind Sie gefahren?«, fragte Moreno.

»Zuerst zur Heilsarmee in Windermeer«, berichtete Holt. »Haben da einen Teil der Tüten abgeladen. Ich habe so lange gewartet, bis sie das geregelt hatte. Dann sind wir weiter zum Hauptbahnhof.«

»Zum Hauptbahnhof?«

»Ja. Da haben wir den Rest hingebracht, ich glaube, es war eine Reisetasche und noch zwei andere ... solche weichen, Sie wissen schon. Doch, es waren drei Stück. Ziemlich schwer. Sie hat sie in Gepäckschließfächer gepackt, und danach sind wir zurück zum Kolderweg gefahren. Sie ist beim Einkaufszentrum ausgestiegen. Es hat wie verrückt geregnet.«

Moreno überlegte.

»Sie scheinen ein außergewöhnliches Gedächtnis für Details zu haben, oder?«, bemerkte sie.

Holt nickte und rauchte.

»Kann schon sein«, sagte er. »Aber das ist, wie gesagt, auch nicht das erste Mal, dass ich daran zurückdenke. Und was man sich einmal wieder heranholt, das bleibt auch. Ungefähr wie ein Fotoalbum. Geht es Ihnen nicht ähnlich?«

Doch, schon, dachte Ewa Moreno, nachdem sie das gelbe Taxi verlassen hatte. So lief das wohl ab, oder? Natürlich gab es Dinge, die man nie vergaß, wie gern man das auch würde. Wie beispielsweise dieser frühe Morgen vor vier Jahren, als sie gemeinsam mit Jung in eine Wohnung in Rozerplejn eindrang und dort eine vierundzwanzigjährige Immigrantin zusammen mit zwei kleinen Kindern in einer Blutlache auf dem Küchenfußboden fand. Der Brief mit dem Ausweisungsbescheid lag auf dem Tisch. Ganz genau erinnerte sie sich daran. Es saß unverrückbar fest im Album ihres Gedächtnisses. Wie anderes auch.

Sie schaute auf die Uhr und überlegte, ob es einen Sinn haben würde, zurück zum Polizeipräsidium zu fahren. Oder ob sie lieber anrufen und die Informationen weitergeben sollte, die sie von Paul Holt bekommen hatte. Schließlich beschloss sie, dass das auch bis zum nächsten Tag Zeit hatte. Insgeheim bestätigte es ja nur ihre bisherigen Vermutungen. Marie-Louise Leverkuhn hatte den Hauptbahnhof einige Tage lang als Lagerplatz benutzt oder zumindest einen Tag lang, bis sie sich endgültig der zerstückelten Hausmeistersfrau draußen in Weylers Wald entledigte. Kurz und schmerzlos. Elegante Lösung, wie jemand gesagt hatte.

Auf ihrem Heimweg hielt sie dennoch an und überprüfte, welche Buslinien vom Hauptbahnhof abfuhren. Es stimmte. Es gab eine Direktverbindung. Nummer sechzehn. Fuhr tagsüber alle zwanzig Minuten. Einmal in der Stunde, wenn man es vorzog, die Arbeit im Schutze der Dunkelheit zu erledigen. Nichts leichter als das.

Aber, wie gesagt, der Bericht musste noch warten. Es sei denn, Kommissar Münster ließ heute Abend noch von sich hören, dann war es natürlich angesagt, den Bericht abzustatten.

Wäre vermutlich auch nicht schlecht, über etwas Konkretes reden zu können. Immer deutlicher hatte sie das Gefühl, dass sie irgendwie mit einem Fuß auf der falschen Seite der Grenze standen. Dieser Grenze, die zu überschreiten man sich hüten musste, und das ganz besonders, wenn die Wege wie jetzt so offensichtlich nur in eine Richtung führten. Und diese Richtung so verflucht endgültig war.

In meinem nächsten Leben werde ich eine Löwin, dachte Ewa Moreno und beschloss, all ihre Betriebsamkeit und die ganze Welt mit Hilfe eines langen Bades in Jojobaöl und Lavendel auszublenden.

»Sie schon wieder?«, wunderte Mauritz Leverkuhn sich.
»Ich schon wieder«, sagte Münster.

»Ich begreife nicht, wozu das gut sein soll«, sagte Mauritz Leverkuhn. »Ich wüsste nicht, worüber ich mit Ihnen noch reden sollte.«

»Aber ich weiß einiges, worüber ich mit Ihnen noch reden sollte«, erwiderte Münster. »Darf ich reinkommen?«

Mauritz Leverkuhn zögerte einen Moment. Dann zuckte er mit den Schultern und ging ins Wohnzimmer. Münster schloss die Tür hinter sich und folgte ihm. Es sah noch genauso wie am Vormittag aus. Die gleichen Reklameblätter lagen am gleichen Fleck auf dem Tisch, und das gleiche Glas stand neben dem Sessel, in den Mauritz Leverkuhn sich jetzt fallen ließ.

Der Fernseher lief. Eine Sendung, in der vier bunt gekleidete Frauen auf zwei Sofas saßen und lachten. Mauritz Leverkuhn drückte auf die Fernbedienung und schaltete ab.

»Wie gesagt«, sagte Münster. »Da gibt's einiges zu besprechen. Ich habe heute Nachmittag mit Ihrer Schwester geredet.«

»Mit Ruth?«

»Nein, mit Irene.«

Mauritz Leverkuhn antwortete nicht und zeigte auch sonst keine Reaktionen.

»Ich habe diverse Stunden im Gellnerhemmet verbracht«, fuhr Münster fort. »Sie haben mich angelogen.«

»Angelogen?«, wiederholte Mauritz Leverkuhn.

»Haben Sie nicht heute Morgen behauptet, Sie hätten sie seit über einem Jahr nicht mehr besucht?«

Mauritz Leverkuhn leerte sein Glas.

»Das habe ich vergessen«, sagte er. »Stimmt, ich habe sie einmal im Herbst besucht.«

»Vergessen?«, sagte Münster. »Sie waren am Samstag, dem 25. Oktober dort, dem gleichen Tag, an dem Ihr Vater ermordet wurde.«

»Was zum Teufel spielt denn das für eine Rolle?«

Er schien sich immer noch nicht entschieden zu haben, welche Haltung er einnehmen sollte, und Münster war klar, dass es in seinem Kopf ziemlich rotieren musste. Aber eigentlich hatte er doch auf einen weiteren Besuch gefasst sein müssen? Hätte wissen müssen, dass Münster früher oder später wieder auftauchen würde. Oder hatten Grippe und Fieber ihn vollkommen abstumpfen lassen?

»Können Sie mir erzählen, worüber Sie mit Irene im Oktober gesprochen haben?«

Mauritz Leverkuhn schnaubte.

»Man kann mit Irene nichts Vernünftiges reden. Das müssen Sie doch bemerkt haben, wenn Sie bei ihr waren?«

»Vielleicht normalerweise nicht«, sagte Münster. »Aber ich glaube, sie war an diesem Samstag nicht wie sonst.«

»Was meinen Sie denn damit schon wieder?«

»Möchten Sie, dass ich Ihnen erzähle, was sie Ihnen gesagt hat?«

Mauritz Leverkuhn zuckte mit den Schultern.

»Quatschen Sie nur weiter«, sagte er. »Sieht so aus, als wär' bei Ihnen eine Schraube locker. Und das schon die ganze Zeit.«

Münster räusperte sich.

»Als Sie dort ankamen, hatte sie gerade eine Therapiesitzung hinter sich, nicht wahr? Bei einer gewissen Clara Vermieten. Sie haben sie direkt danach besucht, und dann ... dann fing sie an von Dingen zu erzählen, die Ihre gemeinsame Kindheit betrafen und von denen Sie nicht die geringste Ahnung hatten. Die Ihren Vater betrafen.«

Mauritz Leverkuhn verzog keine Miene.

»So war es doch, oder?«, fuhr Münster fort. »An diesem Samstag im Oktober vorigen Jahres haben Sie von Umständen erfahren, von denen Sie vorher nichts gewusst haben. Umständen, die, zumindest teilweise, den Ausbruch von Irenes Krankheit erklären können. Dass sie so geworden ist, wie sie wurde.«

»Sie spinnen ja«, sagte Mauritz Leverkuhn.

»Und war es nicht so, dass Sie das so sehr berührt hat, dass Sie im Großen und Ganzen die Fassung verloren haben?«

»Verdammt noch mal, was faseln Sie sich da eigentlich zusammen?«, murrte Mauritz Leverkuhn.

Münster machte eine kleine Pause.

»Ich rede davon«, sagte er dann, so langsam und nachdenklich, wie er es vermochte, »dass Sie erfahren haben, dass Ihr Vater Ihre beiden Schwestern während ihrer Kindheit und Jugend sexuell missbraucht hat und dass Sie sich daraufhin ins Auto gesetzt haben und nach Maardam gefahren sind und ihn dort getötet haben. Davon rede ich.«

Mauritz Leverkuhn saß immer noch unbeweglich da, die Hände auf den Knien gefaltet.

»Ich kann es teilweise sogar verstehen«, fügte Münster hinzu. »Vielleicht hätte ich sogar das Gleiche gemacht, wenn ich in Ihrer Haut stecken würde.«

Vielleicht waren es genau diese Worte, die Mauritz Leverkuhn die Taktik wechseln ließen. Oder zumindest ein wenig nachgeben. Er ließ einen tiefen Seufzer vernehmen, wischte sich den Schweiß von der Stirn und schien sich ein wenig zu entspannen. »Das werden Sie niemals beweisen können«, sagte er. »Das ist ja zu lächerlich. Meine Mutter hat gestanden, dass sie es getan hat ... und wenn es sich so mit meinem Vater verhalten hat, wie Sie behaupten, dann hätte sie ja einen genauso guten Grund gehabt. Oder?«

»Mag sein«, sagte Münster. »Aber es war nun einmal nicht Ihre Mutter, die es getan hat. Das waren Sie.«

»Das war sie«, sagte Mauritz Leverkuhn.

Münster schüttelte den Kopf.

»Warum sind Sie eigentlich an diesem Samstag zu Ihrer Schwester gefahren?«, fragte er. »Weil diese Frau Sie verlassen hat? Das würde zumindest vom Zeitpunkt her hinkommen.«

Mauritz Leverkuhn antwortete nicht, aber Münster konnte ihm ansehen, dass seine Vermutung richtig war. Es läuft wie immer, dachte er. Wie bei einer Patience, die dabei ist, aufzugehen, und plötzlich fallen die Karten in einer fast voraussagbaren Reihenfolge.

»Soll ich Ihnen die Fortsetzung erzählen?«, fragte er.

Mauritz Leverkuhn erhob sich mühsam.

»Nein, danke«, sagte er. »Ich möchte, dass Sie jetzt von hier verschwinden. Sie haben jede Menge krankhafter Fantasien, und ich bin nicht bereit, Ihnen noch weiter zuzuhören.«

»Ich dachte, Sie hätten mir zugestimmt, dass Irene Ihnen alles erzählt hat?«, bemerkte Münster.
Mauritz Leverkuhn stand einige Sekunden lang unschlüssig da.
»Ihre Mutter hat es gewusst, nicht wahr?«
Er antwortete nicht.
»Ist sie nach Hause gekommen, als Sie dabei waren, oder ist sie auf Sie gestoßen, als Sie raus wollten?«
Ein Pfennig für seine Gedanken, dachte Münster. Wann bricht er endlich zusammen?
»Ich glaube, es gibt da einiges, was Sie nicht wissen«, fuhr Münster fort. »Von dem, was später passiert ist, meine ich.«
Mauritz Leverkuhn starrte ihn aus blanken Augen an. Dann setzte er sich wieder.
»Und was zum Beispiel?«, fragte er.
»Frau Van Eck zum Beispiel«, sagte Münster. »Haben Sie sie auch in dieser Nacht gesehen, oder hat nur Frau Van Eck Sie gesehen? Das frage ich, weil ich es nicht weiß.«
»Sie wissen gar nichts«, sagte Mauritz Leverkuhn.
»Dann darf ich ja wohl spekulieren«, sagte Münster. »Aber eigentlich eher aus akademischem Interesse. Frau Van Eck sah, wie Sie im Kolderweg ankamen und Ihren Vater töteten. Sie erzählte das einige Tage später Ihrer Mutter, da bin ich mir zwar nicht ganz sicher, aber wahrscheinlich hat sie ihre Kenntnisse in irgendeiner Weise nutzen wollen. Vielleicht ganz einfach, um Geld zu machen. Ihre Mutter hat in einer Art reagiert, wie sie es nie erwartet hat. Indem sie sie umbrachte.«
Er machte ein paar Sekunden lang eine Pause, aber Mauritz Leverkuhn hatte keinen Kommentar beizusteuern. Er hat das gewusst, dachte Münster.
»Sie hat die Hausmeistersfrau getötet. Dann brauchte sie ein paar Tage, um den Körper zu zerteilen und wegzuschaffen. Danach, als alles klar war, nahm sie den Mord an Ihrem Vater auf sich, damit wir aufhören sollten zu suchen und Sie davonkommen konnten ... eine kaltblütige Frau, Ihre Mutter. Äußerst kaltblütig.«

»Sie spinnen ja«, sagte Mauritz Leverkuhn zum zweiten Mal.

»Sie konnte natürlich nicht den Mord an Else Van Eck gestehen, weil sie dafür kein Motiv angeben konnte. Wie Sie sehen, hängt alles zusammen. Ich glaube, Sie stimmen mir da zu? Sie begeht einen Mord und gesteht einen anderen. Vielleicht gibt es da eine Art moralischer Balance. Ich kann mir denken, dass sie so etwas in der Art gedacht hat.«

Mauritz Leverkuhn murmelte etwas und schaute auf seine Hände. Münster betrachtete ihn eine Weile schweigend, bevor er weitersprach. Jetzt muss er doch bald weich werden, dachte er. Ich stehe es nicht durch, das Ganze noch mal im Polizeirevier durchzuziehen. Das schaffe ich einfach nicht.

»Ich bin mir nicht sicher, warum sie sich in der Zelle das Leben genommen hat«, sagte er. »Aber in dieser Hinsicht ist sie ja nicht schwer zu verstehen. Vielleicht ist es überhaupt nicht schwer, ihr Handeln an sich zu verstehen. Sie hat Ihren Mord an Ihrem Vater gedeckt, und sie hat einen anderen Menschen ermordet, um Sie weiter zu decken. Sie hat viel für Sie getan, Herr Leverkuhn.«

»Sie trug eine Schuld.«

Münster wartete, aber es kam nicht mehr.

»Eine Schuld für das, was Ihr Vater mit Ihren Schwestern gemacht hat, meinen Sie das? Weil sie es hat geschehen lassen?«

Plötzlich ballte Mauritz Leverkuhn seine Hände und schlug auf die Armlehnen des Sessels ein.

»Verflucht noch mal!«, sagte er. »Er hat Irene krank gemacht, und sie hat nicht eingegriffen! Begreifen Sie nicht, dass er den Tod verdient hat? Dieses verdammte Schwein! Ich würde es wieder machen, wenn ich könnte ... Ich war auch bereit, es auf mich zu nehmen. Ich hätte es machen sollen, deshalb ...«

Er verstummte.

»Deshalb hat sie sich das Leben genommen?«, fragte Münster. »Weil Sie gestehen wollten?«

Mauritz Leverkuhn erstarrte für eine Sekunde. Dann sank er zusammen und nickte schwach. Münster holte tief Luft und schloss die Augen. Öffnete sie wieder, und betrachtete die zusammengesunkene Gestalt im Sessel gegenüber und versuchte sich klarzumachen, was er eigentlich für diesen Mann empfand.

Einer dieser Verlierer, konstatierte er. Noch einer.

Auch er musste ja schon seit seiner Kindheit gezeichnet gewesen sein, auch wenn es bei ihm nicht das Ausmaß angenommen hatte wie bei seiner geliebten Schwester.

Dieses verfluchte, unabänderliche Muttermal, das nicht wegzuoperieren war. Das man nie verbergen und mit dem man sich nie aussöhnen konnte.

Und diese verfluchte, sinnlose Bosheit, dachte Münster. Die immer nur tötete, tötete, tötete. Doch, er tat ihm Leid. Das hätte er vor einer Stunde noch nicht für möglich gehalten, aber jetzt war es so.

»Werden Sie mich verhaften?«, fragte Mauritz Leverkuhn.

»Sie warten unten im Polizeirevier auf uns«, sagte Münster.

»Ich bereue nichts. Ich würde es wieder machen, verstehen Sie das?«

Münster nickte. Er brauchte jetzt Trost und Verständnis. Münster kannte die Situation. Oftmals war es nicht das Verbrechen an sich, das die Erlösung brachte, nach der der Täter suchte, sondern die Worte. Hinterher darüber reden zu können. Sich Auge in Auge mit einem anderen Menschen erklären zu können. Einem Menschen, der verstand. Einem Wesen, in dem er seine Verzweiflung spiegeln konnte.

Doch, das hatte er schon vorher erlebt.

»Es ist nicht in Ordnung, dass so ein Arschloch ohne Strafe durchs Leben kommt...«

»Wollen wir fahren?«, fragte Münster. »Den Rest können wir im Revier erledigen.«

Mauritz Leverkuhn kam auf die Beine. Er wischte sich den Schweiß wieder von der Stirn und atmete schwer.

»Darf ich vorher noch ein Pulver in der Küche einnehmen?«

Münster nickte.

Er ging hinaus, und Münster hörte, wie er eine Tablette in ein Glas warf und das Wasser sprudelte. Mein Gott, dachte er. Es ist vorbei. Ich habe diesen Scheiß hinter mir.

Zu spät sah Münster ein, dass diese passive Resignation, die Mauritz Leverkuhn in den letzten Minuten an den Tag gelegt hatte, doch nicht so eindeutig war, wie er gedacht hatte. Und zu spät musste er einsehen, dass das Fleischermesser – auf dessen Suche sie im Oktober und Anfang November so viel Mühe verwandt hatten – weder in irgendeinem Kanal noch in einem Mülleimer gelandet war. Es befand sich jetzt in Mauritz Leverkuhns Hand, genau wie in der Nacht vom 25. auf den 26. Oktober. Er entdeckte es aus dem Augenwinkel über der rechten Schulter, bekam das Pistolenhalfter zu fassen, aber weiter kam er nicht. Die Messerschneide drängte sich von hinten in seinen weichen Bauch, er spürte einen lähmenden Schmerz, und dann fiel er vornüber auf den Boden, ohne sich mit den Händen abzustützen.

Der Schmerz war so stark, dass er ihn paralysierte. Er durchbohrte den ganzen Körper wie ein weiß glühendes Foltereisen. Nahm ihm jegliche Handlungsmöglichkeit. Vernichtete Zeit und Raum. Als er endlich zu weichen begann, hörte er, wie Mauritz Leverkuhn die Wohnungstür zuwarf und davonlief.

Er drehte den Kopf und empfand das kühle Parkett angenehm an seiner Wange. Sanft und versöhnend. Das ist die Müdigkeit, dachte er. Das wäre nicht passiert, wenn ich nicht so müde gewesen wäre.

Bevor eine schwarze Welle des Vergessens über sein Bewusstsein schwappte, dachte er zwei Gedanken:

Der erste galt Synn: Gut, so muss ich nie erfahren, wie es hätte ausgehen können.

Der andere war nur ein Wort:

Nein.

40

Seit Van Veeteren seine Lehrjahre hier oben in der nördlichen Küstenstadt verbracht hatte, war das Polizeirevier von Frigge umgezogen. Oder besser gesagt: Man hatte es in ein neues Haus im gleichen Viertel gestopft und die Ordnungsmacht ungefähr in der gleichen Art untergebracht wie vorher. Van Veeteren war nicht der Meinung, dass man damit etwas gewonnen hatte. Das meiste bestand aus Panzerglas und grauem Beton, und der Dienst habende Polizeibeamte, der sie empfing, war ein junger, rotflaumiger Mann mit abstehenden Ohren. Er erinnerte eine Spur an den alten Borkmann.

Nun ja, dachte Van Veeteren. Zumindest kann er gut hören.

»Reinhart und Van Veeteren aus Maardam«, erklärte Reinhart. »Und wie heißen Sie?«

»Inspektor Liebling«, sagte der Flaumige und schüttelte die Hand.

»Kommissar Van Veeteren hat hier sogar mal gearbeitet«, berichtete Reinhart weiter. »Aber das war sicher vor Ihrer Geburt.«

»Ach, wirklich?«, sagte Liebling.

»In grauer Vorzeit«, präzisierte Van Veeteren. »Spätes neunzehntes Jahrhundert. Haben Sie etwas gehört?«

»Sie meinen ...?«, fragte Liebling und tastete etwas unruhig nach seinem dünnen Schnurrbart.

»Er müsste doch verdammt noch mal inzwischen hier sein«, sagte Reinhart. »Es ist doch schon gleich acht.«

»Der Kommissar Münster aus Maardam«, erklärte Van Veeteren.

»Ja, ja, ich weiß«, nickte Liebling. »Malinowski hat mir davon berichtet, als ich ihn abgelöst habe. Ich habe die Unterlagen hier.« Er drückte ein paar Mal auf Tasten an seinem Computer und nickte dann bestätigend.

»Kommissar Münster, ja. Sollte mit einem Verdächtigen erscheinen ... aber hier ist keiner gewesen. Ich meine, er ist nicht hier aufgetaucht.«

»Um wie viel Uhr hat er hier Bescheid gesagt?«, fragte Van Veeteren.

Liebling sah nach.

»Um 17.55 Uhr«, sagte er. »Inspektor Malinowski hat sich darum gekümmert, wie gesagt. Ich habe um halb sieben übernommen.«

»Und er hat nicht wieder angerufen?«, fragte Reinhart.

»Nein«, sagte Liebling. »Hier ist nichts mehr eingegangen.«

»Hat er noch weitere Instruktionen erteilt?«

Liebling schüttelte den Kopf.

»Nur dass wir uns bereit halten sollten, wenn er mit diesem ... dieser Person käme. Wir haben natürlich seine Telefonnummer. Von seinem Handy.«

»Die haben wir auch«, sagte Reinhart. »Aber er antwortet nicht.«

»Verdammte Scheiße«, sagte Van Veeteren. »Sucht mal die Adresse raus, dann fahren wir hin! Das hier dauert viel zu lange.«

Liebling suchte sie heraus.

»Krautzwej 28«, sagte er. »Das ist draußen in Gochtshuuis. Möchten Sie, dass ich mitfahre? Damit Sie es auch finden, meine ich.«

»Sie kommen mit«, sagte Van Veeteren.

»Jedenfalls brennt drinnen Licht«, stellte Reinhart zehn Minuten später fest. »Und da ist sein Auto.«

Van Veeteren dachte nach.

»Versuch noch mal anzurufen. Nicht, dass wir in irgendwas Entscheidendes reinplatzen«, sagte er.

Reinhart nahm sein Telefon und tippte die Nummer ein. Wartete eine halbe Minute.

»Nix«, sagte er. »Aber er kann natürlich abgestellt haben. Oder vergessen haben, die Batterien aufzuladen.«

»Batterien?«, wollte Van Veeteren wissen. »Braucht man für diese Teufelsdinger auch noch Batterien?«

Inspektor Liebling räusperte sich auf dem Rücksitz.

»Hier draußen steht sonst kein Auto«, erklärte er. »Und es scheint keine Garage zu geben ...«

»Hm«, brummte Van Veeteren. »Stimmt. Okay, dann gehen wir rein. Liebling, Sie bleiben hier im Auto, falls was sein sollte.«

»Verstanden«, sagte Liebling.

Reinhart und Van Veeteren gingen vorsichtig zur Haustür und horchten.

»Nichts zu hören«, sagte Reinhart. »Nur dieser verfluchte Wind. Am Fenster ist auch nichts zu sehen. Was sollen wir tun? Klingeln?«

»Fass erst mal die Klinke an«, sagte Van Veeteren.

Reinhart tat wie ihm befohlen. Die Tür war verschlossen.

»Dann klingeln wir«, sagte Van Veeteren. »Hast du eine Waffe?«

Reinhart nickte und holte seine Grossmann heraus. Er drückte sich fest an die Wand, während Van Veeteren auf den Klingelknopf drückte.

Nichts geschah. Van Veeteren wartete zehn Sekunden, dann klingelte er noch einmal.

Nichts.

»Geh ums Haus herum und guck nach«, sagte Van Veeteren. »Ich bleibe hier stehen.«

Es dauerte weniger als eine halbe Minute, dann hatte Reinhart die Rückseite inspiziert und war wieder zurück.

»Man kann nicht ganz rumgehen«, erklärte er. »Das Haus ist an den nächsten Kasten angebaut. Aber ich habe nichts durchs Fenster sehen können. Ich glaube nicht, dass jemand zu Hause ist.«

»Und warum verdammt noch mal steht dann Münsters Auto hier?«, fragte Van Veeteren. »Wir müssen reingehen.«

»Müssen wir wohl«, nickte Reinhart.

Van Veeteren stieß eine Reihe diffuser Flüche aus, während er sich nach einem geeigneten Hilfsmittel umsah. Schließlich fand er in der triefnassen Rabatte, die die Auffahrt entlang verlief, einen Stein in Faustgröße. Er wischte ihn ab und wog ihn eine Weile in der Hand ab, dann warf er ihn durch das Wohnzimmerfenster.

»Volltreffer«, sagte Reinhart. Er trat heran und brach ein paar kleinere Glasscherben ab, steckte die Hand durch und öffnete.

Es war Van Veeteren, der zuerst hineinkletterte, und es war Van Veeteren, der ihn zuerst entdeckte.

»Verflucht noch mal«, sagte er. »Verfluchter Scheiß.«

Kommissar Münster lag auf dem Bauch, auf dem hellen Parkettfußboden, halb im Flur, als wäre er auf dem Weg nach draußen gewesen, als er fiel. Die Arme waren ausgestreckt, und auf dem Rückenteil seines hellgrünen Pullovers, einige Fingerbreit über dem Gürtel und rechts vom Rückgrat, war ein dunkelroter Fleck zu sehen, etwas größer als eine Handfläche.

»Den Notarzt, Reinhart! Schnell, verdammt noch mal!«, schrie Van Veeteren. Dann beugte er sich über Münster und begann nach seinem Puls zu suchen.

Mein Gott, dachte er. Das gehörte doch wohl nicht zu der Abmachung?

Nachdem Mauritz Leverkuhn seine Wohnung in Frigge verlassen hatte, fuhr er zunächst einmal eineinhalb Stunden einfach Richtung Süden.

In der Höhe von Karpatz wechselte er die Himmelsrichtung und fuhr weiter nach Osten, bis er nach Tilsenberg kam, nur ein paar Kilometer von der Grenze entfernt. Hier tankte er und bog nach Norden ab.

Die landesweite Fahndung nach ihm wurde um 20.45 Uhr ausgelöst, und als eine Polizeipatrouille den weißen Volvo auf einem Parkplatz an der Autobahn kurz nach Kossenaar fand, war es gut halb sieben am nächsten Morgen.

Mauritz Leverkuhn lag unter einer Wolldecke auf dem Rücksitz und schlief, er befand sich in einem Zustand hohen Fiebers, war verfroren und vollkommen erschöpft. Auf dem Boden vor dem Beifahrersitz lag ein Fleischmesser mit einem Handgriff aus Mahagoni und einer zirka zwanzig Zentimeter langen, blutigen Schneide.

Mauritz Leverkuhn wurde ins Polizeirevier von Kossenaar gebracht, aber sein Zustand erlaubte es nicht, ihm irgendwelche Fragen zu stellen.

Doch wie sich zeigte, war es auch nicht unbedingt notwendig, dass er irgendwelche Aussagen machte.

V

41

Die beiden grünschwarzen Taucher brauchten nicht einmal eine Viertelstunde, um Felix Bonger zu finden.

Jung stand inmitten einer kleinen Zuschauerschar an der Bertrandgraacht im Regen und versuchte, unter die Obhut von Rooths halbzerfranstem Regenschirm zu kommen. Als der aufgedunsene Körper auf den Kai geschafft und in eine schwarze Leichenhülle mit Reißverschluss bugsiert worden war, bemerkte er, dass die Frau zu seiner Linken, die mannhafte Barga, schluchzte.

»Es ist aber auch zu traurig«, sagte sie. »Er war so ein feiner Kerl, der Bonger.«

»Das stimmt«, sagte Jung.

»Eigentlich hätte man ihn da unten liegen lassen sollen. Begraben unter seinem eigenen Boot, das hat doch irgendwie Stil.«

Schon möglich, dachte Jung. Jedenfalls kein dummer Gedanke. Aber vielleicht wäre es am stilvollsten gewesen, wenn sie ihn überhaupt nicht gefunden hätten. Schließlich hatte er ja nicht das Geringste mit den anderen zu tun. Nicht die Bohne.

War einfach nur auf seiner Gangway ausgerutscht, als er in der bewussten Nacht nach Hause kam. Besoffen und schwankend. Das hätte jedem passieren können, dachte Jung. Auch mir. Offenbar hat er sich dabei am Kopf verletzt, der Bonger, und ist reingefallen. Ein paar Meter tief gesunken und anschließend unter den Rumpf seines eigenen alten Kastens aufgestiegen.

Und dort liegen geblieben. Unter seinem eigenen Fußboden sozusagen. Doch, die Barga hatte Recht.

»Armer Teufel«, sagte Rooth. »Man wird nicht hübscher davon, wenn man im Wasser liegt. Aber ich muss wohl gratulieren. Du hattest Recht, wenn man es genau betrachtet ... Es war gar nichts Mysteriöses dran. Möchte nur wissen, wie viele Verschwundene in den Kanälen liegen.«

»Um die wollen wir uns jetzt lieber nicht kümmern«, erwiderte Rooth und schüttelte den Schirm, dass Jung noch nasser wurde, als er sowieso schon war. »Aber es gibt noch eins, das du mir vielleicht erklären kannst, bevor wir gehen ... ich meine, bevor wir es vergessen.«

»Und was?«, fragte Jung.

»Also, diese Bumsmaschinen ... de Booning und wie immer er noch hieß, warum sind die eigentlich ausgezogen?«

»Menakdise«, sagte Jung. »Tobose Menakdise. Rat mal.«

»Keine Ahnung«, sagte Rooth.

»Na gut. Die brauchen eine größere Wohnung. Sie erwarten ein Kind.«

»Wie witzig«, sagte Rooth.

Jung wollte sich gerade auf den Hacken umdrehen, als er eine Hand auf seiner Schulter spürte. Es war Frau Jümpers, die unter einem tropfenden Regenschirm stand.

»Ja, ich wollte nur mal fragen«, sagte sie. »Ob die Herren vielleicht Lust hätten, auf ein Gläschen rüberzukommen? Ich meine, auf meinen Kahn. Barga und ich sind der Meinung, wir müssten doch zumindest auf das Wohl des Toten anstoßen.«

»Ich weiß nicht«, sagte Jung. »Ich glaube, wir müssen ...«

»Aber gern«, unterbrach ihn Rooth. »Wir kommen sofort.«

Zuerst dachte Ulrike Fremdli, das Antiquariat wäre leer, aber dann fand sie Van Veeteren, zusammengesunken in einem Ohrensessel ganz hinten zwischen den Regalen.

»So verkaufst du nicht besonders viel«, bemerkte sie.

Van Veeteren schaute von dem kleinen Ledereinband auf, den er in der Hand hielt.

»Man muss sich auch über sein Sortiment informieren«, erklärte er. »Schön, dich zu sehen.«

»Ebenso«, sagte Ulrike Fremdli lächelnd. Dann wurde sie ernst. Sah ihn mit einer Miene voll sanftem Zweifel an, während sie langsam den Kopf schüttelte.

»Doch, du bist wirklich ein sonderbarer Kerl«, sagte sie.

»Das kann man nicht leugnen. Meinst du... meinst du also, dass dieser Macbeth-Traum sich bewahrheitet hat?«

»Bewahrheitet oder nicht«, murmelte Van Veeteren.

»Wie geht es ihm?«

»Besser«, sagte Van Veeteren. »Ich war vor einer Stunde bei ihm. Er wird es schaffen, aber sie haben ihm eine Niere entfernen müssen. Und er wird sicher ein paar Monate nicht arbeiten können... Vielleicht ist das genau das, was er braucht. Ziemlich dumm, in dieser Form allein vorzugehen.«

Ulrike Fremdli nickte.

»Er war erschöpft«, fuhr Van Veeteren fort. »Das behauptet jedenfalls Synn, seine Frau. Sie war mit den Kindern da. Inspektor Moreno übrigens auch... ja, ja, nur ein Glück, dass wir aufgetaucht sind, er hätte es nicht mehr lange gemacht, so wie er dalag.«

»Und dieser Traum?«, insistierte Ulrike Fremdli.

Van Veeteren antwortete nicht, stattdessen blätterte er ein paar Seiten in dem Buch zurück, das er zuvor gelesen hatte.

»*Es gibt mehr Dinge zwischen Himmel und Erde, Horatio, als die Philosophie sich erträumt*«, zitierte er. »Hamlet. Hübsche kleine Ausgabe. 1836 in Oxford gedruckt. Habe ich grade reingekriegt.«

Er hielt das Buch hoch.

»Ich dachte, Macbeth wäre angesagt?«, fragte Ulrike Fremdli verwundert.

Van Veeteren stand auf und schob das Buch in einen Bücherschrank mit Glastüren.

»Spielt keine Rolle«, sagte er. »Jedenfalls ist es was mit Shakespeare. Ich glaube, er hat im Großen und Ganzen alles gesagt, was gesagt werden muss. Irgendwie deckt er alles ab...

er hätte übrigens bestimmt auch was aus dieser Familie Leverkuhn machen können.«

»Was meinst du damit?«

»Na, schau's dir doch an. Der Vater begeht Inzest mit seinen beiden Töchtern ... die eine wird wahnsinnig, die andere lesbisch. Der Sohn ermordet seinen Vater und sticht einen Polizisten nieder. Die Mutter nimmt alle Schuld auf sich, ersticht eine Zeugin und erhängt sich. Guter Tragödienstoff, oder was meinst du?«

Ulrike starrte ihn ungläubig an.

»Ist das die Quintessenz?«, fragte sie dann. »Dieses Falles?«

»Kurz zusammengefasst, ja«, sagte Van Veeteren. »Und dabei muss man bedenken, dass diese Familie vor drei Monaten noch als ganz normal angesehen wurde ... bevor jemand den Deckel angehoben hat, sozusagen.«

Ulrike Fremdli dachte eine Weile darüber nach.

»Wie hältst du das aus?«, fragte sie dann.

»Ich halte das nicht aus«, widersprach Van Veeteren. »Ich arbeite im Buchhandel.«

Sie nickte.

»Das ist mir gesagt worden. Aber du mischst dich ein?«

»Ich werde reingezogen«, erklärte Van Veeteren. »Das ist der Unterschied. Tja, und was jetzt noch fehlt ...«

»... ist das Essen«, beendete Ulrike Fremdli den Satz. »Ich habe bis zwei Uhr frei. Kommst du?«

»Natürlich«, sagte Van Veeteren und streckte seine Arme hoch in die Luft. Richtete vorsichtig seinen Rücken und schaute plötzlich besorgt drein.

»Was ist denn mit dir los?«

Van Veeteren räusperte sich.

»Ach nichts. Ich muss mich nur wundern.«

»Dich wundern?«

»Ob Tragödien wirklich so aussehen. Wenn das Leben nun ein Roman oder ein Theaterstück ist, wie manche behaupten, dann ist es doch gar nicht so schwer, ein Kapitel oder einen Akt zu schreiben ... was meinst du?«

»Ich verstehe nicht, wovon du redest«, sagte Ulrike Fremdli. »Ich habe Hunger.«

Er nahm ihre Hand und tätschelte sie etwas unbeholfen.

»Entschuldige«, sagte er. »Manchmal fällt es mir etwas schwer, meine Gedanken zu steuern. Lass uns gehen.«

42

Elaine Vorgus starrte zunächst auf die Tarotkarten, dann auf ihre Geliebte.

»Das ist ja sonderbar«, sagte sie. »Ich glaube, das ist mir noch nie passiert. Alle sechzehn Karten liegen auf dem Kopf, nein, so etwas habe ich noch nie erlebt ... Da müsste ich direkt mal in den Büchern nachgucken.«

»Was bedeutet das?«, fragte Ruth Leverkuhn und nippte am Wein, während sie sich gleichzeitig über den Tisch vorbeugte und ihrer Freundin über deren nackten Arm strich. »Was bedeutet es, wenn sie falsch rum liegen?«

Es war nicht das erste Mal, dass sie so zusammen saßen, und auch wenn es Ruths Schicksal war, das da vor ihnen lag, so wusste diese, dass es eigentlich ihrer Freundin mehr bedeutete als ihr selbst. Elaine erwiderte ihr Streicheln und schaute von den Karten auf.

»Es bedeutet dann genau das Gegenteil«, sagte sie. »Reichtum bedeutet Armut, Stärke wird zu Schwäche, Liebe zu Hass ... was anderes ist es nicht. Aber alle sechzehn Karten, das muss noch etwas ganz Besonderes sein. Als ob ...«

»Als ob was?«, fragte Ruth Leverkuhn.

»Als ob es eigentlich jemand anderen als dich selbst betrifft beispielsweise. Als ob dein ganzes Ich irgendwie auf dem Kopf steht ... aber ich rate da nur. Ich habe noch nie sechzehn umgedrehte Karten erlebt.«

»Wir schreiben das auf und gucken später nach«, sagte Ruth Leverkuhn. »Ich möchte jetzt lieber noch ein bisschen Wein trinken und Liebe machen.«

Elaine Vorgus dachte eine Weile lächelnd nach. Dann hob sie das Glas und ließ ihre Zunge ein paar Runden über die Lippen laufen.

»Dein Wille ist mir Befehl«, lachte sie. »Wo wollen wir anfangen? Vielleicht im Bad, ich glaube, das würde mir gefallen. Ich muss nur erst noch dieses Gespräch führen, aber dann ...«

»Das Bad ist gut«, entschied Ruth Leverkuhn. »Ja, ich will dich bei mir in der Badewanne haben. Notiere die Karten und telefoniere, dann gehe ich schon einmal vor. Ich warte auf dich.«

Im Badezimmer blieb sie stehen und betrachtete ihren ausladenden Körper im Spiegel. Hob die schweren Brüste und saugte ein paar Sekunden an jeder Brustwarze. Strich sich vorsichtig mit einem Finger zwischen den Beinen entlang, um ihre Sehnsucht bestätigt zu fühlen.

Dann tauchte ihr Bruder wieder in ihren Gedanken auf, und sie nahm die Hände in neutralere Regionen hoch.

Der arme Mauritz, dachte sie. Armer Dummkopf. Sie seufzte und hüllte sich in ein Badelaken. Dachte noch eine Weile über ihn nach, während sie mechanisch und etwas geistesabwesend die Parfümflaschen auf der Ablage unter dem Spiegel ordnete und einen Badezusatz aussuchte.

Was hatte es für einen Sinn, etwas zu gestehen, das man gar nicht getan hatte?

Die Frage surrte jetzt schon seit ein paar Tagen in ihrem Kopf herum. Beunruhigte sie und hatte sich festgebohrt. Warum konnte er stattdessen nicht einfach zugeben, dass er ein Feigling war, der Mauritz? Ein schwacher, verzweifelter Mensch, der niemals so eine Sache hätte fertig bringen können? Unter gar keinen Umständen.

Achtundzwanzig Stiche! Mauritz! Das war doch lächerlich. Wer ihn auch nur ein ganz klein wenig kannte, würde sofort sagen, dass das ein absolutes Ding der Unmöglichkeit war.

Aber es gab ja niemanden, der ihn kannte. Niemanden außer ihr. Deshalb war es vielleicht doch nicht so erstaunlich. Nach ein paar Tagen hatte sie das eingesehen. Dass er die Tat auf sich nehmen würde und man ihm glaubte. Es gab dabei eine Art Logik. Eine schiefe und etwas verdrehte Logik, die aber trotzdem funktionierte.

Aber wieso er sich ein gleiches Messer beschafft hatte, nachdem sie das richtige losgeworden waren, ja, das war zweifellos ein Rätsel. Wenn sie weiter darüber nachdachte, war das eigentlich das Einzige, was sie nicht verstand. Worauf sie sich keinen Reim machen konnte. Er konnte doch wohl nicht mit der Absicht herumgelaufen sein, es zu benutzen. Diesen Polizeikommissar niederzustechen? Dass er es dann tatsächlich gemacht hatte, war eigentlich nur damit zu erklären, dass er auf irgendeine Weise eine plötzliche Sekunde lang von ungeahnter Handlungskraft überfallen worden war. Plötzlich und unerwartet. Wie ein Irrlicht. Genau so.

So war es vermutlich, dachte sie. Das Messer war eine fixe Idee. Der Überfall auf den Polizeibeamten ein Zufall, eine Handlung ohne Plan und Ziel. Dass er es getan haben könnte, um ihr – oder auch Irene auf irgendeine dunkle Art und Weise – zu zeigen, dass er die Kraft doch in sich hatte ... nein, das war zu weit hergeholt. Zu durchdacht. Mauritz konnte nicht in dieser Form planen und etwas durchführen. Vielleicht hinterher etwas konstruieren, aber nicht im Voraus beschließen und dann ausführen. Das hatte er noch nie gekonnt. Das war seine Schwäche.

Als er an diesem Samstag im Oktober in vollkommen aufgelöstem Zustand zu ihr gekommen war, hatte er zwar die ganze Zeit davon geredet, dass er es machen wollte ... dass er gerade alles erfahren hatte und dass er auf dem Weg nach Maardam war, um ihrem Vater das zu geben, was er verdient hatte. Wollte grausame Rache für ihre ganze Kindheit nehmen und ihn ohne Pardon umbringen. Sie hatte ihn gefragt, warum er dann um alles in der Welt zuerst zu ihr gekommen war, und dann hatte es nur noch ein paar Minuten gedauert, bis er auf ihrem Sofa zusammengebrochen war. Dort war er liegen geblieben, schluchzend und bebend.

Und es war der Anblick dieser jämmerlichen Erbärmlichkeit gewesen, der sie den Entschluss hatte fassen lassen. Den Auftrag zu übernehmen. Er hatte nicht einmal versucht zu protestieren. Hatte sie mit Augen angestarrt, die vor Dankbarkeit feucht waren. Vor Dankbarkeit und einer Verzweiflung, verzweifelter Schwäche.

Und diesen Blick hatte sie vor Augen gehabt, als sie es gemacht hatte. Diesen weichen, entblößten Bruderblick. Diesen nicht eingelösten Vaterhass.

Und jetzt saß er im Gefängnis. Für das eine wie für das andere. Das war schon merkwürdig, kein Zweifel. Als sie mit ihm vor ein paar Stunden gesprochen hatte, hatte er genauso ruhig und gefasst gewirkt wie während der letzten Tage.

Vielleicht versöhnt. Bereit, seine Strafe auf sich zu nehmen für ein Verbrechen, das zu begehen seine Pflicht gewesen war, das auszuführen er sich aber nicht getraut hatte. Wie auch für das, was er in aller Eile und Verwirrung getan hatte. Wenn sie darüber nachdachte, konnte sie sich nicht daran erinnern, ihn jemals so ruhig und ausgeglichen erlebt zu haben. Weder als Kind oder Jugendlicher, noch als Erwachsener. Dann war es wohl so, wie es war.

Vielleicht hatte es doch eine Art Sinn, dachte Ruth Leverkuhn. Gab es einen Grund für das alles. Nur weil es ihrer Mutter nicht recht gelungen war, sie so zu decken, wie sie es sich gedacht hatte – allein weil Mauritz es nicht ertragen konnte –, so war das doch wohl kein Grund, ihm nicht zu erlauben, das Gleiche zu tun. Statt ihrer in die Rolle des Mörders zu schlüpfen. Wenn er es nun einmal gern wollte.

Der arme kleine Mauritz. Der arme kleine Bruder.

Sie schüttelte den Kopf. So war es nun einmal. Und natürlich war an dem, was Elaine gesagt hatte, einiges dran. Alle Karten standen auf dem Kopf.

Diese tauchte jetzt in der Türöffnung auf. Ruth betrachtete ihren schlanken, nackten Körper im Spiegel. Ihren heißen, etwas beschwipsten Blick. Ihr schwarzes, fast ins Bläuliche schimmerndes Haar.

Ich liebe sie, dachte sie. Liebe, liebe, liebe. Zumindest gibt es eine Person in dieser Familie, die dazu in der Lage ist.
Auf ihre Weise.
Sie lächelte. Ließ das Badelaken fallen.

btb

Håkan Nesser bei btb

Die Kommissar-Van-Veeteren-Serie

Das grobmaschige Netz. Roman (74272)
Das vierte Opfer. Roman (74273)
Das falsche Urteil. Roman (74274)
Die Frau mit dem Muttermal. Roman (74275)
Der Kommissar und das Schweigen. Roman (74276)
Münsters Fall. Roman (74277)
Der unglückliche Mörder. Roman (74278)
Der Tote vom Strand. Roman (74279)
Die Schwalbe, die Katze, die Rose und der Tod.
Roman (73325)
Sein letzter Fall. Roman (73477)

Weitere Kriminalromane

Barins Dreieck. Roman (73171)
Kim Novak badete nie im See von Genezareth.
Roman (72481)
Und Piccadilly Circus liegt nicht in Kumla. Roman (73407)
Die Schatten und der Regen. Roman (73647)
In Liebe, Agnes. Roman (73586)
Die Fliege und die Ewigkeit. Roman (73751)
Aus Doktor Klimkes Perspektive (73866)
Die Perspektive des Gärtners. Roman (74016)
Die Wahrheit über Kim Novak (75291)

Die Inspektor-Barbarotti-Serie

Mensch ohne Hund. Roman (73932)
Eine ganz andere Geschichte. Roman (74091)
Das zweite Leben des Herrn Roos. Roman (74243)
Die Einsamen. Roman (75313)
Am Abend des Mordes. Roman (75317)

www.btb-verlag.de